KB197012

봄그늘

3

봄그늘 3

ⓒ김차차 2024

| 1판 1쇄 인쇄 | 2025년 2월 12일 |
| 1판 1쇄 발행 | 2025년 2월 14일 |

| 지은이 | 김차차 |

펴낸이	박대일
교정	박지해
편집	이주현 · 이문영 · 임유리 · 이지영 · 임지원
마케팅	임유미

| 표지 디자인 | 김차차 · 스튜디오붐빔 |
| 내지 디자인 | 송새연 |

| 펴낸곳 | 파란미디어 |
| 출판등록 | 2004년 9월 14일 제313-2004-00214호 |

주소	03992 서울시 마포구 동교로23길 14 국제빌딩 6층
전화	02.3141.5589 영업부 070.4616.2012 편집부
팩스	02.6499.5589
전자우편	paranbook@gmail.com
카페	http://cafe.naver.com/paranmedia
인스타그램	@paranmedia

| ISBN | 979-11-93185-39-1(04810) |
| | 979-11-93185-36-0(전5권) |

봄그늘

김차차 장편 소설

3

파란

목차

#27. 드뷔시

"엄마, 내 왔다."

"아고. 내 정신아. 시간이 벌써 이래 됐나? 밥은?"

널찍한 천막 안에서 분주하게 묻는 엄마의 양손에 사과를 담는 대야며 접힌 박스가 가득했다. 나는 아무리 속이 터져도 5초는 참아 보라던 박우경의 말을 떠올리며 애써 대꾸했다.

"시간이 몇 신데. 아까 먹었지."

박우경 지나 잘 참지. 저는 나가서 말 한 마디 안 참는 주제에 남한테 충고는 잘했다.

내뱉어 놓은 말은 차분했지만 손은 이미 엄마의 짐을 짜증스레 뺏고 있었다. 엄마는 불량 식품을 들고 있던 애처럼 들켰다는 표정이었다.

"아줌마, 이리 주세요."

나보다 조금 늦게 천막 안에 들어선 그 애가 곧바로 엄마 손에 남아 있던 짐을 낚아챘다. 그리고 이미 내 손에 들려 있던 절반도 가져갔다. 나더러 씩씩대지 말라고 작게 속삭이면서.

그렇잖아도 잔소리가 이미 목구멍까지 튀어나와 있던 나는 조금 무안해졌다. 그래도 할 말은 해야 했다.

"내가 일 끝나면 와서 할 거니까 이런 거 옮기지 말라 캤제. 일하는 기분이나 내라 캤지, 진짜 일하라 카드나."

"내 진짜 이노무 가스나 때문에 몬 살겠다. 이게 다 뭐시라꼬, 내 느그 아빠 없을 때는 혼자서 사과 궤짝도 번쩍번쩍 들고 다녔다."

"그거야 한창 잘나가셨을 때 얘기죠."

박우경이 장난스레 엄마를 치켜세우는 척 내 편을 들며 빈 대야를 구석에 쌓아 놓았다. 나는 잠시 입을 다물고 그 옆에서 상자를 정리했다.

엄마가 배시시 웃으며 그 애를 보고 있었다. 윤태희도 저런 눈으로는 안 볼 텐데.

"우갱이 니는 밥 뭇나. 희야가 참은 잘 챙겨 줬고?"

"네. 얘가 잘 챙겨 줘서 잘 먹었어요."

내가 참을 챙겨 줬다고 해 봐야 엄마가 오전에 멋대로 우리 먹으라고 끓여 놓은 수제비를 데워준 게 다였다. 그것을 잘 아는 박우경은 엄마가 묻기도 전에 수제비가 어떻게 얼마나 맛있었는지 잘도 보고했다.

수제비 반죽에 알록달록 색까지 입힌 게 아빠나 나 때문은 아닐 테니 아마도 지금쯤 뿌듯하겠지.

나는 그간 몇 번이나 박우경이 밀가루 음식을 별로 좋아하지 않는다는 사실을 엄마에게 말하려 했지만, 그 애는 이미 늦었다며 조용히 하랬다. 낙장불입이라고.

별게 다 낙장불입이었다. 우리 엄마가 해 준 음식이라고, 한 입 남기지도 못하고 먹는 꼴을 보고 있으면 문득 그런 생각도 들었다. 그 애가 밖에서 인내심이 없는 게 나한테 죄다 써 버렸기 때문은 아닌지.

그래. 그렇게 죄다 써 버려서 남은 게 없는 것이라면 이해는 됐다.

싫은 건 죽어도 못 참는다고 해 놓고.

"우갱이 니가 지난번에 수제비 맛있다 칸 게 아침에 문득 생각이 나드라고. 바로 못 먹으면 다 퍼질 것 같아서 최대한 늦게 끼리 놓고 나오기는 했는데……. 아무래도 바로 끼리 먹는 것보다는 맛이 들하제."

"사실 나가시고 나서 얼마 안 돼서 바로 먹었어요. 맛만 있던데."

"들깨는 어떻드노. 넣은 게 더 낫드나."

"네. 들깨 넣은 게 더 나아요."

저를 빤히 바라보는 눈을 눈치챈 그 애가 나더러 조용히 하라는 듯 쉿 하고 입 모양으로 주의를 주었다. 나는 가만히 고개를 돌렸다.

"느그 엄마는 옛날부터 니 입 짧고 가리는 게 많다고 키나 제대로 크겠나 노상 걱정을 해 쌌는데……. 근데 또 이래 보면 가리는 것도 별로 없고 이래 차려 주는 대로 잘 묵고."

"그래서 윤차희보다 키도 크잖아요."

"맞다, 맞다. 키도 이래 엄청시리 다 크고. 우갱이 니도 이제 으른 다 됐다. 그쟈."

들깨 수제비 좀 먹었다고 어른이 될 일인가. 그렇게 치면 나는 여섯 살 때부터 어른이었다. 엄마는 진짜배기 편식쟁이에다 입도 짧은 제 딸을 은근슬쩍 홍보하며 그 애를 치켜세웠다.

"근데 저 사실 아직 가리는 거 많아요. 집에서나 밖에서나. 아줌마 음식만 안 가리지."

"머스마 말도 이쁘게 하기는."

"아줌마가 음식을 잘하시니까 그렇죠."

자연히 제 집 음식은 맛이 별로라 가린다는 말이 됐다. 엄마가 그 애 어깨를 하나도 아프지 않게 치며 나무랐다.

"이래서 아들 키워 봐야 아무 소용 없다 안 카나."

말만 그렇지. 그 애가 하는 말이 입에 발린 말인 걸 알아도 기분은 좋은지 입꼬리는 이미 올라가 있었다. 그 애가 피식 웃으며 엄마에게 말했다.

"태희 형 같은 아들이나 쓸모 있지, 원래 아들들은 다 쓸모 없어요. 아줌마."

"그 쓸모 있는 놈이 어릴 때 얼마나 속을 썩였는데……. 니가 낫다."

"생긴 건 형보다 제가 좀 낫죠."

"글치."

요즘 아빠랑 박우경이랑 나랑 셋이 있으면 꼭 박우경이 아빠 아들 같고 나는 억지로 끌려 나온 며느리 같다더니, 그렇게 말한 엄마도 다를 건 없었다.

"이제 가자, 엄마."

나는 사과를 채워 천막 앞 테이블에 다시 내놓고 도로 들어가 화기애애한 분위기를 뚝 잘랐다.

엄마는 벌써 심심한 표정이 됐다. 나는 그 표정을 본 척도 하지 않고 그 애에게로 고개를 돌렸다.

"우경아. 잠깐 여기 좀 봐 주라. 나 잠깐 엄마 데려다주고 올게."

"어. 갔다 온나."

그 애가 선선히 대꾸하며 빨간색 플라스틱 의자에 앉아 있던 그대로 다리를 꼬았다. 엄마가 내 손에 억지로 일어나며 투덜거렸다.

"가스나야, 마 실실 걸어가면 되는 거를 뭘 델따줘. 델따주긴. 집까지 얼마나 된다고."

"얼마나 되는지 가면서 세 봐라. 가자."

"글고 일 마쳤으면 둘이 어데 놀러나 가든가, 직판장에 뭐할 일이 있다고 이래 맨날천날 와 쌌노? 내 혼자 사과나 좀 팔다 저녁에 느그 아빠가 내 델러 오면 싹 싣고 같이 드가면 되는데."

"아줌마. 저는 아줌마 딸만 있으면 아무 데서나 잘 놀아요. 걱정 마세요."

헛웃음이 흘러나왔다. 그렇게 천막을 나오자마자 엄마가 눈살을 팩 찌푸리더니 속닥거렸다.

"이래할 시간이 어딨노? 내년에 복학해가 서울 가믄 니랑 우경이랑 요래 매일 볼 새도 없을 낀데."

밖에 나와서야 말하는 거면서, 마치 박우경 몰래 말하듯.

"그때 되면 둘이 많이 놀아 놓을 걸 그랬다 카믄서 후회한다."

그런 후회야 정해진 수순일 터였다. 아무리 오래도록 같이 있어도 지나가면 고작 몇 시간 부족했던 것이 사무칠 테니까.

나는 무덤덤하게 엄마를 차에 태우고 시동을 걸었다.

"젊디젊은 가시나가. 남자 친구 생겼으면 데이트도 하고, 영화도 좀 보러 댕기고, 둘 다 차도 있겠다, 요새 일도 마이 안 바쁘겠다…… 일 끝나면 가까운 데 드라이브라도 하고 좀 오라 안 카나."

"아 내가 알아서 하께."

"문디 가스나, 지가 알아서 하기는 뭘 알아서 하노? 희야 니지금 나이가 몇인데. 이래 예쁘고 좋은 시절에 조금이라도 놀아 놔야지."

"엄마는 내 나이 때 뭐 놀았나."

"엄마 때랑 지금이 같나. 야가 참말로, 요새 세상이 어떤 세상인데."

"그때나 지금이나 다 똑같은 사람 사는 세상이지. 뭐."

"느그 아부지도 이제 우갱이 갖고 괜한 트집 안 잡는다이가.

말이야 꼬장꼬장한 척해도 우리 우갱이 얼마나 착한 앤지 다 아는데 뭐."

"누가 보면 진짜 엄마 아들인 줄 알겠네."

"하이튼 하루 정도 멀리 가서 자고 와도 느그 아빠 암 말도 안 할 끼라. 가만 보면 그래 막 꽉 막힌 사람은 아이거든."

"됐다."

"우리 희야도 이래 똑부러져가, 우리 안 본다고 어데 발랑 까진 짓이나 하고 댕기겠나."

가끔은 아빠보다 엄마가 나를 더 몰랐다. 발랑 까진 나는 약간의 가책을 느꼈다. 내가 아무 말도 하지 않자 엄마가 조심스레 내 손을 쥐고 말했다.

"이러다 날 금방 추워진다. 추워지기 전에, 날 좋을 때 우갱이랑 여행 갔다 온나. 엄마가 용돈 주께."

"……필요 없다. 간다 쳐도 내 돈 있는데 뭐."

"그래도. 엄마가 희야 니 주고 싶어서 그카지."

나는 말없이 운전했다. 그러거나 말거나 엄마는 날 아주 보내 버리기로 한 듯이, 이제 여행지를 골몰했다.

여기 가 봐라, 저기 가 봐라. 우경이랑 경주에 놀러 가랬다가, 문경에 가을꽃을 보러 가랬다가, 사천에 케이블카를 타러 가 보랬다가, 울산에서 해돋이를 보랬다가……. 생각나는 게 끝도 없는 것 같았다.

진주성도 좋지. 너무 멀어가 싫으면 포항에 영일대도 안 괜찮나? 우리 사과원 주차장에 차를 댄 뒤에도 엄마의 추천은 끝이 없었다. 가끔은 내키는 대로 아주 먼 곳도 말했다. 저기 전라도에 변산반도도 좋고, 강원도 동해도 좋다고.

흥얼거리는 말이 노래 같았다. 나는 엄마가 즐거워 보여서, 얼마간 좋은 상상을 하게 두었다.

엄마가 문득 신나 읊어 내리는 모든 곳은, 사실 내가 어렸을 적 우리 가족이 놀러 다닌 곳들이다. 몇 가지 낯선 장소들도 있지만 그것도 기껏해야 내가 생기기 전, 혹은 윤태희조차 생기기 전의 추억이다.

엄마는 언제나 자기가 가 봤던 곳, 좋았던 곳만 안다. 아빠가 한때 그렇게 자신을 데리고 나가 주기 전까지는, 자라며 한 번도 멀리 나가 본 적이 없었던 각박한 집 딸이었으니까.

젊은 날의 엄마 아빠가 둘이서 종이로 된 지도를 뒤져 가며 놀러 갔던 곳들. 바다 앞에서, 나무 아래에서, 커다란 절 앞에서, 오래된 작은 성당 아래에서 두 사람만 다정히 손잡고 찍은 사진들.

적어도 그 시절이 남긴 사진들은 나도 기억했다. 부모가 되어 본 적 없는 젊음 속에서 앳된 아빠와 엄마가 빛나게 미소 짓고 있던 시절.

사진의 빛바랜 표면. 미래를 모르는 행복.

"사실 어딜 가든가 다 좋지. 니가 좋아하는 남자랑 있으면."

"……."

"맞제."

"응."

걔랑 있으면 어디 있든 좋아. 행복해. 그래서 어딜 가지 않아도 좋은 거야. 이것보다 더 행복하지 않아도 되니까.

지나가 버릴 좋은 시절의 사진 같은 건 남기고 싶지 않으니까.

나는 엄마에게 하지 못할 말을 삼켰다.

"세상에 좋은 곳이 이래 많은데, 그 좋은 시절에 이래 일만 해가 되겠나."

"그러게."

나는 요 며칠 그랬듯 엄마를 연행하다시피 집에 도로 끌어다 놓고, 아빠에게 맡겼다. 집에서 쉬라고 두면 쉬는 법이 없으니 감시할 사람이 필요해서다.

그래서 아빠는 이제 엄마를 어린 자식처럼 그늘에 두고 일했다. 그렇게 심심하면 제가 일하는 것 구경이나 하라고. 참견은 입으로나 하라고.

그렇게 집에 가기 싫다더니 아빠를 보자마자 슬며시 웃는 얼굴에 살짝 실소가 나왔다. 아빠가 그렇게 좋은가.

나는 사과밭에 엄마를 데려다주고, 집에 잠깐 들러 그 애가 내 방에 두고 간 책과 저녁에 공부할 책을 몇 권 챙겼다. 그 애가 있으니 제대로 볼 것 같지는 않지만 직판장을 지키는 일은 대체로 무료했다.

직판장에 돌아오자 마침 파란 봉지를 양손에 주렁주렁 든 손님이 천막을 나왔다. 그 손님을 뒤따라 나온 박우경은 아예 사과 박스 하나를 통째로 들고 있었다.

언제 저걸 저렇게 팔았지. 세단 트렁크에 사과가 가득 실렸다. 언제 어른들에게 뻣뻣하게 굴었냐는 듯 그 애가 선선히 웃으며 중년 여성 손님의 말에 대꾸했다. 박우경을 올려다보는 눈에 호의가 가득했다.

가끔 저렇게 손 큰 중년 손님들이 오가기는 하지만 대부분 알이 작아 저렴한 사과나 저런 식으로 나갔다. 나는 빈 바구니며 대야를 눈으로 훑었다. 아주 크고 비싼 것, 상등품만 나간 게 분명했다.

"왔네."

"얼굴은 박우경 니가 팔아야 되는 거 아니가."

물론 그 애 집은 누구 하나 얼굴 팔아 가며 사과 장사나 할 필요가 없다. 할아버지 때부터 그랬으니까.

"나중에 윤차희 니랑 결혼하면 고려해 볼게."

그 애가 그렇게 툭 내뱉고는 낮은 선반에서 사과 궤짝을 끌어내던 내 손을 부드럽게 치웠다. 팔아먹자는 게 제 얼굴인데 우리 집부터 생각한 건가? 하긴, 제 입으로도 키워 봐야 소용없다던 아들이랬지.

박우경이 궤짝을 번쩍 들어 매대 앞에 놓았다. 나도 그 옆으로 가 사과를 다시 진열했다.

"아까 그 아줌마한테 얼마나 팔았노."

"십육. 만 원 더 받아야 되는데 걍 빼 줬다. 저기 알 작은 거

16

좀 끼워 줬고."

"되게 잘했네."

그렇게 칭찬하기 무섭게 그 애가 옆으로 비스듬히 고개를 숙여 내 뺨에 키스했다. 아무 징조도 없이. 쪽, 하고 닿았다 떨어지는 소리가 하도 경쾌해서 부끄러울 새도 없었다. 나는 비뚜름하게 물었다.

"뭔데."

"니가 나한테 주는 상."

"뽀뽀는 니가 해 놓고."

"이게 뭐라고 한 번 해 달라고 굳이 요구하고, 그거 또 받겠다고 기다리고 그러기 귀찮아서. 니도 귀찮잖아."

"……."

"그래서 내가 알아서 받았다."

"내가 식당 정수기 물이가. 니 맘대로 셀프로 받게."

따져 묻는 입에도 입술이 가볍게 닿았다. 천막은 직사각형으로 널찍했고 좁다란 국도는 내내 한산했지만, 그래도 언제나 도로를 향해 탁 트여 있었다.

눈을 흘기니 눈가에도 입술이 닿았다.

"……미쳤나, 니. 대낮부터."

"밤에는 공부한다고 바쁘잖아."

그래 봐야 같이 공부한다는 핑계로 내내 붙어 있고, 그렇게 붙어 있으면 무슨 짓이든 했다. 그 애가 고개를 비딱하게 기울여 내 입술을 부드럽게 삼켰다. 숨이 순식간에 깊이 꺼졌다가,

그 애가 빨아 당기는 호흡에 이끌려 다시 올라왔다.

내 허리를 감은 팔이 내 몸 전체를 가볍게 들어 도로에서 보이지 않는 천막 안쪽으로 옮겨 놓았다. 아까와는 비교할 수도 없이 집요한 키스가 쏟아졌다.

"누가, 오면."

"차 소리."

"그래도."

"다 들리니까 괜찮다."

"난, 하나도 안 들려."

박우경 너랑 이러고 있으면……. 그 애가 웃었다. 괜찮다, 내가 열심히 들을게, 하고는.

하나로 높이 묶은 머리카락이 목뒤를 움켜쥐는 그 애의 손아귀 안에 겹쳐 들어갔다. 간지러웠다.

그 애가 놀리듯 속삭였다. 너는 항상 여기를 간지러워 한다고.

움츠러든 내 목을 옆으로 젖히는 손, 살갗을 문지르듯 잔머리를 위로 쓸어 넘기는 엄지, 자잘한 키스. 드러난 피부 위로 이를 세우는 감각이 서늘했다.

네게 이렇게 목을 내어 줄 때면, 가끔은 네 앞에서 발가벗은 것보다도 무방비한 기분이 됐다. 그렇게 원초적으로 무력한 것에서 지리멸렬한 쾌감이 왔다.

나는 이런 순간조차도 '어쩔 수 없는' 핑계를 습관처럼 찾아 헤매는 것이다. 내 힘이나 선택할 수 있는 바깥의 무언가를. 그저 전부 네게 삼켜지기를.

나는 그 애의 목을 끌어안았다. 마치 불가항력인 것처럼.

"여기다 자국 남기고 싶은데……."

"……안 돼."

"참을게."

내가 그 단어에 기겁하는 꼴이나 보고 싶었던 것처럼 얄궂은 미소가 떠올랐다.

그 애의 코끝을 쫓아가 잇새로 깨물었다. 반듯한 콧날 끝에 발간 자국이 남았다.

"윤차희 지는 남기면서."

"벌레 물렸다 캐라."

"니가 그 벌레가."

"응."

내 대꾸에 웃으며 빗장뼈 위에 마지막으로 입을 맞춘 그 애가 천천히 멀어졌다. 등허리를 느릿하게 쓸어내린 손도 이윽고 떨어졌다.

나는 엄마가 테이블에 갖다 놓은 플라스틱 탁상 거울에 멀찍이 얼굴을 비추며 머리를 새로 묶었다. 그런 날 그 애가 뒤에서 다시 끌어안았다. 너는 머리를 푸는 것보다 묶는 게 더 야하다고 속삭이고는.

너는 대체 무슨 생각을 하고 사느냐고 묻자 당연히 네 생각이나 하고 사니까 그러지 않겠느냐는 뻔뻔한 대꾸가 돌아왔다. 그 애가 웃으며 머리를 다 묶은 내 어깨 위로 제 턱을 괴었다. 내 귀나 목 언저리를 비추던 거울에 박우경의 웃는 낯이 비스듬히 비쳤다.

볼품없는 거울 끄트머리에 그 애가 봄볕처럼 맺혔다 사라졌
다. 밖에서 차 한 대가 멈춰 서는 소리가 났다.

"조금만 더 늦었으면 어쩔 뻔했노."

"조금 더 늦었으면 생판 처음 보는 사람한테 재밌는 구경시
켜 줬겠지, 뭐."

매를 버는 말이다. 그 애는 제 어깨를 때리려는 내 손을 슥
피하며 얄밉게 웃었다.

"다 듣는다니까."

"사장님! 사과 이 앞에 이거 얼맙니까?"

"아, 네. 그 바구니에 있는 건 만오천 원이요."

"아이코, 갑자기 웬 아가씨랑 총각이 튀어나오네."

천막 앞에서만 해도 아무도 보이지 않더니, 갑자기 우리가
동시에 나타난 것에 적잖이 놀란 모양인지 중년 여자가 가슴을
쓸어내렸다. 그러더니 약간의 호의를 담아 말했다.

"둘이 부모님 일 돕고 있는가배?"

"네."

"하기사 요새 젊은 애들이 은근히 촌으로 좀 돌아오는갑
대……. 농사라고 다 힘든 것도 아이고, 사과 농사는 돈도 제법
되니까는."

"그건 뭐 집집마다 다르죠."

"그래도 우째 됐든지 간에. 공부나 잘했으면 또 모르지. 일
도 안 풀리고 능력도 안 되는데 도시에 억지로 붙어 있는 것보

다야 든든한 부모 옆이 낫지. 버는 것도 훨씬 낫고. 그제?"

"맞아요."

박우경과 나는 졸지에 도시에서 일이 안 풀려 부모에게 돌아온 애들이 됐다. 고향 떠나 도시에서 어쭙잖은 돈 벌어 가며 아등바등 사는 것보다야 낫지 않느냐고. 부모에게 기대어 사는 게 다른 사람 밑에서 일하는 것보다는 훨씬 좋지 않냐고.

동네는 시골이지만 지나가는 사람들은 많았다. 고로 그렇게 지나가며 남의 인생을 가볍게 말하는 사람도 어느 정도는 있었다.

'도시에서 일이 잘되었으면 여기에 네가 있겠느냐'는 전제는 언제나 당연한 무시와 희한한 호의를 기반으로 했다. 혹은 아는 척으로 이루어진 공감까지도.

나는 말끝마다 맞다며 고개를 끄덕였다. 집이 망할 지경인 것보다야 그게 낫겠지. 그 애는 영 못마땅한 표정이었지만, 어른은 가리지 않아도 손님은 가렸다.

이런 때는 저 입을 걱정하지 않아도 되는 게 편했다. 손님이 아니었다면 진작 사람 흉흉한 기분 들게 노려보았을 눈도 퍽 얌전하다. 그럼에도 불쾌해하는 기색은 분명했지만.

어차피 이런 사람은 어디에나 있다. 그 큰 서울에서도 그랬고, 이 작은 시골 소도시에서도 그렇다. 타인에게서 조금이라도 빌미를 찾아내면 일단 제 아래에다 두고 보는 것이 사람들의 습성이었다. 딱히 악의랄 것도 없이.

"사과가 보기에는 참 싱싱하네. 홍로 이거 언제 딴 기고."

"이번 주 월요일요. 제가 직접 딴 거예요, 사모님."

나는 눈 하나 깜빡이지 않고 거짓말을 했다. 가책은 느껴지지 않았다. 경흥이 아저씨가 더 정성껏 땄으면 땄지.

날짜도 정확했다. 엊그제까지 같이 팔았던 우리 집 홍로보다 못한 것도 없고.

"이래 이쁜 아가씨가 열심히 농사 지어가 파는데, 내가 많이 팔아 주야겠네. 이거 큰 거 하나랑 작은 다라이에 담긴 거, 세 개 주라."

"감사해요."

적선하듯 기분 내는 말에 반갑게 대꾸하며 나는 그 애와 사과를 담았다. 밖에 대 놓은 차가 그 애의 값비싼 외제 차가 아니라 내 차라 다행이었다.

기껏 힘들게 사는 시골 여자애에게 적선했는데, 좋은 사람이라는 기분을 망칠지도 모르니까.

"차 트렁크까지 갖다드릴게요."

"아이고, 됐다 마. 팔뚝이 이래가 농사는 우째 하노."

"저 보기보다 힘세요, 사모님. 그리고 이건 사모님 인상이 너무 좋으셔서 더 드리는 거예요."

"근데 우째 이리 잘생기고 이쁘노. 선남선녀네. 연예인해도 되겠고만."

"자꾸 비행기 태우시네. 계속 더 드릴까요?"

내가 웃으며 묻자 마주 웃은 손님이 살뜰하게 본인 손으로 사과를 두 개 더 가져갔다. 그렇게 계산을 마치고 봉지를 들어다 주려는 찰나였다. 내가 떠드는 내내 뒤에서 말 한 마디 없던 그 애의 무뚝뚝한 손이 내 손에서 짐을 다 가져갔다.

그 모양을 물끄러미 바라보던 손님이 문득 웃었다.

"내가 잘못 생각했네. 둘이 신혼부부제?"

"네?"

"이래 보니까 얼굴에 닮은 구석이 별로 없네."

"……."

"신랑이 아가씨 많이 좋아하는갑다."

"네. 많이 좋아합니다."

부정할 새도 없이 그 애가 덤덤하게 말을 가로챘다.

"그래. 그럴 것 같드라카이. 어느 오빠가 지 여동생을 그런 눈으로 쳐다보고 있겠노. 갓 결혼한 신랑이나 저카지. 그것도 보통 좋아하는 거 아이면 안 저란다."

"……."

어째 보는데 사랑이 뚝뚝 떨어지드라. 가벼운 콧소리가 섞인 말이었다. 트렁크에 사과를 실어 준 그 애가 마치 다른 사람처럼 웃으며 친절하게 인사했다.

"운전 조심하십쇼."

"둘이 행복하게 이쁜 아기 낳고 잘 살고."

"네. 애도 낳고 잘 살겠습니다."

"둘이 애 낳으면 아역 배우 시켜도 되겠다!"

차가 경쾌하게 떠나갔다. 여전히 어이가 없었다. 그 애가 천막으로 돌아가며 천연덕스레 말했다.

"되게 좋은 사람이네. 저 아줌마."

"아이고, 신랑이고 각시고 이래 어린데 벌써 결혼을 했드나? 둘이 나이가 몇 살인데."

"둘 다 스물다섯이요."

그 애가 큼지막한 사과를 봉지에 가득 담으며 뻔뻔하게 거짓 말을 했다. 손아귀에도 그득 차는 사과 알은 비싼 값을 증명하 듯 발갛게 반들거렸다.

나흘 전부터 돌아가는 게 이상했다. 정확히는 며칠 전 우리 를 신혼부부라 단정 지었던 최초의 그 아줌마부터.

왜 들어오는 사람마다 우리가 부부인 줄 알지? 게다가 손님 도 전에 없이 많았다. 이 손님이 계산을 끝내고 갈 무렵에는 저 손님이 오는 식으로.

그래서 이야기도 꼬리를 물고 이어졌다. 어린 부부가 고생이 많네, 젊은 나이에 궂은일 가리지 않고 하는 게 기특하네, 선남 선녀라 애기가 이쁘겠네, 그렇게 덕담하고 있으면 다음 손님이 어김없이 말을 받았다.

박우경과 둘이서 직판장을 본 게 처음도 아닌데. 애당초 다 른 날은 우리가 무슨 사인지 묻는 사람 하나 없었다. 속으로야 어떤 오해들을 하고 떠났을지 몰라도.

"둘이 영판 스물둘, 스물셋같이 보이드만, 스물다섯이나 못 드나."

할머니의 눈은 정확했다. 다만 그 애가 아무렇게나 대꾸하는

24

말이 더 당당할 뿐이었다.

"각시가 동안이라 그래요. 전 아닌데."

각시……. 동네 할매들이 엄마를 말할 때나 가끔 들었던 소리다. 느그 각시, 준영이 각시, 하고. 쉰이나 먹은 엄마가 아직도 새댁처럼 보이는, 어떤 사람들의 세월이 묻은 언어. 할매들 눈에 아빠가 아직도 엄마의 젊은 신랑이듯이.

엄마가 아닌 내가 청라에서 그렇게 불릴 날이 오리라고는 상상해 본 적이 없었다. 어떤 할머니의 입을 통해서든.

하물며 박우경의 입이야 말할 것도 없었다. 아무렇지도 않게 노인들의 언어를 답습한 입이 뻔뻔했다. 사과 좀 팔겠다고.

오십도 넘은 아저씨가 젊을 때나 제 부인 두고 했을 말처럼, 내가 제 각시라고. 제가 내 신랑이라고.

"할매 눈에는 각시나 니나 둘 다 애기다. 그카믄 은제 결혼했는데?"

"올해 봄에요."

정말이지 이상한 날이 계속됐다.

나는 박우경에게 진작 입이 틀어 막혀 아무 말도 하지 못하고 있었다. 이제 와 사실을 말해 봐야 둘 다 별 희한한 또라이밖에 더 될까 싶어서.

그러나 네, 그렇죠, 하고 처음에 대충 웃으며 넘기던 것과 달리, 거짓이 적극적으로 불어나자 점점 몸 둘 바를 모르게 됐다.

와중에 그 애만 태연했다. 어차피 우리가 다시 볼 사람들도 아니지 않느냐고.

재는 어떻게 저렇게 얼굴이 두껍지. 생글거리는 꼴을 보고 있자 박우경이 입만 열면 오만상에 뒷목을 잡던 폐가 뒷집 할매가 생각났다. 그 할머니 앞과 이 할머니 앞이 아주 딴판이었기 때문이다.

그 애가 세상 친절하게 웃으며 사과가 담긴 봉지를 단단히 묶었다.

"하이고, 요새는 스물다섯도 빠르다. 우리 때나 스물다섯이다 카믄 노총각 노처녀였지. 니 같은 머스마들이야 빨리 가든가 늦게 가든가 손해 볼 것도 없으이 상관없지만 가시나들은 요즘 같은 세상에 빨리 시집가 봐야 손해 아이가. 공주들도 얼마나 뽀시랍게들 키워 쌌는데."

"손해죠. 근데 손해 봐도 어쩌겠어요. 이 집 공주가 저를 너무 좋아하는데."

기가 막혔다.

"니 장인 장모가 반대는 안 하드나? 도둑놈이라꼬. 요즘은 딸래미 부모들이 더 까탈스러븐데."

"전혀 안 하시던데."

"참말로?"

"도둑놈치고는 마음에 들어 하시더라고요."

"하긴. 머스마 생긴 거 하나는 참 반듯하이 잘생깄다이가. 얼굴값만 안 하면 딱이긋다."

"얼굴값은 제 각시가 하는데요. 저는 절대 안 합니다. 배알도 없거든요."

"느그 각시가 무슨 얼굴값을 해? 딱 봐도 이래 참한데. 하이 튼 간에 어울리기는 참 잘 어울린다. 둘 다 TV 나오는 애들 같 다카이. 느그 부모님들은 느그 얼굴 보면 밥 안 무도 배부르겠 다."

"공짜 사과를 뭐 얼마나 가져갈라고요."

"내 뭐 끼아 준다고 속에도 없는 말이나 하는 사람 아이다. 이것도 처갓집 일이라고?"

"네. 사위도 아들 아닙니까."

웃기고 있다.

"사우가 으지가이 마음에 드셨는 갑다. 남의 집 아들한테 농 사 물려주는 게 어데 보통 일이가? 사과 농사짓는 땅만 해도 얼 마고. 이래 크게 농사짓는 집들은 기계만 갖다 팔아도 몇억씩 안 나오나."

"각시 잘 만나서 인생 폈죠."

"신랑 니가 알믄 평생 잘해리. 이래 각시가 이쁜데."

"네. 걍 애 머슴처럼 살라고요."

참 요즘 머스마 같지 않다니까. 어느새 박우경과 잘 아는 사 이가 된 할머니가 그렇게 중얼거리고는 지갑에서 빳빳한 지폐 를 몇 장 꺼냈다.

그러더니 입에 침이 마르도록 박우경을 칭찬할 때는 언제고, 내 손에 돈을 꼭 쥐여 주며 당부했다. 돈관리는 반드시 여자가 해야 한다고. 본인이 다 겪어 보아 하는 소리라면서.

그 애는 배신이라도 당한 양 할머니를 대놓고 서운하게 바라보았다. 그 애달프게 잘생긴 낯짝이 할머니의 심금이라도 울린 모양인지, 할머니는 나가다 말고 사과를 3만 원치나 더 사 주었다. 정작 그 3만 원은 또 내게 주었지만.

실은 이미 사 가던 사과도 가장 비싼 것이었다. 순전히, 우리가 어린 부부라 생각해서.

그래도 그 애는 직판장 천막 바깥까지 할머니를 예의 바르게 환송했다. 마치 우리 또래에게 말하듯 다음에는 친구들을 데려오라는 되바라진 당부도 잊지 않았다.

조금 있으면 시나노 골드도 나오고, 또 더 있으면 부사도 나오고, 우리는 겨울까지 내내 이렇게 있을 거라고. 할머니는 또 거기에 대고 버스라도 대절해 오겠다고 응수했다. 주변인들 사과는 죄다 여기서 사게 하겠다고.

그렇게 차가 떠났다. 해는 진작 산 너머로 내려갔다. 그 애의 얼굴 위에서도 거짓말같이 친화력이 사라졌다. 나는 무뚝뚝해진 얼굴에 대고 물었다.

"다시 볼 사람 아니니까 아무 말이나 하는 거라매. 이러다 손님 진짜 다시 오면 어쩔라고."

"다시 보면 보는 거지."

그 애가 무책임하게 대꾸하며 직판장 안의 노란 전구를 밝혔다. 나는 빈 바구니를 챙기며 실소했다.

"이러다 나중에는 애도 있다고 하겠다."

"생긴다고 꼭 나쁠 건 없잖아."

"뭐라 카노, 정신 나간 놈이."

바구니를 던지자 그 애가 마치 공을 기다린 선수처럼 바구니를 잡아챘다. 무표정하던 얼굴에 샐쭉한 미소가 떠올랐다.

"왜? 니랑 내랑 둘이 애 낳으면 연예인 될 거라는데. 다들."

"하."

"우리도 나중에 자식 덕 좀 보고 편하게 살아 보자. 떼돈 벌고."

언제는 제 부모한테 자식 덕 좀 보여 준 줄 알겠다. 물론 우리 아빠랑 엄마는 자식도 아닌 그 애 덕을 많이 봤지만.

"됐고, 이제 다음 손님부터는 그런 말 하지 마라. 알겠나."

"지나가는 길에 서로 기분 좋으면 됐지. 사과나 좀 더 팔고."

그 애의 거짓말이 사과를 좀 더 나가게 하는 것은 사실이었다. 저렴한 중품 가격이 미끼인 과원 근처 직판장에서 값비싼 특품만 줄줄이 나가게 하는 것도 재주고. 며칠째 매상도 대단했다.

"그래도. 괜히 사람들한테 사기 치는 거 같잖아."

"정확히 돈 받은 만큼 사과 주고 더 얹어 주기까지 했는데 뭐가 사긴데? 우리가 사과를 떼먹은 것도 아닌데."

저렇게 말하니 또 할 말이 없었다. 어째 비싼 것만 팔았다지만, 그래 봐야 다른 곳에서 같은 상등품을 사는 것보다는 훨씬 저렴했으니까.

"그리고 우리가 나중에 진짜로 결혼하면 딱히 사기도 아니고."

"진짜 웃기고 있다……."

"뭐가 웃기노. 하나도 안 웃긴데."

지도 방금 전까지 웃고 있었으면서. 천연덕스럽게 뚝 그친 얼굴이 가증스러웠다.

나는 엄마가 두고 간 전대에 방금 받은 돈을 챙겨 넣으며 말을 돌렸다.

"박우경 얼굴 하나는 진짜 잘 팔아먹네."

"가만있어도 아줌마들이랑 할매들이 저래 좋아하는데 내가 뭘 우짜겠노. 잘생긴 것도 진짜 피곤하다. 여자들은 하여튼 나이가 드나 안 드나 잘생긴 남자 좋아한다니까."

"피곤한 거치고는 즐기드만."

"각시."

"왜."

"그냥. 불러 봤다."

나는 그제야 말도 안 되는 호칭에 대꾸한 것을 깨닫고 온 얼굴이 붉어졌다. 박우경이 뒤에서 조용히 중얼거렸다.

"지도 좀 즐겼네, 윤차희."

"아니거든."

아니고등, 하고 내 말투를 유치하게 따라 한 박우경이 나무 박스에 작은 바구니 속 과일들을 옮기기 시작했다. 나도 챙기기는 해야 하니 어쩔 수 없이 맞은편에 주저앉아 사과를 챙겼다.

"야. 각시."

"내가 왜 니 각신데."

"하긴. 나도 니 그렇게 부르니까 웬 다 늙은 영감쟁이 된 것 같아서 별로다."

"그럼 그만해라. 이 영감쟁이야."

"근데 니가 존나 못 들을 소리 들은 것처럼 혼자 파르르 떠는 게 귀여워 죽겠다. 공주야. 우짜지."

어쩌긴. 맞아야지.

나는 집에서 저녁만 간단히 먹고 그 애의 할머니 집으로 갔다. 이제는 딱히 눈치를 볼 것도 없이 그랬다. 아빠는 나더러 어디 가느냐고 묻지도 않았다. 그리고 엄마는 네 사정을 다 안다는 듯 웃었다. 하나도 모르면서.

그나마 현관까지 따라와서 한다는 말이, 둘이서 이번 주말에 어디로 놀러 갈지 상의나 해 보라는 당부였다. 아빠에게도 자기가 대신 허락을 받아 놓았노라고.

그러고는, 그래도 오늘 너무 늦게 들어오지는 말라고 했다. 자신은 딸을 믿지만, 그래도 아빠가 걱정한다면서.

실은 아빠의 이름을 빌린 엄마의 걱정이다. 아빠는 정작 제 딸이 얼마나 발랑 까졌는지 다 알고 있으므로.

"여서 그까지 아무리 가까워도 운전 조심하고. 응? 밤에는 오만 게 다 위험하다. 밤길에 고양이들이 얼마나 많이 지나댕기노."

"응."

"우갱이가 뭐 어데 못 믿을 놈도 아이고. 놀다가 너무 늦으면 거서 자고 와도 되기는 하는데."

"뭐 한다고. 이래 가까운데. 집에 와서 자야지."

"그쟈?"

이제 여유가 좀 생겼다고 이런 걱정도 다 하게 된 모양이었다. 믿음으로 에둘러 덮고, 미심쩍은 가능성은 모른 척하면서. 그래. 어쩌면 애써 모른 척하고.

바라지 않은 믿음은 텁텁한 맛이 났다. 그걸 삼켰다고 내가 되바라지지 않았던 시절로 돌아갈 수 있는 것도 아니니까. 그래도 차마 뱉을 수는 없으니 삼켰다.

그리고 그것으로 끝이었다. 그 애가 할머니 집 대문을 열어주자마자 나는 그 애에게 온몸으로 안겼다.

그 애도 나를 온몸으로 안았다. 마치 우리가 하루 종일 함께 있었던 게 거짓말인 것처럼.

그대로 입술과 입술이 닿았다. 내가 게걸스레 삼킨 그 애의 숨이 폐부를 적셨다. 박우경이 내 숨을 도로 앗아 가며 웃었다. 입술이 깨물렸다.

"윤차희 치약 냄새."

나직하고 다정한 음성이었지만 놀리는 어조가 분명했다. 나는 그 애가 생략한 말에 괜히 발끈해서는, 네 치약 냄새야말로 웬 아저씨들 치약 냄새 같다며 폄하했다. 사실 아저씨들 치약 냄새가 어떤 건지도 모르면서.

"와, 아저씨들이래. 존나 윤차희 지가 아저씨들 치약이 뭔지 어케 아는데."

"몰라. 아저씨 같다."

"근거가 없다이가. 정확히 말해야지."

"맛이 너무 짜다, 박우경. 죽엄 맛 나."

"그러는 니는 존나 치과 불소 가글 냄새 난다. 윤차희."

우리는 차례로 서로의 치약 취향에 대한 비난을 주고받았다. 그래 놓고는 좋다고 얼굴을 맞대고 또 웃었다. 이럴 거라고 서로 열심히 이를 닦고 온 게 우스워서.

이렇게 늦은 저녁, 그 애와 세상에 단둘이 남은 것처럼 느껴질 때면 늘 이랬다. 나는 정말이지 아무렇게나 정신이 나가 버리는 것 같았다. 어두운 차. 아무도 없는 천막. 우리 집 방범 카메라에 잡히지 않는 사과 나무 그늘. 그 애 할머니 집 담벼락 아래. 오래된 대청마루. 우리의 방. 그 어디든.

그 애를 들쑤시고 무너뜨리고 싶었다. 나는 이미 그 애에게 무너졌으니까. 물론 매사 이런 짓만 하러 온 것은 아니었다. 백팩에 가득 든 내용물은 가식적이지만 진실했다. 하지만 결과적으로는 이러게 됐다. 언제나.

차에서 내리며 한쪽 어깨에 대충 걸쳐 놓았던 무거운 백팩이 슬그머니 내 팔을 타고 미끄러졌다.

그렇게 잔디 위로 가방이 추락하기 직전, 그 애가 아래로 손을 뻗어 백팩을 가볍게 낚아챘다. 제 가방처럼 한쪽 어깨에 짊어진 그 애가 내게 물었다.

"어디로 갈래."

"2층."

자잘한 키스 끝에 엉덩이 아래를 받쳐 올린 한 손이 내 몸 전체를 단단히 안아 들었다. 그 애가 정원을 등지고 계단을 올라 집 안으로 향했다.

덕분에 내 눈에는 널따란 정원이 전부 보였다. 얼마 전 폐가의 디딤돌 위에 서서 마당을 내려다보았듯이.

이토록 작은 우리 세상의 꼭대기.

나는 높다란 담벼락 위에 어둑한 구름처럼 걸린 배롱나무를 보았다. 나무에 매달린 자잘한 진분홍색 꽃송이들이 이제는 질 듯 말 듯 희미했다.

아주 오랜 개화의 끝이었다. 언제까지고 피어 있을 것만 같더니 결국에는 저렇게 사라진다. 나는 그 애의 어깨에 턱을 괴고, 현관문이 닫힐 때까지 정원을 바라보았다.

어슴푸레한 현관 등 불빛에, 한때 대문 장식으로 유행했다는 스테인드글라스가 일렁거렸다. 우리가 태어나기도 전의 유행.

우리가 태어나기도 전에 일어난 모든 일.

그 애는 어느 벽이나 문에 안고 있는 날 밀어붙이는 대신 스테인드 글라스에 그대로 제 몸을 비스듬히 기대었다. 그것으로 우리의 모든 무게가 그 문에 실렸다.

내 허리를 옭아매듯 끌어안았던 손이 얇은 여름 스웨터를 들치고 맨 살갗을 어루만졌다. 불안한 손이 덜컹거리는 스테인드 글라스 위를 헤매다 그 애의 목을 꼭 껴안았다.

"2층은."

"응. 갈게."

그 애가 비스듬히 웃으며 대꾸했다. 단 한 걸음도 움직이지 않고서. 현관 센서 등 불빛이 느릿하게 점등과 소등을 반복했다. 그대로 스웨터 밑에서 브래지어가 벗겨졌다.

그 애는 마치 나를 달래듯 턱 끝에, 양 뺨에 제 입술을 부드럽게 대며 제 목을 감고 있던 내 손을 하나씩 떼어 내 속옷과 스웨터를 전부 벗겨 냈다.

"올라간다매……."

"응."

현관의 불이 꺼지면 그 애의 표정도 꺼졌다. 스테인드글라스를 통해 들어오는 정원의 어두운 불빛은 밤과 다를 게 없었다.

그럼에도 약간의 조도를 등진 그 애의 표정이 완전한 어둠 속으로 사라질 때면 나는 조금 불안해졌다. 그 미미한 조도에 온전히, 무방비하게 표정을 드러낸 것은 오로지 나뿐이었으므로.

내 얼굴을 삼킬 듯 바라보는 무형의 시선이 느껴졌다. 그러다 불이 밝아지면 모든 것이 부드러워졌다. 내 엉덩이를 제 배 위까지 끌어올려 받치고, 가슴을 파고드는 얼굴을 내려다보면 웃음이 나왔다. 장난기. 욕망. 날 원하는 그 애의 모든 것이 잠깐은 아주 얕고 빤해 보여서.

그러다가도 조명이 꺼지면, 보이지 않는 그 애의 무언가가 불안했다. 나는 허리 아래 치마만 남겨진 몸으로 그 애의 입술이 닿을 때마다 그 애의 표정을 상상했다.

"우경아."

"응."

금방 제 잇새로 가슴을 물어뜯은 것치고는 다정한 대꾸였다. 2층에 갈래. 밝은 데로 가자고 몇 번이나 말하자 그 애가 조금 웃었다. 살갗 위로 그 애의 웃음소리가 잔물결처럼 퍼졌다.

"밝은 데서는 벗기 싫다매. 윤차희. 쪽팔린다고."

"여기서도 쪽팔려……."

"어두운데?"

"미친놈 아니가? 현관에서."

"밖에서도 내랑 이랬던 건 기억 안 나고?"

"야."

"그래서 어두운 데서 다 벗겨서 밝은 데로 갈라 캤지."

그게 말이나 되는 소리냐고 볼멘소리가 튀어나오는데, 그 애가 제 입으로 내 불만을 다 삼켜 버렸다. 나는 오기로 그 애의 셔츠를 붙잡았다. 어떻게든 벗기려고 하는데 내 몸이 방해해서 잘 되지는 않았지만.

"아 알겠다. 벗을게."

"빨리 벗으라고. 나만 벗기고."

"아 좀 때리지 마라. 나도 벗으면 된다이가. 변태야."

"니가 먼저 벗겨 놓고 누가 변탠데."

박우경은 날 내려놓고 제 티셔츠를 거칠게 벗었다. 나는 그 새를 틈타 복도로 도망쳤다. 팔로 겨우 가슴을 가린 꼴은 앞에서 보나 뒤에서 보나 우스꽝스러울 것 같았지만, 그 애를 좀 약 올리고 싶어서였다.

그렇게 긴 복도를 가로질러 계단을 오르는 순간 성큼성큼 걸어온 그 애가 내 허리를 낚아챘다. 날 끌어안은 손에 내 스웨터며 제 티셔츠가 가득 들려 있었다. 오늘 집에 가기 싫어서 이러냐고 짜증스레 묻는 말에 괜히 웃음이 났다. 뭐가 이렇게 좋지.

나는 네가 왜 이렇게 좋지.

커다란 손이 제멋대로 내 머리를 풀어 버렸다. 흔들리는 머리칼 사이로 그 애의 얼굴이 다시 가까워졌다. 내가 웃는 찰나 입술이 깨물리고 숨이 빨려 들어갔다.

계단을 다급히 오르는 그 애의 발이 이따금 신경질적인 소음을 일으켰다. 박우경은 이 집을 제법 많이 뜯어고쳤지만 오래된 계단은 아직 보수하지 않았다. 그래서 가끔은 그 애의 마음이 그대로 보였다.

나는 박우경이 날 절대로 떨어트리지 않을 것을 알면서도 그 애의 목을 구명줄처럼 껴안았다. 계단이 끝났다. 나는 복도 끝의, 그 애가 새로 칠한 방을 상상했다. 우리에게 얼마간의 시간이 더 필요할지도.

그러나 복도의 초입에서 곧장 어떤 문이 급하게 열렸다. 딸깍, 아래에서 위로 올리는 방식의 오래된 스위치로 그 애가 불을 켜는 소리가 들렸다. 그 애가 새롭게 뜯어고친 이 집의, 어느 벽에서도 볼 수 없었던 스위치였다.

나는 한순간 밝아진 시야 속에서 모든 생경한 감각을 인지했다.

오래된 방의 냄새. 니스칠로 반질거리는 나무 벽. 낯선 액자들. 아주 오래된 사진들. 옛날 가구들……

여태까지, 한 번도 들어온 적 없는 방이었다. 침대로 쓰러진 내 위를 타고 오른 그 애가 목을 파고들었다. 그러나 나는 아주 자그마한 액자에서 시선을 떼지 못했다. 졸업장과 꽃다발을 든 어떤 젊은 남자.

지금의 그 애와 똑같은, 그 애의 아버지였다.

"야……."

"응."

"박우경. 잠깐만."

어, 왜. 대꾸는 형식적이었다.

그 애의 커다란 손이 내 얼굴을 부드럽게 움켜쥐었다. 그대로 아주 가볍게 밀어 올리는 힘이 턱을 들게 하고 고개를 젖히게 했다.

완전히 드러난 목의 선을 따라 그리듯 그 애의 입술이 흘러내려갔다. 그리고 가슴 사이에 다다라 거친 숨을 토해 냈다.

미친놈, 잠깐만, 그만, 야……. 박우경을 말리고 나무라는 말 속에 뻔하고 낯부끄러운 신음이 섞였다. 그 애가 낮게 웃으며 가슴 위에서 내 살을 물었다.

눈송이가 살갗에 떨어져 체온에 녹아내리듯, 그 애의 숨이 닿는 자리마다 그렇게 열이 올랐다. 너무 뜨거워서 도리어 차가웠다.

시선이 다시금 서랍 위 작은 액자로 향했다. 거기서부터 시작하듯 점차, 더 많은 것이 눈에 들어왔다.

구석에 겹쳐 세워 둔 조금 더 큰 액자들, 그리고 한때는 그 액자들을 걸어 두었을 빈 벽의 못들.

집 뒤편의 어두운 숲이 내다보이는 창. 창가의 책상. 고풍스러운 나무 의자. 가구에 먼지가 쌓이지 않도록 침대 전체를 덮어 놓은 엷은 보라색 잔꽃 무늬 천…….

그 애가 나를 누인 천 위에서는 은은한 먼지 냄새가 났다. 그러나 일정 주기를 두고 천의 먼지를 털고 바닥을 청소한 것처럼, 오래도록 방치된 냄새가 나지는 않았다. 그 애 할머니가 이 집에 계실 적처럼, 아직도 가끔 이 집 살림을 돌보는 감나무집 할머니가 보이지 않는 곳까지 양심껏 살핀 흔적이다.

그러니까 이건 아마도, 지나간 시간의 냄새일 것이다. 잊히고 산화된 기억의 산물일 테고.

내가 잘 알지 못하는 누군가의 방. 낯익지만 조금도 친숙하지 않은 누군가의 과거.

침대를 덮어 놓은 천을 제외하면, 이 방에서 부드러움을 느낄 수 있는 것이라고는 세월이 나무에 남긴 색깔뿐이다.

고풍스럽지만 딱딱하고 완고한 생김새의 가구들, 차갑게 흰 커튼. 창가 옆으로 길게 늘어선 책장을 가득 메운 책들은 기계처럼 높이를 맞추어 정돈되어 있었다. 오래전에 지나간 유년의 흔적 따위는 보이지도 않았다.

나는 바닥에 겹쳐 세워 둔 액자를 다시 보았다. 습작처럼 보이는 연필 스케치가 담긴 액자 뒤로, 다른 액자 속 학사모가 조금 드러나 있었다.

대학 졸업 사진일까. 나는 스케치에 가려진 그 애 아빠의 얼굴을 상상했다가 속이 조금 안 좋아졌다.

"……박우경."

"귀찮게 왜 자꾸 부르는데."

배꼽 언저리에 입술이 내려앉으며, 배 속이 그 애의 낮은 음성으로 울렸다. 나는 더 아래로 내려가는 그 애의 얼굴을 황급히 붙잡았다. 그 손에도 입술이 성기게 달라붙었다.

나는 가슴을 움켜쥐는 못된 손을 때리고, 그 손에 또 달라붙는 입술을 아프지 않게 때리고, 그러고도 도무지 정신을 차릴 생각이 없는 박우경의 뒤통수를 때렸다.

그 애가 내 손을 제 머리통에 얹은 채로 날 비웃으며 말했다.

"이게 때린 거가. 걍 남의 머리에 손 얹은 거지."

"아프게 때릴까, 그럼."

"그만하라는 건지 말라는 건지……. 존나 간지럽게."

나는 조금 더 힘을 실어 후려쳤다. 그 애가 드디어 얼굴을 들었다. 아픔보다는 짜증이 역력한 얼굴이었다.

"아 왜, 윤차희. 왜 또 분위기 깨는데?"

"분위기를 누가 깼는데? 방을 이따위로 골라 놓고."

"방이 뭐? 아."

그 애는 주변을 대강 슥 훑어보는가 싶더니 그게 문제였냐며 중얼거렸다. 자기가 대체 무슨 정신으로 이 방에 들어왔는지도 모르는 게 분명한, 조금 얼빠진 낯짝이었다.

그러나 금세 뻔뻔하게 돌변한 낯으로 웃으며 되묻기를.

"왜. 남의 방이라 부끄럽나."

그냥 남이 더 이상 쓰지 않는 방인 양 묻는 소리가 뻔뻔했다.

"니네 아빠 방이다이가."

"그니까. 남의 방이라."

"니 같으면 좋겠나. 우리 아빠 자란 방에서 한번 하자고 내가 꼬시면."

"내가 그걸 안 좋아할 거라고 생각하는 게 좀 귀엽네."

"……."

"가릴 것 같나. 내가."

잠시 말문이 막혔다. 그 애가 내 배 위에서 얼굴 위로 느긋하게 올라와 다시 입을 맞추었다.

"언제는 내 방에서도 싫다매. 우리 아빠 집이라."

"내가 언제 니 방에서 자기 싫다 카드나. 존나 하고 싶은데 이 악물고 참는댔지."

"어쨌든 여기는."

"아, 알겠다. 좀."

그대로 침대에서 몸이 들렸다. 성가시다는 듯 대꾸한 것과는 정반대로 아주 조심스러운 힘이었다.

아무리 그 애가 분위기를 깨고 내가 산통을 깨도 맞닿은 체온이 여전히 뜨겁다는 게 좀 우스웠다. 둘 다 비위도 좋지. 나는 그 애의 목을 꼭 껴안았다.

박우경은 그렇게 나를 한 팔로 안아 든 채 지나가는 서랍장 위로 손을 뻗어 제 아버지의 액자를 툭 엎어 두었다. 그리고 다시 두 팔로 나를 단단히 안았다.

"불 꺼라, 윤차희."

나는 말 잘 듣는 아이처럼 구식 스위치를 아래로 딸깍 눌러 껐다.

"진작 말하지. 니네 아빠 보기 싫다고."

"진작 하지 말라 캤다, 나는."

"말을 똑바로 해야 될 거 아이가."

"난 똑바로 했다니까."

"안 그래도 눈에 뵈는 거 없는 놈한테."

서로를 탓하는 말 속에서도 연신 닿아 오는 입술에 쪽쪽 소리가 났다. 나는 어둠 속으로 꺼져 들어가던 그 방을 잊었다. 그 애의 발걸음이 기나긴 복도를 지났다. 아까보다는 일견 차분하지만 여전히 쫓기는 것처럼.

나는 금세 내 등 뒤로 어떤 문이 다시 열릴 것이라 생각했다. 그러나 우리는 어떤 문으로도 통하지 않았다. 갈 길이 바쁜 박우경은 아주 단조로운 흐름으로 걸었다. 나를 2층 거실 소파에 달랑 내려놓기까지.

내 앞에 무릎을 꿇고 앉은 그 애가 사납게 얼굴을 바꾸어 내 몸으로 달려들었다.

"야, 침대에……."

"응."

"박우경 니 아까부터 대답만 잘 하고."

"대답이라도 잘 하는 게 다행 아이가. 니한테 정신 나간 새끼가."

"어차피 귓등으로 듣잖아."

지금 네 말을 귓등으로라도 듣는 걸 감사히 여기라는 거만한 대꾸와 함께 살이 아프게 깨물렸다.

어둠 속에서도 착각이 일었다. 그 애가 입술이, 잇새가 머문 자리마다 울긋불긋하게 물들어 가는 살결이 훤히 보이는 것처럼. 그렇게 물드는 살갗마다 전부 네 것이 되는 것 같았다. 네 숨이 내 폐부를 움켜쥐었듯이.

내 온몸에 집요한 키스가 남았다. 커다란 손아귀로 움켜쥔 가슴 끝에서 제 손가락 사이마다 튀어나온 살로, 그 아래 배로, 더 아래로…….

날 괴롭히듯 우악스레 쥐었다 풀어 주는 힘이, 깨무는 잇새가, 제가 아프게 하고 금세 핥아 주는 다정함이 모든 감각을 고조시켰다.

"이거 어디까지, 할라고."

"윤차희 발끝까지."

그 애가 어둑한 조도 속에서 매끄럽게 웃었다. 내 다리 사이에서, 날 올려다보면서.

"해롭다, 진짜…….''

"윤차희 니가 더 해롭다."

와중에도 지지 않고 대꾸하고.

우리가 복도를 지나 오며 밝혀 놓은 불빛도, 2층 거실 전면에서 들어오는 정원의 아주 미약한 빛도 도중에 어둠으로 고꾸라졌다. 빛과 빛 사이에 우리뿐이었다.

그 모든 것이 잘 보이지 않는 그 애의 표정처럼 일렁거렸다.

이윽고 허벅지 안쪽이 깨물렸다. 그렇게 점점이 이어진 따가운 키스 끝에 속옷 위로 사악하기 짝이 없는 숨이 닿았다.

소파 아래에서 잡힌 발목이 소파 위로 밀려 올라갔다. 다리와 다리가 멀어졌다. 미약한 흐느낌처럼 신음이 새어 나왔다.

"내 발끝까지, 니 자국이나 남겨서 대체 뭐 하게."

"증거를 존나 남겨야지. 니가 내 뒤통수 못 치게."

고작 그런 말이나 하고는 내 다리 사이에서 웬 TV에 나오는 야비한 악역처럼 웃는 게 어이가 없어서 나는 슬며시 웃고 말았다.

그 찰나, 그 애의 얼굴이 더 깊은 곳으로 파고들었다. 가까스로 그 애의 머리칼을 잡아 얼굴을 떼어 내려 해도 희롱은 완고했다.

떼어 내려던 손이 도로 그 애의 머리를 붙잡았다. 손끝이 떨렸다.

"……무슨 뒤통수를 치는데, 내가."

"그건 내가 물어봐야지. 차희야."

"……."

친다면 언제 칠 건지, 왜 칠 건지. 어디서 칠 건지. 저를 배신할 계획을 육하원칙 따져 가며 털어놓으라는 양 장난스레 목록을 늘어놓은 그 애가 다시 고개를 묻었다.

잠깐 방심한 끝에 마지막으로 본 그 애의 표정이 싸늘하다고 생각했지만 그것 또한 찰나였다. 나는 그대로 아주 부끄러운 감각의 끝까지 홀로 내몰렸다.

그대로 소파 아래에서 바지 버클이 풀리는 소리가 났다. 미약한 몸부림을 단단한 손이 짓눌렀다.

"자국, 너무 많이 남는데⋯⋯."

"억울하면 니도 내한테 남기든지."

"싫다⋯⋯. 니 때문에 요새 엄마 앞에서 옷도 못 벗고. 엄마랑 목욕탕도 같이 못 가고."

"잘됐네. 이제 내 앞에서만 벗을 테니까."

"엄마잖아."

"엄마라도."

"미친 새끼."

"니가 그 미친 새끼 앞에서만 벗는 게 나는 더 좋다."

어느새 치마 아래에서 속옷을 벗겨 낸 손이 엉덩이를 움켜쥐고 끌어당겼다. 그 애가 얄궂게 웃으며 내 안으로 밀려 들어왔다.

헐벗은 등 뒤로 오래된 소파의 벨벳이 닿았다. 자꾸만 맥없이 무너지는 내 몸을 다정하게 누인 그 애의 손이, 내 등과 소파 사이를 다시 파고들었다.

그 틈에서 등허리를 쓸어내린 팔이 내 몸을 완전히 껴안은 것은 어쩌면 당연한 수순이었다. 그 애와 어딘가에 몸을 누이면 아무리 넓은 침대 위라도 이렇게 묶여 있고는 했으니까.

소파는 길쭉했지만 우리 둘이 나란히 눕기에는 폭도 길이도 충분하지 않았다. 관계를 한 후에도 내 가슴에 매달려 있는 박우경의 고집스러운 낯짝 때문에 더더욱. 나는 그 애에게 떠밀리듯 팔걸이까지 몸이 밀려 올라갔고, 내 등허리와 엉덩이를 두 팔로 가로질러 단단히 제 몸에다 억류한 그 애는 반대쪽 팔걸이에 아무렇게나 제 다리를 걸쳐 놓고 있었다.

나는 얼마간 그 애가 내 가슴을 제멋대로 지분거리게 두었다. 우리가 이렇게 서로에게 매달린 꼴이 퍽 애달프고도 우스꽝스럽겠다 생각하면서.

그 꼴을 감안해도 박우경은 근사하고 뻔뻔하고 가여웠다. 이따위로 얄궂은 입술은 빼고 봐야지.

소파의 진한 초록색 벨벳 위로 흐트러진 검은 머리칼, 깨끗한 이마, 내 가슴이 제 것인 양 보는 무도한 눈, 내가 아닌 무엇도 모르는 욕망.

나는 약간의 다정함을 담아 그 애의 머리칼을 쓸어 넘겼다. 쓰다듬어 주는 것을 좋아할 줄 알았는데, 박우경이 갑자기 샐쭉하게 눈을 떴다.

"……윤차희 니 말을 안 들었어야 됐는데."

"갑자기 뭔 개소린데."

"이 소파 갖다 버리고 더 넓은 거 샀으면."

"샀으면?"

"됐다. 공주 니가 뭘 알겠노."

그 애가 한숨을 쉬었다. 소파가 좁아 나랑 더 편히 뒹굴지 못한 것이 최대 불만인 것처럼.

이 소파는 자식들이 다 자라 떠나고 없는 2층을 꾸미겠다고 그 애 할머니가 옛날에 사 두었던 것으로, 오래되었을 뿐 새것이나 다름없었다. 조금 화려하고 촌스럽기는 해도 여전히 예쁘니까 굳이 새로 살 필요가 없을 것 같아 말린 것이었고.

"침구 청소기로 싹 밀고 소독까지 다 했다이가. 지도 기껏 쓸 거라고 온갖 지랄은 다 해 놓고."

"아 몰라. 그때 윤차희 니 말을 듣는 게 아니었다."

"등치도 징그럽게 큰 게 어디서 앙탈이고……."

그럼 내 말은 평생 듣지 말든가. 슬그머니 가슴에서 그 애를 떼어 내며 몸을 일으키자 그 애가 소파 아래 떨어져 있던 제 바지만 주워 입고 내 뒤를 졸졸 따라왔다.

어차피 씻을 거 왜 입냐고 시비 걸 듯 물으니, 너도 치마 정도는 걸치고 있지 않느냐는 희한한 대꾸가 돌아왔다. 저만 입지 않으면 바보 같다고.

"야. 이게 걸친 거가. 벗기다 남은 거지."

"어. 내가 남겨 줬지. 공주는 존나 부끄러움이 많으니까."

"하…… 해롭다. 진짜."

"그래 해롭다면서 꾸역꾸역 내 좋아하는 거 보면, 윤차희 니도 보통 마음은 아닌 듯?"

"아닌 듯? 은 지랄……. 지 혼자 뭐라 카노."

그 애를 비웃다 문고리를 잘못 잡아 욕실 문을 바로 열지 못한 찰나였다. 박우경이 내 어깨에 제 턱을 비스듬히 괴어 놓고 생글거리며 날 올려다보았다.

"니 내 진짜 좋아한다고."

"착각도⋯⋯."

"아니잖아, 착각."

선명한 시선이었다. 나는 그 눈을 멀거니 바라보다 입을 꾹 다물고는 욕실 문을 제대로 열었다. 해로운 박우경이 기어코 욕실 문을 같이 비집고 들어왔다.

그러고는 바로 내 치마를 벗겨 버렸다. 제가 씻겨 줄 테니 너는 가만히 있기만 하면 된다는 변태 같은 헛소리나 지껄이면서.

"아 내 알아서 씻는다고. 저리 가라."

"공주 니처럼 귀한 몸들은 지가 알아서 못 씻는데."

"공주가 귀찮대. 이제 나가라."

"와. 이제 지 입으로 공주라 카노⋯⋯. 존나 뻔뻔하다."

"⋯⋯."

이제 입을 때려 봤자 내 손이 더 아플 것 같았다. 닿기만 하면 개처럼 깨물고 난리가 나니까.

그래서 다리를 걷어찼다. 그 애는 아프지도 않은 양 위압적으로 서서, 전혀 위압적이지 못한 표정으로 말했다.

"내 좋아한다고 인정하면 나갈게."

"⋯⋯저번에 인정했다이가."

"그게 언젠데. 다 까묵었다."

그게 언제라고 까묵노. 치매가? 아니다, 까묵을 만큼 시간이 지난 거거든⋯⋯.

"알겠다. 일단 좋아하니까 나가라."

"어."

그 애는 언제 구질구질하게 버텼냐는 양 실실 웃으며 만족스레 욕실을 나갔다.

뭐 저런 게 다 있어. 씩씩대며 몸을 씻던 나는 밝은 욕실 전등 아래 보이는 몸이 내 상상보다 더 엉망이 되어 있는 것에 두 배로 화가 났다.

뭘 제 앞에서만 벗으라고……. 진짜 웃기지도 않아서……. 그러나 진짜 문제는, 그렇게 이를 갈면서도 문득 웃음이 나오고 마는 내 얼굴이었다. 정말이지 중증이었다.

나는 몸을 다 씻은 후에도 한참이나 이리저리 거울을 비추어 보았다. 목은 얼추 멀쩡했지만 쇄골 아래부터는 멀쩡한 곳이 거의 없었다. 팔꿈치 위로도 드문드문 흔적이 남았다. 당분간은 쇄골 위까지 갑갑하게 올라오는 티셔츠나 꼬박꼬박 걸치고 다녀야 했다.

그러니까 나가면 꼭 짜증을 내야지. 다 너 때문이라고. 그래봐야 좋다고 얄밉게 웃기나 하겠지만.

나는 자꾸만 풀어지는 얼굴을 다잡고, 정색하는 법 따위나 연습하며 욕실을 나왔다. 1층에서 씻고 있는 모양인지 박우경은 없었다.

언제 틀어 놓았는지도 모를 턴테이블 돌아가는 소리가 거실 쪽에서 작게 들렸다. 나는 그 애를 찾으러 내려가는 대신, 조금 귀에 익은 소리를 따라 복도를 돌아갔다.

뚜껑을 열어 놓은 작은 나무 테이블 위에서 레코드판이 돌아가고 있었다. 그 애 할아버지가 한때 커다란 방에 가득 채워 놓았던 사치스러운 독일제 전축과 턴테이블 중에서, 그 애가 몇 안 되게 남긴 것이었다.

나는 턴테이블 옆에 그 애가 올려놓은 납작한 레코드판 커버를 보았다.

「Debussy – Rêverie」

아, 드뷔시. 나는 괜히 잘 아는 양 음악가의 이름을 읽어 보았다. 오보에에서 바이올린으로, 흐르는 공기처럼 멜로디가 지나가는 이 음악을 나는 원래 조금 다르게 알았다.

내가 알았던 것은 이보다 훨씬 더 단조로웠다. 그리고 조금은 부정확했다.

열일곱, 해 질 녘 음악실 문 너머로 그 애의 뒷모습을 몰래 바라보았을 무렵. 도망치듯 그 자리를 떠나는 내 뒤를 쫓아오던 피아노 소리.

「Rêverie(꿈)」

나는 콘서트홀을 찍어 놓은 흑백사진 아래 작고 예스러운 글씨체로 나열된 목록 가운데에서, 이 노래의 의미를 찾아 어루만졌다. 드뷔시의 '꿈'. 나는 꼬박 육 년 전 그 애가 쳤던 노래

50

의 제목을 이제야 알았다.

어쩌면 조금 외로워 보였던 등의 이름도.

노래는 꿈처럼 흩어졌다. 나는 다른 노래가 다시 흘러나오기 전에 거실에서 돌아섰다. 조금은 도망에 가까울지도 몰랐다.

어쩌면 과거의 그 애로부터, 지금의 그 애에게로 도망치는 것이다. 내가 언제나 그랬듯 무책임하게도.

"……."

문득 제대로 닫히지 않은 그 애의 아버지 방 문이 보이기 전까지는, 분명히 그랬다.

문고리를 당겨 문을 닫아 놓으려던 손이 도리어 문을 안으로 밀었다. 시답잖은 핑계와 충동이었다. 그 애가 제멋대로 엎어 놓은 액자를 바로 놓아야지, 하고.

다시 불을 밝힌 방은 아까와 달리 조금의 생기도 없었다. 엎어진 액자를 바로 세우자, 침대에서 바라볼 때는 그 애와 아주 똑같아 보였던 것이 전혀 달라 보였다.

사진 속 그 애의 아빠는 지금의 그 애보다 몇 년은 더 앳되었다. 그리고 조금은 더 예민해 보이고, 숫기가 없어 보였다.

생김새도 조금은 달랐다. 그 애는 신미진의 미려한 생김새도 닮았으니까. 다만 조금 음울한 눈 아래 미소가, 사진을 찍어 주는 이를 향한 넘치는 애정을 담은 듯 부드러웠다. 나는 그 뒤로 보이는 익숙한 배경을 어렵지 않게 가늠했다.

박우경과 내가 나온 학교였다. 관영 고등학교. 아빠도, 엄마도, 고모들과 이모들도, 외삼촌들도 죄다 그 학교를 나왔으니

새삼스러운 사실은 아니었다. 애당초 그 애의 집안이 세운 학교였으니까.

나는 액자를 바라보던 눈을 돌려 책장으로 갔다. 그 애의 아버지는 아빠보다 나이가 꽤 많았다. 졸업 앨범이 꽂힌 맨 마지막 칸부터 거슬러 올라온 시선이 작은 흠 하나 없이 정갈하게 정돈된 책장을 훑었다.

이 책장은 적어도 삼사십 년 전에 시간이 멈추었다. 완전히. 해가 들어오는 방향을 따라 균일한 각도로 빛이 바랜 책등을 보면 알 수 있었다.

이후로는 어떤 새로운 책도 꽂힌 적이 없었을 테고, 누구도 이곳에 손을 대어 책들의 배치를 바꾸지 않았을 것이다.

나는 마치 오래전에 죽은 사람의 관을 열어 관찰하듯이, 얄따란 시집들이 가득 꽂힌 칸을 응시했다. 정렬된 높낮이는 한 치의 오차도 없었다. 그래서, 단 한 권이 눈에 보였다.

균일한 책 위로 아주 미미하게 솟아오른 어떤 사진.

「기억의 집, 최승자[*]」

나는 얄따란 시집 위로 천천히 손을 뻗었다. 마치 하얀 장갑을 끼고 유해를 집어 올리는 사람처럼.

「기억하는가
....
[*] 최승자, 〈기억하는가〉, 《기억의 집》, 문학과지성사, 1989

우리가 처음 만났던 그날
환희처럼 슬픔처럼
오래 큰물 내리던 그날.」

책을 여는 순간, 사진이 툭 떨어졌다.
아.

「네가 전화하지 않았으므로
나는 잠을 이루지 못했다.
네가 다시는 전화하지 않았으므로
나는 평생을 뒤척였다.」

시야가 짧은 시를 타고 미끄러지듯 떨어졌다. 내 발치에 떨
어진 어린 날의 큰 고모가 보였다.

#28. 남해로 가는 길에 진주가 있으니까

이제는 더 이상 입지 않는 검은 교복, 어깨 위 단발, 사진 너머를 돌아보며 말갛게 웃고 있는 얼굴, 햇빛 아래 눈동자……. 나는 시집을 꺼낸 것보다도 더 느리게 발치의 사진을 주워 들었다.

옛날 슬라브식 주택 특유의 붉은 갈색 벽돌과 빨간 칸나꽃. 박동주의 졸업 사진 속, 그 애와 나의 학교보다도 더 익숙한 곳.

내가 태어나고 자란 나의 집.

나는 언젠가 외할아버지의 장례식장에서, 큰 고모와 내 얼굴이 커다란 거울에 나란히 비쳤던 순간을 떠올렸다. 고모와 조카가 아니라, 엄마와 딸이라 해도 믿겠다던 넷째 이모의 수선스러운 목소리도.

그 목소리에 이끌리듯 문득 박동주의 방 입구에 걸린 작은 거울을 돌아보았다. 오래된 액자처럼 길쭉한 육각형으로 짠 금속 틀 속 거울에, 고모와 전혀 다른 내가 비쳤다.

'이래서 피는 못 속이는 거야. 알아? 응?'

나는 사진 속 고모를 따라 하듯 입꼬리를 끌어 올렸다. 아. 그제야 조금 닮아 보였다.

머리를 울리는 목소리가 날카롭게 갈라졌다. 날붙이가 금속을 긁고 찍어 내리는 소리처럼. 그러다 말하는 이 스스로를 잡아먹을 것처럼 높아졌다.

정신 나간 얼굴. 제 스스로가 무슨 말을 지껄이고 있는지도 모르던 얼굴.

'왜. 정말로 느이 아버지가 아무 말도 안 하디? 네 큰 고모가 어떤 사람인지.'

'……우리 고모가 왜요? 어떤 사람인데요?'

'부끄러운 줄도 모르고 우리 우경이만 보면 질색 팔색 하는 꼴이 웃기지도 않더니, 정작 너한테 그런 말은 한마디도 안 해? 하긴. 네 아버지 자존심에, 지가 그렇게 좋아하는 마누라한테도 못 하는 말을 딸한테 한 톨이라도 알려 줬을까. 지 큰누나가 얼마나 수모를 당했는데, 윤씨 집안 치부를. 지도 부끄러운 줄은 알겠지.'

'아빠 얘기는 하지 마세요. 아빠는 저랑 상관없잖아요.'

'왜 상관없어? 윤혜영 그년한테 하나뿐인 남동생인데. 응? 너 같은 딸이나 둔 아버진데. 그 멍청한 윤씨 핏줄이 어디 가겠니?'

'우리 집 욕하지 말라고요.'

'지들이 욕먹을 짓을 해 놓구 이렇게 가증만 떠는 것도 유전이야. 불쌍한 척. 피해자인 척. 하나같이 정신이 나갔지.'

'정신 나간 건 그쪽이잖아요. 이거 놓으세요.'

'차희 네 큰 고모 말이야. 세상 착하고 얌전한 년처럼 굴지? 응? 기껏해야 남의 집 머슴살이나 하던 애비 밑에서 자란 주제에 사랑받고 귀하게 자랐다고, 지는 다르다고 고상이나 떨면서. 아니야. 윤혜영 그년은 차희 너랑 똑같아. 넌, 네 고모랑 똑같아. 그 더러운 년. 더러운 기집애.'

'…….'

'희야, 네 고모도 이렇게 너처럼 어릴 때 몸부터 굴려 먹었대. 아니?'

남자들한테 몸이나 내주고. 창녀같이.

신미진이 그렇게 말하던 순간의 미소를 잊을 수 없었다. 마치 누구를 칼로 찌르고는 피 흘리는 게 재밌어 웃는 것처럼 보여서.

너랑 똑같아. 네 고모랑 똑같아. 치를 떨던 목소리가 마치

56

내 너머의 보이지 않는 사람을 향하듯 멀리 넘어갔다.

그러다 문득 내 얼굴을 뒤늦게 발견한 사람처럼 놀라고, 아주 황당해하다가, 갑자기 무너졌다.

마치 제 눈앞에 있는 사람이 고모가 아니라 나라는 사실을 뒤늦게 알아차린 것처럼.

아니야. 아무것도 아니야. 이모가, 이모가……. 방금 미쳤었나 보다. 차희야. 이모 말은, 그런 게 아니라, 너희가 걱정돼서. 아직 어리니까. 네가…….

'고모가 바람이라도 폈어요? 이모 남편이랑 불륜이라
도 했대요? 그래서 저한테 지금 이러시는 거예요?'
'아니, 아니야……. 아니지. 그건 누구도 모를 일이지.'

워낙, 사람을 잘 꼬여 내는 여자니까.

말 한 마디 속에서 얼굴이 서너 번은 바뀌었다. 희한한 대답을 내어놓은 신미진이 벌벌 떨리는 입매를 애써 끌어 올리며 애달프게 웃었다.

그러나 그럴 리 없었다. 큰 고모는 언제나 의처증에 걸린 간수 같은 남편과 살았으니까. 착하고 불쌍한 사람이었다. 돈이 있어도 복이 없고 가여운 사람이었다. 아빠가 늘 말하듯이.

원래는 더 좋은 삶을 살 권리가 있었던 사람.

'이모는, 네가 잘못될까 봐 그래. 이렇게 네 인생에서

제일 중요한 시기에. 응?'

네 고모처럼 괜히 신세나 망치면 안 되지. 그렇게 스스로 지껄인 말에 다시금 조금 놀라는 얼굴이 가증스러웠다.

그러다 아주 다정해졌다. 날 때린 적도, 내 인생을 단 한 번 짓이긴 적도 없는 것처럼.

'그치? 네가, 희야 네가 말희한테 어떤 딸인데.'

'…….'

'우리 우경이 말이야. 온 집안에서 애지중지해. 그 애 큰아버지부터가 그래. 할배, 할매가 오만 걸 다 해 줬던 걸 그대로 해. 제 자식보다 더. 그래서 저렇게 본데없이 큰 거야. 내 아들이지만, 그래, 나도 걔 잘못 키웠어.'

'…….'

'무슨 물건이든 갖고 싶으면, 반드시 가져야 직성이 풀려. 그래, 너처럼 말이야. 그 옛날부터……. 그래서 너 좋아하는 행세나 한 거구. 남자애들 호기심 그거 한때야. 걔는, 네 몸이나 어떻게 해 보고 싶은 거야. 이 촌구석에서야 희야 너만 한 애가 없으니까.'

'…….'

'너처럼 똑똑한 애가 그런 놈한테 휘둘려서야 되겠어?'

남자들은 원래 아무것도 안 잃어. 여자가 가진 걸 하나씩 잃다가, 가진 걸 전부 다 잃을 때조차도.

'느이 고모가 전부 잃었을 때, 내 남편이 뭘 잃었을 것 같니?'

'…….'

'박동주는 기껏해야 사랑이나 잃었지.'

나는 시집의 접힌 부분을 보았다. 기껏해야, 사랑. 고작 사랑. 마음의 문제. 작은 질병.

접어 놓은 페이지, 사랑을 이야기하는 곳마다 그 애 아버지의 병이 보였다. 미련이 보였다. 분노가 보였다. 고작해야 그 애 아버지가 놓친 모든 것.

그래. 고작해야.

계단 쪽에서 올라오는 소리가 들렸다. 나는 애써 침착하게 고모의 사진을 시집 안에 도로 끼워 넣고 책장에 돌려놓았다. 가슴이 뛰었다.

신미진의 온갖 정신 나간 말들이 때늦게 형체를 갖추고 주위를 어슬렁거렸다. 어쩌면 너도 알고 있을까? 이 방 안에 어떤 기억이 있는지.

네 아버지가 먼 옛날에 누구를 사랑했는지.

핑계를 찾는 시선이 방 안을 배회했다. 마침 그 애가 아까 나를 안고 올라올 때 같이 들고 온 옷가지가 바닥에 떨어져 있었다. 나는 그것을 주워 들었다.

"뭐 하노? 여기서."

"우리 옷 찾으러."

"아."

문가의 박우경을 바라보는 내가 거울에 비쳤다.

방금 전 신세를 여러 번 망친 것치고는 꽤 덤덤한 얼굴이다. 물론 몸에 걸친 것이라고는 속옷뿐인 것치고도.

네 엄마가 너랑 자는 건 신세를 망치는 지름길이라 그랬는데.

그날의 수치심이 거짓말 같다. 우리가 잔 것이 역겹다고, 내 스스로를 혐오했던 멍청함이 우습다. 평생 내 무엇도 망치지 못할 남자애를 두고.

"아 너무 쉽게 찾았네."

그냥 잊어 먹은 거면서 숨긴 척은.

"윤차희 끝까지 못 찾게 좀 숨겨 놨어야 했는데."

"못 찾으면 뭐."

"집에 못 간다이가. 옷 없어서."

지가 나무꾼이라도 되나. 어이가 없어 웃자 그 애가 비딱하게 따라 웃고는 방에 들어왔다.

"내가 겨우 옷 없다고 못 나갈까 봐."

"와. 그 꼬라지로 밖에 나간다고, 그럼?"

"니가 안 놔주면 그러겠지. 어쩔 수 없다이가."

"해 보든가. 절대 안 놔줄 건데."

말과 달리 끌어안는 팔이 부드러웠다. 나는 문득 그 애의 속을 가늠했다. 너는, 네 아버지 책장의 책들을 본 적 있을까.

어떤 사랑의 흔적을. 오래전 누군가와 주고받았던 시선이 느껴지는 사진을.

이윽고 생각은 다른 생각에 짓눌렸다. 그럴 리 없었다. 박우경은 제 부모에게 가끔 불가해할 정도로 무심했다. 사실 무심한 정도가 지나쳐 매정해 보일 지경으로.

네가 네 아버지의 오래된 시집이나 궁금해할 리 없지. 너는 아무것도 보지 못했을 것이다.

그래서 나는 아무것도 보지 못한 것이다. 무엇도 기억하지 못하고.

나는 아무것도 보지 못한 것이다. 아무것도. 무엇도 기억하지 못한다.

가까스로 생각의 문이 닫혔다.

"왜. 보고 싶은 책 있나? 옛날 책밖에 없던데."

"아니. 별로. 다 너무 오래돼서."

나는 그 애와 방을 나왔다. 최대한 천천히, 죄를 숨기고 의심은 피하려는 어떤 사람처럼.

"난 시 같은 건 별로더라."

"맞나."

"시집도 싫고."

그러고는 그 애를 조금 떠보듯 말했다. 정말이지 멍청한 말이었다. 하지만 그 애는 네 호오가 여태껏 그랬냐는 듯 고개나 끄덕일 따름이었다.

"하긴. 존나 못 알아들을 말만 천지다이가."

레코드판의 낡은 음향이 다시금 가까워졌다. 너는 정말 아무것도 모를까.

의심이 치고 올라오면 절박함이 짓눌렀다. 제발 그러기를 바라고. 네가 알면, '우리가' 아는 것이니까.

"아 맞다. 니 전화 왔드라."

아까 현관에 들어서기 무섭게 그 애가 떨어트렸던 내 가방이 어느새 2층 난간 끄트머리에 걸려 있었다. 나는 가방 속의 핸드폰을 핑계 삼아 떠나듯 복도를 등지고 계단으로 향했다.

계단을 내려가며 꺼내 든 핸드폰에 친구의 이름이 떠 있었다. 나는 한숨과 함께 부재중 통화 내역을 꺼트렸다.

"왜. 누군데?"

"남자 아니다."

본론만 간단하게 대꾸하자 뒤에서 내려오던 박우경이 가방을 획 낚아챘다. 그리고 도로 2층으로 올라가 버렸다.

졸지에 나는 내 옷가지와 핸드폰만 달랑 든 채로 층계에 남았다.

날 휘두르는 것도 모자라 내 신세도 여러 번 망친 애. 유치한 박우경. 어이가 없어 가만히 보고 있자 그 애가 도리어 물었다.

"안 오나."

"뭘 안 가."

"가스나 가방 없어도 되는갑지."

"어. 된다."

핸드폰과 옷가지를 그 애 보란 듯 나란히 들어 보인 나는 그 대로 계단을 더 내려가다가, 결국 뒤돌았다.

내가 그럴 줄 알았다는 듯 2층 난간 앞에서 얄밉게 웃고 있는 그 애가 보였다.

"잘도 가방 없이 가겠다. 니가. 가방에 책이 얼마나 들었는데."

"······."

"존나 누가 지 범생이 아니랄까 봐."

"줘."

"니는 손이 없나 발이 없나. 윤차희 니가 올라와서 가져가라. 기껏 2층에 갖다줬드만."

"언제는 공주라매."

"그럼 씻겨 줄 때도 가만있든가. 공주답게."

"아. 진짜."

결국 나는 짜증을 내며 계단을 도로 올랐다. 가방을 줄 것처럼 앞으로 내밀었던 그 애가, 내가 가까워지기 무섭게 제 등 뒤로 숨겼다. 마치 어릴 때 내 인형 따위나 그렇게 숨겼듯이.

얄궂게 웃는 낯에 예닐곱 살 적 그 애가 보였다. 목에 가시처럼 걸려 있던 그 애 아버지의 졸업 사진이 문득 사라졌다.

박우경은 박우경이었다. 누구의 아들이라 해도. 내 기억마저 앗아 갈 수는 없을 테니까.

"줘."

"니가 집에 안 간다고 하면."

"집에 가야지. 왜 안 가노, 내가."

"아 그니까 지금 말고."

"……."

"두 시간만 더 있다가 간다고 하면. 줄게."

어차피 그럴 생각이었지만 나는 내색하지 않고 혀를 찼다.

"진짜 유치하다. 박우경."

"뭐. 니는 그런 유치한 새끼나 좋아하는 주제에."

"하."

"이제 누가 더 유치하노."

"니지. 박우경."

내 말에 그 애가 불만스럽게 가방을 내밀었다. 그러나 내 손에 완전히 내어 주지는 않은 채로 되물었다.

"그래서 유치한 새끼 두고 집에 가나."

"안 간다. 됐제."

"존나 못됐다. 지는 볼일 다 봤다 이거가."

"안 간다니까?"

"아. 안 간다고? 진작 말을 하지."

저랑 잘 만큼 잤으니 가느냐는 말을 들은 것도 황당한데, 진작 말을 하지 그랬냐는 말은 더했다.

나는 박우경이 멍청하게 좋아하는 틈을 타 가방을 도로 빼앗았다. 그러나 보람도 없이 내려오는 길에 가방을 또 뺏겼다. 이번에는 자기가 들어 준다는 명목이었다.

"공주잖아."

"언제는 손도 발도 없나 카드만."

"손발이 있어도 안 써야 존나 진정한 공주지."

"됐다."

"니는 느그 집에서 존나 진정한 공주잖아."

그러든가 말든가. 나는 아무래도 상관없는 가방을 뺏겠다고 실랑이하다, 기껏 계단을 다 내려와서 넘어질 뻔했다. 이후로 10분은 박우경에게 잔소리를 들었다.

"내가 넘어질 뻔한 게 누구 때문인데?"

"니 때문이지. 내 때문이가. 그럼."

"아 됐고."

"뭐가 됐노. 즈그 오빠나 지나 맨날 됐대. 남의 말 존나 자른다, 진짜."

"니가 말이 많잖아."

"그래서 전화는 누군데."

까먹을 리가 없지. 제대로 된 대꾸가 아니었다고 생각하는 모양이다.

"친구."

"아. 남자 아닌 친구."

그렇게 내 말을 받아 중얼거리는 얼굴이 어울리지도 않게 좀 새침했다.

"그게 다가? 이름이라도 알려 줘야지. 니 친구랑 남자 친구랑 통성명 좀 하게."

"여기 있지도 않은 애랑 뭘 한다고."

"니 친구는 내 아나."

"알지. 당연히."

고등학교 때 친구니 당연히 알았다. 심지어 나보다 박우경을 먼저 알았을 텐데.

그 애가 멈칫했다.

"친구한테 내 얘기 했다고?"

"아니?"

"아 뭐고. 존나 사람 놀린다. 또."

"고등학교 때 친구니까."

"그럼 누구라고 말하면 되지, 왜 숨기노."

"안 숨겼다. 내 친구 말해 봐야 니가 모르니까……."

"김혜지? 최은진? 이소은? 박윤지? 김소연?"

"……기억력 좋네?"

"걔들이랑 맨날천날 붙어 다닌다고 내랑 안 놀아 줬잖아."

"……."

"절대 못 까먹지. 짜증 나서."

그래서 그중에 누군데. 부엌에 들어와서도 내 등에 짐짝처럼 매달린 박우경이 물었다. 왠지 이상했다. 어디서 들은 게 있는 것처럼.

나는 냉장고에서 생수를 꺼내며 석연찮게 대답했다.

"……소연이."

"아, 김소연 개. 전화 다시 안 하나?"

"나중에 하면 된다."

"내 때문에 참는 거면 지금 해도 된다. 두 시간 더 연장했으니까."

"무슨 피시방 카드 충전하듯이 말하노⋯⋯."

"전화 안 하나. 문자도 안 보내고? 급한 일이면 어쩔라고."

"그거야 급한 거 아니니까."

"그걸 어케 알지, 윤차희가."

"박우경 니는 왜 이카지."

"⋯⋯."

"⋯⋯."

우리는 아주 잠깐 말없이 서로를 마주 보았다. 그리고 각자 물을 마셨다.

"김소연 금마가."

"야. 내 친구잖아."

"그래서? 욕을 한 것도 아니고. 금마가 무슨 짓 했는데?"

남자애들더러 이 새끼, 저 새끼 하듯 부르는 어조라 발끈했지만 말 그대로 욕을 한 것도 아니었다.

"걔가 뭘."

"아니, 기껏 니 생각해서 남자 소개시켜 준다는데도 이러니까."

"⋯⋯."

나는 말없이 빈 생수병을 식탁 위에 놓았다. 박우경이 샐쭉하게 웃었다.

"왜. 질투 드글드글한 새끼 첨 보나."

"내가 거절했다. 벌써."

"근데 김소연은 계속 말하고."

"걔도 부탁받아서……."

"소개팅 한 건당 인센티브 받는 것도 아닐 텐데 그렇게 계속?"

"근데 니는 어케 아는데?"

"태희 형이 말해 주던데."

"아, 윤태희 진짜."

무심코 윤태희를 욕한 나는, 윤태희는 또 어떻게 그 일을 아는지 의아해졌다. 그런 내 생각이 얼굴에 훤히 보이는 것처럼 내려다보던 박우경이 입매를 비틀었다.

"걔네 오빠가 니네 오빠한테 말했대. 니랑 소개팅 하고 싶어 하는 새끼가 존나 돈 많은 새끼고 존나 좋은 기회니까 여동생 좀 설득하라고."

"……그것도 소연이가 부탁했겠지."

"왜? 니가 그 새끼랑 만나 주면 돈 받는다 카드나."

"남자 친구 선배가 좀 고집이 센가 봐. 그래서 남자 친구 때문에……. 남자 친구가 엄청 눈치 보고 있대. 기대했다가 실망했다고."

"김소연은 애초에 니 얼굴을 무슨 생각으로 그 새끼한테 보여 줬고?"

"그냥……."

"이쁜 친구 없냐고 물어서 말 그대로 보여 주기만 했다?"

68

내가 가만히 박우경을 노려보자 박우경도 날 노려보는가 싶
더니 내 몸을 달랑 들어 식탁에 앉혔다. 딱히 도망가려고 하지
도 않았는데 한 손은 어깨를, 한 손은 허벅지를 잡아 누르고.

그게 맨살이라 부끄러운 건 나뿐인지, 그 애는 여전히 조잡
한 질투로 들끓는 얼굴이었다. 속옷밖에 없는 내 몸은 보이지
도 않는 양.

"야. 근데 내가 보여 준 것도 아닌데 왜 이래야 돼?"

"내가 그래서 친구 잘 가려 사귀라 캤제. 그딴 찌질한 새끼
지나 만나면 됐지, 지 친구들한테 새끼까지 치고 자빠졌노. 존
나 다단계도 아니고. 지 여자 친구보고 여자 물어 오라고 닦달
하는 새끼나 만나면서."

"니는 어차피 내 친구 다 싫어했잖아."

"그럼 좋겠나? 씨발, 같은 여자라고 맨날 니 뺏어 갔는데."

"……진짜 바보 같은 말이다."

"존나 참외 재벌 새끼까지 끌고 오고 지랄이야."

"소개 안 받는다 했다니까."

"돈이 그렇게 많다면서 절박한 거 봐라. 성주 참외 새끼. 생
긴 게 참외라 그렇다."

근거 없는 루머가 진지하기도 하다. 돈이야 저도 많으면서.

지는 사과같이 생겼나, 그럼.

"소개 안 받는다고."

"왜. 못생겨서?"

"박우경 니 있으니까."

"……존나 양심 없다, 윤차희. 남자 있다고 한 마디만 하면 될 걸 그 한 마디를 안 해서 성주 참외 새끼한테 시달리는 주제에."

"그건."

"그래 놓고 이제 와서 '박우경 니 있으니까?' 와 진짜 말 되나. 가스나 뻔뻔한 게 보통이 아니네."

"말 되냐면서 왜 웃는데."

"윤차희 니는 진짜 못돼 처먹었다. 사람 갖고 놀기나 하고."

그래서 네가 싫고 네가 좋다는 말이 내 온 얼굴 위로 쏟아졌다.

나는 다정한 키스 속에서 목 너머의 가시를 삼키고, 삼키고, 또 삼켰다. 신미진의 목소리가, 어린 날 바라보던 그 애 아버지의 기묘한 표정이, 고모의 다정한 말씨가 저 아래 방에서 무너졌다.

"우경아. 우리 추워지기 전에 놀러 갈까. 날 좋을 때."

엄마가 용돈 준대. 니랑 내랑, 둘이 여행 가라고. 품속에서 자그맣게 말하자 그 애가 대번에 들뜬 음성으로 욕설을 지껄였다.

"윤차희 니는 이제 뒤졌다."

"뭘 뒤져, 미친놈이."

"좆 됐다, 진짜. 윤차희 넌 여행하다 죽는다."

식탁 의자에 앉으며 내 몸을 제 무릎 위로 끌어 내린 그 애가 핸드폰을 들었다.

이윽고 끝없는 여행지가 나타났다.

엄마는 우리가 여행을 간다는 말에 본인이 가는 것처럼 신이 났다. 어쩌면 애처럼 신이 났거나.

"어데? 둘이 어데 갈 끼고? 좀 멀리 나가나?"

"네."

"아니."

우리는 동시에 대답하고 서로를 보았다. 그 애가 모나카를 문 채로 눈썹을 비딱하게 들어 올렸다.

"그래, 가까운 데든 아무 때나 드라이브 갈 수 있다이가. 기왕 작정한 김에 좀 멀리 나갔다 온나."

엄마가 은근슬쩍 내 말을 듣지 못한 양 박우경을 보고 대꾸했다. 내 말은 별로 마음에 들지 않았다는 뜻이다.

"그래서, 그래서. 둘이 어데 가는데?"

"아직 몰라요. 애가 다 퇴짜 놔서요."

"내가 언제."

"너무 멀다. 너무 경상도다. 너무 전라도다. 너무 강원도다. 너무너무. 공주 이름 윤너무라 바꾸세요."

"아 진짜. 내가 언제."

그 애가 어깨를 한 번 으쓱하고는 모나카를 우물거렸다. 가만히 보면 저런 걸 잘도 주워 먹었다. 말로는 달달한 게 싫다고 해 놓고.

"이 집 공주 너무 까탈스러워요."

"우리 희야가 원래 좀 글타. 돌다리도 두드려 보고 건너라 카는데, 이 가시나는 앞에 쭈그려 앉아가 돌다리가 뿌사질 때까지 때리고 앉아 있다 카이."

"힘이나 세면 말을 안 해. 지가 돌 좀 때린다고 어느 천년에 그게 뿌사져요?"

"내 말이."

"윤차희 지나 뿌사지지."

내 말이, 는 무슨. 나는 식탁에 기댄 팔에 무료하게 턱을 괸 채로 엄마와 박우경이 내 흉을 주거니 받거니 하는 꼴을 보았다.

"그냥 아줌마가 어디 가라고 딱 정해 주세요. 공주가 트집 못 잡게."

"야. 니가 내보고 운전하라매. 그래서 멀리 가기 싫다고 한 거 갖고 무슨 사람을 트집쟁이로 만들고……."

"우갱이가 그동안 니 이리 델따 주고, 저리 델따 주고 많이 했다이가. 희야 니가 운전 좀 해 줘야지, 아무리 멀어도."

졸지에 나만 염치없는 애가 됐다. 남은 실컷 운전시켜 놓고 지는 운전하기 싫다는 애.

"아니, 그런 말이 아니라 장거리는 아직 자신이 없어서 그런 건데."

"해 봐야 늘지. 공주야. 내가 다 니 가르쳐 줄라고 이카는데."

그냥 지가 멀리 놀러 가고 싶은 거면서 뭘 가르쳐 줘? 눈으

72

로 물은 건 난데, 그 애는 엄마 보고 대꾸를 보탰다.

"애가 면허 시험 네 번이나 떨어졌잖아요."

"아, 그치. 희야가 그랬제."

"그랬제는 뭘 그랬제. 세 번이거든."

"그거나 그거나."

그 애가 내 어깨를 툭툭 치고는, 엄마가 고상하게 놓아 준 찻잔 속 녹차를 한입에 들이켜고 식탁에서 일어났다. 그러고 보니 밖에서 아빠가 그 애를 부르는 소리가 어렴풋하게 들렸다. 딸도 안에 있는데 꼭 남의 집 아들만.

"잠깐 갔다 올게요."

"귀도 밝다. 저걸 우째 듣노?"

엄마가 동그랗게 눈을 뜨고 그 애의 뒷모습과 날 번갈아 보았다.

그러게. 지가 진짜 머슴인 줄 아나 봐.

그새 뒤에서 밥솥 소리가 났다. 좀 천천히 가 보면 어때서, 어디서 무슨 소리만 났다 하면 벌떡 일어나는 엄마를 따라 싱크대로 갔다. 그리고 괜히 잘 끓고 있는 미역국을 국자로 몇 번 휘저었다.

"엄마. 이거 다 된 거 같은데."

"불 꺼 뿌라."

"응."

"여행 가믄 돈 너무 아끼지 말고."

"안 굶기면 됐지."

"가스나, 괜히 말만 그래 하제. 느그 우갱이 비싸고 맛있는 거 마이 사 주라. 알았제."

"쟤 어차피 회도 안 먹는데, 뭐."

"내랑 똑같네. 우리 윤씨들은 없어서 못 묵는데. 그쟈."

"그러게."

"윤씨는 꼭 회 싫어하는 사람만 좋아하는갑다."

"……."

"느그 아부지도 글코, 니도 글코."

세상에 얼마나 예쁘고 좋은 곳이 많으냐고 조잘거리는 목소리가 노래 같았다. 잔뜩 나이 들어 가고 싶어도 못 갈 때가 되기 전에 얼른 다 가 보아야 한다고.

나는 그 말에 웃다가, 웃지 않다가 했다.

"엄마, 내 아직 스물셋이다."

"그이까. 엄마는 아직도 니 세 살 적이 엊그제 같은데, 벌써 이래 됐다이가."

"내 이십 년은 어쩌고."

"니 이십 년만 글켔나."

따지는 말에 엄마가 고추를 썰며 웃었다.

"느그 할아부지는 평생도 눈 한 번 감았다 뜨면 사라진다 카드라. 세월이 그런 기라."

"……."

"좋은 시절도, 나쁜 시절도 눈 몇 번 감았다 뜨면 다 지나가고 없다. 원래 그렇다."

그러니까 최대한, 눈을 천천히 감았다 떠야지. 갈 수 있을 때 여기저기 가 봐야지. 웃을 수 있을 때 웃어야지.

이 좋은 시절은 다 어데 가고 나는 언제 이래 늙었나, 나중에 한탄이라도 할라믄.

그렇게 가끔 옛날 사진이나 들여다보면서, 시간이 다 어디로 가 버렸을까 생각해야지. 남들처럼.

"아무튼 누가 뭐라 해도 남는 건 사진삐 없다. 느그 아빠가 태희랑 니 어릴 때 맨날천날 사진 찍는다고 그 난리를 지기 쌌드만, 지금 보니까 느그 아빠 살면서 제일 잘한 게 그거 아이가. 주말만 됐다 카면 꼭 애들 데리고 어데 가자고 우기면서 바빠 죽겠다는 지 마누라를 그래 귀찮게 했는데. 지금은 그걸로 엄마가 안 사나."

엄마는 니 어릴 때, 태희 어릴 때, 느그 아빠 젊을 때, 아직도 그 때 기억이나 먹고 산다. 인생이 이래 긴데도.

"가서 우갱이랑 둘이 사진이나 마이 찍어 온나. 엄마랑 아빠도 구경하그로."

"⋯⋯응."

"사진도 어디 놀러 가야 찍든 말든 카지, 안 글나. 뭔 일 없으면 찍어지지도 않드라. 느그 아빠같이 카메라에 정신 나간 사람이나 그래 노상 들고 있었지."

"⋯⋯."

"한 5분 있다 들어오라 카믄 되겠다."

냉장고에서 반찬을 꺼내어 하나씩 그릇에 담자, 예쁘게도 담는다는 칭찬이 돌아왔다.

엄마는 항상 그랬다. 매일 트집만 잡는 사람이 남의 트집거리를 뒤지듯, 자식들에게서 칭찬할 거리를 찾는 사람이었다. 어릴 적에는 수저만 대신 놓아 줘도 세상에 둘도 없을 효녀가 됐다. 아빠도 크게 다르지는 않았다.

박우경이 공주 운운하며 날 놀려 먹는 것도 이래서다.

"글고 추석 전에는 갔다 온나, 꼭."

"지금 추석까지 얼마나 남았다고."

"연휴 지나면 바쁘다. 니가 가겠나."

그때는 바쁘니까 가지 말라는 것이 아니었다. 그저 바쁘다는 핑계로 내가 은근슬쩍 주저앉을 것을 안다는 뜻이지. 나는 말없이 반찬 통을 하나씩 닫았다.

"그렇다고 연휴 때 가면 호텔이고 뭐고 다 바가지 아이가."

"연휴에 굳이 갈 필요 없지."

"그래. 우경이도 연휴 때는 즈그 집에 좀 붙어 있어야지. 형들도 서울에서 다 내려오는데, 정작 휴학하고 청라에 있던 아가 집 밖으로만 나돌면 되긋나."

"응."

"할매 집은 다 고쳤고?"

"그냥저냥."

"우리 집 때문에 공사도 하다 말다 했드만. 영판 엉망으로 해 놓은 거 아이가? 추석 때 즈그 큰아부지가 보면 식겁할 낀데."

"할머니 방 두 개는 그대로더라. 짐도 그대로 있고. 별채도 있잖아. 제사는 별채에서 하겠지."

"하여간 진이 이모가 그 집 얘기만 하면 한숨이다. 자기 아들이 괜히 엉망으로 만들어가 친척들한테 욕이나 평생 쳐묵는 거 아인가 캄서. 안 그래도 아들이 넷이나 되고 손주도 그래 많은데, 할매가 우경이 하나만 콕 찝어가 물려준 거 갖고 말 많다 카던데."

"그거 말고도 물려줄 거 많잖아."

"아무리 돈 많은 집이라 해도 부모 자식 간에 돈이 다는 아이지. 암만 시골이라도 그 집 아들들이 태어나고 자란 데고, 몇 대 전부터 그 집안이 살던 터 아이가. 돈이야 갈라 주지. 부동산이야 여기 건물 니 주고 저기 땅 니 주고 하겠지. 근데 그 집을 주는 거는, 할매가 자기 마음을 물려주는 거다."

"⋯⋯."

"장남이면 장남이라는 핑계나 있지. 우경이는 둘째 아들네 막내아들 아이가. 할매가 노망나시기 직전에 우경이한테 그 집 물려준다 캤을 때, 그 집안 개판 났던 거 모르제? 학교 이사장인 우경이 큰아부지부터 대학교수네 의사네 하는 작은아버지들까지 내려와가 우경이 할매 앞에서 오만 난리를 다 쳤다드라. 물르라고. 동네 망신스러워서 쉬쉬해가 글치."

집을 이렇게 뒤엎었다가 네 큰아버지나 작은아버지가 기겁하면 어쩔 것이냐는 말은 나도 진작 물어봤다.

내 집인데, 뭐. 대답은 간단했다.

싫어하면 어쩔 것이냐고 물으니 대답이 이랬다.

'일 년에 몇 번이나 와서 본다고, 싫어하든가 말든가.'

집이 유적도 아니고 즈그가 위인도 아닌데 살던 그대로 보존해야 되나, 그럼. 대통령 생가도 아니고. 즈그가 뭐라고. 존나 독립운동가도 아니면서.

알아서 박우경의 예쁜 모습만 보는 엄마가 면전에서 듣는다면 기겁할 말이었다.

"나이가 얼마나 들든 무슨 일을 하든, 부모한테 서운한 자식은 애처럼 그래 된다."

"나는 오빠야랑 똑같이 물려줘, 그럼. 이 집 땅도 정확히 반으로 가르고."

"느그한테 물려줄 게 남으면 그래 하께."

마침 현관 쪽에서 아빠와 박우경이 들어오는 소리가 들렸다.

복도가 떠들썩했다. 나는 반찬 통을 냉장고에 집어넣었다. 금세 주방으로 들어올 것 같았던 기척은 거실 즈음에서 멈추었다. 무슨 대화를 저렇게 조용히 하나 싶어 잠깐 내다본 나는 금방 흥미를 잃고 수저를 식탁에 놓았다.

그러는 사이 주방으로 넘어온 박우경이 내 밥 옆에 작은 액자를 하나 내려놓았다.

"야, 프린세스. 여기 가자."

"……뭔데?"

"여기 개이쁘다."

"박우갱이 니는 어른들 앞에서 개이쁘다가 뭐꼬?"

아빠가 그 애의 말본새를 열의 없이 지적하고는 의자에 앉았다. 박우경이 아빠 옆에 자연스레 앉으며 물었다.

"아저씨, 저기가 어디라고요?"

"진주. 문산 성당."

박우경이 들고 온 것은 거실 장식장에 쭉 늘어서 있는 액자중 하나였으므로, 당연히 내 눈에 익은 것이었다. 그러나 박우경처럼 이곳이 어디인지는 한 번도 궁금해한 적이 없었다. 우리 집에 이런 사진이 워낙 많기 때문이었다.

아빠랑 엄마가 옛날에 갔던 곳. 정확한 이름을 모르는 수많은 배경 중 하나.

아빠는 곧잘 정확한 장소까지 이야기하곤 했지만, 엄마는 지역도 가끔 헷갈렸다. 그래서 엄마를 닮은 나는 아빠에게 정확한 답을 들어도 곧잘 잊어버렸고, 엄마에게서는 정확한 대답을 구하기가 어려웠다.

그러다 자라며 더는 궁금해하지 않게 됐다. 젊은 날의 두 사람을.

"예쁘제?"

아빠가 밥을 한술 뜨며 약간 우쭐해진 어조로 내게 물었다. 나는 그냥 고개만 끄덕였다. 기와지붕을 머리에 인 한옥과 아름드리나무 사이로 하늘색 성당이 보였다.

마치 성당에서 결혼식을 마치고 나온 신부처럼 하얀 원피스를 입은 엄마가 예뻤다. 더운 날이었는지 한쪽 팔에는 양복 상의를 걸치고, 다른 한쪽 팔에는 엄마의 손을 걸친 아빠가 카메라를 향해 비스듬히 웃고 있었다.

아빠의 흰 셔츠와 엄마의 흰 원피스에 햇살이 가득했다. 인생은 완벽할 수 없어도, 어떤 순간은 완벽한 것처럼.

가만히 사진을 내려다보며 웃고 있자 아빠가 말했다.

"그 한옥도 원래는 성당이었다 카드라. 백 년도 더 됐을걸. 뒤에 서양식으로 세워 논 거기도 억수 오래됐고."

"아저씨는 근데 삼십 년 전에 갔던 곳을 어떻게 그렇게 다 기억하세요?"

"좋았던 데는 다 기억나지. 내는 그날 저기서 태희 엄마가 구두 굽 뿌라 먹은 것도 기억난다. 그러게 내가 높은 구두 신지 말라 캤는데 기어코 신고 가드만. 내 이말희 그럴 줄 알았다."

"또 잔소리. 대체 언제 적 일인교, 그게? 내는 기억도 안 나는구만."

"우리가 저 날 저기 가기 전에 수목원을 갔그든? 아니 뭐 차에 운동화가 없는 것도 아니라. 그래서 걸어야 되니까 운동화 좀 신으라고 캤드만 지 사진 찍어야 된다고, 지만 키 작은 거 싫다고 드릅게 우기고 우기드만 걸으면서 내내 발 아프다 어쩐다."

"진짜 웃긴다. 당신이 사진을 그래 안 찍어 댔으면 나도 안 그랬다."

"들은 척도 안 하니까 나중에는 입이 댓 발은 나와가."

"참 내, 내가 언제 입을 댓 발씩 내밀고 다녔는데요? 그냥 아프니까 아프다고 말 몇 마디 좀 한 거 가지고 사람을 이래 모함하고."

"그래서 내가 얘 엄마 업고 다녔다. 쪽팔리면 정신 차리겠지 하고."

박우경이 장조림을 우물거리며 웃었다. 그러다 문득 엄마를 빤히 보며 말하길.

"아줌마 부끄러워하는 얼굴이 차희 쪽팔려 하는 얼굴이랑 똑같네요?"

엄마가 발개진 얼굴로 박우경을 나무랐다. 아줌마 나이가 몇 살인데 놀려 먹느냐고.

아빠가 국을 마시며 시큰둥하게 대꾸했다.

"둘이 닮기는 닮았제."

"네. 별로 안 닮은 줄 알았는데."

"우리 희야 엄마도 젊을 때는 좀 이뻤다."

아닌 척 자부심이 묻어나는 말이었다. 엄마는 아빠 말에 괜히 더 부끄러운 모양인지 쓸데없는 소리 말라며 말을 잘랐다.

그러거나 말거나 박우경은 젓가락을 쥔 손에 턱을 비스듬히 기대어 날 보고는 웃으며 말했다.

"그땐 아줌마가 희야였겠다. 니가 아니라."

또 해롭다. 개수작이 분명했다. 나는 식탁 아래로 그 애 정강이를 걷어찼다. 박우경이 킬킬거리며 다리를 피했다.

그러는 와중에도 엄마는 내가 자기를 닮았다는 게 내게 별로 보탬이 되지 않을 것이라 여겼는지 발뺌하듯 말했다.

"얘는 내 안 닮았디. 내 닮았다가 나이 먹고 이래 되면 클 나지."

"당신이 뭐 어때서. 사람이 나이 먹으면 다 그렇지."

"내 젊을 때보다 차희가 훨씬 이쁘다. 예쁜 즈그 큰 고모 닮아가."

무심코 아빠를 향해 시선이 움직였다. 아주 찰나처럼 무표정하게 굳은 얼굴이 보였다. 그러나 흔적도 없이 사라졌다.

엄마가 자부심 가득한 어조로 이어 말했다.

"우리 희야 큰 고모 니 본 적 있나? 윽수 이쁜데."

"아뇨."

"느그 대학 가기 전에……. 그래, 우리 친정아버지 돌아가셨을 때 오시긴 했는데, 하기사 누가 누군지 우째 알겠노. 그제. 그 고모는 나이가 육십이 다 됐는데도 아직도 탤런트 같다."

아빠는 늘 그랬듯 미역국을 연거푸 몇 입 마시고는, 평상시처럼 갓김치를 가득 집어 밥 위에 올렸다. 나는 그 옆의 박우경에게로 천천히 시선을 돌렸다.

아무것도 모르는 얼굴. 그렇구나 하는 눈. 엄마와 눈을 맞추며 웃고, 내 앞의 액자를 한 번씩 들여다보는 그 애.

"우리 희야도 나이 들면 딱 그럴 기라."

"얜 어떻게 나이 먹든 귀여울 것 같은데."

"그제?"

"……엄마 눈에나 그렇겠지."

82

"왜? 내 눈에도 그럴 건데."

빙글거리는 얼굴에는 단순한 기대와 즐거움이 어려 있었다. 나는 숨을 돌렸다. 그때 아빠가 젓가락을 내려놓으며 그 애를 불렀다. 우갱아, 하고.

"희야는 즈그 고모 안 닮았다."

"네?"

"즈그 고모, 하나도 안 닮았다고. 그냥 내 닮은 거지."

"뭔 소리고, 또."

엄마가 타박하듯 중얼거렸다. 그러나 아빠는 엄마도, 나도, 박우경도 보지 않은 채 그저 조용히 덧붙였다.

"희야는 내 닮고, 내가 누나 닮은 거지. 쟤는 큰누나 안 닮았다."

"그게 그거지……."

"그게 그거가 아니라, 이게 맞다."

고집스러운 어조였다. 엄마와 그 애가 아빠를 이상하게 바라보는 가운데, 아빠가 아무렇지 않게 말을 이었다.

"사실 그 사진 찍기 전에 구두 굽이 부러졌거든. 그래서 내가 부러진 굽 위에다가 이말희 요거 올려놓고 찍었다이가."

"내가 나이가 몇 살인데 이말희, 요거라 카고. 증말."

"팔짱도 그냥 낀 거 아이고. 내 팔 붙잡고 덜덜 떨고 있었다. 안 붙잡아 주면 지 혼자 비틀거리고 난리 났그든."

"씰데 없는 소리."

"그래도 그래 웃는 거 보면 하나도 티 안 나제."

"네. 하나도 안 나요."

"그래서 사람 속을 모르는 기라."

아빠가 웃으며 일어났다. 얼마 전부터 아빠에게 괜히 깍듯하게 굴기 시작한 그 애가 따라 일어났다.

"혈육이라고 다 닮는 것도 아이고. 니도 느그 아부지 별로 안 닮았다이가."

누가 보아도 그 애는 박동주를 닮았다. 나는 아빠의 말이 어떤 바람에 가까운 것을 알았다.

내가 큰 고모를 닮지 않았다는 말처럼.

"그래도 아저씨 젊을 때 보면 태희 형이랑 똑같은데요. 아줌마도 차희랑 닮았고."

"내가 태희 금마보다야 좀 더 잘생겼지."

"그건 그렇죠. 아저씨 젊을 때 되게 잘생기셨던데. 놀랐다 아닙니까."

"뭐 놀랄 것까지야."

"아줌마를 대체 어떻게 속여서 결혼까지 하신 건가 했는데."

"임마. 뭘 속여, 속이긴."

"글고 경각심이 좀 들더라고요. 젊을 때 좀 잘생겼다고 저렇게 방심하지 말고 나는 꼭 관리를 잘해야겠구나."

"개쉐이……."

아빠와 그 애가 제 그릇을 각기 들고 싱크대로 옮겨 놓고는 주거니 받거니 주방을 떠났다. 엄마는 가느다란 눈으로 아빠의 뒷모습을 좇다가, 문득 표정을 바꾸며 나를 돌아보았다.

"그래서, 추석 전에 우경이랑 진주 갈 거제?"

"저거 완전 미친갱이 아이가? 세상에 어떤 도라이가 새벽 댓바람부터 남의 집에 와가 저 행패를……. 와, 아직 새벽 네 시도 안 됐다."

"희야, 거서 좀만 기다리라. 우갱이도 좀 기다리라 카고."

"엄마가 니 좀 기다리래."

나는 잠기운에 가물거리는 눈을 애써 깜빡이며 인터폰 너머에 대고 말했다. 어, 하고 대번에 대답이 돌아왔다. 그러고는 잠잠해질 줄 알았더니 다시 딩동, 하고 벨이 울렸다.

— 내 일단 느그 집에 좀 넣어 주면 안 되나. 좀 추운데.

"니 차에 가 있으면 되잖아."

— 지금 ADHD 뒤졌다. 그렇게 가만히 앉아 있을 수가 없다.

"그럼 앞에 좀 걸어 다니든가. 엄마가 방금 자다 인나서 그 꼴로 니 보기 싫대."

— 아줌마가? 왜? 난 니만 꺼내 가면 되는데.

"니가 우리 엄마랑 아빠 깨웠잖아."

"마! 거서 그럴 거면 걍 전화를 해라. 남의 집 인터폰에 대고 뭐 하는 짓이고?"

— 안녕히 잘 주무셨습니까, 아저씨.

박우경이 인터폰 너머에서 웃으며 아빠에게 공손하게 아침

인사를 건넸다. 그것과 동시에 인터폰 연결이 끊어졌다. 아빠의 욕도 당연히 전달이 안 됐다. 문디 색, 에서 끊어진 말이 갈 곳을 잃었다.

아빠가 인터폰 버튼을 거칠게 눌렀다.

"문디 새끼! 니 때문에 못 잤다."

— 저는 공주가 전화를 안 받아서 어쩔 수 없었는데…… 따지고 보면 아저씨 딸래미 탓이 아닐까요?

"그게 와 우리 희야 때문이고? 둘이 여행 간다 카드만 미친 놈이 무슨 극기 훈련도 아니고, 아를 새벽 댓바람부터 이래 불러내 쌌는데."

— 그것도 아저씨네 공주 때문인데. 저는 이러기 싫으면 2박 3일로 여유 있게 가자고 걔한테 벌써 말했어요. 근데 지가 싫다던데?

"이거 완전 도라이 아이가? 지금 누구 맘대로 남의 집 귀한 딸래미를 델꼬 나가서 이틀 밤씩 자고 온다 카노?"

— 1박이나 2박이나 그게 그거죠.

"박우갱이 니 마 여행 안 가고 싶나. 엎을래."

— 아뇨. 가고 싶습니다. 죄송한데 희야 좀 다시 바꿔 주실래요. 이게 전화도 아니고 무슨.

"싫다. 니 안 바까 줄란다."

— 에이.

아빠가 날 바꿔 줄 수 없다고 엄포를 놓았을 즈음, 나는 이미 거기 없었다.

86

아빠랑 박우경이 인터폰을 사이에 두고 희한한 실랑이나 하게 두고 졸린 눈을 비비며 주방으로 가자, 엄마가 내복 바람으로 분주하게 냉장고 안에서 이것저것 꺼내는 것이 보였다.

또 뭘 바리바리 싸고 있었다. 아무것도 챙기지 말라고 그렇게 말했는데.

"공주 니는 준비 다했나?"

"대충."

"짐은?"

"자기 전에 다 챙겼지."

"세수는 했나?"

"내가 설마 세수를 안 했겠나……."

"희야 니가 우갱이를 너무 신경 안 쓰는 거 같으이 이카지."

아무리 신경을 안 써도 세수도 안 하려고. 하지만 돌이켜 보면 박우경에게 너무 꾸밈없는 모습만 보여 주기는 했다. 나는 갑자기 화장을 안 한 얼굴이 신경 쓰였다.

이렇게 새벽같이 나가지만 않았어도 조금은 신경 썼을 텐데. 괜히 입고 있는 원피스를 툭툭 치며 내려다보고 있자니, 이런 꽃무늬가 나한테 별로 어울리지 않는 것 같았다.

자기 전에 열두 번도 더 갈아입어 봤는데.

사실은 그러느라 늦게 잤고, 그래서 그 애의 전화도 받지 못했다. 부재중 전화가 여덟 통이나 와 있고 알람은 5개나 지나가 있었다. 박우경이 새벽부터 남의 집 초인종을 눌러야 했던 것도 그래서였다.

거기에 등 떠밀리듯 2층까지 올라와 날 깨운 것은 아빠였다. 밖에 네 정신 나간 남자 친구가 왔다면서.

나는 풀어 놓은 머리카락을 만지작거렸다. 한쪽이 베개에 눌려 살짝 휜 것을 어떻게든 물로 적셔 가다듬어 두었는데, 머리를 오랫동안 하지 못해서 어떻게 해도 보잘것없어 보였다.

그저 내버려 두니 어느새 이렇게 길었다. 청라에 내려왔던 봄만 해도 이렇지 않았는데.

"……내 머리 좀 잘라야겠다. 그체."

"아깝그로 만다꼬? 긴 생머리가 얼마나 잘 어울리는데."

"귀신 같다 아이야?"

"이래 이쁜 귀신도 다 있다 카드나. 응?"

"……뭐 내처럼 이래 이쁜 사람도 죽어서 귀신이 되기도 하고 그카겠지."

"몬산다. 놀러 가는데 씰데없는 소리 하지 말고 엄마 챙기는 동안 어데 썬크림이라도 좀 발라라."

"아 발랐다."

"쿠션은? 쿠션도 톡톡 해 삐라."

"뭐 그렇게까지……."

나는 애써 그렇게 이야기했지만, 생각해 보니 시간이 아주 없는 것도 아닌 것 같아서 2층으로 뛰어 올라갔다. 그리고 후다닥 화장을 끝내고 내려왔다.

사실 화장이라고 부를 수도 없는 수준이었다. 그래도 안 한 것보다는 나았다.

그렇게 1층 바닥을 딛는 순간 또 딩동, 하고 벨이 울렸다. 아빠는 아직도 인터폰 앞에 서 있었다. 박우경이 끊임없이 말을 건 모양이었다.

"아 쫌 기다리라 캤으면 조용히 기다리라."

— 공주 언제 나와요?

"이제 꼴랑 네 시 됐고만. 그러게 만다꼬 이래 새벽같이 가노?"

— 이 집 공주가 맨날천날 지 혼자 바쁜 척 비싼 척 해서요. 2박 3일 같은 1박 2일 할라고요.

"내가 박우갱이 니 속 시꺼면 거 모를 줄 알제."

— 제가 속 시꺼면 거는 맞는데 숙소 도착하면 기절하기 바쁠걸요. 쟤 오늘 걍 죽었어요. 아저씨.

저절로 한숨이 나오는 대화였다. 나는 다시 주방에 들어섰다.

"엄마. 내 이제 나가도 되나."

"됐다, 다됐다."

"뭘 이래 많이 싸 주는데?"

"그냥. 가다가 출출하면 무그라고 사과랑, 청포도랑, 오렌지 좀 잘라 넣었다. 포크도 같이 넣어 놨디. 조금만 늦게 갔으믄 김밥도 바로 쌌을 낀데, 너무 시간이 없어가 밤에 후다닥 싸 놓고 냉장고에 넣어 놨드만 별로 맛이 없네."

"아 엄마."

"이거는 정 먹을 거 없으면 먹고 아니면 걍 내일 들고 도로 온나. 그리고 이거는 보리차 얼린 긴데 네 병 넣었고, 요 녹차도 있고, 바나나도 요 있고…….”

“언제는 돈 아끼지 말라매.”

“돈은 아끼지 마라. 카페 보이믄 우갱이 커피도 한 번씩 사 주고.”

“하루 종일 이거만 먹어도 배부르겠다…….”

“혹시나 느그 배고플 때 사 물 데 없을까 봐 안 이카나. 그럴 때나 무라꼬.”

보냉 가방은 제법 컸지만 엄마가 넣은 게 많아 둘이서 낑낑대며 겨우 뚜껑을 잠갔다. 엄마는 소주병만 봐도 그렇게 질색해 놓고선, 아빠가 옛날에 어디선가 소주를 사고 업어 온 가방을 여태껏 야무지게도 썼다.

아마도 나만큼 나이를 먹었을 파란색 가방. 소주 맛이 어떻다는 강렬한 필체의 광고 문구.

남자 친구와 첫 여행에 들고 갈 만한 소품은 아니다. 그래도 엄마가 챙겨 준 것이니까…….

“또, 또, 또. 가다가 휴게소에서 대충 알아서 주워 먹으면 되는 거를 갖다가 만다꼬 이래 싸고 있노, 느그 엄마는. 어쩨 밤 늦게까지 사부작거려 쌌드만.”

“하이고, 어데 휴게소라고 노상 먹을 거 파나. 새벽에 가면 다 문 닫았다.”

“갈게요.”

“운전 조심하고, 응?”

“응. 엄마. 조심조심할게.”

"조심이고 나발이고, 좀 가다가 힘들면 박우갱이 금마한테 핸들 넘기 뿌라. 알겠제. 목숨이 걸린 일 아이가."

내가 운전하는 게 졸지에 목숨이 걸린 일이 됐다.

내복 바람인 엄마 대신, 잠옷이나마 걸쳐 입은 아빠가 내 뒤를 졸졸 따라오며 당부했다. 미덥지 못한 건 박우경의 흑심이 아니라 내 운전 실력뿐이라는 양.

"다녀올게요."

"마, 박우갱이. 니 허튼짓하면 알제?"

내 인사 끄트머리에 아빠의 겁박이 달렸다. 문밖에서 날 기다리던 박우경이 반가움에 웃다 말고 정색했다.

"아니 별생각도 없었는데 아저씨가 계속 그렇게 강조하시니까 괜히 또……."

"그 생각 멈춰라. 생각하지 마라. 절대 하지 마라. 알겠나."

"아, 예."

"머스마 대답 봐라?"

"예. 됐죠."

"저 문디 새끼."

"공주 잘 모시고 갔다 올게요."

그 애가 내 손에서 소주 가방을 빼앗아 들더니, 그대로 내 어깨를 끌어안고 내 차로 걸어갔다.

아직 10월도 되지 않았지만 청라의 새벽은 매섭다. 어깨에 닿은 소매가 차가워 손으로 몇 번 쓸어 주자 박우경이 웃었다.

그걸 또 용케 발견한 아빠가 쓸데없이 만지작거리지 말라며 뒤에서 소리쳤다. 이제 와서는 새삼스러운 반응이었다. 그 애가 여태 이 집에서 얼마나 많이 자고 갔는데.

아빠라고 자기 모순을 모를 리 없었다. 그냥 박우경 눈치나 좀 주고 싶은 거겠지.

"예, 공주가 저 함부로 못 건드리게 할게요!"

나만 또 이상한 사람이 됐다. 그렇게 등 떠밀리듯 내 차 운전석에 올라타 시동을 걸고, 주차장에 나란히 대어 놓은 아빠의 트럭과 그 애의 차를 지났다.

집 앞으로 나오자 아빠가 여전히 현관 앞에 서 있었다.

"둘이 잘 갔다 온나."

박우경이 창문을 열자 아빠가 선선히 인사했다. 욕할 땐 언제고.

이제 들어가세요, 하고 그 애가 말해도 얼른 가라는 듯 손이나 휘저을 뿐이었다. 너희 가는 건 보고 들어가겠다는 양. 나는 그 애보다도 어색하게 아빠에게 손을 흔들어 보이고 진입로로 차를 몰아 내려왔다.

사이드미러로 아빠의 표정이 보일 듯 말 듯 하다 멀어졌다. 나는 눈을 돌렸다.

헤드라이트에 코스모스가 나타나고 사라지기를 반복한다. 날이 부쩍 짧아졌으므로 아직도 밤 같은 새벽이었다. 가로등이서 있어도 국도는 어두웠다. 핸들을 잡은 손에 벌써 땀이 났다.

"박우경. 내비."

"부탁은 좀 길고 다정하게 해라."

"우경아. 내비 켜라."

"부탁을 다정하게 하랬드만 명령질을 다정하게 하네. 공주
는 공주다."

"됐고, 어디부터 간다고?"

"남해."

"……진주 아니고?"

"진주도 갈 건데."

그 애가 내 가방을 뒤적거리더니 내 핸드폰을 제 것인 양 가
져가 내비게이션 어플을 켰다. 그리고 송풍구에 달린 거치대에
달아 주었다.

「물건 방조 어부림. 3시간 35분.」

"……박우경 니 미쳤나?"

"내가 니 뒤졌다고 했다이가."

"진주 간다매."

"거기까지 가는 김에 근처도 잠깐 구경하는 거지. 남해 가는
길에 진주가 있다니까?"

"야. 진주 가는 길에 있는 곳을 들러야지. 가는 길에 진주가
있는 곳을 가면 어카는데?"

"그거나 그거나."

"뭔데, 여긴."

"어. 잠시만. 1640년경에 경상남도 남해군 삼동면 물건리에 만들어진 방조 어부림은……."

"누가 사전 읽으라드나."

그 애는 내 타박에도 아랑곳하지 않고 페이지를 내리며 말했다.

"오. 물고기들이 숲 그늘을 좋아한대. 물고기는 불러들이고 바닷물은 막으려고 인공적으로 숲을 만들었다는데."

"……니는 니가 가자고 찾아왔으면서 그걸 이제야 알았고?"

"그냥 검색 좀 하다가 예쁘길래 가자고 한 거지. 뭘 알겠나, 내가."

기가 막혔다. 첫 번째 행선지가 3시간 35분 후라니. 내 속은 알 바도 아닌지 박우경이 조수석 시트를 뒤로 홱 밀고는 유유자적 드러누웠다.

"이래서 사람이 부지런해야 된다니까. 일찍 나오니까 중간에 쉬엄쉬엄 쉬면서 가도 아침이다이가."

"공부를 그렇게 부지런하게 해서 아이비리그 가지 그랬노."

"미국 가면 니가 없잖아."

"없으면 없는 대로 살겠지."

"니 없으면 심심해서 어케 사는데."

잘만 살아 놓고.

박우경이 실실거리며 변속기를 잠깐 움켜쥔 내 손 위에다 제 손을 겹쳤다.

94

"아 놔라. 쫌. 운전하는 데 정신 사납다."

"지는 존나 남 운전할 때 찝적댔으면서."

"니랑 내가 같나."

"다를 건 뭐지?"

"아 놓으라고. 미친놈아."

"싫은데."

잡고 잡히며 파닥거리는 사이 신호가 바뀌었다. 나는 반드시 핸들을 두 손으로 쥐어야만 했으므로, 그 애의 손을 찰싹찰싹 때려 가며 쫓아냈다. 그래도 그 애는 내 어깨까지 쫓아와서, 원피스 위에다 쪽 하고 키스를 남겼다. 배알도 없다.

얇은 시폰 옷감 위로 그 애의 숨이 남았다가 천천히 사라졌다. 간지러웠다. 조수석 끄트머리에 머리를 비스듬히 괴고 원피스 옷감을 어루만지던 박우경이 툭 내뱉었다.

"옷 너무 얇은 거 아니가. 뭐 좀 걸치고 나오지."

"청라나 춥지, 산만 넘어가도 안 춥잖아. 새벽이기도 하고."

"멋 부리다 감기 걸린다. 공주야."

다정한 어조였다. 제가 해경 오빠라도 되는 것처럼.

멋 부린 게 티 났나……. 나는 갑자기 좀 부끄러워졌다. 사실 별로 비싸지도 않은 옷일뿐더러, 서울에서는 편하다고 자주 입었던 것이지만 청라에 내려와서는 한 번도 입은 적이 없었다.

농사 지으며 입는 옷이라는 게 죄다 그랬고, 굳이 일과 상관없는 때라도 내 눈에 예뻐 보이는 옷은 일부러 고르지 않게 되었다.

나는 박우경에게 조금도 예뻐 보이고 싶지 않았었다. 혹은 그렇다고 스스로 생각하고 싶었거나.

결국에는 전부 얄팍한 속임수다.

"그 와중에 화장도 했네?"

"……왜. 웃기나."

"아니. 예쁘다, 윤차희."

얼굴이 어쩌지 못할 만큼 뜨거웠다. 나는 운전석으로 쏠린 그 애의 몸을 밀어냈다. 화장을 한 건 맞는데 거의 안 했고, 제대로 못 했고, 딱히 너 때문에 한 것도 아니고, 그냥 나가는 김에…….

구차한 변명이 쏟아지다 말았다. 말 그대로 구차하게 들렸기 때문이다.

"잘 어울린다. 입술 색."

그 애가 선선히 칭찬을 내놓았으므로 방금 전 내 변명이 더 구차해졌다.

나는 입을 꾹 다물고 내비게이션이나 바라보았다.

"야. 니 그거 아나."

"……뭐."

"니 부끄러워하는 거 존나 귀엽다, 진짜."

"……."

"존나 귀여워서 죽고 싶다."

"뭐 한다고 살아 있노. 죽지."

"내 죽으면 존나 울 거면서."

따라 죽고 싶어서 울 새도 없을걸. 나는 입술을 달싹거리다 그냥 다물었다. 진정성 있는 대꾸 대신 타박할 말이 별로 떠오르지 않아서였다.

"······그래서, 저기 갔다가 또 어디 갈 건데? 그다음은 진주제?"

"말 돌리긴."

"아니거든."

아니고등. 그 애가 또 날 얄궂게 따라 하고는 제 핸드폰을 들어 이리저리 뒤적거렸다.

"해안도로 드라이브하다가 저기서 좀 걷고, 독일마을 올라갔다가······."

"하."

"가스나 존나 한숨은. 밥 먹으러 가는 거거든."

"그다음은."

"보리암? 여기 잠시 올라갔다가."

"······올라가? 산이가?"

"아 내가 말을 잘못했네. 별로 안 걸어도 된다드라."

아무리 생각해도 거짓말 같았다. 신호등에 걸린 사이 미심쩍은 눈초리로 노려보자 그 애가 저는 무고하다는 양 어깨를 들먹였다.

"올라가긴 하는데 차로 다 올라간다 카는데."

"등산하기만 해 봐라."

하면 뭐? 프린세스 지가 뭐 어쩔 건데. 죽일 거가. 진짜 공주도 아니면서. 그 애가 투덜거리며 핸드폰을 또 뒤적거렸다.

"아. 가다가 전망대도 좀 들리고."

"하."

"그다음에는 사천으로 가서."

"뭐?"

"아, 이것도 가는 길에 있다. 진주에서 남해로 가는 길에."

결국 전부 다 진주를 초과한 목적지다.

"사천에서 일몰 보자고."

"미쳤다. 진짜."

"야. 아줌마가 진주 간다니까 가는 김에 사천도 가라고 했거든. 니네 엄마가 미친 거가, 그럼."

"……."

"그렇게 사천까지 가는 김에 조금 더 가서 남해까지 가는 거지."

"됐고. 거기서 해 지면 일정 끝이제?"

"아니. 이제 거기서 케이블카 함 타 주고, 진주성 야경 보러 가야지."

"미친놈아."

"내가 공주 니 뒤졌다고 미리 경고했다."

말만 하면 다가? 다지. 실없는 말싸움을 주고받는 사이 고속도로로 차가 올라섰다. 나는 식은땀이 나서 더 이상 말대꾸도 하지 못했다.

그 꼴을 박우경만 아주 재밌게 구경했다.

나는 결국 네 번째 휴게소에서 박우경에게 운전대를 반납했다. 내 차였지만 주인한테 반납하는 형세였다.

그 애는 그럴 줄 알았다는 듯이 운전석에 탔다. 여정은 그 이후로 속도가 났다.

처음으로 고속도로를 운전해 본 나는 첫 번째 행선지에 도착하기도 전에 지쳤다. 진이 다 빠져서는 조수석에서 잠깐 기절도 했다. 그러다 겨우 잠에서 깨자마자, 엄마가 챙겨 준 소주 보냉 가방을 뒷좌석에서 가져왔다.

그리고 그대로 주섬주섬 포도가 담긴 도시락을 꺼내어 그대로 한 통을 다 비웠다. 그 애에게는 한 알 권하지도 않고.

"그 많은 포도를 지 혼자 다 먹네. 기다리면 한 알은 줄 줄 알았는데."

"우경아. 나 배고프다."

"배고프다고?"

"핫도그 먹고 싶다."

"다음 휴게소에는 팔겠지."

"핫도그 안 팔면 알아서 해라……."

"왜 내가."

"박우경 니 때문에 빨리 나와서 못 먹는 거잖아."

"지가 언제부터 핫도그를 글케 좋아했다고."

그러나 다음 휴게소에도, 그다음 휴게소에도 너무 이른 시간이라 핫도그를 팔지 않았다. 덕분에 박우경은 잊을 만하면 핫도그 때문에 욕을 먹었다. 우리가 남해에 다다를 때까지.

나는 차창 밖으로 지나가는 바다에 핫도그를 잊었다. 어부림에 내려서는 아예 영영 잊어버렸다. 커다란 활엽수림 아래를 걷다 나타난 바닷가에서는 처음으로 그 애와 사진도 찍었다. 숲에서 그 애가 내 사진을 몇 장이나 찍어도 내버려 두었다.

그저 집에서 몇 시간 내려왔을 뿐이면서 아예 다른 세상에 온 것처럼.

나를 아는 사람이 너뿐인 세상. 네 손을 마음껏 잡을 수 있는 어떤 다른 세상. 언젠가 네 자전거를 얻어 타고, 네 등 뒤에 매달려 상상했던 어떤 곳처럼.

미조 저수지 너머의 어딘가.

그렇게 아주 평범하게 다른 사람들처럼 언덕 위로 올라가 예쁜 집과 바다를 내려다보고, 좋은 음식을 먹었다. 전망대에도 올라갔다.

보리암은 그 애의 말과 달리 걸어 올라가야 했다. 박우경은 그래서 올라가는 내내 내게 다시 욕을 먹었고, 암자에 다다라 계단을 내려갈 무렵에는 돌아갈 때 이걸 또 올라가야 한다고 욕을 먹었다. 그 애는 전부 알고 있었던 것처럼 순순히 욕을 먹었다.

하루 만에 다 할 수 있느냐고, 말도 안 된다고 했던 일을 우리는 전부 했다. 엄마가 말했던 사천의 노을도 봤다. 엄마는 타 보지 못한 케이블카도 탔다.

저 아래 어두운 바다도, 지나가는 해가 진 숲도 조금은 무서 웠지만 그 애가 무섭지 않게 해 주겠다는 핑계로 키스하는 통 에 죄다 잊어버렸다. 케이블카 안에서는 내내 키스만 했다.

그렇게 기어코 진주성까지 왔다. 어릴 적 견학을 와서는 지 루하게 돌아다녔던 곳을 생전 처음 와 보는 양 돌아다녔다. 남 강에 도시의 불빛이 어른거렸다. 고요한 물을 내려다보는 숙소 는 사진과 똑같았다. 대단히 좋지도, 그다지 나쁘지도 않았다.

그러나 그 애는 아주 근사한 야경을 보는 것처럼 베란다에서 한참이나 날 안고 있다가, 이렇게 좋은 숙소를 잡아 주어 고맙 다고 했다.

니 먼저 씻어라. 아니다, 니 먼저 씻어도 된다. 사이좋은 양 보가 오간 끝에 빈말을 한 내가 이겼다. 먼저 씻고 나온 나는 그 애가 씻는 동안 편의점에 가 맥주나 사다 줄 생각에 가방을 뒤적거렸다. 지갑이 없었다.

"박우경! 내 지갑 못 봤나!"

소리치기 무섭게 물소리가 뚝 끊겼다.

"모르겠는데."

젖은 공간을 울리는 목소리에 나는 문득 부끄러워졌다. 어딨 지? 이게 어디 갔지. 도망치듯 말하자 그 애가 안에서 대꾸했다.

"차에 두고 왔는갑지."

"아."

"뭐 살라고? 내 지갑 있잖아."

"편의점 좀 갔다 오게."

"어."

물소리가 다시 들렸다. 나는 또 괜히 부끄러워서 그 애의 지갑을 들고 도망치듯 나왔다. 엘리베이터를 타고 내려가는 내내, 편의점에서 맥주를 고르고 계산하는 내내 또 되바라진 생각이 들었다.

나는 정말 그 애 말대로 심심하면 그런 생각만 하는 애가 됐다.

"저기요."

"네?"

"신분증 좀 보여 주시겠어요?"

남이 내 생각을 알 리 없는데 화들짝 놀라고 만 게 우스웠다. 나는 그 애의 지갑을 뒤적거리다, 내 신분증을 그 애의 지갑에서 찾을 수 있을 리 없다는 걸 뒤늦게 알았다.

그냥 바로 주차장에 가 볼걸. 나는 박우경의 지갑을 엉거주춤 쥐고서 바보같이 편의점을 나왔다.

그리고 다시 지갑을 제대로 펼쳐서, 신용카드를 넣으려는 찰나였다. 지폐가 든 칸 안쪽에, 마치 어디선가 본 것 같은 종이가 보였다.

작은 책 귀퉁이의 접은 자국. 변색된 종이.

나는 홀린 듯 지갑 안쪽에서 종이를 꺼내어 펼쳤다.

「예전에 당신을 사랑했어요

그때 시계가 멈춰 버렸죠

그래서 이젠 자야 할 시간도 없어졌어요」

마치 오래된 시집에서 찢어 낸 것 같은 한 바닥의 시였다.

'그래도 그래 웃는 거 보면 하나도 티 안 나제.'

'네. 하나도 안 나요.'

'그래서 사람 속을 모르는 기라.'

나는 며칠 전 아빠가 웃으며 했던 말을 떠올렸다. 티가 안 나는 웃음. 알 수 없는 사람의 속.

아무것도 모르는 것만 같았던 박우경.

나는 아무렇게나 걸었다. 마치 범행을 저지른 장소를 떠나는 범인처럼. 그렇게 편의점 앞을 떠났다. 고작 시집에서 찢어져 나온 종이 한 장을 몰래 끄집어내 본 것으로.

'우리 희야 큰 고모 니 본 적 있나? 옥수 이쁜데.'

'아뇨.'

그러나 사실 무엇도 죄는 아니었고, 증거라면 여전히 내 손에 있었다. 어디로도 사라지지 않은 채.

'박우갱이 니도 할매한테 가 봤나.'
'저번 주말에요.'
'고생이 많다 느그 집도.'
'근데 병원에서 혜영이를 찾으시더라고요. 한참.'

먼 기억 속 아빠의 한숨이 겨울바람처럼 서늘하게 불어왔다.
머리가 싸했다.

'차희 큰 고모라던데.'
'······노인네가 아프니까 옛날 생각이 다 나는갑네.'
'계속 찾으셨어요.'
'느그 할매가 차희 큰 고모 어릴 때 좀 이뻐했다. 그 집
안에 딸내미가 없으이.'
'아. 그래서 윤차희도 예뻐했구나.'

어느새 불이 꺼진 가게와 사무실들 사이로 내가 지나온 편의
점 간판 불만 환했다. 얼마 걷지 않았다고 생각했는데도 아주
멀었다.

'쟤네 큰 고모 닮았다더니.'

나는 다시 뒤돌아 걸었다. 내가 어디로 가는지도 모르고.

'쟤네 할머니가 우리 큰 고모를 왜 찾아요?'
'저 집안은 뻔뻔한 게 핏줄이거든.'

어떻게 네 아버지 방에 날 데려가. 이걸 알면서. 그 책을 봤으면서. 우리 고모 사진을 봤으면서.
시집 귀퉁이마다 접힌 흔적을 봤으면서.
그게 죄다 사랑이었다는 걸 알면서.
실소가 나왔다. 그러는 윤차희 너는 그걸 몰랐느냐고. 그보다 더한 것도 알지 않느냐고.
너는 전부 다 알고도 뻔뻔하게 웃고, 안고, 좋아한다 말하잖아. 죄다 모른 척하면서 시간이나 끌고 있잖아. 혼자 끝을 정해 놓고는 가증스럽게, 박우경을 갖고 놀기나 하면서…….
내 머릿속의 어떤 내가 퍽 애달프게 박우경을 껴안고는 야멸차게 쏘아붙였다. 자기가 그러지 않으면 내가 그 애를 다치게 하고 아프게 하리라는 듯이. 아주 극성스러운 보호자처럼.
이제 와 '어떻게 그럴 수 있냐'고 묻기에는 나야말로 멀리 왔다. 그런 건 나도 알았다. 아는데도.
실소가 끊이지 않았다. 날 일부러 그 방에 데려갔어?
대체 누구에게 그렇게 못되게 굴고 싶어서? 네 아버지? 나?
웃다 보니 자기혐오가 남았다. 이런 걸 배신감이라 부를 수는 없다. 나는 박우경에게 화가 나지도 않았고, 무엇도 따지고 싶지 않았다.

단지 두려운 것이다. 네 앎이. 너도 무언가를 알고 눈을 감았다는 사실이.

내가 더는 네 무지에 기댈 수 없다는 것이.

끝이 불쑥 가까워졌다. 실은 내내 그렇게 가까웠을 것이다. 나는 가까운 끝을 아주 멀리 두고 살면서, 너처럼 아무것도 모르는 행세나 해 왔다.

하지만 이세는 네가 안다. 그게 언제부터인지도 모르게.

거기서 멈추는 게 나았다. 네가 더 알기 전에. 끝을 내는 게 좋았다. 발밑이 흔들렸다.

어쩌면. 그래 어쩌면, 너는 날 안는 일에나 멍청하게 정신이 팔렸을 수도 있다. 나한테 정신이 나간 넌 정말 바보 같으니까. 어쩌면 정말로, 아무 생각도 없이……

손안에서 형편없이 구겨진 종이로 시선이 떨어졌다.

「중년 식으로

예전에 당신을 사랑했어요.

그때 시계가 멈춰 버렸죠.

그래서 이젠 자야 할 시간도 없어졌어요.

때때로 옛일로 잠 안 오는 밤엔

피가 나도록 피가 나도록

이빨을 닦읍시다.

당신은 東에서, 나는 西에서.」

더는 편의점이 보이지 않는 곳에서 빈 벤치에 주저앉았다. 어쩌면. 어쩌면. 어쩌면. 나는 정신이 나간 것처럼 희망을 찾았다.

그래. 어쩌면 이 낱장이 그 시집에서 찢겨 나온 게 아닐지도 몰랐다. 나는 다급하게 휴대폰을 꺼내어 시의 제목을 검색했다. 「중년 식으로」. 미미하게 웃음이 흘러나왔다.

「〈중년 식으로〉, 최승자*」.

시인의 이름을 확인하기 무섭게 액정이 순식간에 부옇게 변했다. 흐린 시야 속에서 화면이 검게 바뀌며 박우경의 이름이 떴다.

나는 전화를 받지 않았다. 그저 끊어지기를 기다렸다. 그리고 그 애의 지갑 위에 내 핸드폰을 얹고, 내 핸드폰 위에 낡은 종이를 얹었다.

기억하기 위해 단정하게 접힌 귀퉁이. 누르스름하게 변색된 테두리.

색이 바랠 정도로, 그 징그러운 세월.

똑바로 앉아 있을 수 없어 무릎 위로 엎드리자, 오래된 종이 특유의 낡은 냄새가 났다. 누군가에게는 애틋한 기억의 향기겠지. 그러나 나는 아주 이기적인 혐오감을 느꼈다.

남의 기억이나 사랑 따윈 생각하고 싶지 않았다. 이 사랑은 해묵은 과거였다. 너와 나는 현재였다. 우리가 손을 잡은 건 지

---

* 최승자, 〈중년 식으로〉, 《기억의 집》, 문학과지성사, 1989

금이었다. 그게 한시적이라 해도. 결국에는 끝이 있다 해도.

나는 고작 너랑 보내는 1년이 간절해서 견딜 수 없었다. 아직도. 그러니까 정신이 나간 것도 나고, 둘 중에 덜떨어진 쪽도 나다.

무릎 위에서, 종이 아래에서 전화가 몇 번이나 울리고 꺼지길 반복했다. 나는 천천히 숨을 몰아쉬었다.

돌아가야지. 돌아가서, 그 애와 나란히 누워 있고 싶었다. 오늘 우리가 찍은 사진이나 보고 싶었다. 우리가 오늘 얼마나 많은 곳을 갔는지. 하루가 얼마나 이틀 같았는지.

그렇게 그저 오늘 지나온 것들을 이야기하고 싶었다. 이 종이나 먼 과거가 아니라. 아주 가까운 시간을 돌아보고 싶었다.

우리가 아침에 지났던 해안 도로. 청라와 다른 해안의 시골 풍경. 시원한 그늘이 이어지던 고개. 카페를 찾다 잘못 들었던 막다른 산길. 운전하는 네가 보지 못할까 봐 조수석에서 열심히 찍어 놓은 사진들을 보며 웃던 점심나절의 너.

조용한 숲 너머 아무도 없던 해변. 나무 아래의 우리.

그 애는 어부림 너머의 그 해변에서 삼각대까지 세워 두고 기념사진을 찍었다. 언젠가 우리 아빠가 엄마와 사진을 찍으며 그랬을 것처럼, 몇 번이나 삼각대에 달린 카메라와 내가 서 있는 곳을 분주하게 오가면서.

우리는 그 앞에서 처음에는 손도 잡지 못했다. 그저 정직하게도 나란히 서서 몇 장이나 찍다가, 우리가 그러고 있는 게 우스워서 손을 잡았다.

내가 먼저였다. 사실은 내가 널 더 좋아하니까. 어두운 저수지에서 우리가 나눈 첫 키스가 그랬듯.

나랑 벌써 온갖 되바라진 짓은 다 해 놓고서, 카메라 앞에서 내가 제 손 좀 잡았다고 귀가 발개지는 그 바보 같은 남자애가 좋아서.

그렇게 날 좋아하는 네가 좋아서.

문득 내가 온 방향으로부터 어떤 발소리가 가까워졌다. 처음에는 바쁘게 걷는 소리 같다가, 이윽고 뛰는 것에 가까워졌다. 돌아보지 않아도 알 수 있었다. 박우경이 날 확실히 발견한 순간 정도는.

무릎 위에서 울리던 전화가 꺼졌다. 너는 내게 몇 번이나 전화했을까. 나직하게 욕설을 뇌까리는 소리가 들렸다. 언뜻 화난 것처럼 들려도 안도에 가까운 소리다.

"마, 니 미쳤나."

아까는 차희야, 차희야 꼬박꼬박 다정하게 부르더니.

"씨발, 니 진짜 제정신이가. 밤에 씨발……. 진짜…… 야. 상식적으로 사람이 편의점에 간다고 내려갔으면 편의점에는 있어야 되는 거 아니가?"

"편의점 아까 갔었는데."

"갔다가 신분증 없다고 튕겼으면, 도로 호텔로 쳐 올라와야 되는 거 아니냐고."

그새 편의점 직원에게도 내 행적을 캐물은 모양이었다.

"응. 맞다."

"응, 맞다?"

기가 막힌 듯 그 애가 내 말을 따라 했다. 나는 내 무릎 위의 작은 짐을 손바닥으로 가린 채 변명하듯 말했다.

"니 말이 맞다고. 안 그래도 지금 들어가려고 했는데."

"아. 들어갈라고 했나. 언제까지 여기 앉아서 들어갈라고 계획만 할라 캤는데? 전화는 또 왜 안 받노."

이제 안도는 지나갔고 화만 나는 모양인지, 그 애가 날 노려보며 세 핸드폰으로 내게 다시 전화를 걸었다.

나는 아무 말도 하지 않고 그 애를 가만히 올려다보았다.

골목 너머 간간이 차가 지나가는 소리만 들리는 고요한 거리였다. 우리가 서로에게 말을 걸지만 않으면 핸드폰 진동 소리도 아주 잘 들렸다.

박우경이 내 쪽에서 나는 소리에 이를 갈며 전화를 끊었다.

"무음 아니네."

"……응."

"윤차희 니 내 전화 일부러 안 받았제."

"…… ."

"왜?"

위에서 아래로 내려다보는 얼굴이 싸늘했다.

아, 저 눈.

나는 비로소 야트막한 깨달음을 얻었다. 돌아가는 모든 일이 좋은 양 말간 눈으로 나를 보다가도 이따금 네가 저런 눈으로 날 바라보던 찰나의 순간들이 떠올랐다.

아주 괘씸하고, 도무지 용서할 수 없고, 미워할 만한 것을 보듯이.

"왜, 윤차희. 또 나 버리고 갈라고?"

내가 좋으면서도 싫다던 네 말처럼.

#29. 서로의 모서리에 긁혀서

"……내 지갑이랑 차랑 니한테 다 두고 굳이?"

나는 가만히 대꾸했다. 싸늘한 낯을 한 그 애가 헛웃음을 흘렸다.

"야. 니는 내가 문제가 아니라 니 지갑이랑 차가 문제가, 윤차희."

"문제지. 차는 내 돈으로 산 것도 아니고 윤태희가 사 준 건데."

"닌 대신 내 지갑 있네."

박우경이 사납게 입매를 비틀었다. 나는 천천히 입가를 끌어올렸다.

"왜, 그럼 내가 박우경 니 지갑이라도 훔쳐서 도망간 줄 알았나."

"……"

"바보가? 니 여기 두고 내 차 타고 도망치면 더 빠른데."

"……."

"그럼 니가 내 이렇게 붙잡지도 못하잖아."

"그래, 존나 내가 멍청한 새끼다. 됐나? 그래서 그 멍청한 새끼 전화는 왜 안 받는데?"

"그냥."

"그냥?"

"그냥, 어쩌다 보니까 여기로 왔는데……."

"야, 윤차희. 미친갱이."

이젠 공주라고도 안 하네.

"니 연락 안 될 때 내가 무슨 생각까지 한 줄 아나? 씨발, 일단 길바닥에서 니 납치당한 줄 알았고."

"잠깐 사이에 무슨."

"저기 길 반대쪽 편의점까지 가면서, 나는 그 좆같은 생각을 수십 번은 했다고. 윤차희."

얄궂게 비틀려 있던 입매가 천천히 일자로 내려왔다.

"그러다가 이쪽으로 정신 나간 것처럼 다시 돌아오는데 갑자기, 이런 생각이 들더라."

"……."

"아. 드디어 윤차희가 나 갖다 버리는 날인가?"

그 애 뒤로 차가 천천히 지나갔다. 헤드라이트의 역광에 박우경의 표정이 사라졌다가 도로 나타났다. 냉소가 사라진 얼굴은 무표정했다.

나는 마치 검은색이나 흰색에서 색깔을 찾듯 그 애의 표정에서 날 향한 애정을 찾으려 애썼다.

　내 숨구멍을 틀어막거나 혹은 퇴로를 막고 있는 낯선 남자의 얼굴이 아니라.

　"……말도 안 되는 거 알제. 내 차도, 지갑도 다 호텔에 있는데. 박우경 니가 애도 아니고, 내가 여기에 버린다고 해서 혼자 청라에 못 돌아오는 것도 아니고, 잠깐……."

　"내가 지금 하는 말이 그런 말 아닌 거 알잖아. 차희야."

　"……."

　"그래. 아니겠지. 지금은. 아직은."

　내 머리 위에서 나직한 실소가 흘러나왔다.

　"그래서 내 언제 버릴 건데."

　"박우경."

　"나도 이제 좀 알자. 미칠 거 같으니까. 니가 잠깐, 나한테서 도망쳐서 숨 좀 돌리는 이 잠깐에도 나는 미칠 거 같았으니까 제발……."

　박우경의 말이 문득 끊어졌다. 나는 그 애의 지갑과 찢어진 종이를 겹쳐 내밀었다.

　다른 사람처럼 무감한 시선이 낡은 시 위로 내려왔다.

　"이게 왜."

　"……."

　"왜. 니도 봤나."

　그 애는 아무렇지 않게 물었다.

114

제 아버지와 우리 고모의 일을 알면서 날 그 방에 태연히 데려갔던 박우경. 아무렇지 않게 내 손을 다시 잡고 싶어 했던 봄의 박우경.

내가 저를 언젠가 버릴 걸 알았으면서, 매일 우리 집으로 왔던 박우경.

날 보며 웃고 떠들고 내가 절대로 꿈꾸지 않는 미래를 말하던 목소리.

나는 네가 무섭고 불쌍했다. 가엽고 미웠다. 어떻게 이럴 수 있는지.

어떻게 우리는 둘 다, 이렇게 멍청할 수가 있는지.

"그딴 게 우리랑 무슨 상관인데."

박우경의 쌀쌀맞은 목소리가 내게 재차 물었다. 떨리는 손 위에서 종이가 사라졌다. 그리고 그 애의 지갑만 덩그러니 남았다.

박우경은 제 지갑에 보관하고 있던 게 아니라, 그저 공연히 길에서 쓰레기를 주운 것처럼 종이를 와락 구겼다.

나는 조용히 되물었다.

"우리랑 왜 상관이 없는데? 박우경 니네 아빠다이가. 우리 큰 고모다이가."

"좆도 상관없는 것 같은데."

박우경이 냉담하게 비꼬듯 말했다.

"사 년 전에도 이거 때문이었나."

"……."

"말해 봐, 윤차희. 그때 우리가 헤어진 게 꼴랑 이거 때문이었냐고."

"기억 안 나나. 박우경 니가 싫어져서 그랬다 캤다이가."

"지랄하네."

"공부에 방해돼서. 니 때문에 내 앞길 망칠까 봐. 니가 내 인생에 너무 방해돼서."

"어, 계속 말해 봐."

"니한테 너무 질려서. 남의 속도 모르고 맨날 지 생각만 하는 박우경 니가 너무 싫어서. 니 얼굴만 봐도 진짜 더럽게 짜증나서."

"아직도 줄줄 잘 외우네? 그때처럼."

"……."

"근데 니 그거 아나. 그때는 죽을 것 같았는데, 지금은 하나도 안 아프다."

이제는 그게 다 거짓말인 거 아니까.

"윤차희 니는 입만 열면 거짓말이나 하는 애니까."

"개새끼."

"이제 와서."

"알면서, 어떻게 니네 아버지 방에 데려갔는데. 어떻게 아무것도 모르는 척, 니네 아버지가 옛날에 쓰던 침대에서……."

"니도 알고 있었다이가."

"……."

"윤차희 니도 알면서 내한테 말 안 했고. 알면서 사 년 전에

116

개같이 내 버렸고. 알면서 이딴 새끼 다시 잠깐 주워 줬고."

"……."

"그때 엄마가 니한테 뭐라던데."

여전히 냉담한 목소리 아래가 문득 들끓었다. 짐승이 겁을 먹고 도망갈까 봐 멀리서 울타리를 쳐 가두고, 아주 조심스럽게 구석까지 몰고 나서야 가까스로 꺼낸 칼처럼.

그러나 날 향한 것은 아니었다.

나는 자리에서 일어났다. 박우경의 가슴에 지갑을 던지듯 돌려주고 걸음을 옮기자 곧바로 어깨 아래를 움켜쥔 손이 내 몸을 제게로 돌렸다.

얼마나 힘이 들어갔는지 손가락 끄트머리가 살갗을 파고들 것처럼 내 팔을 찰나간 움켜쥐었다가, 금세 힘이 빠져나갔다.

와중에도 내가 아플 것이나 염려한 것이 기가 막혔다. 그러나 딱 아프지만 않았다. 날 붙잡아 둔 손아귀의 힘은 그대로였고, 날 내려다보는 시선은 내가 머리에서부터 뒤집어쓴 그물이나 다름없었다.

애써 냉정을 찾으려는 듯한 눈이 음울하게 일렁거렸다. 그 애가 문득 다정한 어조로 물었다.

"엄마가 그때 니한테 돈 봉투라도 던져 주드나. 당장 내 아들이랑 헤어지라고. 니 얼굴에 막 물 끼얹고?"

"지랄한다……. 이게 드라마가?"

"왜. 우리 엄마는 그럴 수도 있는데. 남들 모르게 하는 짓도 좀 지랄 맞고."

"웃기는 소리 그만하고 이거 놔라."

"니네 고모라면 평생 이 갈았거든. 불쌍한 니네 고모는 아무 짓도 안 했지만."

"그래서."

내 무성의한 대꾸에 그 애가 한 발 더 다가왔다.

"우리 엄마 아니면 윤차희 니한테 이딴 얘기 알려 줄 사람이 없는데?"

날 바라보는 얼굴에 미미한 미소가 떠올랐다. 즐거움과는 거리가 먼 가면 같은 낯짝이었다. 그저 날 어린애처럼 회유하기 위해 뒤집어 쓴.

"······우리 아빠가, 니랑 얼른 떨어지라고 말해 줬다. 됐나."

"아저씨가 그 말까지 했으면 지금 내한테 그렇게 잘해 주시지도 않겠지. 아저씨가 정신 나간 사람도 아니고. 아저씨는 정작 니가 아무것도 모르는 줄 알잖아. 아니가."

"······."

"그 짜증 나는 방에 니 데려간 거? 니 보라고 그랬다. 계속 확인하고 싶은 게 있었거든."

"······박우경 니 진짜 미쳤제."

"니가 아는 게 없었으면, 바로 이게 뭐냐고 물었겠지. 우리 고모 사진이 뜬금없이 니네 아빠 방에 왜 있냐고."

"내가 왜······."

"그런데 보고도 모른 척하면, 사실은 그 전부터 알았으니까 딱히 의아할 게 없었던 거고. 아, 니는 다 아니까, 오히려 내가 모르길 바라기도 했겠지."

"······."

"그리고 그 전부터 니가 알았다는 건, 엄마가 니한테 말한 거고."

"······."

"엄마가 니한테 말한 건, 그딴 걸로 내랑 헤어지라 그런 거고. 내가 틀렸나."

나는 그냥 어이가 없는 듯 웃었다. 웃음과 반대로 기분이 까마득하게 추락했다. 애써 밀어냈던 끝이 불쑥 가까워지다 못해, 이제는 이미 끝을 지난 기분마저 들었다.

니네 아버지가 옛날에 우리 고모를 좀 좋아했었나 보다, 하고 차라리 시답잖게 웃고 말걸.

네 지갑 속의 시 같은 건 모른 척할걸.

네가 전부 알게 된다는 건, 전부 끝난다는 말처럼 느껴졌다. 사실은 '전부' 알게 될 리가 없는데도.

신미진이 내게 한 짓을 전부 아는 건 오로지 신미진과 나뿐이었다.

문다혜가 보고 들은 것도 산술적으로는 고작 어떤 하루의 일이다. 박동주가 유령처럼 서 있던 날도, 그저 문다혜가 날 도와주려 했던 그날과 다른 하루였다.

그러나 나는 그 애가 전부가 아닌 그 일부의 근처조차 가는 것이 싫었다. 전부를 짐작할 수 있게 하는 어떤 단서도 쥐게 되는 것이 싫었다.

이전에는 이유가 많기도 했다. 너만큼은, 내 부모만큼은 영영 몰라야 한다고 갖다 붙일 핑계가 그렇게나 많았다. 날 위해서, 널 위해서, 우리 집을 위해서, 그냥 아무 일도 없었던 것처럼 되돌리기 위해서…….

그러나 지금은 어떤 이기적이고 희생적인 이유도 남지 않았다. 눈을 아무리 다시 감았다 떠도, 그저 유치한 미련과 핑계만이 남았다.

네가 안나면, 어쩌면 너는 네 사랑부터 용서하지 못할 테니까.

너무 괴로워서, 날 영영 놓아 버릴지도 모르니까……. 적나라한 속내에 구역질이 났다. 널 언제든 영영 놓아 버릴 수 있다고 되뇌던 모든 날이 구역질 나는 허영이었다.

나는 박우경 네가 정말로 무서웠다. 내가 널 놓아야만 하는 당연한 일보다, 네가 날 놓아 버리는 게 훨씬 더 겁이 났다. 그렇게 다시 끝나는 게.

우리의 두 번째 끝이, 첫 번째 끝보다 더 완전해지는 게.

"어, 틀렸다."

"틀렸다고."

"몰랐다 쳐도 이게 뭐냐고 물어보는 것도 이상하지 않나? 굳이."

"굳이 물어보지 않는 게 더 이상하지. 니 말대로 우리 아빠에 니네 고모인데. 아까는 그 사람들이 어떻게 우리랑 상관이 없냐면서."

"고등학교 때 사진이잖아. 거의 사십 년 전 얘기고. 그렇게 어릴 때 잠깐 좋아했던 게 별일도 아닌데."

"그렇게 별일도 아닌데 니는 왜 이카냐고. 윤차희."

내게 한마디도 지지 않는 게 이 와중에도 얄미웠다. 아마도 그 애에게 짜증이 나고 내 스스로에게 화가 나서 그럴 테지만, 알지도 못하는 사이 눈가에 고였던 눈물이 뚝 떨어졌다. 기분이 더러웠다.

그러나 나보다 그것을 먼저 알아챈 박우경이 손등으로 뺨을 문질러 닦아 주었다. 그 손을 피하려 고개를 비틀자, 아예 내 뒤통수를 받쳐 제 품에 가두는 손이 집요했다.

"시집에 사진 한 장 끼워져 있는 거 갖고 어릴 때 첫사랑이네, 계산 좀 해 보니까 사십 년 전이네, 별일도 아니네……. 그래, 니 혼자 지레짐작하고 대충 납득한 게 전부라 치자. 윤차희 니가 이딴 종이 한 장 내 지갑에서 봤다고 낯선 동네 한복판에서 잠수 탄 건?"

"말했다이가. 아빠가 내한테 말해 줬으니까. 청라에 다시 내려오고 나서……. 옛날에 우리가 헤어진 것도 아무 상관 없다. 그땐 고모 일 알지도 못했으니까. 그냥 니가 사사건건 방해하는 게 너무 싫어서……."

"니네 아버지는 니한테 그딴 말 안 했잖아. 아저씨 그럴 사람 아니잖아."

"박우경."

"우리 엄마가, 알려 줬잖아. 니한테. 나랑 헤어지라고."

"……."

"내가 싫어서 헤어진 거 아니잖아. 차희야. 제발."

"그렇다고 하면 뭐가 달라지는데? 평생 니네 엄마 안 보고 살기라도 하려고?"

"어."

"……."

"안 보고 살게."

"제정신이가, 니."

"어차피 니 다시 본 후로 제정신이었던 적 한 번도 없다."

"드라마 찍고 싶으면 박우경 니 혼자 찍어라. 지 혼자 답은 다 정해 놓고, 지 싫어서 헤어졌다는데 지네 엄마 모함이나 하고, 말도 안 되는 이런 얘기나 물으려고 지금……."

"니 어차피 내랑 헤어질 생각으로 만났다이가."

내게 애원하는 것만 같던 눈이 제 말 한마디로 사납게 변했다. 반대로 내 어깨를 단단히 붙잡고 있던 손은 미끄러지듯 떨어졌다.

그대로 날 놓치는가 싶더니, 내 손목을 가까스로 움켜쥔 손이 미세하게 떨리고 있었다.

"언제 물어볼까, 그럼. 니가 도망친 다음에? 니가 내 앞에서 또 사라지면 그때 물을까?"

"……."

"겨우 이딴 것 때문에, 니를 또 놓치라고."

"……어차피 니랑 헤어질 생각으로 만나는 여자잖아. 니도 다 알고 만났으면서 이제 와서 왜 이러는데."

내가 얼굴을 바꾸자 그 애가 날 멍하니 바라보다 실소했다.

제 입으로 이미 여러 번 말해 놓고서는, 내 입에서 그것과 똑같은 말이 한 번 나온 것만으로 견딜 수 없는 것처럼.

"그러는 니는 또 헤어질 놈이랑 왜 만나 줬노."

"몰라서 묻나."

"아. 존나 니 얼굴이라도 한 번 더 보겠다고, 맨날 니네 집에 붙어있는 그 등신 같은 새끼가 불쌍해서?"

"……."

"그 멍청한 새끼가 불쌍해서 잠까지 자 줬고?"

"박우경."

"내가 불쌍해서 자 줬나. 어차피 좀 갖고 놀다 도로 버릴 새끼니까."

나는 대꾸하지 않았다. 그게 어떤 대답이 되었다고 생각한 듯 그 애의 눈이 날카롭게 곤두섰다.

"그래, 이상하드라. 어떨 땐 별로 쓸모없는 물건이라도 내다 버리듯이 자자고 하는 게. 자기 학대라도 하듯이 그러는 게."

"……."

"그냥 내가 좋아서 그러는 것처럼 굴다가, 내가 지 몸이나 밝히는 새끼처럼…… 그렇게 잠이나 몇 번 자 주면 그만인 좆 같은 놈처럼, 기분 드럽게, 적선하듯이 쳐다보는 게."

"……왜, 내가 너무 싸게 굴어서 별로였나."

"……."

"난 니가 좋아할 줄 알았는데. 쉬워서."

그 애가 순간 내 손에 목이 졸린 듯 날 바라보았다. 그리고 나는 그 애가 칼을 든 이방인인 양 보고 있었다.

우리는 말도 안 되는 사람들이었다. 처음부터 말도 안 되는 거였다.

"……우리 아빠가 니한테 일당을 많이 못 주니까, 그래서 그랬다고 하면 되제. 돈이 모자라서 몸으로 싸게 때울라고 했다고."

"……."

"니가 불쌍해서 그런 게 아니라, 너무 고마워서 그랬다고. 기껏해야 몸 몇 번 내주는 건데. 돈도 안 들잖아."

"……윤차희."

"이제 됐제."

혀를 깨물고 싶었다. 그 애 앞에서 더는 아무런 소리도 내지 못하게. 나는 그냥 박우경 네가 너무 좋았던 건데. 헤어지면, 다시는 널 못 안아 보니까 그랬던 건데…….

우리는 한동안 그렇게 멍하니 서로를 보고 있었다. 나는 천천히 박우경의 손을 떨쳐 냈다.

아까의 힘이 무색하게도, 그 애는 아주 무력하게 내게서 밀려났다.

"……차희야."

"바람 좀 쐬고, 정신 차리고 들어온나. 먼저 들어갈게."

"……."

"내일도 우리 갈 곳 많잖아."

돌아서기 무섭게 눈물이 쏟아졌다. 그 애는 날 붙잡지 않았다. 그저 그렇게 멀어지는 시선이 느껴졌다.

아까 암자를 올라갈 때 얼마나 힘들고 네가 원망스러웠는지, 사실은 그렇게 고생스레 올라가 암자에서 내려다본 안개 낀 숲과 바다가 얼마나 근사했는지, 아침에 휴게소에서 핫도그를 팔지 않을 때마다 네 얼굴이 나 몰래 난처해지는 게 얼마나 재밌었는지…….

불과 수십 분 전의 내가 상상했던 밤의 이야기는 고작해야 그런 것이었다.

진작 돌아갔더라면. 혹은 그냥 내 차로 가 바닥에서 굴러다닐 내 지갑이나 찾았더라면. 처음부터 방에서 나오지 않았더라면.

어쩌면, 우리는 충분히 그럴 수 있었을 것이다. 아무것도 확인하려 들지 않고서. 서로의 모서리에 긁히지 않고서.

그러나 아무리 사소한 일도, 얼마 지나지 않은 시간도, 없었던 일로 무를 수는 없다. 언제나.

이미 내뱉은 말과 남에게 낸 상처는 바닥에 쏟아 버린 물과 같아서, 무슨 짓을 해도 도로 담을 수 없었다.

그래서 나는 네가 내어 준 마음에 물을 많이도 쏟았다. 실수로. 고의로. 필요로. 부정으로.

길 위에서 네가 날 내려다보던 얼굴이 떠올랐다. 냉담하고, 무심하고, 분노하고, 미워하는 표정 아래 숨어 있는 어린애 같은 두려움.

그런 것은 이렇게 시간이 지나고, 네가 내 앞에서 사라진 후에야 비로소 알 수 있는 것이다.

어쩌면 너도 내가 영영 그 시집을 보지 못하기를 바란 적이 있겠지. 그리고 나중에는 시집 속 사진이, 네가 꽂아 놓은 그 자리에 그대로 있기를 바라면서 펼쳐 보았겠지.

하지만 기대와 달라도 도망치지는 않았을 것이다. 너는 언제나 확실한 것을 좋아했다. 어디에서도 도망치지 않았다.

언제나 널 두고 도망치기 바빴던 여자애에게서도.

나는 환한 호텔 로비로 들어서며 젖은 얼굴을 아무렇게나 수습했다. 어차피 아무도 없었으므로 아무도 날 보지 않았다.

객실로 돌아가는 일 외에는 무엇도 알지 못하는 사람처럼 엘리베이터를 타고, 긴 복도의 코너를 두 번이나 지나 객실 앞에 다다랐다. 그리고 얼마간 문만 바라보며 멍하니 서 있었다.

정작 객실을 열 카드 키가 내 손에 없다는 사실을 깨달은 건 아주 때늦은 일이었다. 그 애가 아무리 저 스스로 멍청하다고 비관해도, 나만큼 바보 같지는 않을 것이다. 웃음이 조금 나왔다.

나는 곧 할 일 없는 사람처럼 객실 문 앞에 쪼그리고 앉았다. 눈물은 진작 가셨고 머리는 뒤늦게 맑아졌다. 시간이 점차 느리게 지나갔다. 그 애는 좀처럼 돌아오지 않았다.

아예 돌아오지 않는 건 아닐까? 나는 내가 꼴 보기 싫었다. 그 애도 그럴 것이다.

여기서 청라로 곧장 가는 버스는 없으니 아마도 밤새 기다렸다가 첫차를 타고 대구로 가서, 그렇게 청라로 돌아가겠지. 그대로 끝이겠지. 혹시 서울로 바로 가 버리지는 않을까? 그 애가 학교 근처에서 자취 중이라는 오피스텔은 머무는 사람이 없어도 그대로 있었다.

나는 비관하며 가만히 휴대폰을 매만졌다. 실은 '알고 보니 카드 키가 없었다'는 바보 같은 말 한마디면 그 애가 금세 돌아올 것을 안다. 옛날에 나한테 그렇게 그지 새끼처럼 차이고도, 급식소에서 내가 밥을 먹는 모습이나 찾아보았다던 호구 같은 애니까.

차 키도 지갑도 없이 이렇게 방문 앞에 쭈그려 앉아 있는 꼴도 두고 못 보겠지. 프론트에 가면 간단히 해결될 일인데도, 일부러 해결하지 않은 내 모순 따위는 지적하지도 않을 것이다.

결국 이 기다림이 널 다시 보기 위한 편리한 핑계에 불과하다는 사실도.

나는 휴대폰을 몇 번이나 열었다가 잠갔다. 그리고 그냥 아무 말도 하지 않기로 했다. 다만 조금만 더 기다려 보고 프론트에 갈 생각이었다. 바보처럼 키를 잃어버렸다고.

문득 코너 너머에서 가까워지는 발소리가 들렸다. 혹시 그 애가 아닐까 하는 기대는 바스락거리는 비닐 소리에 금방 날아갔다.

밖에서 먹을 걸 사 들고 돌아오는 다른 객실 사람이겠지. 일어설까 했지만, 복도에 우두커니 서 있어도 수상한 사람처럼 보이기는 마찬가지일 것 같았다. 나는 그저 무기력하게 소리가 끊기기를 기다렸다. 그러나 기대와 달리 소리는 점차 가까워졌다.

나는 그 애가 아닌 걸 확인하기 싫어서 고개를 내렸다. 그 소리가 코너를 돌고, 내 바로 앞에 다다를 때까지.

"……여기서 뭐 하노. 방에 안 드가고."

그리고 내 머리 위로 떨어진 것은, 달지도 쓰지도 않은 음성이었다.

나는 박우경의 바짓단을 멍하니 바라보았다. 그 애의 손이 객실 문을 여는 대신 내 운동화 옆에다 맥주 몇 캔이 든 편의점 봉지를 툭 내려놓았다.

전부 내가 좋아하는 거였다.

"……안 갔네. 박우경."

"가긴 어딜 가. 집도 없고 절도 없고 차도 없는데. 와, 설마 니 내 안 재워 줄라 캤나."

"아니."

"도로 가라고?"

"아니……. 가지 마라."

나는 조금 떨리는 손을 뻗어 박우경의 손을 잡았다.

우습게도 그 애의 손도 조금 떨리고 있었다. 둘 다 바보 같았다. 이렇게 속이 뻔한 우리는 어떤 드라마의 주인공도 되지 못할 것이다.

그래도 조금 더 힘을 주어 잡았다. 나는 너를, 네 생각보다 훨씬 더 좋아하니까.

보잘것없는 힘이었지만 그 애는 고작 그 힘에 아래로 끌려 내려오듯 나처럼 쭈그려 앉았다. 내 바로 앞에.

"……카드 키가 없어서."

"안 물어봤는데."

박우경이 내 뜬금없는 설명에 퉁명하게 대꾸했다. 나는 조금 더 위축됐다.

그래서 몹시 작은 소리로 대답했다.

"안 궁금했으면 말고……."

"그래서 이래 그지처럼 쭈그려 앉아서 내 기다렸나. 문 열어 달라고."

"……어."

"난 또 내가 너무 보고 싶어서 이러고 있는 줄 알았지."

"그런 건 아니고."

"먼저 들어간다고 멋있는 척하고 갔는데 좀 쪽팔리겠네?"

"어……. 쪽팔린다……."

"괜찮다. 나도 존나 쪽팔리니까."

그대로 대화가 끊어졌다. 기껏 여기서 너를 기다려 놓고는 이제 그만 일어나자고 말할 용기가 나지 않았다.

침묵이 금방 까마득해졌다. 이곳은 가끔 엘리베이터가 오르내리는 소음도 들리지 않는 먼 복도였고, 투숙객이 그리 많지 않은 모양인지 다른 객실 문 너머에서 들리는 아주 작은 TV 소리조차 없었다. 그저 환기를 위해 열어 놓은 복도 끝 창문에서도 아주 먼 도로의 차 소리만 간간이 희미하게 들려왔다.

얼굴은 오래도록 알았지만 한 번도 말은 걸어 본 적 없는 사람을 보듯, 나는 그 애의 턱 끝만 바라봤다. 그 애도 내 무언가를 봤다.

우리는 데면데면하게 시간을 허비했다. 차마 얼굴을 바라보지 못하는 시야에, 박우경이 몇 번이고 입술을 달싹거리는 모습이 잡혔다.

그렇게 시도가 몇 번 있었다. 그 애는 저 밑바닥에서부터 숨을 꺼내듯 기까스로 입을 열었다.

"······두 번은 안 된다. 차희야."

"뭐가."

"니랑, 두 번은 못 헤어진다고. 나는."

"······."

"내가 아까 니 다시 만난 뒤로 한 번도 제정신이었던 적 없다 캤다이가."

"응."

"사실은 반대다. 니 만나고 나서부터 겨우 제정신 됐다."

"······그럼 그 전에는 그냥 미친갱이였네."

"어. 사 년 전에 니랑 헤어지고, 그 뒤로 계속······."

그 애가 천천히 제 무릎을 꿇고, 내 무릎을 끌어안았다.

"나는, 사 년 동안 한 번도 제정신이었던 적 없었다. 차희야."

"······학교도 잘 다니고 군대도 잘 갔다 왔다이가."

"윤차희 니가 그러라매."

"……."

"잘 살라매. 니 없어도. 니 짜증 나게 질질 짜지 말고. 죽느니 사느니 구질구질하게 협박도 하지 말고. 남들 다 하는 거 하고 살라매."

"……."

"그래서 잘 살았다. 니가 보지도 않는데, 니가 꼴 보기 싫어할까 봐 울지도 않았다. 아니 너무 좆같아서 몇 번 울기는 했는데…… 백 번 울고 싶으면 구십 번은 참았다. 아나."

"……그래도 열 번이나 울었네. 많이 운 거 아니가."

"가만히 있으면 니 생각이 났거든."

"그럼 좀 움직이지 그랬노."

"가스나 이 와중에 말 존나 재수 없게 하네……."

그 애가 날 비난하며 내 무릎에 얼굴을 묻었다. 나는 가만히 손을 뻗어 그 애의 뒤통수를 쓰다듬었다.

"……근데 움직여도 니 생각만 나드라."

"……."

"눈을 언제 감고 떠도, 앞에서 누가 무슨 말을 아무리 떠들어도…… 눈에 뵈는 것도 들리는 것도 없는 새끼처럼 살았다. 분명히 보고 듣고 말하는 내가 있는데, 그게 진짜 내가 아닌 것처럼 아무리 살아도 현실감이 하나도 없어서. 뭘 해도 기분 더러운 꿈 같아서."

"……."

"그렇게 좆도 쓸데없는 꿈만 꾸느라 잠에서 영영 못 깨는 사람처럼 살고 있더라, 내가. 정작 내 눈앞에 있지도 않은 니 하나만 현실처럼 생각하면서. 니가 나한테 왜 그랬을까. 내가 니한테 왜 그랬을까. 그때만 뱅뱅 돌면서."

"……."

"나는 왜 니를 놔줬을까. 차라리 내가 진짜 죽는다고 했으면, 나한테 묶였을 텐데. 아닌 척 마음 약하니까, 내가 진짜로 아프면 못 버렸을 테니까…… 이 생각은 천 번도 더 했다."

"우경아."

"근데 죽지도 말고 죽고 싶다는 말도 하지 말라매. 듣고 있기 짜증 나니까. 엄살 부리지 말라고. 불편하게 하지 말라고. 그래서, 혼자서 살아 봤는데, 눈 뜨고 꿈만 꾸는 것처럼 살게 만들었다이가. 니가."

"……."

"아무리 살아도 살아지지가 않잖아. 윤차희 니가, 내 머리에서 하루도 안 나가잖아……."

무릎이 조금씩 젖어 들었다. 백 번 울고 싶으면 구십 번은 참았다더니, 벌써 구십 번을 다 참은 모양이었다.

"잘만 살 거라매. 대학 가면 니 생각 하나도 안 날 거라매. 왜 사기 치노. 나는, 니한테 개처럼 까이고 죽고 싶어도, 니랑 같은 대학 가고 싶어서 존나 공부했는데."

"……."

"지가 같이 가자고 한 대학도 안 오고……. 씨발……."

이런 원망은 십칠 년 전 박우경에게나 들어 봤다. 울고, 씩

씩거리면서, 내가 도망가지도 못하게 붙잡고 제 큰형이 그렇게 좋냐고 따져 묻던 앳된 목소리가 겹쳐 들었다.

나는 울면서도 웃었다.

"사기꾼 같은 가스나."

"……미안."

"내가 지를 얼마나 좋아하는지도 모르면서."

알고 있다는 말 대신 그 애의 머리를 끌어안았다. 이렇게 커다란 몸으로 이미 내 무릎에 매달려 있는 것을 마주 안았으니 분명 아주 우스운 꼴이겠지.

무릎에 매달려 있던 손이 천천히 내 등을 감쌌다. 날 어린애처럼 원망하던 어조는 그렇게 빌고 애원하는 말로 조금씩 무너졌다.

제발, 저를 한 번만 봐 달라고. 제가 잘못했다고.

열아홉 살 때처럼 내게 잘못을 비는 소리가 문득 끔찍했다. 나는 오로지 그 애의 입을 틀어막기 위해 키스했다. 저 멀리 CCTV가 있었으므로, 그 애의 입술이 아닌 관자놀이 즈음에나 가볍게 닿았다 떨어졌지만 박우경의 입을 틀어막기에는 충분했다.

침묵 속에서 눈과 눈이 마주쳤다. 나는 멍하니 날 바라보는 그 애의 눈에 대고, 아주 조심스러운 충동처럼 속삭이듯 말했다.

여태까지 네게 날 함부로 내어 준 적은 한 번도 없다고.

전부, 널 좋아해서 그런 거라고.

그 애가 말없이 입매를 휘었다. 물기에 젖은 눈이 처음으로 함께 웃고 있었다.

"······니랑 잠이나 몇 번 자 주면 그만이라는 생각도 절대로 안 했다."

"······."

"박우경 니 동정한 적도 없고, 니랑 자는 게 적선이나 자기 학대라고 생각한 적도 없다. 몸으로, 대충 때우려고 그런 것도 아니고······."

"······."

"나는, 그러니까 그냥, 니가 좋아서 그런 건데."

"······안다. 공주 니 내 존나 좋아하잖아."

내가 속삭이듯 그 애도 내게 속삭이며 웃었다. 도무지 그 자만 가득한 대꾸를 참을 수 없었던 것처럼.

그리고 나를 꽉 껴안았다. 그건 자기가 잘못 말한 거라고, 혀를 깨물고 싶을 정도로 미안하다고 사과하면서.

나는 박우경의 품 안에서 숨도 못 쉬고 변명을 이어 갔다. 내가 비록 널 버릴 생각이었던 건 맞지만, 갖고 놀 생각은 한 적 없다는 말 따위의.

그 애는 그게 그거 같다고 했다. 그러니까 저를 버릴 생각을 버리라고.

좀처럼 대꾸하지 않는 나를 단단한 팔이 안아 들었다. 빛이 돌아온 눈이 날 기껍게 담았다. 아직은 그래도 괜찮다고 다정하게 되뇌면서.

"나는 그딴 시집 귀퉁이나 접어 놓고, 옛날에 망한 사랑이나 돌아보면서는 안 살 거다, 차희야."

"……."

"절대로."

이제 차희 니가 아무리 도망쳐도, 내가 다시 붙잡으면 되거든. 그 애가 여전히 다정한 목소리로 중얼거렸다.

우리는 맥주를 아주 많이 마시고 잤다. 그리고 새벽같이 일어났다. 밤거리에서 싸운 사람들도, 호텔 복도에서 운 사람들도 전부 우리가 아닌 것처럼.

아침에는 TV를 보면서 남은 과일과 어제 미처 먹지 못해 다 굳어버린 차가운 김밥을 침대에 앉아 나눠 먹었다. 내가 차마 더 먹지 못한 것은 그 애가 다 먹어 주었다.

음식 아까운 줄 모르게 생긴 박우경은 언젠가부터 희한하게도 우리 엄마가 주는 음식은 좀처럼 남기지 못했다. 엄마가 저를 보지 못하는 이런 곳에서조차. 한 입이라도 버리려고 하면 너희 엄마가 나 준다고 부엌에 서서 뭘 만드는 모습이 계속 생각나서 어쩔 수가 없다고 했다.

남의 집 아들은 그러는 와중에 나는 과자로 모자란 배나 채우고 있었으니, 아들만 키워 봐야 소용이 없는 게 아니라 딸도 가끔은 소용이 없다.

그렇게 느긋하게 배를 채웠다. 우리는 그 애의 할머니 집에서 보내는 저녁처럼 욕실에 나란히 서서 양치도 했다. 박우경이 양치를 나보다 먼저 끝내는 것도, 공연히 내 옆에 서서 양치가 끝나기만 기다렸다가 장난스레 입술을 맞춰 오는 것도 같았다.

정말이지 아무 일도 없었던 것처럼.

우리는 웃고 떠들며 옷을 갈아입었다. 나는 그 애의 옷을 골라 주고, 그 애는 내가 입을 옷을 고르면서.

사실 내 옷은 그 애가 골랐다기보다는, 일방적으로 건네준 것이었다. 내가 알지도 못하는 사이에, 내게 입힐 것이라고 엄마에게 멋대로 빌려 와서는.

성당에서 갓 결혼하고 걸어 나온 신부처럼 아빠의 팔짱을 끼고, 구두가 부러지지 않은 척 말갛게 웃고 있던 사진 속 엄마의 그 옷.

나는 그제야 그 애가 내게 고르라던 제 옷들이, 죄다 그 사진 속의 아빠가 입은 옷과 엇비슷하다는 것을 눈치챘다.

"뭔데, 이게. 촌스럽다."

"왜?"

"이게 얼마나 오래된 건데. 박우경 지만 요새 옷 입고."

"난 팔다리가 길어서."

즉 우리 아빠와 저는 규격이 맞지 않다는 거였다.

그러더니 아빠는 옛날 사람이고 저는 아니라며 시건방지게 선도 그었다. 아빠가 들었다면 노발대발 머리를 쥐어박고도 남을 언사다.

사실 아빠는 그 나이치고 키가 큰 편이었다. 그런 까닭에 고등학교 때 농구 선수까지 했다는 게 여태껏 대단한 자랑인 아저씨기도 했다. 키가 큰 애가 워낙 없어서, 키만 좀 크다 싶으면 무조건 선수로 뽑아 놓았던 시절에.

"야, 그럼 내 팔다리는. 내가 옛날 사람이라 이거가."

"공주 니는 몸통만 맞으면 되잖아."

"안 맞으면."

"안 맞으면 안 맞는 거지."

제가 입을 옷들은 저렇게나 철두철미하게 골라 와 놓고서, 남의 옷은 달랑 한 벌 내밀고 이렇게 무책임하다.

나는 등 뒤의 지퍼도 채 다 잠그지 않은 채 허리춤에 묶는 리본을 붙잡고 이리저리 대어 보며 골머리를 썩었다. 키가 자그마한 엄마에게는 정강이까지 내려왔던 예쁜 기장이 내가 입자 무릎 위에서 달랑거렸다.

아무리 봐도 이 옷을 입은 나는 이도 저도 아닌 것처럼 어색해 보였다. 그리고 이 원피스는 분명 옛날 사진 속에서나 예쁠 옷이었다.

나는 욕실 거울에 잠깐 날 비추어 보다, 문득 내 어깨에 코를 묻고 킁킁거렸다. 오래된 옷 특유의 묵은 천 냄새, 그리고 장롱 속 제습제 냄새. 향수를 좀 뿌리면 낫나? 하지만 향수도 없었다.

"나 그냥 이거 안 입을래."

"왜?"

어느새 욕실 문가에 서 있던 박우경이 내 뒤로 느긋하게 왔다. 어깨에 넥타이를 아무렇게나 걸쳐 놓고서.

"좀 별로다. 안 어울리고."

"어울리는데."

"냄새도 나는 거 같은데."

"무슨 냄새."

어깨 위에 비스듬히 고개를 내린 그 애가 숨을 한 번 들이마셨다. 그렇게 내게서 들이마신 숨이 왠지 부끄러웠다. 정말이지 아무렇지도 않게 그런 짓을 해서. 혹은 진짜 고약한 냄새라도 맡게 될까 봐.

목뒤로 살짝 소름이 돋았다. 슬쩍 어깨를 내려 닿지 않게 피하자 박우경이 실실 웃으며 내 허리를 끌어안았다.

"옷 냄새?"

"아 오지 마라."

"무슨 냄새. 모르겠어서 그러는데."

"우리 집 장롱 냄새 난다이가……."

"다시 맡아 보게 이리 와 봐."

"남의 냄새를 굳이 왜 맡는데, 니는."

"방금 전에는 니 살 냄새밖에 못 맡아서."

멈칫하는 사이 내 목 언저리로 그 애의 얼굴이 파고들었다. 옷 냄새를 맡겠다더니 내 턱 아래며 목을 비비적거리는 콧날이 뻔뻔했다.

"좋은 냄새 난다. 윤차희."

지도 똑같은 걸로 씻어 놓고는 무슨.

"아무리 다시 맡아도 난 니 냄새밖에 안 나는데?"

"박우경 니 코는 일을 안 하나."

"어제 공주 니 바로 찾아낸 거 보면 모르나? 존나 개코 맞는데."

"근처 찾다가 걍 얻어걸린 거면서."

그렇게 지지 않고 대꾸하는 찰나 허리를 잡고 있던 손이 내 몸을 부드럽게 돌렸다.

박우경이 내 양손에서 원피스의 하얀 끈을 가져갔다. 그러고는 제법 진지한 얼굴로 이리저리 리본을 묶는 척 내 몸에 대어 보는가 싶더니, 갑자기 앞에서 매듭을 묶기 시작했다.

"……박우경 니 뭐 하는데?"

"공주 시중."

"좀. 웃기지 말고."

"왜? 안 웃고 있잖아."

"이런 원피스 리본을 배 앞에 묶는 사람이 어딨는데?"

"생각보다 괜찮네. 내가 내한테 주는 선물 같고."

"내가 왜 니 선물이냐고."

어이가 없었다. 그만하라고 하니 아예 힘주어 마지막 매듭을 지어 버리는 손이 단호했다.

"……이거 이제 아예 안 풀리는 거 아니가."

"잘됐네. 존나 이쁘니까 이제 거울 그만 보고 나온나."

"아 미쳤나. 누가 들으면 내가 공주병 걸려서 거울만 보는 줄 알고 오해한다고, 진짜."

"누가 듣는데?"

"야, 이거 진짜 안 풀린다. 어쩌지."

"어쩌긴. 박우경 선물 포장으로 나가는 거지."

나는 매듭을 풀어 보려고 안간힘을 썼지만 얼마나 세게 묶어놓았는지 손톱도 들어가지 않았다. 결국 거울에 비친 모습이 아까보다 더 애매해졌다.

"박우경 니 때문에 망했다."

"가스나 남 탓은."

"남 탓이 아니라, 니가 이래해 놨다이가."

"이쁘기만 한데 지 혼자 까탈이고."

박우경이 리본을 희한하게 묶어 놓는 바람에 치마 길이도 더 짧아졌다. 차라리 죄다 애매하니 미련이 사라진다.

나는 결국 매듭을 풀기를 포기하고 침대 끄트머리에 앉아 넥타이를 매고 있는 그 애에게로 갔다.

"우경아. 내 진짜 옷 냄새 안 나나."

"어."

그럴 리 없는데. 나는 다시 어깨에 코를 묻었다. 이 냄새를 정말로 못 맡는 거라면 쟤는 후각에 문제가 있었다.

내가 제 앞에서 계속 그러고 있자 넥타이를 반쯤 매다 만 박우경이 내 꼴을 보며 또 웃었다.

날 올려다보는 검은 눈에 기대가 가득했다. 어쩌면 제 선물이라고 멋대로 리본을 묶어 놓은 우리 엄마의 원피스까지 포함해서.

"니가 지금 너무 이뻐서, 나는 니 이쁜 거밖에 안 보인다. 윤차희."

"⋯⋯냄새는 원래 눈에 안 보이는 건데?"

"아무튼."

"진짜 이쁘나."

"어."

"안 이상하나."

"하나도."

박우경이 내 몸을 빙그르르 돌렸다. 그만 잊어버렸던 등 뒤의 지퍼가 그 애 손에 마저 잠겼다.

"근데 뒤가 좀 웃기긴 하네. 앞에서 당겨서 그런가."

"야."

"어쩔 수 없지. 내 선물이니까."

내 몸을 제게로 되돌린 손이 날 아래로 끌어당겼다. 나는 순순히 균형을 잃고 그 애에게로 무너졌다.

"대신 나가면 내가 니 뒤에서 다 가려 줄게."

"그럼 내 옆에서는 안 걷겠네?"

그 생각은 미처 못했다는 듯 나지막한 탄성에 총기가 없다. 그러든 말든 나는 박우경의 배 위에 걸터앉아 그 애가 매다 만 넥타이를 잡아 죄다 끌렀다.

그리고 아주 탐스럽게 생긴 리본을 묶어 주었다. 저절로 의기양양한 웃음이 새어 나왔다. 박우경이 가만히 날 올려다보며 사나운 눈매를 치켜떴다.

"박우경 니도 이러고 밖에 나가든지."

"내가 못 나갈 거 같나. 윤차희."

"……."

보통 또라이가 아니었지. 생각이 바로 변했다. 나는 주섬주섬 그 애의 넥타이를 풀었다. 낯짝이 두꺼운 박우경보다 옆에 있는 내가 더 창피할 것 같아서였다.

그래서 다시 제대로 매어 줄까 했지만, 제대로 해 주자니 정작 매는 법을 몰랐다.

"……교복 넥타이랑은 많이 다르네?"

넥타이의 양쪽 끄트머리를 쥔 채로 중얼거리자 대체 언제 적 이야기냐고 박우경이 웃었다. 당연히 다르지. 그토록 당연한 이야기지만 새삼스럽게 튀어나온 건, 내가 한때 그 애의 교복 넥타이를 워낙 많이 잡아당겨 주었기 때문이다.

무심결에 진짜 넥타이도 그 애 목에 매어 줄 수 있다고 착각할 정도로.

박우경이 내 밑에 드러누운 그대로, 넥타이를 매기 시작했다. 그리고 나는 그저 넥타이 매는 법이 궁금해 영상을 틀어 놓은 사람처럼 그 애의 시연을 유심히 내려다보았다.

"니 진짜 어른 같다."

"장난 아니지."

그 애가 어릴 때처럼 뻐기듯 말했다. 전혀 어른 같지 않게.

우리가 어렸을 땐 그저 쭉 잡아당겨 주면 끝이었는데. 그런 실없는 생각이나 하면서, 내가 모르는 곳에서 어른이 되었던 너를 생각하기도 했다.

그때를 상상하는 감각은, 언젠가 몇 년 후의 네가 매일같이 이런 옷을 입고 어딘가로 출근하는 모습을 바보처럼 상상해 볼 때와 비슷하다. 여전히 내가 모르는 곳에서, 내가 모르는 과거와 미래를 사는 너.

"이제 다 컸네. 박우경."

내가 어떤 표정으로 그 애를 내려다보고 있었던 건지 알 수 없었다. 일순 그 애의 표정이 얄궂게 변했다.

마치 저도 몰랐던 충동이 불쑥 치민 것처럼. 혹은 무얼 확인해야만 하는 것처럼. 박우경이 문득 내 팔을 휙 끌어당겨 제 아래로 무너뜨린 것은 그때였다.

그 애는 아주 쉽게 내 위로 올라탔다.

"우경아."

"조금만."

"오늘 우리 바쁘다매."

"조금만 더. 이따가."

끝까지는 안 할 테니까……. 음험하게 가라앉은 음성이 짐짓 다정한 태도로 나를 달랬다. 저를 얼마나 좋아하는지 안다고 그렇게 거만을 떨어 놓고선, 내가 아직도 설득이 필요한 사람이라는 듯이.

그 애는 아주 다정하게 날 끌어안았다. 그리고 내 입술 끄트머리를 몇 번이고 아프게 깨물었다. 제게 얌전히 입술을 열어 준 뒤에도, 마치 열어 주지 않는 것을 원망하듯 몇 번이나.

나는 그런 그 애의 목을 아무렇지도 않게 끌어안았다. 그러나 스치듯 혀를 깨물고 싶었다.

남의 마음에 쏟은 물을 내 마음으로 도로 담을 수 있다면 얼마나 좋을까.

네 상처가 전부 내 것이라면, 얼마나 좋을까.

#30. 그때 시간 맞으면 하고, 아니면 말고

예정보다 조금 더 늦게 호텔을 나온 우리는 남강 근처를 얼마간 걸었다. 여전히 이른 시간이었다. 크고 작은 개와 산책하는 사람들, 아주 천천히 달리는 할아버지들, 서로에게 맞춰 느리게 걸어가는 노부부들과 몇 번이고 마주칠 때까지.

댐에 가로막혀 어디로도 흐르지 않고, 그저 그 자리에 갇힌 도시의 강물이 하늘을 거울처럼 비추었다.

호텔을 갓 나온 처음만 해도 날씨는 아주 흐렸다. 마치 천장이 내려앉은 것처럼 회색 먹구름이 온 하늘을 낮게 뒤덮고 있었다.

덕분에 멀리서 해가 떠오르는 것조차 그저 길고 붉은 띠처럼 보였다. 그 빛과 색마저도 잠시였다. 해는 낮고 검은 하늘 아래 짓눌려 있다 금세 사라졌다.

이윽고 하늘도, 잔잔하게 고인 강물도 모두 어두침침하게 변했다.

떠올려 보면 항상 그랬다. 옛날부터, 그 애와 내가 무얼 일 부러 보러 가는 곳마다 그런 식이었다. 작정하고 해가 뜨는 것을 보러 가면 절대로 뜨지 않았고, 어떻게든 수를 내서 바다를 보러 가면 하늘도 파도도 몹시 을씨년스러웠다. 실은 지척에 있는 미조 저수지에서조차 온전히 해가 떠오르는 광경을 본 적이 거의 없었다.

우리이 여행은 늘 그랬다. 둘이서 잠시 손을 잡고 도망칠 명분과 핑계는 죄다 그런 것이었으면서.

가끔 그 애보다 훨씬 단순하게 세상을 내다보았던 나는, 우리가 서로 안 될 사람들이라 그렇다고 여겼다. 차라리 아예 어긋나 버리라고. 그래서 고작 좋은 날 하루도 허락하지 않는 거라고.

애초에 무얼 기대하고 왔더라? 너랑 도망치고 싶다니. 그 애의 머리 위로 폭우가 쏟아지는 것을 보면, 얼른 그 애의 좋은 집으로 돌려보내 주고 싶어졌다.

막다른 길에서 되돌아가라는 사인을 발견한 것처럼.

'박우경. 우리는 붙어있으면 진짜 재수가 없는갑다.'

'웃기고 있다. 또.'

'하늘이 내보고 니랑 놀지 말래. 우경아. 재수 없다고.'

'재수는 공주 니가 드럽게 없는 거거든.'

하늘 아래 온종일 어둑한 파도가 밀려오던 바다, 내내 비가 내렸던 포항.

갖은 핑계와 거짓을 덧대어 겨우 청라를 벗어난 하루였고, 우리는 열여덟이었다. 잠시도 꺼지지 않는다던 제철소의 불빛조차도, 끝없이 쏟아지는 비에 가려 이따금 점멸하는 빛처럼 보였다.

일기예보에는 없던 비였다. 버스를 몇 번이나 갈아타고 먼 곳에 온 고등학생들에게는 참 우스꽝스러웠던 하루였다. 정류장 처마 아래에서 가장 오랜 시간을 보냈으니까.

그럼에도 우리가 호미곶 바다 위에 불쑥 솟아 있던 손을 기어코 보러 간 것은 어떤 의무감이었다. 그때부터 박우경은 일정에 집착하는 사람이었을 수도 있고.

'맞다. 사실은 내가 재수가 없는 건데.'
'……'
'우경아, 미안.'
'그렇게 말하니까 이유는 모르겠는데 더 재수 없다.'
'맞나.'

박우경은 한참이나 말이 없었다. 그러다 아예 다른 말을 했다. 그 애는 어쩌면 내 변덕을 잘 알았을 것이다. 청라에서는 제 손을 절박하게도 쥐고 있다가, 가까스로 둘이 도망쳐 나오면 맥없이 놓고 마는 나를.

'또 오라고 그런 거다.'

'……뭐?'

'날씨 이따위로 개그지 같은 거.'

'…….'

'다음에, 좋은 날에 또 오라고 이런 거라고. 헤어지지 말고.'

그렇게 치음으로 시답잖은 이유가 붙었다. 우리는 가끔 실패하는 편이 더 좋을 수도 있다고. 나는 그것을 말도 안 되는 위로라고 생각했지만, 몇 년이 지난 후에야 그 말이 진심이었음을 알게 됐다.

'볼 것도 없었다이가. 바다도 야경도, 비 때문에 보이는 게 하나도 없어서.'

'난 차희 니 보고 있었는데. 계속.'

'…….'

'그래서 좋았다.'

나는 그 시절의 책갈피처럼, 가끔 그 애의 말을 생각한다.

좋았던 일이라고는 아무것도 없었는데, 내가 있어서 좋았다고 말해 주었던 어떤 남자애. 그 어떤 불운하고 좋았던 하루.

그래서 희한하게도 우리가 가는 곳마다 맑았던 어제의 하늘이 불안했다. 점차 구름이 흩어지며 드러나는 저 푸른 하늘도.

그래서 차라리 간밤에 싸운 게 다행 같았다. 날씨가 불길하게 좋으니까, 우리가 싸우기라도 해서 다행이라고.

"아까부터 무슨 생각을 글케 하는데?"

"그냥. 이제 비 좀 왔으면 좋겠다는 생각."

박우경이 날 또라이 보듯 흘끗 보고는 다시 전방을 보았다. 호텔 주차장으로 돌아와 차를 끌고 나오자, 아까와는 딴판인 풍경이 펼쳐졌다. 흐르지 않는 강물에 그림처럼 걸린 가을 하늘, 새하얀 구름들, 조금 더 많은 사람들……

"나중에 나이 들면 이런 데서 살아도 좋겠다."

"여기?"

"풍경도 이쁘고, 한산하고, 산책하기도 좋고. 아. 저기 대학 병원도 있네."

"가족도 없고 친구도 없고, 아무 연고도 없는데?"

"서울은 그래도 잘만 올라가서 사는데, 뭐."

"……윤차희 니 대학 친구 없나?"

그 애가 문득 심각하게 물었다. 마치 초등학교 다니는 사촌 동생 교우 관계라도 걱정하듯. 나는 웃음을 터트렸다.

"아니. 올라갈 때는 그랬다고."

"아. 존나 놀랐네."

"지방에서 올라가면 다들 그렇잖아. 지금은 많은데……. 표정 또 왜 그런데?"

"없는 건 불쌍한데 그렇다고 많은 것도 좀 별로라서."

"왜."

"내 복학하고 서울 가면 다 경쟁자다이가."

"……박우경 니는 여자애들한테 자꾸 그러는 것 좀 어떻게 해 봐라. 약간 병 같은데."

"차라리 남자 새끼들은 남자라고 쳐 내기나 하지, 씨발……."

'차라리'하고 전제를 걸어 봐야 박우경은 내 주변 남자를 여자들보다 훨씬 못 견뎠다. 그럼에도 내 친구들을 여태껏 거슬려 하는 건, 그저 나와 같은 여자라 계속 견뎌야 하기 때문이고.

"하필 대학도 여대를 가 가지고."

"또 시작이고."

"아니다. 생각해 보니까 좀 다행이긴 하네. 여대 잘 갔다."

"니 좋으라고 간 거 아닌데."

"어. 내 좋으라고 간 게 아니라 뒤통수칠라고 간 거긴 하지."

"……."

"근데 나이 든다는 게 어느 정도 말하는 건데?"

"……몰라, 한 칠십?"

"공주 니는 칠십 먹을 때까지 어디서 먹고살게."

"내가 그걸 지금 알겠나."

아무런 대중도 없는 대화였다. 둘이서 처음으로 수목원에 가는 길인데, 가는 내내 노후 계획이나 펼쳐 놓고 있다니.

"일단 나도 대략적인 참고는 해야지."

"니가 왜?"

"아니 그럼 뭐, 진주에 니 혼자 내려와서 살 거가."

"아니, 그때야 당연히 남편이 있든 개가 있든 고양이가 있든 뭐가 하나는 있겠지."

"높은 확률로 그 남편은 나겠지?"

"누구 맘대로."

"안 놔준다니까. 윤차희."

어이가 없어서 그냥 웃었다. 그게 일부러 대답을 알려 주지 않는 것처럼 느껴진 모양인지, 차가 신호에 걸려 멈추기 무섭게 그 애가 내 손을 콕 찔렀다.

"서울에 계속 있을 수도 있고, 엄마 몸 계속 안 좋으면 나중에 윤태희처럼 대구에서 다시 직장 잡든가 하겠지. 병원 자주 왔다 갔다 해야 되니까."

"아. 알았다. 대구."

"뭘 알아. 박우경 니는 니 인생 열심히 살아라. 로스쿨 간다매."

"와 존나 차갑네. 그러다 혓바닥도 얼겠다. 윤차희 니가 아무리 그래봐야 나는 니를 안 놔준다니까?"

"결혼도 나중에 내려와서 그때 대충 하든가⋯⋯. 없음 말고."

"그래. 박우경이랑 대충 하자."

"그래."

"⋯⋯뭐?"

"그때 시간 맞으면 하고. 아니면 말고."

나는 순식간에 조용해진 운전석의 박우경을 흘끗 보았다. 그 애가 멍하니 입을 벌린 채로 날 바라보고 있었다.

"지금 니 표정 진짜 바보 같다."

내가 툭 내뱉기 무섭게 신호가 바뀌었다. 나는 앞을 보지 않는 박우경의 팔을 툭툭 쳤다. 가라고.

"야. 파란불."

"아."

"아, 가 아니라, 가라니까. 뒤에 차 있다."

아니나 다를까 요란한 경적 소리가 연이어 들려왔다. 경상도는 기다리는 법이 없었다. 그 애가 제 입 안으로 나지막하게 욕설을 중얼거리며 액셀을 밟았다.

그렇게 잠깐 정적이 흘렀다. 괜한 말을 했을까? 그냥 개나 고양이랑 살 거라고 할걸.

칠십 노인이 된 내게는 똑같이 할아버지가 된 남편이 있을 것만 같은데, 서울이나 대구 어딘가를 떠돌며 살 몇 년 후는 정작 상상할 수가 없었다.

내 옆에 있는 그 애도. 그 애가 아닌 다른 어떤 누구도.

"······윤차희 니 양아치가?"

"뭘."

"시간 되면 밥이나 같이 먹자는 것도 아니고. 시간 맞으면 결혼이나 하자고? 어? 내가 니랑 시간 안 맞으면 우짤 낀데."

"아님 말자고도 했는데."

"니는 이게 문제다. 윤차희."

"또 시작이고."

"되면 되고 말면 말고. 애매하게."

"아 싫으면 치아라."

"뭘 치워, 치우긴. 지 좋다고 빌빌거리는 새끼가 잘도 듣고 치우겠다, 씨발."

우리는 시답잖게 싸우기 시작했다. 그 애는 전방에, 나는 도로변에 꼿꼿하게 시선을 둔 채로.

그러게 결혼 같은 건 왜 얘기해서.

"됐다. 걍 못 들은 걸로 하라니까?"

"이미 들었고 들었으니까 평생 안 잊어버릴 거거든? 니는 내랑 결혼해야 된다. 니가 니 입으로 한 말 정도는 책임지고 살아야지."

"꼭 해야 된다고 한 적 없는데?"

"어. 이것도 저것도 하고 니 하고 싶은 대로 살다가 시간 남으면 내랑 결혼해 준다 캤제."

"뭐 그런 개념이긴 하지."

"개 같은 가스나. 존나 빚쟁이 새끼처럼 쫓아다닐 거다."

"니 시간도 좀 보고. 서로 일정이 안 맞으면 어쩔 수 없다이가."

"사람이 그런 식으로 대충 살면 안 된다니까? 되면 되고 말면 말고가 아니라, 확실히 하면 하는 거지."

"그래. 하면 하는 거지."

"……"

박우경은 또 멍청한 표정이었다. 지가 저러니까 내가 들쑤시고 싶은 것을 좀 알았으면 좋겠는데.

씨발 신호 좀 걸리지. 그 애는 멈추지 않는 차가 불만인 듯 중얼거리고는 제 얼굴을 거칠게 쓸어내렸다. 나는 결국 웃음을 참지 못했다.

웃음의 의미를 아는 것처럼 박우경의 귓가가 발개졌다. 그것을 물끄러미 바라보다 손을 뻗어 열 오른 살갗을 어루만졌다. 그 애가 고등학생 때처럼 화들짝 놀라며 내 손을 쳐 냈다.

"아, 윤차희, 진짜 좀, 아, 갑자기 만지지 말라고."

"지는 더한 짓도 하면서."

기껏 내 손을 쳐 내 놓고는 허공에서 다시 붙잡는 손이 바빴다.

"공주 니는 내가 그래 좋나."

"웃기고 있네. 지금 결혼해 달라고 빌빌거리는 게 누군데."

"내가 너무 좋아서 미치겠나."

"하."

"가만히 두고 볼 수가 없나. 막 손대고 싶고."

"지 귀 좀 만졌다고."

"니 내랑 진짜 결혼하고 싶나. 윤차희."

아무렇게나 내뱉던 거만한 자아도취 끝에, 문득 목소리가 바뀌었다. 이것만큼은 아무렇게나 지나가지 말라는 듯이.

나는 얼마간 입을 다물고 있었다. 그 애가 한 번 더 나를 불렀다. 이번에는 공주야, 하고. 평소처럼 날 놀려 먹는 것이라기보다는 달래는 것에 가까운 음성이었다.

지가 우리 아빠도 아니면서. 그렇게 달래면 꽁하니 입을 다

물고 있던 어린애가 다시 입을 열 것이라고 생각하는 양.

"……하고 싶다고 다 하나. 못 할 수도 있는 거지."

지금은 하고 싶어도, 나중에는 아니게 될 수도 있지. 나중에 하고 싶어도, 꿈도 못 꿀 수도 있지.

그러나 나는 너와 계속 함께 있고 싶었다. 그럴 수 없다 해도. 가능성이나 현실 따위의 낱말로 내 바람을 희석시킬 필요는 없었다. 어떻게 된다 해도 난 네가 좋았으니까.

가능하지 않은 것은 애당초 원하지도 않는다고, 내 스스로를 속일 필요도 없었다. 내 고집으로 허비한 지난 시간처럼.

사람은 가끔 바보처럼 가질 수 없는 것을 원할 수도 있었다. 그것을 꼭 비참하게 여기거나, 숨길 필요도 없이.

너를 가질 수 없어도 갖고 싶었다.

"할 수 있냐고 물어본 게 아니잖아."

"……."

"나랑 하고 싶냐고. 결혼."

"……."

"아니…… 나랑, 앞으로도 계속 같이 있고 싶냐고. 윤차희."

"……응."

그래, 나는 이제 너와의 미래를 원했다.

애초에 마음은 가능성의 영역이 아니었다. 그 사실을 부정하는 일이야말로 바보 같은 일이었다.

나는 아주 오래도록, 네 앞에만 있으면 세상에 둘도 없는 바보처럼 굴었다. 널 가질 수 없으니까 좋아하지 않는다고. 너와 영영 함께 있을 수 없으니까, 아예 원하지 않는다고. 그렇게 스스로를 속이면 스스로를 지킬 수 있다고 생각했으니까.

결국에는 우리의 시간을 잃기만 하면서.

"내한테 필요한 건 처음부터 그거 하나뿐이었다. 아나. 다른 거 다 필요 없고."

"……."

"그냥 니 대답. 윤차희 니가, 내랑 같이 있고 싶어 하는 거."

암 레스트 위에서 서로의 팔이 얽혔다. 그 애의 단단한 손아귀가 내 손을 틀어쥐었다.

나는 그 애의 말속에서 아주 단순하고 명확하게 나뉜 우리를 바라보았다. 그저 내가 제 손을 잡기만 하면, 그것으로 끝이라고. 다른 무엇도 필요 없이.

내가 그 애를 바라보며 수없이 되뇌었던 모든 현실적인 계산이 일시에 색을 잃었다. 나와 너는 다르다. 우리는 다르다. 너를 얽매는 것과 나를 묶어 놓는 것은 다르다. 우리는 평생 서로를 다르게 바라보았다. 그래서 우리의 사랑도 달랐다.

그럼에도.

"그거 하나면 된다. 나머지는 내가 다 알아서 할 거니까."

"……."

"나는 그거 하나면 되니까."

네가 날 앞에 두고는 도무지 계산을 모르는 멍청이처럼 굴듯이, 나도 그렇게 되었다.

네가 현실을 모른다면 나도 영영 모르고 싶었다. 이치를 무시하겠다면, 나도 무시하고 싶었다. 전부 필요 없다면, 나도 전부 내버리고 싶었다. 그렇게 너만 가질 수 있으면.

우리가 함께할 수만 있다면.

"……박우경 니 그러다 나중에 제대로 호구 잡히는 수가 있는데."

"어. 제발 좀 그래라. 박우경 호구 잡고, 가진 거 다 벗겨 먹어도 되니까."

"내가 작정하고 진짜 다 벗겨 먹으면 어쩔 건데."

"윤차희 좀 야하다. 아침부터."

"창문 열고 공기나 쐬라. 변태야."

박우경이 얄궂게 웃고는 말했다.

"니 때문에 내 그지 되면, 니가 먹여 살려야지. 당연한 거 아이가?"

"내가 니를 책임지면 니를 호구 잡은 게 아니잖아."

"안 되면 느그 집 들어가서 껑겨 살아야지, 뭐…… 설마 니가 부모를 버리겠나."

"엄마랑 아빠는 못 버리지. 니는 버릴 수도 있는데?"

"공주 니야 뭐 양심이 없으니까. 근데 장인어른은 내 못 버릴걸."

"누가 니 장인어른이고."

"니네 아빠 이제 내 존나 좋아한다."

그 애가 자신만만하게 말했다.

"글고 돈 없으면 몸으로 때우지 뭐. 지금도 하는데."

"그 돈을 내가 뽈가 먹어도?"

"니 하나 주면, 평생 니네 집 머슴 새끼처럼 살아도 되니까."

나는 어이가 없어 웃었다. 박우경이 비딱하게 눈썹을 들어 올렸다.

"진짠데."

"니 머리에 문제 있제."

"아니. 그냥 니를 존나 좋아하는 거다."

"······."

"근데 나는 공주 니가 왜 좋지? 대가리 문제 있는 놈처럼."

"내한테 물으면 내가 아나."

"하긴 니가 이쁜 게 죄지."

그 애가 흥얼거리듯 중얼거렸다. 윤차희 니가 내 다 망쳐 놨다, 하고 원망 같지도 않은 원망을 내뱉고는.

나는 수목원에서 엄마처럼 구두 굽을 부러뜨렸다. 다행히 낮은 구두였고, 입구에서 얼마 지나지도 않아서 부러진 구두 굽을 질질 끌며 주차장에 돌아올 수 있었다.

오는 내내 박우경은 그 옛날 아빠가 엄마에게 한 것처럼 날 쪽팔리게 해 주겠다고 성화였다. 내한테 업힐래? 아니면 내가 니 안을까.

그 도움 같지도 않은 도움을 거부하느라 파닥거리며 실랑이를 하다가 훨씬 더 부끄러운 꼴이 된 것은 뒤늦게 알았다.

지나가던 아저씨들이 좋을 때라며 우릴 놀리고 갔다. 나는 고개도 들 수 없는데 그 애는 태연하게 좋기는 하다고 대꾸했다.

그 말에 뒤에 오던 아줌마들이 또 웃었다.

"여자 친구가 좋아 죽겠는갑네."

"네. 좋아 죽겠어요."

"아이고, 머스마가 좋아 죽겠단다."

깔깔거리는 웃음소리가 우리를 지나갔다.

청라에서도 여기에서도, 부끄러운 줄 아는 건 언제나 나뿐이다. 청라에서는 사과나 팔았지. 여기서는 괜히 얼굴만 팔렸다.

나는 그 애를 버리고 후다닥 빠른 걸음으로 주차장을 가로질렀다.

그러나 뒤에서 성큼성큼 걸어오는 보폭이 워낙 커서, 거리는 좀처럼 생기지 않았다.

"신겨 줄까."

"아 좀 저리 가라."

"왜? 가만있어도 누가 신겨 주고 입혀 줘야 공주지."

"변태 같은 짓이나 할라고, 또."

"지 운동화 끈 묶어 주는 게 왜 변태지? 좀 건전하게 생각해라. 아침인데."

"지가 뭔데 내 옷을 입혀 주냐고……."

"뭐긴, 니 나중에 시간 될 때 결혼할 새끼지."

"……."

"그럼 맨날천날 벗기기만 하라고?"

또 놀린다. 나는 트렁크 뒤에서 구두를 벗다 말고 박우경의 정강이를 걷어찼지만, 그 애는 순순히 다른 때처럼 순순히 얻어맞지 않고 피했다.

"구두 아프다. 찰라면 운동화로 갈아 신고 차든가."

"박우경 짜증 나."

"공주 얼굴 빨개진 거 봐. 존나 사과 같다."

하여간 해롭다. 나는 결국 입을 꾹 다물고 운동화로 갈아 신었다. 차 뒤에서 쪼그리고 앉아 운동화 끈을 다시 묶고 있자 그 애도 내 앞에 쪼그리고 앉았다. 아무 볼일도 없으면서.

이마에 닿는 고집스러운 시선이 느껴졌다. 나는 제법 꿋꿋한 태도로 박우경을 보지 않았다. 그리고 다시 일어나려는데, 그 애가 불시에 내 팔을 낚아채듯 쥐고 아래로 끌어 내려 키스했다. 제 볼일은 사실 이것이었다는 듯이.

근처에 차가 멈추고 어린애가 내리는 소리가 났다. 다급하게 어깨를 쳤지만 알아먹은 것 같지는 않았다.

박우경이 아스팔트 위에 한쪽 무릎을 꿇으며 내 허리를 더 깊이 끌어당겼다. 계속 참고, 또 참은 것처럼 토해 내는 숨이 내 폐부로 쏟아졌다.

그렇게 어떤 가족이 우리가 숨은 차 앞을 지나갔다. 애가 보면 어쩌려고, 미친 새끼……. 그렇게 욕해 봐야 어른이 보는 건 괜찮냐고 뻔뻔하게 되묻겠지.

나는 박우경의 어깨며 팔을 때리고 그 애의 머리카락까지 잡아당겨 보았지만 돌아오는 건 내 입 안에 흩어지는 나른한 웃음뿐이었다. 아프기는커녕 간지럽지도 않은 것처럼.

저를 민다고 밀려나는 것은, 제가 밀려나 주기로 했을 때뿐이라는 듯이. 나는 결국 얄팍한 전의를 상실하고 내가 원하는 대로 그 애의 목을 안았다. 사실은 그 애를 밀어낼 때보다, 끌어안을 때가 언제나 더 행복하니까.

우리가 다시 수목원에 입장한 것은 그렇게 삼십 분을 허비한 뒤였다. 호텔에서 나오기 전에도, 수목원에 도착해서도 그랬으니 이제는 전혀 여유가 없었다.

여유롭게 걸어 다니는 사람들 사이로 나는 쫓기듯 걸으며 박우경을 욕했다. 이건 전부 네 탓이라고. 욕을 듣는 박우경도 지지 않고 나를 욕했다. 네 탓도 있다고.

그러면서도 대놓고 내 사진을 찍느라 자꾸만 멈췄다. 잠깐만 거기 꽃 옆에 서 보라 하고, 나무 아래 잠시 멈춰 보라 하면서.

내가 제 유치원생 딸이라도 되는 양, 웬 아저씨처럼 저러는 게 이상했다. 시커먼 카메라를 목에 멘 것도 모자라 옆구리에는 삼각대까지 끼고서.

"니가 우리 아빠가?"

"왜? 아저씨가 니 사진 많이 찍어 오라고 시켰는데."

"그만 찍고 온나. 우리 시간 없다니까?"

"아 알겠다고, 좀. 누가 공주 지 경상도 아니랄까 봐…… 존나 승질머리."

그 애는 저를 노려보는 얼굴까지 찍었다. 그러더니 미간을 찌푸린 채 카메라를 내려다보며 중얼거렸다.

"니는 왜 찡그려도 귀엽게 나오노. 승질은 드러운 게."

"······."

"됐다, 가자."

귀만 만져도 소스라치는 주제에, 남은 부끄러워 죽을 지경으로 만들어 놓고 저는 아무렇지도 않고.

사람의 염치와 체면이란 가끔 불공평하다. 아마 박우경도 그렇게 생각할 테지만.

그러나 시계를 보면 부끄러움도 잠깐이었다. 나는 박우경이 샛길로 새지 않게 옆에다 붙잡아 놓은 채로, 수목원 안내도를 보며 최적의 경로를 짰다. 그 애가 옆에서 내 허리나 지분거리게 두고.

그리고 영화관에서 본론만 보고 나가 버리는 사람들처럼 움직이기 시작했다.

건물처럼 높다란 메타세콰이어 나무가 양쪽으로 길게 늘어선 길 끝까지 바쁘게 걸어간 우리는, 삼각대를 두고 길 위에 사람이 없어지기만 기다렸다. 아무도 없다고 생각하면 어디선가 남자애가 튀어나와 길 위를 뛰어갔고, 이제 됐다고 생각하면 양쪽에서 사람들이 나타났다.

"우경아, 걍 포기하고 찍으면 안 되나."

"안 되겠는데."

사람들이 지나가는 내내 그 애는 카메라 쪽에, 나는 그 카메라가 바라보는 멀찍한 위치에 뻘쭘하게 서 있었다. 잔디밭 쪽에서 단체 사진을 찍고 돌아가던 사람들이 내 얼굴을 흘깃거렸다.

한참이나 그러고 있으니 다시 좀 부끄러웠다. 남자 친구에게 제 사진만 찍게 하는 여자애처럼 보일 것도 같아서.

그러나 내가 선 곳을 기준으로 구도를 잡았다며 한 발자국도 움직이지 말라니 벗어날 수도 없었다. 그렇게 한참이나 얌전히 서 있다가, 느물거리며 웃고 있는 그 애의 낯을 보고 나서야 알았다. 내 수치스러운 얼굴을 구경하느라 그랬다는 걸.

저렇게 웃을 때 제 형이랑 얼마나 닮았는지 알기나 할까.

그 애는 내게 욕을 몇 마디나 더 얻어먹고 나서야 내 옆에 나란히 서서 리모컨으로 사진을 찍었다. 알고 보니 뒤에서 오는 사람들은 우리에게 가려 사진에 보이지도 않았다.

"니 진짜 맞을래. 박우경."

"아니."

아니라고 해 봐야 때리면 됐다. 박우경이 어깨를 얻어맞으면서도 좋다고 웃었다.

"나는 진짜 니가 부끄러워할 때마다 죽고 싶다. 귀여워서."

"걍 지가 죽으면 될 걸, 괜히 남만 쪽팔리게 만들고."

"가스나 내 죽으면 우짤라고. 니 결혼도 못 하는데."

"니 죽으면 뭐…… 서로 시간이 안 맞는 거지. 인연이 거기까진데 어쩌겠노."

"와 싸이코패스가 따로 없네. 니는 내가 죽으면 걍 시간이 안 맞는 거가."

"그러게 누가 내 좋아하라 카드나? 보는 눈도 없는 게."

"아…… 나는 진짜 니가 왜 좋지? 이거 완전 싸이코패슨데."

그 애는 새삼 이해할 수 없는 듯 중얼거리면서 잡고 있던 내 손에 깍지를 꼈다.

"그러게. 나만 니 좋아했으면 진작 접었을 건데."

"……."

"디 니 때문이나. 박우경."

"니는 진짜 실수한 거다. 윤차희. 알겠나. 낙장불입이라고, 이제."

"뭐래."

"우리 결혼 절대 못 무른다니까. 야, 말 나온 김에 진주 시내 다시 가자. 아파트 좀 보게."

"박우경 니 벌써 칠십 먹은 할배 됐나. 왜 이러는데?"

"굳이 칠십 먹을 때까지 왜 기다려야 되는데?"

경상도 사람들은 원래 참을성이 없으니까 우리가 그래도 된다는 비약이었다. 그 자리에서 사진이 수십 장도 더 찍혔다. 나는 카메라만 열심히 보고 있는데도 그 애는 하나는 잘 나오겠지, 하고 별로 신경도 쓰지 않았다.

길 위의 사람들이 사라지기만 기다리던 완벽주의자는 어디로 가고.

그래서 나중에 사진을 보니, 죄다 나만 보고 있는 그 애가 찍혀 있었다. 웃고, 찡그리고, 노려보고, 내가 좋아서 어쩔 줄 모르는 얼굴이.

시간 되면 밥이나 한 끼 먹자는 양 던진 청혼 한마디가 그 애를 망가뜨린 게 분명했다. 어제 찍은 사진만 해도 죄다 멀쩡하게 앞을 바라보고 있었으니까.

문산 성당에서 우리가 찍은 모든 사진도 똑같았다. 그 애는 날 보느라 카메라를 도통 안 봤다. 내가 몰랐던 순간조차도. 그래서 그 애는, 성당에서 결혼식을 마치고 나온 후에도 제 신부에게 정신이 죄다 팔린 남자처럼 보였다.

우리가, 결혼한 것처럼 보였다.

나는 자그마한 카메라 창 속에 비친 우리 사진을 바라보았다. 휴게소에서 그 애가 편의점에 간 틈을 타, 차에 홀로 남아 몰래. 아빠가 섰던 곳에 그 애가, 엄마가 섰던 곳에 내가 있었다.

오래된 사진을 따라 하는 것만큼이나 구태의연하게도 내 손에는 장미 한 송이가 들려 있었다. 어제 시골길 위를 지나가다, 웬 화훼 농원에 갑자기 그 애가 내려 사다 주었던 장미였다.

아무리 넘겨도 날 바라보는 그 애밖에 없어서 한숨인지 웃음인지 모를 것이 나왔다. 그러다 겨우 한 장을 건졌다.

우리가 둘 다 카메라를 바라본 단 한 장의 사진.

마치 몇십 년 전에 선을 보고 결혼한 사람들처럼, 어색하기 짝이 없는 모양이었다.

나는 사진을 내려다보며 가만히 웃다 멀리서 돌아오는 그 애를 보고 카메라를 껐다. 금세 문이 열리고 바스락거리는 봉지가 내 무릎 위에 가득 올려졌다. 편의점 봉지, 그리고.

"……이게 다 뭐고?"

"핫도그. 먹다 죽어 보라고."

어제 오는 내내 핫도그 때문에 얻어먹은 욕을 잊지도 않은 양, 나한테 핫도그 여섯 개를 건네준 그 애가 의기양양하게 웃었다.

그리고 집으로 가는 내내 이렇게 맛도 없고 비싸기만 한 휴게소 핫도그를 여섯 개나 사 오는 미친놈이 어딨냐고 내게 또 욕을 먹었다. 네 돈 썩어 난다고 자랑하느냐고. 이걸 다 어떻게 하냐고.

결국 저녁나절 청라에 돌아온 우리는 사과원 앞에 잠깐 차를 세워 두고 남은 핫도그를 저녁으로 먹어 치웠다. 그리고 진입로를 마저 올라와 차를 대고 내렸다.

때마침 창고에서 나오던 아빠가 보였다. 잘 다녀왔다고 인사를 건네려는 찰나였다. 돌아온 날 보고도 그다지 반가운 기색 없이 묘한 표정을 짓고 있는 아빠 뒤로, 박동주가 걸어 나왔다. 숨이 잠깐 멈추었다.

박동주의 눈이 아빠를 따라 나를 향하는 순간, 운전석에서 박우경이 내렸다.

"왔나."

"네."

아빠가 우리에게 단조로운 인사를 건넸다. 박우경의 대꾸도 다를 바 없이 단조로웠다. 나는 그 애 아빠에게 꾸벅 고개를 숙였다.

"안녕하세요, 아저씨."

"……그래, 니 청라 내려와 있다 카드만 이래 또 보기는 오랜만이네. 공부하기도 바쁜 애가 이까지 내려와가, 수고가 많다."

"아니에요."

박우경 지갑 속의 시는 어디로 갔을까. 나는 문득 생각했다. 내가 멋대로 꺼내어 건네고, 그 애의 손에서 쓰레기처럼 구겨졌던 종이 한 조각.

당신은 동에서, 나는 서에서.

그 애의 아빠는 이를테면 서쪽에 남은 남자다. 여자가 어디로 떠나버렸는지도 모르는. 언젠가 시집 귀퉁이나 접으며 지나간 사랑을 곱씹던, 시시한 옛날 남자.

옛사랑도 동쪽에서 저를 그리워하기를 바랐을까? 당신은 고모를 얼마나 생각했을까. 얼마나 오래. 얼마나 많이.

박동주의 그 방. 시집 속 고모의 사진. 우리의 부모와 우리가 다녔던 그 고등학교 앞의 졸업사진. 나는 어쩌면 그 사진을 찍은 것이 고모가 아닐까 생각했다.

내가 찍은 사진 속 그 애가 카메라 너머를 바라보던 표정에서, 그 애 아빠의 눈이 보였으므로.

어떤 시간에 영원히 멈추어 있는 눈동자.

사진은 가끔 글로 된 기록보다, 사랑과 삶을 갈라 먹는 시보다 많은 말을 한다. 카메라 너머의 사람을 바라보는 사진 속 눈으로. 그리고 그 시절 카메라를 들고, 사진 속 사람을 바라보았을 다른 눈으로.

그러나 고모는 외할아버지의 장례식장에서, 저 남자를 발견하기 무섭게 도망쳤다.

시간이 흘러간다는 건 가끔 그런 것이다.

신미진 뒤에 유령처럼 서서, 멍하니 날 바라보던 눈이 덧씌워졌다. 끝내는 내 앞에서 자기 아내를 끌고 갔지만 그마저도 늦되었다. 언제나 멀끔해 보였던 저 남자가 그날은 마치 고장난 기계 같아 보였다.

"……참, 이쁘게 잘 컸네."

잠시 넋을 잃고 날 바라보던 박동주가 문득 평이한 어조로 말했다. 어릴 때부터 보았던 어른들이 으레 말하듯. 감사합니다, 하고 인사하자 날 멀거니 바라보던 눈이 도망치듯 아빠에게로 향했다.

죄책감. 수치심. 그리 달갑지 않은 감격.

나는 지금의 박동주를 다시 응시했다. 언제나와 같이 당당한 낯이었다. 그러나 그 낯짝 위로 사진 속 스무 살 남자애를 겹쳐 보면 조금은 다른 것이 보였다. 지금 당장이라도, 어디론가 도망치고 싶어 하는 비겁한 남자.

아빠의 말이 옳았다. 박우경은 제 아빠를 닮지 않았다.

"그럼 부사 재고는 준영이 느그 집에서 그마이 충당하는 걸로 알고 최 사장한테 전달해 놓을 테니까, 니도 그래 알고."

"예. 우리 집까지 이래 챙겨 주셔서 고맙습니다, 행님."

아빠는 돌아온 우리를 석연찮게 바라보았던 것과 달리, 박동주에게는 웃으며 공손하게 대꾸했다. 옛날에도 늘 그랬다. 저렇게 정중했다. 그러면서도 언제나 기묘할 만큼 호의가 느껴지지 않았다.

아빠를 잘 아는 사람이라면 그 위화감을 알 수 있었다. 원래는 무슨 일이든 호오가 명백한, 단순한 성미였으니까.

어릴 때는 그것이 그저, 우리 아빠가 완벽하지 못한 사람이기 때문이라고 여겼다. 그 애 아빠처럼 잘난 사람을 시기하는 사람이라서.

남들보다 좋은 집에서 태어나 잘 배운 사람, 가진 게 많은 사람을 미워하는 평범한 인간이라서. 앞에서는 필요하니 웃고 뒤에서는 흉을 보는, 제법 비열한 구석이 있어서. 오랜 열등감 때문에…….

그러나 떠올려 보면, 아빠가 그렇게 앞뒤 다르게 구는 사람이라고는 언제나 박동주뿐이었다.

그 얄팍한 이중성은 아무리 필요한 만큼 비위를 맞추어도 완전히 가려지지 않았다. 내가 열아홉 살이 되기 전까지는.

그러다 우리 집이 저 집의 '도움'을 받았다. 그 애 집을 통해 사과를 출하하는 것이야 온 청라가 다 그랬다. 그런 건 도움이 아니었다. 일방적이지도 않았다. 그저 누군가는 갑의 위치에서, 누군가는 을의 위치에서 자기 생업을 했을 뿐이니까.

하지만 사과원 전체가 날아갈 뻔한 순간 한쪽이 손을 내밀어 구제했다면, 남은 쪽은 비로소 일방적인 도움으로 연명한 처지가 되는 것이다.

아빠는 그때부터 그 애 아빠 앞에서 약간의 호의도 가장했다. 자격지심 따위로 보일 법한 일말의 위화감도 감추었다. 그저 스스로 염치를 안다는 듯이.

자기 가족을 한 번 돌아보면 견딜 만한 부끄러움이라는 듯이.

그러니 근래의 몇 년도 그랬을 것이다. 무엇이든 잘 숨겨 왔겠지. 지금과는 다르게.

나는 아빠의 싸늘해진 눈을 보았다. 고작 내가 박우경 옆에서 박동주를 맞닥뜨렸다고. 내 눈도 제대로 마주치지 못하는 저 비겁한 아저씨가 날 해치기라도 할 것처럼.

"가뜩이나 올해 작황도 좋은데 조금이라도 값 떨어지기 전에 잘 잡아 놓으면, 내년 가을까지 버티기도 안 쉽겠나."

"행님 말씀이 맞습니다."

"니가 잘해야 제수씨도 몸이 편해지지. 일단 마음이 편해야 아픈 것도 낫는다 아이가."

"예."

"품종 조금씩 갈아엎는 것도 잘 생각해 보고. 느그 아버지 돌아가신 게 언젠데, 언제까지 부사 하나만 보고 한 해 농사를 지을라 카노. 나무 아까워하지 마라. 아까운 것도 잠깐 아이가."

"예, 행님."

"그럼 수고하고. 간다."

실은 박동주 또한, 언젠가는 아빠를 잘 아는 사람 중 하나였을 터였다. 아주 오랫동안 호의 한 점 없이 저를 바라보는 아빠를 어쩌면 알았겠지. 알면서도 옛날부터 가끔씩 우리 집 일을 용이하게 봐주었던 것은, 고모에 대한 미련 때문일까. 아니면.

"우경이 니는?"

"좀 있다 갈라고요."

"오늘도 할머니 집에서 잘 끼가."

"네."

박우경이 아무렇지 않게 내 손을 잡았다. 나는 박동주의 눈이 차마 그것을 바라보지도 못하는 순간을 보았다. 도리어 아빠가 대수롭지 않게 우리를 지나쳐 주차장으로 먼저 걸어갔다.

박동주도 금세 불편한 표정을 지우고, 아무것도 보지 못한 것처럼 우리를 지나갔다. 나는 그저 아빠가 아는 사람이나 친구 아빠를 마주한 것처럼 꾸벅 인사했다.

안녕히 가세요. 그래. 인사가 흩어졌다.

나는 어른들이 사라진 뒤에야 그 애의 손을 천천히 떨쳐 냈다. 뒷좌석에서 짐을 꺼내는 동안 아빠가 박동주를 깍듯이 배웅하는 소리가 들렸다. 나는 비로소 숨 쉬는 것이 불편했다. 전부 불편해졌다.

그러나 내색할 수는 없었다. 그 애는 아는 것이 많으니까. 짐작할 수 있는 것도 많았다. 어쩌면 내게 드러낸 것보다도 더.

"이리 도."

"됐다. 무겁지도 않은데."

"무겁든 말든. 내 있는데 뭐 들지 마라."

빈 용기만 들어있는 보냉 가방과 여행 가방이 전부 그 애 손으로 갔다.

"니 짐이나 차에 옮기지."

"왜. 오자마자 가라고?"

박우경이 비딱하게 웃으며 되물었다. 나도 아무렇지 않게 웃고 싶었다. 사실 그 애의 지갑에서 나온 시집 한 바닥 따위로 진주 시내 한복판에서 그렇게 싸웠으니, 내가 박동주를 불편해하는 게 그리 이상한 상황은 아니었다.

그럼에도 아무것도 내색하고 싶지 않은 기분은 강박에 가까웠다. 만약 조금이라도 틈이 생기면, 그 틈새로 불편한 과거가 전부 튀어나올 것만 같았다.

"다녀왔습니다."

활짝 열려 있는 현관문으로 들어서자 그 애가 제집처럼 인사했다. 집은 대답 없이 조용했다. 엄마가 집에 없는 모양이었다.

"어디 가셨나?"

"설마 내 없다고 아직까지 직판장에 있는 건 아니겠지."

"아니시겠지. 그러다 딸래미한테 들키면 귀에서 피나도록 잔소리 들을 건데."

"귀에서 피는 무슨."

이 집 자식인 양 자연스럽게 부엌으로 가는 박우경을 따라간 나는, 그 애가 보냉 가방에서 꺼낸 빈 용기를 씻어 정리했다. 귀찮다고 잠깐 놔두는 일은 엄마가 죄다 하려 들기 때문에 제때제때 해야 했다.

그러는 동안 박우경은 손을 씻는다, 물을 마신다 하며 휘적 휘적 집안을 돌아다녔다.

그러고는 제가 쓴 물잔도 씻으라며 싱크대에 밀어 넣고 괜히 내 옆에 붙어 어깨에 턱을 괴고 내 목에 얼굴을 비비며 어리광이나 부리다, 무슨 기척을 느꼈는지 창문 밖을 흘끗 보더니 떨어졌다.

그 애가 거실로 가 TV를 틀었다. 적당한 소음이었다. 그제야 집이 집 같아졌다. 엄마가 있는 것처럼.

"잘 놀다 왔나?"

아빠가 돌아온 것은 얼마 지나지 않아서였다. 귀신 같은 박우경. 손에 묻은 물을 털어내며 거실로 가자 어느새 소파에 나란히 앉아 있는 두 사람이 보였다.

"엄마는요?"

"수연이 집에 잠깐. 밥 묵으러."

"가서 뭐 일하는 거 아니에요?"

"느그 엄마 아픈 거 뻔히 아는데 일 도와 달라고 불렀겠나. 여자들끼리 산에서 버섯 좀 캐 왔다고, 전골 해묵는다 카드라."

"아."

"이거는 뭐 우째 보는 기고?"

"여기요, 넘기는 버튼으로 보세요."

"아. 옛날에 내 쓰던 거랑 비슷하네."

그 애의 카메라를 받아 든 아빠의 표정이 거짓말처럼 온화했다. 카메라 속에 보이는 게 죄다 본인의 딸이니 당연하다면 당연한 일이겠지만. 낯선 냉기도 온데간데없었다.

"박우갱이 니 사진 잘 찍네."

"아저씨 딸만 찍어서 그러시죠."

"모델이 좋다이가. 모델이. 여긴 어데고? 남해?"

"네."

"새벽 댓바람부터 미친갱이처럼 남의 집 딸래미 델꼬 나가드만, 멀리도 갔다."

"멀리 가서 좋잖아요. 예쁜 데서 아저씨 딸 사진 많이 찍어왔는데."

"그러게."

아빠가 나직하게 웃었다. 우리의 여행을 따라 카메라 창이 천천히 바뀌었다. 나는 말없이 아빠 옆에 앉았다.

"가스나가 귀찮다, 귀찮다 캐도, 니가 희야 잘 델꼬 나갔네."

"그죠."

"나가면 이래 볼 게 많은 거를, 놀지도 몬 하고. 내내 공부나 하고, 알바나 하고, 집에 내려와가 농사나 하고."

부모 잘못 만나가……. 버릇처럼 아빠가 작게 중얼거리는 소리가 귀에 맺혔다. 그 애가 아빠 너머로 날 흘끗 보는가 싶더니 픽 웃었다.

"쟤가 무슨 부모를 잘못 만나요. 공준데."

"말만 공주지, 순 망한 나라 공주 아이가."

"애가 저마이 이쁘고 공부 잘하면 됐지. 자식한테 뭘 더 얼마나 물려줄라고요."

174

"옛날이야 많았지. 다 해 주고 싶었지."

"……."

"뭐든, 많이 해 줄 수 있을 줄 알았다. 태희도, 차희도 이마이 다 크면 더……. 계속 그래 살 줄 알았다. 열심히 돈 모아가 태희 차희 결혼할 때 집 한 채씩 해 주고, 우리는 우리 알아서 이래 벌어먹고 살면서. 애들 대학 보내고 나믄, 농사 쉬는 철마다 말희랑 둘이서 이래 가끔 여행도 다니고. 지금쯤 되믄 그래 살 줄 알았지. 인생이 내 아는 대로만 돌아갈 거처럼."

"……."

"근데 별시리 해 준 것도 없구만 언제 이래 다 컸는가 모르겠네."

우리가 아무 말도 하지 못하는 사이 아빠는 사진 하나하나를 천천히 넘겼다. 사진은 남해를 지나 저녁노을 내린 사천으로, 밤의 진주로 갔다.

진주성에서 남강을 내려다보는 내가 찍혀 있었다. 이거 윽수 이쁘네. 잘 찍었다. 아빠가 웃었다.

먼 옛날 성당 앞에서 엄마와 사진을 찍었던 젊은 아빠의 얼굴 위로, 눈 몇 번 감았다 뜬 세월이 지나갔다.

"어릴 때는 사진을 그렇게 많이 찍었는데, 얼마 전에 봤드마 애 좀 크고 나서 사진 찍은 게 없드라고. 중학교 때부터…… 노상 독서실에나 실어다 줬지, 우째 크는지 신경을 많이 몬 썼다."

새벽부터 일하고도 그 늦은 밤까지 내 공부가 끝나기를 기다렸으면서.

"박우갱이 니 덕분에 우리 희야 사진 많이 생겼네. 고맙다."

"공주 쟤 진짜 사진 안 찍어요. 아저씨. 아. 이거 찍는다고 얼마나 빌빌거렸는지 아셔야 되는데."

"내가 내 딸래미를 모르겠나. 태희 금마는 왕자병인가 심심하믄 지 사진 찍어가 엄마한테 보내는데, 희야 야는 남이 안 찍어 주면 생전 사진을 안 찍드라."

"아. 너무 고마우신 나머지 딸래미 남자 친구한테 저녁 좀 사 주셔야겠다."

"치아라, 마. 머스마 지가 좋아서 가 놓고…… 근데 박우갱이 니는 사진 나오는 것마다 왜 이래 정신이 다 빠져 있노? 아까 찍은 거는 말짱하드마."

"아저씨 딸 때문에요."

"우리 희야가 뭘 우쨌다고. 남의 딸 얼굴에 구멍 내겠다. 아니 무슨 정면이 없네."

"윤차희가 너무 좋아요."

"……하이고."

아빠가 탄식에 가까운 한숨을 흘렸다. 뭐 이렇게 모자란 놈이 있나 하는 눈이 박우경을 향했다가 날 흘끗 본다. 날 보는 눈도 별로 다르지는 않았다. 내가 딱히 똑똑한 딸은 못 된다는 듯이.

"저는, 윤차희가 너무 좋아요. 아저씨."

그 애가 카메라를 내려다본 채로, 가볍게 날아가던 제 말을 잡아 다시 진지하게 내뱉었다. 그게 어떤 다짐이거나, 선언이 거나, 약속이라는 듯이.

아빠는 기가 찬 듯 웃었다.

"그래서 죽어도 못 떨어지겠어요."

"어른 앞에서 못 하는 말이 없다. 우리 희야가 니 싫어지면 그땐 우짜라고?"

"그럴 리 없는데요."

아빠의 예시가 마음에 들지 않았는지, 그 애의 어조가 대번에 비딱해졌다.

"웃기고 있다."

"글고 일단 저랑 결혼하기로 했어요. 이제 슬슬 알아 두셔야 될 것 같아서."

"야, 박우경."

"뭐? 지금 니 뭐시라캤노. 희야, 이게 무슨 소리고?"

"아저씨한테 특별히 처음으로 말씀드리는 거예요."

원래는 아줌마한테 먼저 말씀드리려고 했는데 안 계셔서.

그 애가 덧붙인 말은 덧붙이지 않는 것만 못했다. 그러니까 우리 엄마만 집에 있으면 돌아오자마자 이렇게 나불거릴 생각이었는데, 엄마가 없어서 별수 없이 아빠한테 말한다는 소리니까.

"이 도라이 새끼……."

"그리고 칠십 먹으면 진주에서 같이 노후 보내기로 했어요."

"허……."

"좋더라고요. 급하면 바로 입원할 수 있는 대학 병원도 있고, 남강 따라 운동하기도 좋고."

"희야. 진짜가? 니 갑자기 쌩판 알지도 몬하는 진주까지 가서 이 도라이 새끼랑 결혼해가 살 끼라고?"

"아. 공주랑 저랑 칠십 먹고요. 그땐 아마 아저씨가 세상에 안 계실 테니까 혹시 딸래미랑 멀리 떨어진다고 너무 걱정하지 마세요."

백세 시대에 모를 일 아닌가……. 나는 이제 남의 일처럼 멍하니 그런 생각이나 했다. 도무지 끼어들 틈이 없었다. 아무리 봐도 제정신이 아닌 것 같아서.

아빠는 어디서부터 이 되바라진 구혼을 시정해 줘야 할지 모르겠다는 표정이었다. 분명 제 여자 친구 아버지 앞에서 결혼 이야기를 꺼낸다는 건 허락을 구하겠다는 뜻일 텐데, 전혀 허락을 구하는 표정이 아니었기 때문이다.

"뭐가 어떻게 되든 공주랑 결혼은 할 거니까, 혹시 시간 맞으면 허락 좀 해 주시고 저희 결혼 축복해 주세요."

나한테 그런 소리를 들었으니 우리 아빠에게 그대로 돌려주기까지 하면서.

"그니까 얘 미래는 걱정하지 마세요, 아저씨."

"……"

"아저씨는 차희한테 할 수 있는 거 다 해 주셨으니까."

"……"

"옆에 웬 정신 나간 놈도 하나 붙어 있고."

어안이 벙벙하던 아빠의 눈이 그대로 벌게졌다. 제발 정신 좀 차리라고 박우경의 머리통이라도 후려칠 줄 알았던 아빠는 말없이 카메라를 다시 내려다보았다. 정신없이 버튼이 눌려 넘어간 사진이 어느새 성당 앞의 우리로 변해 있었다.

아빠는 얼마간 계속 말이 없었다. 그러다 뒤늦게 사진 속 내가, 혹은 지금 옆에 있는 내가 엄마의 옛날 원피스를 입고 있다는 사실을 눈치챈 것처럼 웃었다.

"……둘이 잘 어울리긴 하네."

"와. 들었나. 장인어른이 우리 잘 어울린대."

"누가 니 장인어른이고. 생긴 것만 잘 어울린다 이 말이다."

"니네 아버지가 허락해 뿟다. 우짜지. 끝났다."

밤늦게 엄마가 집에 돌아왔을 무렵에는, 그 애도 아빠도 제정신이 아니었다.

"아이고 무시라, 희야, 둘이 이게 뭐꼬?"

"뭐라. 그냥 저렇게 자게."

"진짜 내가 윤준영이 때문에 몬산다, 몬살아. 마누라 잠깐 없다고 고단새 이래 술이 떡이 되어가. 마실라믄 지 혼자 마시지, 아는 만다꼬 맥이노? 느그 아부지가 우갱이 이래 술 맥있제? 세상에 술도 잘 마시는 머스마를 갖다가 대체 얼마나 억지로 퍼묵게 했으믄……."

"아빠가 억지로 먹인 거 아이다. 지가 좋다고 마셨지."

엄마는 황당한 표정이었지만 그게 사실이었다. 박우경은 제 기분이 좋다고 아빠의 기분까지 들뜨게 했고, 급기야 고량주 두 병에 양주 한 병까지 나누어 마시더니 저 꼴이 됐다.

결혼을 허락받은 기념이랍시고 외식은 해야 한다며 이 동네 에서 유일하게 배달이 되는 중국 음식을 잔뜩 시킨 게 발단이 었다. 차에서 나랑 나눠 먹었던 다 식은 핫도그는 기억도 나지 않는 양.

박우경은 예비 장인한테 격식을 갖추겠다는 둥 별 헛소리를 다 하더니 그 중국집이 일 년에 한두 번 주문받을까 말까 한 코 스 요리까지 주문했다.

그리고 그걸 거실에 말도 안 되게 펼쳐 놓고 나서야 '아, 고 량주도 시킬걸.' 하고 후회했다.

그 말에 아빠가 주섬주섬 어디선가 고량주 한 병을 찾아온 것이다. 예전에 친구한테 받은 걸 엄마 몰래 숨겨 놓았다가.

언제 받았는지 기억도 나지 않는다는 그 미심쩍은 것을, 박 우경은 아빠에게 따라 주고 아빠는 박우경에게 따라 줘 가며 사이좋게 마셨다.

둘 다 나한테는 한잔 권하지도 않고.

"희야 니는? 니 뭐 함부레 안 마셨제? 술도 몬하는 기, 저래 센 거 무면 큰난다."

"둘이 한 방울도 안 줘서 못 마셨다."

"하이고, 뭐 어데 주면 주는 대로 다 받아물 낀가베. 누가 윤

180

준영이 딸 아니랄까 봐."

이거 썩은 거 아니가? 에헤이, 희야, 술은 안 썩는다. 맞다, 공주 니는 그것도 모르나? 내가 한마디 하면 아빠가 한마디, 그 애가 시누이인 양 또 한마디.

나는 둘을 몇 번 말리고 찬물을 끼얹다. 둘만의 세계로 가 버린 남자들을 보며 포기했다. 처음 한 병은 아빠가 가져왔지만 두 번째 병은 박우경이 창고를 뒤적거려 찾아온 것이다. 양주는 심지어 둘이서 안방 장롱 안에서 찾아냈다.

선물 받은 것인데 엄마가 보면 기함한다고, 그렇다고 누구 주기엔 아까워서 그랬다고, 아주 비싼 것이라고…… . 아빠는 취한 와중에도 내가 엄마에게 일러바칠까 걱정됐는지 시답잖은 변명을 일삼다, 본심을 툭 뱉어 냈다.

언젠가 아주 좋은 일이 있으면 마시고 싶어서 아껴 두었다고. 네가 결혼할 남자를 데려오거나 하면.

고작 스물셋인 딸을 두고, 벌써 어디로 영영 보내 버릴 것처럼 못 하는 말이 없었다. 그 말에 이미 거나하게 취해 있던 박우경이 좋다고 웃더니 미친놈처럼 울었다.

네. 제가 희야랑 결혼할게요. 그 말을 듣고 있자면 마치 우리 아빠가 바라고 저는 승낙한다는 태도였는데, 거기에 또 취한 아빠는 역으로 고맙다고 했다.

고맙다. 니 아니면 우리 희야를 누가 데리고 가겠노. 저래 무뚝뚝한 가스나를, 저 불쌍한 거를…… . 네깟 놈 아니어도 우리 딸은 잘 살 거라던 자신은 다 어디 가고.

아빠는 우는 박우경의 어깨를 토닥이고 머리를 쓸어 주고 등을 두드려 주는 기행을 일삼다 결국에는 그 어린놈을 따라 울기 시작했다. 하기야 윤태희가 덜렁 데려와 키우던 개가 차에 치여 죽었을 때, 초등학생이었던 우리보다 더 많이 울었던 사람이다.

눈물이 다 말라 이젠 우는 법도 까먹었을 거라고 생각했던 아빠가 애처럼 우는 광경은, 내 생각보다 기가 막혔다. 아주 우스웠다. 그리고 속을 끝도 없이 아리게 했다.

고작 스물셋 먹은 내 남자 친구 앞에서. 다섯 살 때부터 본 그 어린애 앞에서. 날 행복하게 해 주어 고맙다는 말을, 어떻게든 미련하게 돌려 말하면서. 우리 앞에서 박동주에게 고맙다고 인사하던 순간은 죄다 잊어버린 것처럼.

그러다 엄마를 살려 주었으니 나는 네게 평생 고마울 거라고 울고는, 차희든 뭐든 우리 집에서 박우갱이 네가 갖고 싶은 건 다 들고 가라고 인심 좋은 술주정을 했다.

'진짜 공주 제가 가져도 돼요?'

'가지라, 가지라. 박우갱이 니 다 해 뿌라.'

'아니 누구 마음대로.'

'감사합니다. 진짜 결혼할게요.'

'그래, 고마 둘이 결혼해 뿌라⋯⋯. 마 백 번 해라.'

'진짜 백 번 해야지⋯⋯ 백 번 채울라면 니 내랑 지금부터 일 년에 한 번씩 결혼해야겠다. 백이십삼 년 살고.

그제.'

123년 좋아하네. 나중에 저 헛소리를 다 기억하기나 할까.

"날씨가 벌써 쌀쌀해가 이래 있으면 바닥도 찬데. 느그 아부지나 우갱이나 이래 자다 감기 걸릴라…… 희야, 장롱에 이불 좀 가져온나."

"왜. 그냥 두지."

"그냥 두면 니네 우갱이 감기 걸린다카이. 운전도 지 혼자 쎄빠지게 했을 거 아이가."

"쟤 혼자 쎄빠지게 안 하고 내가 했을 수도 있지……."

"했나?"

"아니. 어제 때리치았다."

"잘했다. 운전은 우갱이가 니보다 잘하잖아. 전문가가 해야지."

엄마는 나의 게으름을 칭찬하고는 얼른 이불을 가져오라고 손을 휘저었다. 박우경을 잘 부려 먹은 건 잘 부려 먹은 거고, 우리 우경이 감기 걸리면 안 되는 건 안 되는 거고.

내가 대강 이불에 베개를 껴안고 나오는 동안 엄마는 내가 치우다 만 거실을 마저 정리 중이었다. 나는 아빠랑 박우경 위에 대충 이불을 던지듯 하나씩 덮어 주고 엄마가 챙긴 쟁반을 받아 들었다.

주방으로 돌아서는 찰나에, 아빠를 나지막이 욕하면서도 아빠가 덮은 이불을 끌어 올려 주는 손이 보였다. 취한 게 꼴도 보기 싫다면서, 그 꼴도 보기 싫은 사람이 고작해야 감기나 걸리는 게 더 싫어서.

결국에는 결혼도 사랑도 징그럽게 미련한 일의 연속 같다. 그러니까 우리도 미련하게 결혼이나 하는 게 오히려 옳을지도 모르고.

어차피 떨어져 있어도 저렇게 징그럽고 미련하게 살 거라면.

"근데 희야. 우갱이 있다이가. 혹시……."

"혹시 뭐?"

설거지를 하는 내 옆으로 슬며시 온 엄마가 목소리를 낮추었다.

"혹시 우갱이, 술 문제 있나?"

"뭐?"

"아니, 내는 혹시나 싶어가. 평소 때도 저카나? 저래 술 좋아하는 남자는 처음부터 상종도 안 해야 되는데……."

"이제 와서?"

나는 픽 웃었다. 우리가 줄곧 붙어 있기를 가장 바랐던 사람이면서, 이제 와 이것저것 경계하고 여차하면 날 끌어당길 기세인 엄마가 우스워서.

엄마가 눈을 흡떴다.

"뭐꼬. 진짜가? 우경이 저 머스마 저거, 어? 술꾼이가?"

"아, 엄마도 진짜. 아니다. 우리 우경이, 우리 우경이 할 땐 언제고……."

"우경이가 암만 이뻐도 내 딸래미만 하긋나. 우리 공주 평탄하게 사는 게 최고지."

184

"그냥, 저렇게 마신 거는 쟤가 술을 좋아해서 저런 게 아니라 오늘……."

나는 아까 그 일을 어떻게 설명할지 잠깐 고심했다.

그냥 쟤가 일어나서 머리에 까치집이나 짓고 대뜸 장모님 운운하게 둘까. 딴에는 우리 엄마에게 잘 보이려고 내숭을 그렇게 열심히 떨었는데.

"……아빠가, 쟤랑 결혼하래."

"뭣이 우째?"

"아. 그 전에 쟤가 내랑 결혼한다 캤다. 엄마. 허락 좀 해 달라고."

"……."

"근데 아빠가 어쩌다 허락했거든. 그래서 둘이 기념으로 마신 건데."

엄마는 잠깐 할 말을 잃은 표정으로 아빠랑 박우경이 널브러진 거실 쪽을 한 번, 아무렇지 않게 그릇을 씻어 넘기는 내 손을 한 번 번갈아 보더니 갑자기 수도꼭지를 잠가 버렸다.

"희야 니가 몇 살인데, 지금!"

"스물셋……."

"머리에 피도 안 마른 것들이 무슨 결혼을 해! 대학 졸업도 안 했는데!"

"아니, 엄마. 지금 당장 한다는 게 아니라."

"윤준영이 이 양반이 도랐나. 아직 스물셋밖에 안 된 딸래미를 벌써 결혼해라, 마라. 지가 뭔데? 지가 애비면 애비지, 어데

지 마누라도 없는데 마음대로 지 혼자 허락을 하고 자빠졌노?"

"엄마…… 우경이랑 잘해 보라매."

"내가 둘이 잘 사귀 바라 그캤지, 언제 당장 사고를 치라 카드나? 희야. 엄마 말은, 우경이랑 지금부터 잘 사귀다가 둘이 한 서른 넘어서……."

"엄마. 우리 아무 사고도 안 쳤다."

"가시나 니 사고 치기만 해 봐라."

문득 사고의 범위가 궁금했다. 만약 엄마가 상정하는 범위가 넓다면, 우리가 사고를 이미 여러 번 친 건 맞아서. 이제 와서 내가 그 애와 있다 늦게 들어올 때면 의심스럽게 눈을 굴리는 것도 그렇고.

박우경을 못 쫓아내 안달이었던 아빠는 정작 알면서 우리를 눈감아 준 게 여러 번이니, 박우경이라면 예뻐 죽는 엄마가 이러는 것도 꽤 아이러니했다.

아무리 예뻐하던 박우경이라도, 그 애에게 우리가 어떤 신세를 졌어도, 심지어 엄마를 살렸어도, 박우경이 술은 좋아하면 안 되는 거다. 되바라진 사고를 쳐도 안 되고, 날 너무 빨리 데려가 버려도 안 됐다.

제 딸을 두면 팔이 안으로 굽는 건 도저히 어떻게 할 수 없다는 듯이.

"……그래서. 우경이랑 나중에 진짜 결혼할 끼가?"

"몰라."

"뭘 모르노? 니가 그렇게 좋다는데 노상 뻐팅기다 넘어갔으면 이제 알아야지."

"지금 안다고 나중에도 알겠나. 우리 둘 다 어린데."

"엄마는 니보다 훨씬 더 빨리 알았디. 니네 아빠랑 결국 결혼하게 될 거라는 거."

"……."

"우리 사는 시대가 시대였지만도, 엄마는…… 중학교 때 벌써 영이 오빠야 아니면 내가 나중에 누구랑 결혼할까 했다. 말고는 아무도 안 보이고, 아무리 다른 남자 상상해 봐야 상상할 수도 없고……."

"영이 오빠야?"

내가 비스듬히 웃으며 묻자 엄마의 얼굴이 순식간에 발개졌다. 무심코 그렇게 나왔다는 듯이.

"그럼 뭐 어릴 때부터 느그 아빠랑 여보 당신 했을까 봐? 아무튼 간에, 아무리 어려도 진짜 알아야 할 때는 안다."

"……."

"공주 니가 무식한 엄마보다 훨씬 똑똑한데, 모를 리가 없다이가."

"엄마가 뭐가 무식하노……. 내가 모르는 게 얼마나 많은데."

"희야. 니 진짜 괜찮겠나?"

엄마는 문득 진지하게 물었다.

"미진이 이모도 그렇고."

"……."

"물론, 우리 집 형편이 이렇다고 진이 이모가 함부레 니를 박대하고 그럴 사람은 아니지만……."

"응."

나는 내가 어떻게 웃는지도 모르고 웃었다. 엄마가 쓰러져 숨이 넘어가고, 내가 그날 내뱉은 모든 말들이 죽을 만큼 후회되었던 때부터 나는 신미진이나 작은 시시비비 따위는 아무래도 좋다고 생각하게 됐다.

엄마가 살아있으니까. 그때 내 혓바닥으로 지껄인 말들이, 엄마를 찔렀던 그 날붙이 같은 낱말들이 적어도 엄마에게 한 마지막 말은 아니니까.

그러니까 옳고 그름은 그다지 중요하지 않았다. 그게 신미진이라 해도. 나는 무심히 대답했다.

"이모가 잘해 주겠지. 엄마 봐서라도."

"……."

"내가 그 집에 못 하면 못 했지."

"니가 못 하긴 뭘 못 한다고."

"정 안 되면 우경이가 시엄마 안 보고 살게 해 준대. 내가 막 패륜아처럼 해도."

"하이고. 이래서 머스마들은 키워 봐야……."

"맞제."

말을 하다 보니 어째 우리 결혼이 아주 기정사실화가 된 느낌이었다. 박우경이 아빠에게 하는 말을 통해서, 내가 엄마에게 하는 말을 통해서.

고작 몇 시간이 지났을 뿐인데 이제는 그저 내 바보 같은 욕심도, 어쩌다 나중에 시간이 맞으면 하자는 남는 일도 아닌 것 같았다. 무슨 수를 써서라도 시간을 내서, 어떻게든 해내야만 하는 일처럼.

엄마는 잠시 말이 없었다.

나는 수도꼭지를 다시 틀어 얼마 안 되는 설거지를 마저 하고, 남은 음식들을 용기에 정리해 넣었다. 이 동네 중국집은 아직도 그릇을 회수했다. 식탁 위에서 대강 정리해 차곡차곡 쌓고 있자 엄마가 깊은 한숨을 내쉬며 의자에 앉았다.

"……희야 니가, 진이 이모한테 괜히 그런 건 아니다이가. 그제?"

"……."

나는 말없이 엄마를 바라보았다.

"진이 이모한테는, 우리가 신세를 참 많이 지기는 했는데……."

"응."

"……이모는 잘못이 없지. 니한테도 잘못이 없고."

"……."

"그냥…… 엄마가 니 생각해서 처신을 잘했어야 했는데. 우경이 엄마랑 그래 편하게 지내는 게 아니었는데."

"……."

"사는 게 힘드니까, 마음도 같이 가난해졌는갑다."

"엄마."

"엄마가 미안하다. 희야."

"……."

"니가 우경이 볼 때, 그 집 볼 때, 조금이라도 당당하지 못한 게 있으믄 그거는 다 엄마 탓이다. 지금 보면 느그 아빠 탓도 아니고, 우리 집 탓도 아니고, 하다못해 그 집 머슴살이부터 이래 독립할 때까지 평생 뼈 빠지게 열심히 살았던 니네 할아부지 탓도 아니고……."

"엄마."

"희야 니가 그날 엄마한테 한 말……."

엄마가 가만히 말을 흘렸다. 엄마가 병원에 있는 내내, 집에 돌아온 내내 한 번도 우리 사이에 나오지 않은 어떤 말. 그저 없었던 일처럼 지나가 버린 그날.

나는 그대로 혀를 깨물고 싶어졌다.

"니가 그날 엄마한테 한 말이, 다 맞다. 엄마가 잘못 살았다. 좋은 게 좋은 거라고, 공짜나 밝히고, 주면 주는 대로 배알도 없이……."

"……."

"엄마가 다 잘못했다. 우경이는 니가, 이 나이가 되어서도 좋아하는 앤데. 평생 좋아한 앤데. 우리 공주, 공주 하면서 있는 대로 귀하게 키워 놓고, 니 평생 좋아하는 애 앞에서 밀지고 못난 기분이나 느끼게 해서."

"……평생까지는 아닌데. 내 박우경 좋아한 지 얼마 안 됐다……."

"내가 내 딸래미를 모르나."

엄마가 내 치기와 허영을 곧장 잘라 내고는 작게 웃었다. 그리고 내 손을 천천히 가져갔다.

성당 앞에서 젊은 날의 아빠와 나란히 서 있던 그 아가씨의 손이라고는 믿을 수 없을 만큼 투박해진 손이 내 손등을 천천히 어루만졌다. 제 아들이나 딸과는 달리, 소눈처럼 순한 눈에 눈물이 가득 고였다.

"고등학교 때 니네 둘이 좋아했제? 느그 아빠는 몰랐어도 엄마는 알았다. 어릴 때처럼, 느그 둘이 소꿉장난하듯이 좋아한 거 말고……. 니 우리 때문에 헤어졌제. 그제? 우경이 아빠가 우리 집 건져 준 거 보고. 니 자존심에……."

"……."

"얼마나 마음이 상했으면, 아팠으면, 이래 착한 게 집에 내려와 보지도 못했을까."

"……엄마, 나는."

"느그 진주 가고 나서 어젯밤에 니네 아빠가 그카드라. 만약에 니네 둘이 결혼하면 그게 언제든 뒤도 돌아보지 말고 여기 정리하고, 아예 청라를 떠나자고."

"……정리?"

"전부 정리해서, 니 당당하게 해 주자고. 빚부터 지고 딸래미 시집 보내 봐야 그 집에서 무슨 취급 당하겠냐고. 설령 빚을 다 갚아도, 남들처럼 그 집에서 이 집 저 집 떼다 주는 일로 먹고살면 희야 니 체면이 뭐가 되겠냐고……."

"……."

"딸래미 자존심은 글케 세워주는 거드라. 엄마가 그거 하나는 니네 아빠한테 졌다. 희야."

대체 내 체면이 뭐라고. 나는 기가 막힌 한숨을 삼키며 되물었다.

"……정리하면 아빠랑 둘이 뭐 묵고살 건데? 됐다. 그럴 바에야 차라리 박우경이랑 결혼을 안 하고 말지."

"뭐든 먹고실겠지. 느그 아부지 포도 그래 좋아하는데 남은 돈으로 영천 가서 작게 포도밭이라도 사든가. 느그 아부지 말 듣고 내도 계산을 좀 해 봤는데, 욕심만 안 부리면 이래저래 다 정리하고 태희랑 니 미리 떼 줄 거 좀 떼 주고, 얼추 작은 포도밭에 집 쪼매난 거 딸린 거는 사겠드라. 집이 좀 집 같지 않아가 글치."

"엄마는. 엄마가 좋아하는 거는."

"나는 니네 아부지가 좋으면 좋다."

"말도 안 된다."

"나는 진짜, 이제 니네 아부지가 좋으면 좋다. 마누라 죽을 뻔했다고 얼마나 잘하는데. 그니까 엄마 걱정은 안 해도 된다, 희야. 아무데나, 우경이랑 살고 싶은 데서 살아라. 서울 가서 하고 싶은 대로, 니 좋은 대로. 우리 걱정하지 말고. 사과원 걱정하지 말고……."

"……."

"그래도 혹시 나중에 우갱이가 느그 아부지처럼 술 좋아하면, 뒤도 돌아보지 말고 나오고. 알겠제?"

엄마보다 하나는 낫게 살아야지. 안 글나. 나는 도무지 어이가 없어 웃다가 조금 울었다.

박우경만 급한 게 아니라 아빠까지 죄다 너무 급했다. 엄마도 그렇다. 이건 명백히 우리 문제니까, 경상도 사람이라 성질머리가 급하다는 핑계도 더 이상 하지 말아야 했다.

아빠는 박우경이 그렇게 아까운가? 그냥, 자기 딸한테 정신 나간 호구가 하나 붙어 있느냐 마느냐로, 평생 고집스레 안고 있던 터전도 버릴 만큼. 그렇게 해서라도…….

"우리는, 그냥 태희랑 니가 행복하면 된다."

"……."

"그걸 너무 늦게 알았다."

아니, 아빠는 내 행복이 아까운 거였다. 박우경이 기어코 웃게 만드는 나를, 무슨 일이 있어도 그 애가 놓지 않을 것만 같은 내 손을, 그 애가 옆에 있으면 내가 언제나 괜찮으리라는 아빠의 확신을 놓칠 수 없어서.

언젠가 나무 아래에서 그 애와 시답잖은 장난을 치다, 멀리서 물끄러미 우리를 바라보던 아빠를 본 적이 있었다. 분명 못마땅하게 내 옆의 그 애를 노려볼 거라고 생각했는데 자기도 모르는 것처럼 웃고 있는 얼굴이었다.

나는 이제 그 미소를 성당 앞에서, 식물원 안에서, 아빠와 엄마가 갔던 그 어디에서나 옛날 사진을 꺼내어 볼 수 있다.

세월이 남은 얼굴. 세월을 잊은 표정.

엄마가 그날의 아빠처럼 웃었다. 그 긴 시간 끝에, 결국에는 서로 닮아 갈 수밖에 없었다는 듯이.

#31. 열아홉, 1월의 청라 터미널

"윤차, 윤차. 진짜 잠깐만 내랑 나가서 점심 먹고 오면 안 되나. 함만. 김하진이 니 데리고 나오면 우리 다 사 준대."

"뭘 사 주노, 개가."

"싹 다. 울 차희 먹고 싶은 거 다."

"나 개랑 안 친한데."

"친하든가 말든가, 걍 점심만 공짜로 먹고 다시 들어오면 된다이가. 소연이도 학원인데 지금 나올 수 있대. 우리 가서 그 새끼 뽈가 먹자."

"세상에 공짜가 어딨노."

아빠 입에나 붙어 있던 말이 내 입에 잠시 붙었다. 결국 내 자리 옆에 풀썩 앉은 이소은이 책과 나 사이로 고개를 들이밀었다. 박우경 없는 빈자리가 언제였냐는 양.

"야. 공짜가 아니지. 개네는 그냥 박우경 없을 때 니랑 밥 한 번 먹어 보는 게 소원이라니까? 니는 니 얼굴을 정정당당하게 파는 거다."

"박우경 있든 말든, 나는 잘 모르는 애랑 뭐 안 먹는다."

"윤차 니 어차피 우경이랑 아직 사귀는 것도 아니잖아. 뭐 어때서."

"'아직 사귀는 것도 아닌' 게 아니라, 그냥 안 사귀는 거라고 몇 번을 말하노. 걔랑 아무것도 아니라고."

"지랄. 뭐 어쨌든 우경이 걔도 억울하면 더 열심히 들이댔어 야지⋯⋯. 아직 안 사귀니까 딴 놈이랑 밥 한 끼 정도는 개안 타. 우경이도 이해할걸?"

"내가 안 개안타. 오늘 아침에 늦게 나와서 시간도 없고."

우경이도 이해할걸? 기가 막힌 소리다. 그렇게 말하면서도 무책임하게 제 뺨을 살살 긁는 손이 맹했다.

이소은이 아무리 우리를 잘 몰라도 박우경이 보통 '이해'라는 단어와 동떨어진 인간이라는 것만은 어렴풋이 알았다.

그 애는 내 친구들 앞에서 가끔 일부러 가식을 떨며 생글거 리다가도 금세 인내심이 닳아 시큰둥해졌다. 아무 생각 없이 가만히 있기만 해도 눈매가 곧잘 사나워 보이는데 성질머리라 고 좋아 보일 리 없었다.

근래에는 학교에서 내가 저한테 아무것도 아닌 양 잘도 시큰 둥하게 대하고 있지만 그래도 대뜸 들끓다 흘러나오는 질투는 어찌지 못했다. 그걸 숨기려 꾸며 내는 것이 보통은 쌀쌀맞은 태도나 혹은 냅다 다른 남자애한테 던지는 시비조의 말투였다.

정작 중요하다던 나는 정말이지 제 눈에 보이지도 않는 것처럼 본체만체 지나가고는 했는데, 그러다가도 못 참으면 결국 날 붙잡았다. 눈이 조금 돌아서. 화가 난 건 다른 놈 때문이지만 결국에는 이게 다 윤차희 너 때문이라고. 네가 감히 날 숨겨서 이렇게 됐다고. 괘씸해서 미치겠다고.

목격자는 있다 없다 했다. 그래서 우리는 아직도 한 번씩 사귄다는 소문이 났다가, 사실은 진작 찢어졌다는 소문이 났다.

처음부터 그런 사이가 아니었다는 말도 찬바람이 부는 우리를 보면 그럴싸했다.

하지만 내 친구들은 죄다 '아직은 안 사귀는 사이' 정도로 우리를 정의했다.

딱히 사귀는 건 아니지만 안 사귀는 것도 아닌 사이.

간혹 박우경이 여자 좋아하는 최재영이나 일부러 끌고 와 석식 시간에 내 친구들 사이에 풀어놓고 날 기어코 제 옆이나 앞에 앉힐 때면, 우리의 애정도 희미하게 티가 났다. 그 애가 내 식판에서 당연히 가져가는 당근이나, 그 애의 식판에서 내가 무심코 가져오는 해물 조각 따위에서도.

예민한 여자애들이 그것을 모를 리는 없었다. 그러나 박우경은 나와 사귄 이후로 모든 여자애와 데면데면하게 굴었고, 데면데면한 박우경은 보는 눈에 따라서 가끔 무서워 보이기도 했다. 그러니 아주 아는 척을 하거나 속내가 빤하다고 놀려 먹을 수도 없는 것이었다.

처음에나 박우경이 잘생겼다고 쳐다보기만 해도 좋아했지,

이제는 다들 그 애를 보는 둥 마는 둥 했다. 눈 마주치기 무서워서 구경할 맛도 안 난다고.

내 눈에는 좀 귀여운데.

"나가서 금마들이랑 밥이나 한번 먹어 주고 연예인 기분 내라. 얼굴값 좀 하라고."

그래도 가끔은 이렇게 박우경이 알면 눈 뒤집힐 말을 잘도 했다. 걔가 무서운 걸 금방 까먹고.

박우경이 이래서 내 친구들을 싫어하겠지.

"얼굴값 니나 해라. 왜 갑자기 김하진 쪽이랑 노는데? 니 걔네 노는 애들 같아서 싫다매."

"아. 그랬지."

"김하진 빼고 잘생긴 애도 없는데."

"근데 김하진은 하는 짓이 겁나 재수 없다. 그래서 내가 걔 돈을 너무 간절하게 쓰고 싶은 거라니까, 차희야?"

"재수 없으면 근처도 가지 말아야지 뭐 한다고 걔 돈을 쓰는데?"

"아 글고 그나마 사람같이 생긴 애 몇 명 있다. 차희 니도 가서 걔들 함 봐 봐. 약간 생기다 만 것 같겠지만……. 아! 또 키는 크더라."

키만 크겠지. 이소은 얘는 학기 중에는 멀쩡하다가, 방학만 되면 이상하게 허파에 바람이 가득 찼다.

이번에는 김하진 무리에 꽂힌 애가 있는 모양이다.

"윤차 니 언제까지 느그 우경이랑 금단의 사랑만 할래?"

198

"금단도 사랑도 안 한다."

"아 윤차희이이이. 범준이가 니 제발 한 번만 데리고 나오랬다. 어? 우리 스시 뷔페 가게. 윤차 니 스시 겁나 좋아한다 아니야?"

"소은이 니는 내가 결혼식장 식권으로 보이나."

"김하진 어제 큰 아빠 와서 삼십만 원 받았대."

"오."

"걔 존나 오늘만 사는 부자다. 윤차 니 데려오기만 하면 애들 다 사 준다 캤다니까."

"내 못 데려올 거 알고 아무 말이나 했겠지."

결국 소은이가 부루퉁하게 내민 입술을 삐죽거리며 박우경의 자리에서 일어났다. 그러고도 곧장 가 버리지는 않고 미련스레 내 주위를 맴돌았다.

박우경이 이 꼴을 봤더라면 여자애라도 진작 쫓아냈을 텐데. 나는 바람 빠지는 소리를 내며 웃었다.

"윤차 니 자꾸 밥도 안 먹고 공부하면 죽는디. 뭐 좀 먹고."

"안 죽드라. 그래도 먹을게."

"설마 죽을 때까지 박우경만 볼 거가."

"아니."

"아니 지 친구랑 점심 좀 무러 가면 어때서. 어?"

"니 혼자면 아까 따라갔지. 근데 가면 딴 애들 있잖아. 그런 거 싫어서."

"윤차희 절개 눈물 나노……. 니 남편은 언제 오는데?"

"몰라. 좀 늦을걸."

나는 대수롭지 않게 말했다. 남편이니 뭐니 놀려 먹는 것에 일일이 방방 뛸 필요도 없고, 이런 건 박우경이나 못 들으면 됐다.

놀리는 말이라도 자기를 남편이라고 한 걸 알면 사흘은 행복해하고, 일주일은 소은이에게 괜히 웃어 줄 테니까.

박우경이 행복한 것까지는 참겠지만 그 꼴을 보기는 싫었다.

"걔가 웬일로 니를 혼자 두고."

"할머니 병원 간 거라. 오래 걸리겠지."

"아⋯⋯. 안 그래도 최재영이 그러던데, 걔네 할머니 치매라 매."

"응."

"의외네, 느그 우경이. 치매 걸린 할매도 들여다보고⋯⋯. 착하노. 생전 즈그 할매 할배 입원한 병원 근처도 안 갈 거처럼 생겼는데."

대충 박우경이 패륜아처럼 생겼다는 뜻이었다.

나는 픽 웃었다. 그래도 어릴 땐 할머니 손에 커서, 제 할머니 앞에선 꽤 순했는데.

"걔 지네 할머니 좋아하거든."

"요즘 애들은 안 그카잖아."

"이소은 지도 요즘 애면서."

좋아하거든. 좋아했거든⋯⋯. 나는 무심코 말을 좀 고쳐 보았다. 할머니를 좋아하는 게 아니라, 좋아했다고.

그 애의 할머니는 여전히 살아 계시지만, 가끔은 지나가 버린 사람처럼 생각될 때가 있었다. 이제는 더 이상 세상에 발붙이고 살지 않는 사람처럼.

고작해야 진짜 손녀도 아닌 내가 알던 할머니가 더는 없다는 이유로.

"하여튼 내 가도 뭐 좀 먹고, 가스나야. 느그 우경이 오면 뭐 좀 먹어라. 다른 애들 눈 신경 쓰지 말고."

"응."

"느그는 썸을 뭐 이십 년 삼십 년 탈 거가. 남들 몰래 불륜하는 것도 아니고."

이소은이 멀어지며 아무렇게나 흘리는 말에 나는 인사 대신 대충 고개나 흔들었다. 다시 이어폰을 끼자 한참 지나간 인터넷 강의가 들려왔다.

나는 강의를 앞으로 돌리는 대신, 널찍한 오픈형 자습실 책상 너머로 멍하니 시선을 두었다.

사실은 나도 박우경네 할머니가 보고 싶었다. 그 애가 오늘 아침에 제 할머니를 보러 대구에 간다고 말했을 때부터.

할머니는 박우경을 가족 중에서 가장 늦게 잊어버렸다. 그럼에도 결국에는 그 애를 아주 잠깐도 기억하지 못하게 되었다.

그래서 가끔 박우경은 몇 시간이고 할머니가 '옛날에 알았던' 어떤 사람들에게 늘어놓는 헛소리를 바라만 보다 돌아왔다. 지난번에는 할머니가 자기를 알아볼 새를 미처 주지 못했을까 봐.

그저 지나간 세월을 다 헤아리면 떠들 이야기가 하도 많으니까. 단지 사는 게 바빠서 저를 기억하지 못했을 거라고. 자기 할머니는 원래 온종일 부지런했다고.

그러면서도 제가 손을 잡으면 부끄러움을 잘 타는 여자애처럼 할머니가 손을 빼려고 해서 좀처럼 잡지 못하는 것도 불평했다.

하지만 가끔은 할머니의 그 손을 억지로 잡고 있으면 기분이 좋다고 했다. 어린 여자애를 괴롭히는 남자애처럼. 할매가 날 잊어버렸으니까 이 정도 벌은 받아야 한다고.

그 얄궂은 패륜아의 낯짝이 떠올라 웃음이 나왔다.

나는 이따금 그 옆에서 손을 잡아 주고 싶었다. 할머니가 그 애를 알아보지 못하는 어떤 찰나마다 잡은 손에 힘을 꽉 주고 싶었다. 박우경이 제 할머니 손을 좀 덜 괴롭히도록.

그러다 나도 할머니의 손을 꼭 잡고 날 알아봐 주길 기다려 보고 싶었다.

내가 먹은 모든 나이를 가로지르는 열다섯의 강을 가로질러, 가끔은 생각이 났다. 할머니를 마지막으로 보았던 날이 얼마나 짧았었는지.

우리 집 지하에서 물을 퍼내던 양수기 소리도, 쓰러진 전봇대 대신 밤새 돌아가던 디젤 발전기의 타는 냄새도, 태양광 패널로 전부 뒤덮이고 만 할아버지의 옛 산을 멍하니 바라보던 아빠의 눈과 엄마의 울음을 전부 지나 훨씬 더 평온했던 시절로 돌아가면, 그때의 슬픔이 어렴풋이 생각난다.

분명 이전에는 겪어 보지 못한 슬픔이었다.

내가 좋아했던 사람이 하루아침에 날 그만 없던 사람처럼 잊어버렸다.

네가 누구냐고 물었다가, 알아듣지 못할 이름으로 날 부르고는, 도통 헷갈린다는 듯 갸웃거리다가…… 그것으로 할머니와의 유년은 끝이었다. 할머니가 나를 잊어버린 건 아주 오래되었다.

그때는 내 생활의 모든 것이 안온했다. 그리고 상실은 가끔 그렇게 삶이 평온할 때 뚜렷해졌다. 하나를 잃은 것 외에는 모든 게 완벽한 것만 같은 순간에.

높다란 댐에 작은 틈이 생겨 물이 끝없이 새어 나오는 것처럼, 남의 집 할머니가 남긴 흔적이 그랬다. 그때는.

'우리 우갱이랑 희야 왔나.'

그토록 견고했던 댐은 이미 이곳저곳 허술하게 허물어졌고 물은 그럭저럭 가두어져 있거나 흘러내렸다.

어디가 그 애 할머니의 자리였는지조차 사실 이제는 알 수 없다. 대체 내가 언제 남의 할머니 때문에 온종일 울고 슬퍼했는지도 모르겠다.

시간은 박우경의 할머니를 다른 세상으로 보냈다. 요양원으로, 대학병원으로, 가족들의 인생과 동떨어진 어딘가를 계속 전전하도록.

치매는 그 애로부터 할머니를 진작 앗아 갔지만 공기는 여전히 그 애 할머니 곁을 맴돌고 있다.

할머니는 여전히 살아 숨 쉰다. 다만 점점 다른 사람들의 인생에서 깨끗이 사라졌다.

'우나, 박우경.'
'아니.'
'진짜 안 우나.'
'어. 괜찮다.'

박우경은 제 말처럼 정말로 울지 않았다. 그래도 눈물 한 방울 없는 눈을 손바닥으로 거칠게 문질러 닦았다. 네 눈물이 흘러넘치니 그러라고 시킨 것처럼.

'그럼 슬프나.'
'안 운다니까.'
'슬프나 캤는데. 안 우는 건 보인다.'
'안 슬프다. 차희야.'
'……'
'진짜 이상하게, 내 지금 하나도 안 슬프다. 차희야. 어쩌지.'

두 달 전 병원에서 돌아온 그 애는 그 감각이 낯설다는 듯 중

얼거렸다. 마치 매일 슬프기로 약속한 사람이 슬프지 않게 된
것처럼 그랬다.

그러다 문득 깨달은 양 말했다.

'너무 안 슬퍼서, 그게 슬프다. 나는, 할머니가 엄마였
는데……'

'……'

'엄마보다 더 엄마 같았는데. 할머니 집에 있다가, 엄
마가 내 데리러 오면 가기 싫다고 도망 다녔는데.'

'……'

'내 어떡하지, 차희야. 이제 안 슬프다……'

그럼 여태껏 아무렇지 않은 척 제 할머니 병원을 오간 이야
기나 하고, 기분 좋게 웃었던 너는 그때마다 슬펐던 걸까?

슬플수록 괜찮았던 걸까. 네 할머니를 볼 때마다 마음이 너
무 아파서 안도했던 걸까.

나는 네가 괜찮다는 건, 정말로 괜찮은 줄 알았는데.

그냥 그렇게 믿었는데. 그래서 널 아무렇게나 내버려 뒀는데.

'차라리 죽으면 보내고 치울 건데. 떠나면 슬프고 치울
건데. 나는 아직 어려서 아무것도 못해 주는데, 기껏해야
어쩌다 한 달에 한 번 두 달에 한 번 들여다보는데, 우리
할머니는 죽지도 않고, 떠나지도 않았다이가. 그냥, 아직

도 살아 있다이가. 누가 우리 할머니 뺏어 가고, 껍데기
만 남겨 놨다이가……'

'……박우경.'

'그래서 얼마 전부터 별로 슬프지도 않더라. 당장 사라
지지는 않으니까. 그래도 껍데기는 있으니까. 이제 암도
나았고 아직 숨도 쉬니까. 차희야, 가끔, 이 집에 있으면
할머니가 죽은 것 같거든? 그래서 슬프다가…… 아. 아
직 어디서 살아는 있다 싶으면 괜찮아서. 아무렇지도 않
아서. 그렇게 괜찮아서, 내가 그 할매 자꾸 잊어버린다.
차희야.'

'……'

'기억이 잘 안 난다. 처음에는 매일 생각했는데. 며칠
에 한 번씩 생각나다가…… 이제 가끔 일주일이 지나도
생각이 안 난다. 어차피 할머니는 내 이름도 기억 못 하
는데. 할매 지가 키운 손자 보고 싶어 하지도 않는데.'

'……'

'그럼 내가 안 가도 어차피 모르잖아……. 그럼 괜찮다
이가……. 내가 가 봤자, 내가 누군지도 모른다이가. 내
다 잊어버려서. 보고 있으면 지치거든. 정신 나간 소리
지겹거든. 오래 보고 싶은데, 내가 누군지도 모르는 얼굴
을 견디기가 어렵거든. 그니까 할머니는 내가 안 가도 괜
찮겠지. 나도, 할머니한테 안 가도 괜찮겠지.'

'……괜찮은 게 싫나. 우경아.'

'윤차희 니는, 내 잊어버려도 괜찮나.'

'……'

'할머니랑 나는, 내가 잊어버리면 끝나는 사이거든. 그래서.'

'……그래서.'

'괜찮은 게 싫은 게 아니라, 무섭다. 그냥, 이렇게 몇 년더 지나가면. 만약 일 년 내내 잊어버려도 괜찮으면? 군대 갔다 오면 생각도 안 날 거다. 그러다가 어느 날 죽었다고 하겠지.'

'야.'

'우리 할머니였는데, 엄마였는데, 죽었을 때는 남이 죽은 것 같겠지.'

나는 문득 인터넷 강의에서 강사가 고함을 지르는 소리에 깜짝 놀라 정신을 차렸다. 이어지는 목소리 큰 강사의 우스갯소리, 재수생들이 뒤따라 킬킬거리는 소리가 현실감 없이 귓가를 맴돌다 끊어졌다.

신경질적인 손끝이 노트북 자판을 툭 쳤다. 강의가 꺼졌다. 나는 가만히 눈을 감았다.

오늘의 박우경이 할머니 앞에서 울고 싶지는 않을지 궁금했다.

슬퍼서, 혹은 슬프지 않아서. 결코 울지는 않을 것을 안다. 할머니는 다정한 사람이었지만 아들만 넷을 키운 사람이고 남자에게 엄격해서, 자기 앞에서 남자애가 우는 꼴을 못 봤다.

그래도 그냥 그러고 싶을 순간이 궁금했다. 손이라도 잡아주고 싶어서.

나는 가방을 정리했다.

"차희 니 이제 밥 먹으러 가나."

"아니. 나 잠깐 대구 갈 일 있어서."

"대구?"

혹시 할머니가 병원을 한 번 더 옮겼던가? 나는 독서실 건물을 빠져나와 정류장으로 빠르게 걸음을 옮기며 엄마가 신미진과 통화하던 내용을 더듬었다.

이미 읍내에 나와 있었으므로 버스 터미널까지는 금방이었다. 나는 널찍한 단층 건물을 가로질러 대구로 가는 시외버스 표를 샀다.

한 시간에 한 대 꼴로 운행하는 버스는 고작해야 20분 뒤면 출발할 예정이었지만, 나는 그걸 기다릴 수도 없어서 괜히 기다리는 곳을 서성거리다 편의점에서 뒤늦게 점심을 사 먹었다. 삼각 김밥을 두 개는 사 먹고 싶었지만 버스표를 사고 나니 남은 돈이 별로 없었다. 그래서 배가 부를 때까지 하나를 생수와 함께 아주 천천히 먹었다.

문득 창밖으로 대구에서 돌아오는 버스가 보인 것은 그때였다. 무심결에 내가 탈 차인 줄 알고 뛰어나가려다 시계를 본 나는 마지못해 남은 한 입을 다 먹었다.

아직도 출발까지 10분이 남았다. 지겨운 영어 듣기가 흘러나오는 이어폰을 귀에 꽂고, 나는 다시 터미널을 가로질렀다.

이따 버스 안에서 그 애에게 전화해야지. 그래야 어쩔 수 없이 제 할머니 병실 호수까지 읊을 테니까⋯⋯.

"야, 공주. 어디 가노."

대뜸 황당하게도 오른쪽 이어폰이 휙 뽑혔다.

박우경이었다. 나는 너무 당황한 나머지 입술을 달싹거렸다.

"⋯⋯박우경 니 지금 왜 여있는데?"

"할머니 보러 대구 갔다 온다 캤다이가."

"아니, 그건 아는데. 왜 벌써 여기 있냐고."

"아. 걍 빨리 왔다. 존나 기분 좋아서."

제 할머니를 보고 기분 좋을 일이 뭐가 있지. 어차피 슬프든가, 혹은 슬프지 않아서 슬프든가 둘 중 하나라면서.

내가 의아하게 바라보자 그 애가 씩 웃으며 말했다.

"할머니가 오늘 내 불렀다."

"뭐?"

"사실 동주라고, 아빠 이름 부른 거지만. 대충 비슷하고 일단 아는 이름이니까."

"비슷하나. 둘이 하늘이랑 땅만큼 다른 것 같은데⋯⋯."

"모르겠고, 그래서 전화했더니 큰집에서 쳐들어와서 걍 도망쳤다. 그 집만 오면 정신없어⋯⋯. 근데 윤차희 니는 왜 여있는데? 버스 타고 어디 갈라고?"

"⋯⋯."

"와, 니 설마 내 마중 나온 거 아니제."

지가 언제 올 줄 알고 묻지도 않고 마중을 와. 그러나 의도는 얼추 비슷했다.

어차피 청라로 돌아올 애를 만나겠다고 대구까지 갈 생각을 했다는 게 문득 더 유난스럽게 느껴졌다.

"니 내가 그렇게 빨리 보고 싶었나."

"……."

"윤차희. 진짜가."

"아니다. 그냥……."

"가스나 이기 완진 도라이네. 하라는 공부는 안 하고."

"……."

"내 보겠다고 터미널이나 나와 있고. 윤차희 니는 내가 그렇게 좋나."

"아니……."

"미쳤다. 니네 아빠가 이거 알면 나는 이제 뒤졌다."

나는 부끄러움을 이기지 못하고 못내 뻣뻣한 채로 그 애에게 안겼다. 그 애가 기분 좋게 중얼거리는 소리 끝에 동주라는 이름이 나왔다.

동주. 할머니가 나보고 아들이라고 했다고.

터미널을 나오자 곧장 매서운 바람이 불었다. 저 멀리 산과 산 사이를 길게 돌아 청라를 지나는 1월의 바람이었다.

유리 가루가 스치는 것처럼 뺨이 따가웠다. 터미널로 급하게 올 때는 미처 느끼지 못한 감각이었다. 나는 문득 박우경을 조금 생경하게 보았다.

어차피 매일 보는 애 얼굴을 얼른 보려고, 내가 그렇게나 다급했다는 게 믿기지 않아서.

내가 내 생각보다 애를 좋아한다는 게 갑자기 무서워서.

"아 존나 춥다……. 대구보다 여기가 더 춥노."

"거기나 여기나."

"하…… 손 존나 시렵네."

"그러게 내처럼 장갑을 꼈어야지."

"없는데 어쩌라고. 손 좀 잡아 주라."

거기 물 좀 달라는 양 대수롭지 않은 투였다. 터미널이 구도심 쪽에 있는 데다 한겨울이라, 길 위를 지나가는 사람은 별로 없었지만 차들은 꽤 지나갔다.

나는 주변을 성의 없이 둘러본 다음 대꾸했다.

"됐다. 주머니 뒀다 뭐 하노? 손 넣어라."

"아……. 내 손 시린데."

"개수작 부리지 마라. 바깥이거든."

"뭐. 아까 터미널에서 안을 땐 가만 있드만."

"박우경 니가 갑자기 나타났다이가……. 경황이 없어서 그랬다."

"지금은 경황이 존나 많은갑지?"

"경황이 어떻게 많은데? 개수를 셀 수 있는 것도 아니고……. 야."

"잡았다. 윤차희."

박우경이 아랑곳 않고 내 손을 잡더니 씩 웃었다. 고작 날 보고 웃을 뿐인데, 가끔은 어이가 없을 정도로 속이 술렁거렸다.

언젠가는 저렇게 날 보고 웃는 게 얄밉다고 생각한 적도 있는데.

"차갑다."

"지 혼자 장갑 껴 놓고 뭐가 차갑노."

"다 느껴지거든."

"공주 니 장갑 벗기면 내 손이 더 따실걸. 고마운 줄 알아라."

"공주라 카지 말라고, 좀."

행인도 거의 없는 거리에서 손 좀 잡은 것으로 얼굴에 열이 오르는 것이 우스꽝스러웠다.

동네에서 국도를 걸어갈 때는 분명 아무렇지도 않았다.

그 애는 춥다는 핑계로 심심하면 내 손을 제 손아귀에 쥐고 놓아주지 않았고, 차만 오지 않으면 나도 그 애를 내버려 두었다.

키스도 벌써 다섯 번이나 했는데. 나는 아주 대단한 사실처럼 우리 연애의 진도를 생각해 보았다. 뽀뽀 같은 건 세지 않았기 때문에, 제법 어른스러운 일 같았다.

그런데 이제 와서.

피부 바깥은 찢어질 듯 차가운데도 그 밑이 뜨거웠다. 바람이 차가워 다행이었다. 얼굴이 발개진 것이 바람 탓처럼 보일 테니까.

　나는 결국 열 걸음도 못 참았다. 부끄러움을 못 참은 것인지, 우리를 아는 누군가가 이 꼴을 볼지도 모른다는 걱정을 견디지 못한 것인지는 모른다.

　그 애의 손아귀에서 잠깐 힘이 빠져 나가는 찰나, 나는 손을 빼 패딩 주머니로 잽싸게 손을 넣었다.

　박우경이 혀를 찼다.

　"존나 야마리 없는 가시나."

　"이제 알았나."

　"좀 잡으면 닳나."

　"누가 보면 어쩔 건데."

　"지나가는 사람 자체가 없는데 누가 보노. 설마 저기 오는 사람?"

　"누구든."

　"저기서 우리 얼굴이 보이면 존나 그게 몽골인이지, 한국인이가."

　"차 타고 지나가다 보면?"

　"야. 요새는 불륜도 이렇게는 안 한다니까? 니 팔공산 밑에 안 가 봤나? 인간들 얼마나 당당한데."

　"여기가 팔공산 밑이가."

　"하. 공주 니 때문에 사는 거 존나 팍팍하다, 진짜."

　그 애 앞이라 미처 환불하지 못한 버스표가 손안에서 바스락거렸다. 문득 속이 살짝 불편해졌다.

그냥 환불할 걸 그랬다. 엄마는 이제 천 원짜리 한 장도 허투루 쓰지 않는데.

아빠는 그래도 아침이 되면 날 읍내로 데려다주며 만 원짜리를 한 장씩 쥐여 주었다. 조카들에게 세뱃돈을 주려고 농협에서 바꿔 온 지폐처럼, 아주 깨끗한 돈이었다. 아빠의 지갑에는 한 번 들어간 적도 없을 그런 돈.

기껏 방학에 나가서 공부하는데, 제발 밥 좀 굶지 말라고.

버스비야 교통 카드가 있었고, 네 친구들이 카페에서 커피를 사 먹으면 너도 꼭 사 먹으라고 쥐여 준 체크 카드도 있었다. 어쩌다 친구들이 조금 비싼 걸 먹으러 가자고 해도 절대로 힘든 내색은 하지 말라고.

너는 그러지 않아도 된다고.

너는 그러지 않아도 된다는 말이, 결국에는 생각을 묶는 줄이 되고는 했다. 아침에 받은 지폐 한 장이 내가 쓸 수 있는 전부가 아니라도, 언제나 전부 같았다.

그래서 매일 어떻게든 그것을 남기고 책상 서랍 안에 모아 두었다. 그러면 올해 내내 교재를 살 일이 생겨도 그 돈으로 살 수 있으니까.

버스표는 꼬박 육천 원이 넘었다. 시간이 지났어도 조금만 떼이면 돌려받을 수 있을 텐데. 내 지갑에는 고작해야 이천 원 남짓이 남아 있었다.

그 애에게 들키기 싫어 매표소를 그냥 지나친 내 얄궂은 자존심이 한심했다.

"밥은 먹었나."

"대충."

"뭐 먹었는데?"

"김밥."

삼각 김밥도 김밥은 김밥이니까. 김밥 정도면 내가 잘 챙겨 먹은 축이라 생각하는지 그 애가 고개를 끄덕였다.

"나 존나 배고픈데. 저기서 오뎅 좀 먹고 가도 되나."

"응."

"아침도 못 묵었다."

"왜?"

"걍. 좀 입맛 없어서."

"죽을 때 다 됐나. 갑자기 왜 그카는데."

"몰라. 할머니 병원 가는 날은 가끔 그러드라."

해경 오빠처럼 밥 한 끼 못 먹으면 죽는다고 널브러지는 애는 아니었지만, 딱히 아침을 거를 만큼 섬세한 애도 아니었다. 제 할머니를 보러 가는 날에는 늘 저랬을까?

나는 말없이 포장마차 처마 아래로 그 애를 따라 들어섰다. 두꺼운 비닐 막을 씌워 놓은 노점 안의 온기가 얼어붙은 뺨을 녹였다.

그 애가 자연스레 국자를 들고 종이컵에 어묵 국물을 떠 내게 먼저 주고는, 어묵 꼬치를 하나 들었다.

"윤차희 니는 아예 안 먹을 거가?"

"어. 니 많이 먹어라."

실은 하나쯤 같이 먹을까 하다가, 어묵 꼬치 하나가 얼마인지 따져 보고는 먹지 않기로 했다. 아까 삼각 김밥을 두 개 먹으려다 하나만 먹은 것처럼.

혼자 있으면 아무렇지도 않은 계산이 그 애와 있으면 꽤 구차한 심상처럼 느껴졌다. 나는 가만히 그 애가 떠 준 국물을 마셨다.

사실 박우경을 거기서 마주치지 못하고 그대로 대구에 갔더라면, 아무런 소득도 없이 돌아오는 값까지 썼을 것이다. 저녁은 대강 속이 안 좋다는 핑계를 대고 건너뛰면 되니까. 그러니 대단한 돈을 날렸다고 생각할 필요는 없을 것이다.

처음에 바랐던 대로 너를 만났으니까.

정말로 배가 고팠던 모양인지 박우경은 어묵을 순식간에 세 개나 해치웠다. 그대로 네 개째 집어 드는 손에 문득, 그렇게 먹을 것이면 차라리 식당을 가서 제대로 먹지 그랬냐는 말이 나오다 들어갔다.

그 애는 밀가루 음식을 대부분 좋아하지 않았다. 그래도 자주 먹었다. 나랑 있으면 늘 값싼 음식만 선택하느라. 우리는 고작 오륙천 원이면 한 끼가 해결되는 저렴한 음식점조차 잘 가지 않았다.

방학 때도 기껏해야 휴게실이나 편의점 테이블에 마주 앉아 컵라면을 먹었다. 간혹 엄마가 도시락을 싸 준 날에는, 저도 편의점에서 도시락을 사 와서 먹었다. 어느 날은 빵과 우유로 지나가기도 했다.

내가 남한테 뭘 얻어먹는 걸 얼마나 싫어하는지 제일 잘 아는 애라서.

그러니까 이미 밥을 먹었다는 내가 구경만 하면 되는 때조차도 이런 곳에 들어오겠지.

마치 우리가 비슷하다는 듯이.

그 사실로 속이 뒤틀리지는 않았다. 그저 네가 나랑 같이 있으려고 별로 좋아하지도 않는 음식을 먹어야 한다는 게 조금 아팠다.

나는 주머니 속 손으로 아무런 쓸모가 없어진 시외버스표를 만지작거렸다.

그 애는 한 번도 제가 가진 것을 자랑한 적이 없지만, 나는 벌써 몇 년 전에 그 애 엄마가 불평하듯 조잘거렸던 것들을 안다. 제 막내아들이 조부모로부터 받은 편애가 못내 불편하고, 다른 동서들 눈치가 보인다는 듯이.

대구 시내 한복판에 층마다 병원이 입점한 높다란 빌딩, 부산 서면 상가, 경기도 여기저기에 흩어져 있는 땅들, 개포동 아파트…… 네 것이니 떳떳하라고 막대한 증여세까지 물어 가며 융자 한 푼 없이 주었다던 것들.

그 애 할머니가 저 살던 집을 물려준 것은 단순히 값만 따지면 가장 작은 선물이었다. 다른 손자들에게는 네 부모들에게 각자 많이도 물려주었으니 나중에 알아서 받을 것이라 하고는.

이 애한테는 그저 먼저 챙겨 주었을 뿐이니 태경이 해경이한테 나중에 이만큼 더 많이 주라 하셨다고는 해도, 가끔은 이해가 되지 않았다.

아무리 늘그막에 늦둥이 아들처럼 직접 키운 정이 귀하다 해도 할머니는 그렇게까지 손자들을 편애할 분은 아니셨다. 해경 오빠를 보시던 눈도 박우경을 보던 눈과 한 점 다를 것 없이 다정하고 애틋했다.

그런데도 왜 박우경 손에 쥐여 주는 일만 그렇게 급하셨을까.

내가 생각해 봐야 평생 알 수 없는 답이었다. 나는 가만히 생각하다 고개를 돌렸다.

그러는 사이 박우경이 저 먹은 것을 계산했다. 우리는 포장 마차를 나왔다. 어묵 국물로 따뜻하게 달아올랐던 뺨에 다시 냉기가 달라붙었다.

"안 춥나."

"응. 시원한데."

"이게 시원하나. 나중에 해병대 가도 되겠다."

박우경이 가벼운 핀잔을 던졌다. 그러고도 내가 추워 보였는지 우리가 지나온 쪽에 있는 택시 승강장을 잠시 흘긋거린 그 애는, 결국 마지 못한 표정으로 가까이 있는 버스 정류장을 택했다.

우리가 다니는 스터디 카페까지 기껏해야 사오천 원 정도 나올 것을 알아도.

나는 그 애의 배려를 모르는 척 넘기고, 전광판을 흘긋 보았다.

"119번 5분 뒤에 온대. 저거 타면 되겠다."

"금방 오네."

입맛은 여전히 썼다. 나는 네게 무얼 얻어먹고 얻어 타는 것이 불편해도, 너는 너대로 편하길 바라는데.

네가 언제나 먹고 싶은 것을 먹고. 나처럼 추위 속에 버스를 기다리지 않았으면 좋겠다.

그저 너는 어디선가 택시를, 나는 어디선가 버스를 타고 어떤 따뜻한 곳에서 만나도 괜찮았다. 널 만나러 가는 길은 추워도 따뜻할 테니까. 각자에게 맞는 밥을 배불리 먹고, 우리가 배고프지 않은 때에만 너를 만날 수 있다면 좋겠다.

네가 가진 만큼 구태여 떵떵거리며 살지 않더라도, 적어도 천 원짜리 끼니를 고르며 궁리하지는 않았으면 좋겠다. 너는 그럴 이유가 없으니까.

나는 박우경이 너무 좋았지만 매 순간 함께 있지는 않아도 됐다. 그 애를 너무 좋아하니까.

시간은 언제나 돈이 든다.

모든 시간을 함께한다는 건 그 시간에 소모되는 비용을 함께 직시하는 것이었다. 그 애에게는 보잘것없는 소모가 내게는 중요하니까.

내가 그 애의 풍요에 맞출 수 없으므로, 그 애가 내 결핍에 맞추었다.

우리의 연애는 그렇게 억지로 가난했다. 박우경의 할머니 댁에는 추억이 있지만, 내가 거기서 그 애와 만나는 걸 좋아하는 가장 큰 이유는 우습게도 돈이 들지 않기 때문이었다.

카페에 앉아 있지 않아도 한참 이야기할 수 있어서. 거기서 집까지 걸어갈 수 있어서. 냉장고에 있는 남은 음식을 꺼내 먹으면 되어서…….

그 집 안에만 있으면, 우리 집이 힘든 것을 박우경이 일부러 인지하고 조심하지 않아도 되어서.

나는 그런 그 애가 좋았다. 아무리 자질구레한 것이라도, 날 위해 일부러 부족한 선택을 하지 않아도 되는 순간의 박우경이 가장 좋았다.

"……간호사가 우리 할머니보고 기적이래."

버스에 올라타 맨 뒷좌석 바로 앞에 나란히 앉은 후에야, 그 애는 다시 할머니 이야기를 꺼냈다.

나는 조용히 대꾸했다.

"맞나."

"몇 년 동안 자식들 이름도 기억 못 하다가 저러는 경우는 거의 없다고…… 작년부터는 많이 심각했거든. 내가 모르는 옛날 얘기도 별로 안 하게 되고, 내 얼굴 보면 생전 안 하던 욕이나 존나 하고, 때리고."

"……."

"그거 들켜서, 그 뒤로 아빠랑 엄마가 못 가게 한 거다."

박우경은 제 할머니가 저를 알아보지도 못하고 욕하고 때린 것보다, 그것을 어쩌다 부모에게 들켜 할머니에게 자주 가지 못하게 된 것만이 유감인 양 그렇게 말했다.

아까 할머니가 제 아버지 이름으로 저를 잘못 부른 것조차 기뻐 환히 웃던 낯이 떠올랐다. 문득 죄책감이 치밀었다.

박우경에게 그 집은 연애 놀음으로 족한 곳이 아니었을 텐데.

"근데 옆 병실 아줌마가, 자기 시어머니도 그랬다면서 어쩌면 할머니 기억이 조금 돌아올 수도 있대. 아예 다 잊은 게 아니었을 거라고. 머릿속에 가족이 좀 남아 있어서 그런 거라고."

"……아."

그 애가 안쪽에 앉은 나를 지나 창밖을 바라보다, 문득 환하게 웃으며 말을 이었다.

"공주야, 내가 우리 할매 갑자기 일본어 존나 잘한다고 말해줬나?"

"아니."

"할매 아버지가 옛날에 일제 징용되고 끌려가서 살다가 오사카에서 한국 여자를 만났는데, 그 집에서 결혼 반대해서 못 하다가 진외증조 할머니가 우리 할매 임신하는 바람에 결혼했거든."

"아."

"그래서 옛날에 일본에서 여덟 살까지 살았대. 해방되고 일년 지나서 부산으로 넘어오고."

처음 듣는 이야기였다.

"지금 나이가 팔십인데, 노망나서 평생 알던 것도 다 까먹었으면서, 안 쓴 지 칠십 년도 넘은 외국어를 잘도 하드라."

"신기하네."

"할매 머리가 존나 좋았나 봐. 그래서 나도 머리가 좋은갑다."

"재수 없어⋯⋯. 근데 박우경 니 말고 니네 할머니는 대단하시다, 진짜."

"맞제. 존나 대단하다. 근데 존나 유창한데 뭐라고 하는지 하나도 못 알아 듣겠어서 사전 찾아봤는데, 욕이 있더라고."

"⋯⋯욕?"

"그렇게 어릴 때 들었던 욕도 기억하는 거지. 어릴 때 무시당했던 거, 일본 학교에서 괴롭힘당했던 거."

"⋯⋯."

"그래도 또 동네에 친구는 많았는지 친구 이름은 존나 많이 찾드라. 놀자고."

"⋯⋯나쁜 애들만 있으셨던 건 아니었나 보다. 다행이네."

"지 손자 이름도 까먹었으면서, 어릴 때 놀았던 일본 가시나나 찾고. 자기가 친일파야, 뭐야."

"이제 기억하실 수도 있다매."

"어. 아. 차희야. 우리 내릴 데 지났다."

"괜찮다."

"다음에 바로 내리자. 한 정거장 정도는 걸어가도 되제?"

나는 서둘러 일어나는 박우경의 패딩 소매를 잡았다.

"아. 윤차희 책상에 빨리 도로 앉혀 놔야 안 미치는데."

"정류장 지난 거 알았다. 나도."

"⋯⋯."

"그냥, 오늘은 니 얘기 더 듣고 싶어서. 할머니랑 어땠는지."

"⋯⋯."

"그냥 우리 동네 도서관까지 가면서, 말해 줘."

그 애의 얼굴에 미소가 느리게 퍼져나갔다. 내가 하는 말은 아무것도 아닌데, 고작 그런 말을 살면서 상상도 해 보지 못한 사람처럼.

저는 내게 모든 것을 맞춰 주면서, 고작 내가 시간을 조금 내어준 것이 너무 좋은 것처럼.

나는 장갑을 벗고 좌석 아래에서 몰래 그 애의 손을 잡았다. 아무에게도 보이지 않게.

"일곱 살, 여덟 살 때 친구들 이름도 기억하시면 우경이 니이름은 훨씬 더 선명하게 기억하시겠지. 할머니 기억력이 그렇게 좋으신데."

"맞나."

"그냥, 할머니 머릿속에서 니 이름이 잠깐 어디 묻혀 있나 봐. 어디서 흙이 쏟아져서……."

"……."

"할머니 인생도 다 묻혀서, 어쩔 수 없어서."

나는 서툴게 말을 이었다. 무슨 말을 하는지도 몰라서 나오는 것도 아주 느렸다. 하지만 박우경은 아주 중요한 말을 듣는 것처럼 진지한 얼굴로 나를 보았다.

내 손을 마주 잡은 손에 부드러운 힘이 들어갔다. 사실은 병원에서 이렇게 잡아 주고 싶었는데.

할머니가 네 손을 잡아 주지 않을 때, 대신 잡아 주고 싶었는데.

"……원래 유적 같은 거 발굴할 때, 중요한 순서대로 나오지는 않잖아. 그니까, 할머니 기억이 땅 밑에 묻힌 유적이라고 치면……."

"어."

"박우경 니 이름이 언제 나오든, 할머니 머릿속에서는 제일 중요한 유적일걸."

어쨌거나 결과상의 편애가 그 증거였다.

직계 아들이 넷이나 있는데도 박우경은 전혀 겸손한 기색 없이 고개를 끄덕였다.

"우리 할매 인간 경주네."

"박우경 니는 불국사나 첨성대쯤 되는갑지."

"……."

"그냥, 아직 발굴을 못 해서 그렇다."

그 애가 몸을 구부려 내 어깨에 머리를 기대었다. 나는 다른 때처럼 떨쳐 내지 않고 그대로 두었다. 앞쪽에 할머니 몇 명이 앉아 있는 것 외에는 빈 버스였고, 누구도 우리를 돌아보지 않았으니까.

그러나 나는 이 순간 버스에 사람이 가득했더라도 그 애를 떨치지 못했으리라는 것을 알았다. 박우경이 울고 있었다.

"……아들들 몇 년이나 잊어 먹으셨으면서, 재작년에는 우리 큰 고모 이름도 기억하셨다매."

"어. 맞다."

"진짜 아무거나 기억하시는갑다."

"씨발. 우리 아빠보다 내가 먼저였으면 좋았을 건데."

"별걸 다 질투한다. 아까는 좋다매."

"난 대가리에서 질투 빼면 남는 게 없다. 니 아까 김하진이랑 밥 먹으러 갔으면 지금 그 새끼 죽이고 있을 건데……."

그건 또 언제 들었는지 모를 일이다. 대체 누가 일러바치는지도. 눈물이 그렁거리는 눈으로 저런 말을 하니까 별로 설득력은 없었다.

나는 내 어깨에 기댄 그 애의 머리를 토닥거리며 그냥 백운까지 자라고 했다.

얼마 후 박우경이 거짓말처럼 잠들었다. 이상하게도 큰 고모 이야기가 석연찮게 입 안에 남았다.

#32. 열아홉, 나 여기서 자고 갈래

우리는 버스를 한 번 더 갈아타고 그냥 동네로 돌아왔다. 도로에 지나가는 차가 없어서 잠시 손을 잡고 걸었다.

산과 산 사이를 타고 흐르는 바람이 긴 도로 모양을 따라 길게 불어왔다. 박우경이 잠시 멈춰 서서 내 머리 위로 패딩 점퍼 모자를 씌우고 지퍼를 끝까지 채웠다. 어차피 도서관까지 조금만 더 걸으면 되는데.

턱까지 가려지는 모양이라 꼴이 우스꽝스러울 것 같았지만, 내 이마에 흐트러진 머리카락을 패딩 안쪽으로 걷어 넣어 주는 손이 좋아서 가만히 있었다.

"가시나 웬일로 얌전히 잘 있네."

꼭 어린애를 데리고 가다 길에서 외투를 여며 주는 어른처럼 말해서 살짝 비웃음이 나왔다. 졸지에 어른 옆에서 가만히 있기만 해도 칭찬을 받을 수 있는 나이가 된 것 같았다.

"웃기고 있네. 지가 뭔데."

"니 남친."

"지퍼는 박우경 니나 잠가라."

나는 지퍼를 가슴까지 잠그고나 있었지, 저는 아예 열고 다니면서.

손을 뻗어 멱살을 잡아당기니 박우경이 순순히 내 앞으로 끌려왔다. 몸을 굽혀 아래에서 지퍼를 물리고 그 애의 목 끝까지 쭉 올려 잠가 주자 보통은 얄궂게 웃는 입매가 부드럽게 미소 지었다.

"가자."

"손."

그 애가 다시 달라고 제 손을 내밀었다. 나는 멀뚱거리는 눈으로 쳐다보며 말했다.

"저기 차 오는데."

"아."

박우경은 읍내에서와 달리 별다른 불평 없이 내 옆에서 걸었다. 그냥 우연히 버스에서 같이 내리고, 우연히 목적지가 맞아떨어진 애들처럼 한 걸음 정도 떨어져서.

그리고 차가 지나가기 무섭게 다시 내 옆에 붙었다.

"윤차희 얼굴 빨갛네."

"추우니까 당연하지."

"존나 귀엽다."

"개수작 부리지 마라."

뜬금없이 저런 말을 할 때마다 뭐라고 대답을 해야 할지 모르겠어서, 나는 항상 그걸 개수작이라 퉁 쳤다. 박우경이 실실 웃었다.

우리가 읍내에서 대충 갈아탄 버스는 도서관 앞을 지나가지 않는 노선이었다. 당장 기다리기 춥다고 빨리 오는 걸 탔더니 도리어 내려서 걸어가는 길이 좀 길었다. 가끔 인생이 그런 것처럼.

길을 거슬러 올라가사 우리를 놀리듯 읍내에서 온 다른 버스가 면민 도서관 쪽으로 시원하게 갔다.

"그냥 기다렸다가 저거 탔으면 더 빨랐겠다."

"원래 인간은 한 치 앞밖에 모른다. 몰랐나."

"한 치 앞은 박우경 니가 몰랐지. 나는 알았는데⋯⋯."

은근슬쩍 박우경을 탓하며 흘끗 보자 어느새 내 손을 다시 잡은 그 애가 어깨를 가볍게 들먹였다.

"그래서 이렇게 손잡고 간다이가. 니 남친이 한 치 앞도 몰라 가지고."

번화가에서는 같이 걸어도 못 잡았으니 여기서 대신 잡고 싶었다는 말이었다. 일부러 버스를 잘못 타서라도.

입맛이 조금 떨떠름했다. 죄책감과도 비슷할 것이다. 내가 뭐라고. 그런데도 그 말에 철없이 기분이 좋아졌다.

이윽고 도서관 정문을 지나면서는 그 애가 먼저 내 손을 놓아주었다. 떨어진 손에 문득 속이 허전했다.

만약 네가 영영 내 손을 놓는다면 어떤 기분일까.

우리는 이제 열아홉이 됐다. 스물. 서울. 미지의 나이. 네가 없는 것이 당연할 미지의 삶.

끝이 멀지 않았다는 생각이 들면 언제나 도망치고 싶다.

조금 더 손을 잡고 싶고, 누구의 눈치도 보지 않고 안아 주고 싶었다. 너는 언제나 내가 어렵다는 듯이 말하지만, 나야말로 네가 어렵다고. 나는 아무것도 특별할 게 없는 사람이라고.

그냥 날 보는 네 눈이 특별했다고.

"웬일로 차가 좀 있어서."

내가 제 손을 물끄러미 바라보는 걸 알았는지, 박우경이 간단히 대꾸했다. 이렇게 추운 계절이면 언제고 텅 비어 있는 주차장에 차가 몇 대 와 있었다.

어쩐 일인지 1층 자료실에서 아이들이 웃는 소리가 들렸다. 읍내 도서관만 나가도 자료실에서 저런 소리를 듣기는 어려웠지만, 여기는 좋은 게 좋은 거라고 사서가 종종 떠드는 아이들을 방치했다.

학기 중에야 학생들이 책을 빌리러 제법 오니 한 번씩 주의시켜도 이런 겨울이면 1층조차 아무도 없다. 산으로 둘러싸인 구릉 한가운데 자리 잡은 이 동네는 춥기로 소문난 청라에서도 각별히 서늘했다.

유리문 너머를 바라보자 문득 어릴 때가 생각났다. 너는 이런 게 뭐가 재밌냐면서, 자료실 책꽂이 사이를 졸졸 쫓아오던 초등학교 1학년쯤의 박우경.

그때도 이런 겨울 방학이었다. 그 애 할머니 집에서 콘솔 게

임을 했는데, 오빠들이 우리한테 순서를 주지 않고 내내 자기들끼리만 놀아서 우리는 여기에 와 있었다.

그때도 내가 책을 읽으면 그 애는 보통 핸드폰을 가로로 들고 게임을 했다. 저도 볼 거라고 앞에 가져다 놓은 책은 읽는 둥 마는 둥 하고.

그리고 나는 그런 그 애한테 일부러 관심이 없는 척하고.

내가 저한테 관심을 주지 않으면 안달 내는 반응이 재미있었다. 니한테 아무리 싸증을 내도 유치하고 우스웠다. 그러다 내 옆에 붙어 있지 않으면 눈으로 그 애를 좇게 되었다.

"뭐 하노, 윤차희."

나는 자료실 유리문 안쪽으로 어린아이들이 돌아다니는 것을 멍하니 바라보다, 계단 위의 그 애를 따라갔다.

너는 또 게임이나 하면서 시간을 죽이겠지. 나는 관심도 없는 척 공부나 하고.

어쩌면 우리는 그 시절에서 몸만 자랐다.

시골 초등학교 분교를 벗어나 우리를 둘러싼 세상이 점점 넓어져도, 둘밖에 없었던 옛날의 작은 세상을 벗어나지 못한다. 아는 것이 많아져도 여전히 아는 게 없어 그러는 것처럼. 나는 아는 게 너뿐이고, 너는 아는 게 나뿐인 것처럼.

나는 일부러 박우경으로부터 조금 떨어진 채로 계단을 올라갔다. 그리고 다 오르기 전에, 2층에서 누군가 박우경을 보고 반갑게 인사하는 소리를 들었다.

"이게 누고? 우경이 아이가."

"안녕하세요. 아줌마."

"방학인데 요까지 와서 공부하는가배? 하이고, 그러고 보니까 니가 벌써 고3이제."

"네."

"요새 아들은 전신만신 다 읍내 나가 스터디 카펜가 다니드만, 이런 도서관에서도 공부가 되드나?"

"걍 대충 앉아 있는 거죠. 뭐."

가까스로 멈추어 있던 걸음을 옮겨 계단을 마저 오르자, 박우경에게 반갑게 알은체하던 중년 여자의 얼굴이 보였다. 어렴풋 낯이 익은 얼굴이었다.

아마도 박우경네 사과원 사무실에서 일하는 직원일 것이다. 2층 화장실에서 나오던 길인지 그 앞에 서 있던 아줌마는 나를 한 번, 그 애를 한 번 조심스레 보았다.

마치 좀 석연찮은 꼴을 보고 말았다는 듯이.

나는 학교에 있는 것처럼 날 돌아보지 않는 그 애를 지나 학습 열람실로 걸어갔다. 뒤에서 조심스러운 목소리가 들렸다. 이를테면 나한테 들리지 않을 거라고 착각하는 목소리.

"여자 친구가?"

"아뇨. 그냥 같은 학교 앤데 방금 도서관 오는 길에 마주쳤어요."

"내가 쟈를 어디서 본 거 같은데…… 이 동네 과수원집 딸래미제?"

"네. 엄마랑 제일 친한 이모 딸이에요."

우리 엄마를 이모라 부른 적도 없으면서 태연한 대꾸였다.

"아. 그래서⋯⋯. 내는 또 여자 친구랑 온 줄 알고."

"쟤 아줌마 말 들으면 화내겠다."

"왜?"

"전교 1등이라 세상 지 혼자 살거든요."

웃음이 조금 새어 나왔다. 그리고 문을 닫기 무섭게 웃음이 사라졌다.

어차피 우리가 종종 같이 공부하는 건 우리 엄마랑 아빠도, 그 애의 부모도 잘 알고 있다. 그러니 저 아줌마가 우리를 보고 잠깐 오해했다고 해서 달라질 것도 없었다. 어차피 우리가 붙어 있는 꼴을 본 것도 아니고.

그런데도 남몰래 훔쳐 놓은 물건을 들킬까 걱정하는 사람처럼 가슴이 세차게 뛰었다. 날 응시하던 석연찮은 시선이 생각났다.

"뭐 하는데? 자리 안 잡고."

다른 때라면 좀 떨어져 앉으라고 했을 텐데, 버스에서 울던 꼴을 생각하면 도무지 그러고 싶지 않았다. 여전히 심장은 불길하게 뛰었다.

박우경이 날 이상하게 보더니 내 책가방을 벗겨 휙 가져갔다.

"밖에서 안 보이는 데 앉으면 된다이가."

"⋯⋯."

"왜. 그래도 무섭나. 좀 떨어져 앉아 주까."

다른 때와 달리 질문은 짜증 한 점 없이 선선했다. 정말로 기분이 좋기는 한 모양이다. 나는 고개를 가로저었다.

"……아니. 걍 있어도 된다."

"그 표정은 뭔데?"

"내 표정이 뭐 어때서."

"지 남편 몰래 바람 피다 동네 사람한테 들킨 여자 같아서."

"……."

어이가 없는 나머지 헛웃음이 새어 나왔다.

내가 그러거나 말거나 그 애는 열람실 끄트머리까지 걸어가 테이블 건너편에 내 가방을, 바로 앞에 제 가방을 놓았다. 그리고 그대로 반대쪽 벽까지 걸어가서는 자기 집처럼 에어컨 리모컨을 들었다.

삑, 삑, 하고 난방을 켜는 소리가 우리밖에 없는 조용한 공간을 울렸다. 가방에서 책을 꺼내고 있자니 그 애가 돌아왔다.

"야, 불륜도 이렇게 재밌을까?"

"뭐라카노."

"다들 이 맛에 하는 건가."

"갑자기 뭔 지랄인데."

"하, 근데 니한테 남편이 따로 있는 건 존나 별론데……."

"더러운 상상하지 말고 책이나 꺼내라. 박우경."

"싫어. 더러운 상상할래."

"할라면 혼자 하든가……."

"유부녀 윤차희 꼬시는 건 재밌는데, 씨발 그래도 열받네……. 다른 새끼랑 왜 결혼했노."

"돌았나."

"어? 내 두고 딴 새끼랑 왜 결혼했냐고. 존나 의리 없이."

"하 진짜 도라인가……."

책상 밑에서 내 다리를 툭 치는 다리를 도로 쫓아가 걷어찼다.

"공부 안 할 거면 끄지라."

"끄지라가 입에 붙었제."

입에 붙었냐는 말이 나올 만큼 쟤더러 자주 꺼지랬나 싶어 문득 입을 디물자, 박우경이 씩 웃었다.

"알았다. 안 갈게."

"……아무 말도 안 했는데?"

"가지 말라고 방금 니 얼굴이 말하던데."

"……."

도망치듯 노트북을 열었다. 내가 상대도 안 해 줄 것을 알았다는 듯, 문제집 하나만 의례적으로 펴 놓은 그 애가 의자에 느긋하게 기대어 핸드폰을 들었다. 그래도 이제 고3이라는 자각은 있는지 조금 하다 마는 것이 기특했다. 표현은 하지 않았지만.

우리는 그대로 밤까지 있었다. 저녁에 잠깐 휴게실에 가서, 읍내에서 사 온 빵을 나누어 먹은 것 빼고는.

타지에서도 빵을 사러 올 정도로 유명한 빵집에서 산 것이지만, 나는 왠지 어묵 꼬치를 집어 드는 그 애를 볼 때와 같은 기분이 들었다.

그 애가 먹는 밀가루 음식, 단출한 씀씀이, 한정된 시간, 함께 갈 수 있는 곳이 별로 없는 우리.

열람실 바깥에서 마주쳤던 아줌마가 계속 생각났다. 날 보던 눈이 어느새 그 애의 엄마를 향하고, 본 적도 없는 우리 연애의 실상을 폭로할 것만 같았다.

혹시 내 생각보다, 이 시간이 훨씬 더 빨리 끝나게 되면⋯⋯.

"가자. 니 버스 시간 다 됐다."

목 아래가 무언가 고인 것처럼 울렁거렸다. 나는 말없이 그 애를 뒤따라 도서관을 나왔다.

청라의 밤은 낮과 다른 계절처럼 추웠다. 마치 겨울 다음에 더한 겨울이 있는 것처럼 그랬다.

주차장을 가로지르는 동안 그 애와 몇 걸음 떨어진 거리를 좁히자 당연한 듯 뻗어 오는 손이 보였다. 나는 술렁이는 속을 억누르며 그 애의 커다란 손을 잡았다.

고작 너랑 손을 잡는 게 뭐라고.

"축제."

"별로."

"공주 또 센 척한다."

그 애가 혀를 차고는 제 패딩 점퍼 주머니에 내 손을 가져가 쏙 집어넣었다. 주머니 안에서 내 손가락을 만지작거리는 장난스러운 손이 싫지 않았다. 사실은 조금 울고 싶었다. 네 손이 좋아서.

몇 달 뒤에는 잡지 못할까 무서워서.

"니는 손이 너무 작다."

"⋯⋯안 작다."

"이러니까 피아노를 못 쳤지."

도서관 건너편 정류장까지 걸어가는 내내 시답잖은 말이 이어졌다.

"앞으로 내 없어도 김하진이랑 밥 먹으면 안 된다. 알겠나."

"내 마음이지."

"내 잠깐 없다고 딴 놈이랑 결혼하지 말고."

"웃기고 있네."

"결혼은 내랑 해야 된다."

"결혼 말고 다른 건 박우경 니 말고 다른 남자랑 해도 괜찮나 보네."

"씨발…… 뭐?"

경악에 찬 눈이 나를 훑어보는 게 웃겼다. 저게 제정신인가 하고.

"니가 한 말이 그렇잖아. 글고 니 내한테 욕했나, 지금."

"아니, 니한테 욕한 게 아니라 차희 니 발상이 너무 특이해서…… 나도 모르게 감탄사로 나온 거지. 아니 말이 어케 그렇게 되는데?"

"결혼만 니랑 하면 되는 것처럼 말하길래."

"……아니 뭐, 근데, 제일 중요한 게 그거긴 하지. 니가 김하진이랑 밥 몇 번 먹는다고 나중에 내랑 결혼하는 게 보장만 되면, 그 새끼랑 한 열 번 나가서 먹어도 되기는 하는데……."

박우경은 마치 희대의 고민거리라도 찾은 양 골몰했다.

"김하진이 나랑 열 번이나 밥 먹어 준다고 한 적도 없는데……."

"야. 금마랑 밥 먹으면 공주 니가 은혜를 베풀어 먹어 주는
거지, 금마가 니랑 먹어 주긴 뭘 먹어 주노. 감사한 줄 알아야
지."

때마침 버스가 왔다. 차가 텅 비어 있을 걸 알면서도 서둘러
그 애의 주머니에서 손을 뺐다.

박우경의 눈이 약간의 미련을 담고 내 손을 좇았다. 나는 모
른 척 버스에 올라탔다.

"가라."

"어."

남인 양 세상 무뚝뚝한 인사에 무뚝뚝한 대꾸가 돌아갔다.
박우경은 제집까지 얼마간 걸어가면 됐지만, 항상 버스를 같이
기다렸다. 그리고 내가 버스에 타면 얼마간은 버스를 보고 있
다가 돌아서서 간다.

나는 차창 밖으로 빠르게 멀어지는 박우경을 보았다. 곧 돌
아설 것이라 생각했지만 오늘따라 돌아서지 않는 그 애가 눈
에 맺혔다. 추울 텐데 그러지 말지. 나 때문에 그렇게 서 있지
말지…….

끝을 생각하면 머리 위로 젖은 흙이 쏟아지는 기분이다. 그
애와 보낸 시간이 너무 길어서, 어떤 버릴 기억도 선별하지 못
해서, 결국에는 온몸이 파묻힐 것만 같았다.

나를 잊어버려야 너를 잊어버릴 수 있을 것 같았다.

현관문을 열자마자 조금 시끄러운 소리가 났다. 반사적으로 몸이 굳었다. 이리저리 분주하게 움직이는 발소리, 신경질적인 목소리, 문득 흘러나오는 엄마의 울음. 나는 애써 숨을 고르며 집 안으로 들어섰다.

예상과 달리 아빠의 고함 소리는 들리지 않았다. 걸음을 좀 더 빨리했나.

엄마가 안방에서 짐을 싸고 있었다. 도망치는 사람처럼 짐가방에 옷을 넣는 손이 다급했다. 가슴이 내려앉았다.

"……엄마?"

"아. 차희야."

울었는지 발갛게 부은 눈이 나를 향하더니 급하게 얼굴을 숨기며 눈물을 닦았다.

"엄마 어디 가는데. 짐은 왜 싸노?"

"……."

"설마 집 나가나?"

"무슨…… 그런 거 아이다. 그냥, 느그 외할매가……."

"외할머니가 뭐?"

엄마는 차마 말을 잇지 못했다. 그러는 사이 부엌에서 온 아빠가 내 너머로 무언가를 휙 던졌다.

"그거 맞제. 챙기라."

침대에 떨어진 게 뭔가 했더니 부엌 붙박이장에 있던 물티슈였다. 엄마가 고개를 끄덕이며 가방에 그것을 보태어 넣었다.

좀처럼 상황을 알 수 없어 멍하니 엄마랑 아빠를 번갈아 보고 있자, 아빠가 한숨을 쉬더니 말했다.

"좀 전에 느그 외할매 뇌경색으로 쓰러지셨다. 지금 중환자실에 계신다 카대."

"……."

"거기에 당장 하나도 붙어 있을 사람이 없어가, 느그 엄마가 당분간 좀 붙어 있어야 된다."

"아……."

"할매 괜찮을 끼다. 요새 수술이 워낙 발전해가……. 차희 니는 너무 걱정 말고, 아빠는 잠깐 엄마 좀 병원에 델따주고 오께."

"네."

"공부 좀만 하다가 자라. 너무 늦게 자지 말고. 문단속 잘 하고."

"알아서 할게요."

그새 엄마가 이모한테 온 전화를 받으며 집을 나섰다. 무슨 일을 하고 있었는지도 잊어버린 모양인지 안방 침대 위에 덩그러니 버려두고 간 짐을 아빠가 뒤늦게 도로 와서 찾아갔다.

이윽고 나는 집에 홀로 남았다. 계속 울렁거리던 속이 파도를 탄 것처럼 거세어졌다. 불길한 예감처럼.

멍하니 핸드폰을 들자 잘 들어갔느냐는 메시지가 떴다. 거기서 여기까지 얼마나 된다고. 나는 애써 웃으며 답장했다.

괜찮을 것이다. 어릴 때 아빠가 해 준 말이 문득 생각났다.

이미 안 좋은 일이 생겼으니까, 이것보다 더 안 좋은 일은 생기지 않을 거라고.

할머니는 개두술을 진행했지만 예후가 별로 좋지 않았다. 엄마랑 아빠는 내 앞에서만 할머니가 괜찮다고 했다. 내가 걱정하는 건 할머니가 아니라 엄마나 아빠였는데.

보름간 할머니 옆에서 밤낮으로 병간호를 하고 돌아온 엄마는 통통했던 나잇살이 다 빠져 있었다. 아빠가 억지로 병원에서 빼내 온 것이라고 했다.

너 혼자 그 집 자식이냐고. 자식이 몇 명인데 한 명도 붙어서 간병을 못 할 것 같으면 차라리 갹출해서 간병인을 쓰는 게 맞다고.

그럼 엄마는 병원비가 얼마가 될 줄 알고 간병인 쓰는 비용까지 감당하겠느냐고, 쪼갠 것조차 우리 형편에는 부담이라고 우울한 목소리로 말했다.

달에 이삼백씩 나갈 돈이 어디 있느냐고, 중환자실에서 간병인을 쓰면 얼마나 비싼 줄 알기나 하느냐고. 지금은 농번기도 아니니 차라리 제 몸으로 때우는 게 낫지 않냐고…….

그 말이 아마도 아빠의 자존심을 건드렸을 것이다.

엄마가 외할머니 옆에 붙어 기껏 똥오줌 다 받아 내며 인정도 받지 못하는 꼴이 싫고, 혼자 고생하는 꼴이 싫어 억지로 끌고 나와 놓고는 듣는 말이 저것이니까. 우리가 그 비용을 나눈 돈조차 낼 여력이 없어 이럴 수밖에 없다고.

옛날이었다면 아빠는 자기 돈으로 간병인을 쓰고, 이모들에게 '처형들은 신경 쓰실 것 없다' 하며 웃고 말 사람이었다. 설령 큰외삼촌의 일이 있었더라도, 홍수 전이기나 했더라면.

처갓집에 별로 아끼는 게 없었던 이모부들도 마찬가지였다.

그러나 큰외삼촌이 외할머니를 앞세워 집집마다 털어먹고 다닌 것도 모자라, 마지막으로 외할아버지의 장례식에서 조의금까지 가로채자 모든 것이 변했다.

이모들은 지금 당장 청라로 오고 싶어도 못 왔다. 이혼하기 싫으면.

"그니까 그 집구석에 딸이 이말희 니 하나냐고."

"언니들이 죽어도 안 된다 카는데 그럼 어카는교?"

"딸만 있나. 느그 집에 아들 둘이 있는 거는 뭐 하는데?"

두 사람은 이제 다른 일로 싸웠다.

"그래서. 가까우니까 간병도 니가 하고 돈도 우리가 내라고? 니네 형제가 하는 말이 지금 그거 아이가? 다 망하고 겨우 목만 내놓고 사는 즈그 막내 여동생한테."

"태희 아빠."

"병원에만 안 나타나믄 단 줄 알제."

"당장 못 오는 거지, 무슨 말을……."

"누가 돈 내고 나면 오겠지. 이말희, 내가 처형들한테는 뭐라 안 한다. 딸래미들이야 할 만큼 했지. 동서들도 내보다 잘할 땐 잘하면 잘했지, 못 한 게 뭐가 있노. 그래, 창호도 당장 즈 그 집 하나 건사하기 어렵다 치자. 그 잘난 큰아들래미 어디 갔노? 어?"

나는 계단에 앉아 엄마가 우는 소리를 들었다. 마치 큰외삼촌을 숨겨 준 죄인처럼. 내가 니보고 울라고 한 소리냐고 아빠가 화를 내는 소리도.

아빠는 며칠 전 큰외삼촌을 찾으러 경기도 광주까지 갔다가 허탕을 치고 내려왔다. 그러고는 다음 날 아저씨들과 멧돼지 포획도 가지 않고 온종일 술을 마셨다. 아침에 날 데려다주지도, 저녁에 날 데리러 오지도 않고.

차라리 예전처럼 싸우는 게 나았다. 서로가 밉다고 방방 뛰는 게 나았다. 나는 흐린 눈을 내려 어두운 휴대폰 화면 위로 하얀 메시지 창이 뜬 것을 응시했다.

공주 니 잠깐 나올 수 있나 오후 11:24

내용은 아무래도 상관없었을 것이다. 우습게도 그 한 줄에 목구멍으로 숨이 통했다.

어딘데 오후 11:25

가는 중 오후 11:25

물어보지도 않고 지 맘대로 오노…… . 오후 11:25

바로 안 나와도 된다 그냥 두고 갈게 나중에 아저씨 자면 잠깐 나와서 가져가라 오후 11:27

뭘? 오후 11:27
박우경 뭔데? 오후 11:29

메시지가 더 오지 않았다. 자전거를 타고 오는 모양이 그려졌다.

이 밤에 대체 뭘 두고 가겠다고.

"……얼마 전에 당신이 SS기(Speed sprayer, 농업용 과수 방제기)만 덜컥 안 샀어도, 내가 이래는 안 하겠다."

"또 시작이다, 또 시작이야. SS기는 만다꼬 또 걸고넘어지노? 제발 그만 좀 걸고넘어지라. 어? 내 좀 살자, 말희야. 제발. 그게 내 하나 편할라고 산 거다."

"마누라 편하라고 샀다 카지 마소, 제발. 내가 언제 내 편하게 해 달라꼬 부탁하드나?"

"이기 자꾸 말을 희한하게 해쌌네…… ."

"일 년 내내 농사 지어가 가을에 돈 들어온 거 빚 갚는다고 고스란히 다 나갔는데, 수중에 돈 얼마 남았다고 그걸 덜컥 혼자서…… . 맨날천날 이카지. 지 마누라한테는 말 한마디 없이."

"내가 니한테 말하면? 뭘 하라 카는데, 니가. 말해 봐라. 어? 이말희 니한테 물어보면 우리는 나무 코트 입는 날까지 세상 천지에 할 기 하나도 없다."

나는 멍하니 핸드폰만 바라보았다. 나갈 수 있을까? 다른 날이면 몰라도 오늘은.

"그래서! 내가 도대체 뭘 얼마나 당신 하는 일을 막았는데! 당신 하자는 대로 평생 바보같이 따라나 댕깄지. 우리 돈 있을 때 내가 당신한테 생전 뭐 하지 말라 카는 거 봤나? 지금은 상황이⋯⋯."

"내가 그 돈을 뭐 어데 나가서 노름한다고 썼나? 놀고 술 처마신다고 썼나? 이 큰 과수원에 SS기 그 정도 되는 거 없이 농사를 우예 짓노. 어?"

"내가 그걸 몰라서 이카나! SS기 당연히 있어야지, 없으면 안 되지. 그걸 몰라서 이카는 게 아니라⋯⋯."

"알면 만다꼬 또 꺼내는데? 와? 그래, 죽을죄를 지었다 내가. 니한테 무릎이라도 꿇고 비까? 내가 장모님 쓰러질 거 알고 샀겠나?"

"⋯⋯."

"느그 형제들이 즈그 엄마 당장 수술실 들어가고 다 죽어 가는데도 모른 척할 거를 내가 알고 그캤나."

엄마는 잠시 말이 없었다. 숨이 턱 틀어 막힌 것처럼. 나는 핸드폰 화면만 응시했다.

네가 어디쯤 왔을까.

"······그거를 누가 알겠노. 태희 아빠, 내 말은, 당신이 다 잘못했다는 게 아이라······. 우리 형편이 안 되는데 옛날처럼 좋은 거 야무진 거 다 쓰겠다 카는 게 말이 안 되는 거 아이가······. 어떻게 내한테 물어보지도 않고 우리 형편에 돈 이천을 썼는지, 나는 그거가······."

"내 니한테 계속 말했제. 그거 인수 금마가 우리 형편 생각해서 이 년도 안 된 거 반값도 다 안 받고 넘긴 기다. 우리가 이천만 원을 인수한테 준 게 아니라, 금마가 이천만 원을 우리한테 거저 준 기라고."

"내라고 희재 아부지한테 고마운 걸 모르는 게 아이라. 그냥 우리 형편이."

"물난리 나고 노상 다 죽어 가는 얄구진 거만 헐값에 주워다 쓰니까 맨날천날 고장나가 돈만 갖다 버린 거 아이가? 사람을 옛날처럼 쓰는 것도 아이고, 우리끼리 그 얄구진 기계로 해 대니까 그 바로 다음 해부터 우째 되는지 못 봤나."

"······그래. 윤준영이 잘났다. 당신 말이 다 맞다······. 그냥 울 엄마 병원에 내 좀 도로 델따 주소. 더 말하기도 싫으니까."

"온 전신만신 나무들 병들어가, 남한테 팔아 묵지도 못할 사과만 박동주한테 몇 상자 팔아 묵고 그날 오면서 니 내한테 뭐라 캤노. 그냥 죽고 끝내고 싶다 안 캤나. 집에 아가 둘이나 있는데, 아 엄마가."

핸드폰을 쥐고 있던 손에 힘이 들어갔다.

엄마가 진짜 죽으려고 했었다고······.

"이말희 니 그때 내한테 차 갖다 박고 죽자 캤다. 태희 차희 한테 보험금이나 남겨 주자고."

"……."

"그래서 니 때문에 샀다. 됐제. 또 미친갱이처럼 같이 죽자고 핸들에 달려들까 봐. 지 남편 앞에서 농약 들고 죽겠다 칼까봐."

"태희 아빠. 희야한테 들릴라……."

"니부터 죽는단 소리나 하지 말든가, 이 돈 아껴서 몇 년을 또 어영부영 보낼라꼬? 우리끼리 아무리 용을 써 봐야 사과 맛이 다르고 질이 다른데. 단골들한테 옛날 정을 봐서 팔아 달라하는 것도 일이 년이지, 질 떨어져 가는 거 빤히 보면서 뻔뻔시리 팔아 묵기나 하겠나. 니 그래 얼굴 두껍나?"

"……."

"계속 이래 다 꼬라박고 살아 봐야 이말희 니 또 죽니 사니지랄하는 거 보는 것도 조만간이지."

"태희 아빠!"

"나는 애들한테 니 그래 죽는 꼴 못 보여 주겠다. 애들 두고 니랑 같이 죽기도 싫다. 니 남편이 능력이 없어가, 맨날천날 죽지 못해 살게 해가 미안한데……."

아빠의 성난 말소리가 갑자기 멀어졌다. 엄마가 어쩔 줄 모르는 소리도 매한가지였다.

누가 그랬는지는 몰라도 안방 문이 다급히 쾅 닫혔다. 자기들이 싸울 때면 내가 2층에 문을 꼭 닫고 들어가 있는 줄로만 알면서, 혹여나 '죽는다'는 소리를 내가 들었을까 봐.

나는 벽 너머 거실이 있는 쪽을 멍하니 보았다. 문득 헛웃음이 새어 나왔다. 엄마가 옛날에 TV를 보며 중얼거리던 말이 생각나서였다.

저래 죽는다, 죽는다 염불 외는 사람치고 죽으려는 사람 없다고.

나한테 그렇게 말해 놓고는, 저런 짓을 한 거였다. 죽자고. 죽을 거라고.

어쩌면 윤태희는 알았을까? 악필로 꾹꾹 눌러쓴 편지에 엄마의 걱정만 가득했던 이유가, 어쩌면⋯⋯.

니네 집 거의 다 왔다 오후 11:45
아저씨 주무시나 오후 11:45

몰라 자는 거 같긴 한데 오후 11:46

문 너머에서 제대로 알아들을 수 없는 소란이 계속됐다. 엄마가 사정하기 시작했는지도 모르지. 돈 때문이든 본인이 자청하는 고생 때문이든.

그러니까 자는 것과 다름없기는 했다. 아빠는 전혀 신경 쓰지 못할 테니까.

눈물은 나지 않았다. 다만 숨이 조금 더뎠다. 나는 정신이 나간 것처럼 그 애를 만날 수 있을지만 생각했다.

작년부터 하나둘 고장 난 사과원 곳곳의 CCTV는 아빠가 고치지 않아 잡히지 않는 사각이 꽤 있었다. 시골에서는 보통 CCTV가 달려있고 입구에 경고문이 붙은 것만으로도 족하다고 보니까.

박우경은 조만간 우리 집에 들어올 도둑처럼 그 사각을 죄다 알았다. 그 애가 오가는 걸 걱정할 필요도 없었다.

이참에 물체가 움직일 때만 자동으로 녹화하는 CCTV로 다 바꿔 버리겠다는 둥, 아빠가 듬성듬성한 모니터를 보고 투덜거리기만 한 것도 일 년이 넘었다.

잊어 먹었다기보다는 하지 못한 것이다. 아빠가 할 수 없는 다른 많은 일처럼.

아빠랑 엄마가 잠들면 잠시 나가서 그 애가 두고 간 물건을 갖고 들어오는 것도 원래 별일은 아니다. 내가 그 애 할머니 집에 가며 다른 친구와 밤늦게까지 공부한다는 어색한 핑계나, 혹은 몰래 나가 새벽에 돌아오는 것도 모를 정도로 두 사람은 항상 정신이 없었다.

싸우느라. 지쳐 있느라. 서로를 미워하거나 처지를 비관하느라. 술에 취하거나 우느라……. 그러다가도 아침에 날 보면, 살면서 웃을 일이 딸 하나뿐인 사람들처럼 둘 다 웃었다.

우리 딸은 철없는 애가 아니니까, 나쁜 일이나 할 애가 아니니까, 하고는 덮어 놓고 믿었다. 그러지 않으면 예전처럼 살뜰하게 신경 쓸 도리가 없으니까.

사람을 써야 하는 만큼 언제나 다 쓰지를 못하니, 둘 다 항상 몇 명 치의 일을 하느라 한 번 잠들면 좀처럼 깨지도 못했다.

내가 저 사람들 몰래 널 만나서 자기 위안이나 느껴도 되는 걸까.

도서관에서 보았던 아줌마가 지금도 종종 생각났다. 나는 멍하니 핸드폰 화면을 빛내는 그 애의 이름을 응시했다.

전화는 얼마 지나지 않아 끊어졌다. 박우경은 밤이면 전화를 오래 걸지 않았다. 우리 아빠에게 괜히 들킬까 봐. 웃음이 꽉 막힌 숨을 타고 흘러나왔다.

금방이라도 달려나가 그 애를 보고 싶은데, 보고 싶지가 않았다.

열여섯. 그 애 아버지에게 사과를 팔고 돌아오던 길에 엄마가 핸들에 달려들어 아빠와 죽으려고 했다는 것이, 도무지 머릿속에서 사라지지 않아서.

물론 박우경의 아버지는 아무것도 잘못하지 않았다.

그저 우리가 달랐다.

값비싼 농기계를 침수로 죄다 잃고 난 이듬해, 사람의 손이 닿지 않는 작은 틈에서부터 생겨난 병이 모든 나무로 번져 나갔다.

기계도 사람도 이전 같지 않은 너른 땅 위에서는 모든 것이 어렵다. 깨진 독을 이어 붙일 새도 없이 물만 붓다 보면 언젠가 가득 차는 대신 빈 독만 남듯이.

과실은 대부분 건지지 못했으며, 상잣값이나마 수십만 원 쳐준 것은 그 애 아버지의 적선이었다.

불행의 원인은 따로 있는데 때마침 만났던 친절한 사람을 애꿎게 원망하는 것만큼 추한 일도 없을 것이다.

지금도 그랬다.

공주 니 오늘도 2시까지 공부할 거제 오후 11:52

진입로 위쪽에 봉 오후 11:52

아 씨발 개추워 날씨 개도랐나 타자 드럽게 안 쳐지노 오후 11:53

봉다리 새끼 존나 펄럭거려서 바람에 날아갈까 봐 대문 옆에 대충 묶어 놨다 오후 11:54

간다 오후 11:54

결국에는 미련하게도 몸이 먼저 움직였다. 나는 남은 계단을 빠르게 내려가 현관으로 통하는 복도 벽에 걸린 패딩 점퍼를 대강 걸쳐 입고는, 곧장 현관문을 나섰다.

을씨년스러운 바람 소리가 사방에 가득해 그 애 자전거가 멀어지는 소리 따위는 들리지도 않았다. 나는 맨발에 슬리퍼를 신은 그대로 마당을 가로질렀다.

그러나 커다란 대문 바깥으로 긴 진입로를 내려다보아도, 이미 그 애는 금세 이곳을 떠나고 없었다.

허무했다.

귀가 찢어질 것처럼 차가운 바람이 국도에서부터 소용돌이치듯 진입로를 타고 올라왔다. 나는 얼마간 주머니 속 핸드폰을 만지작거리다 작게 한숨을 쉬고는 돌아섰다.

그제야 초록색 대문 기둥에 매달려 요란하게 바스락거리는 하얀 편의점 비닐 봉투가 눈에 들어왔다.

나는 핸드폰을 뒤늦게 꺼내어 그 위로 불빛을 비추어 보고는, 묶인 부분을 찾아 풀어냈다. 바람이 대중없이 사방으로 부는데도 문득 봉투 안쪽에서 맛있는 냄새가 났다.

아.

황당한 실소가 흐를 듯 말 듯 하다, 결국에는 완전한 웃음으로 흘러나왔다. 손이 저절로 그 애에게 전화를 걸었다.

신호음이 몇 번 울리기도 전에 여보세요, 하는 소리가 났다.

"박우경. 갑자기 이거 뭔데."

― 보면 모르나. 공주 니 좋아하는 델리 만쥬잖아.

우리 동네 편의점에서는 팔지 않으니, 읍내에서부터 사 온 것이다.

아까 오랜만에 제 큰형이 온다고 저녁 일찍 집에 가 놓고.

― 큰형이랑 밥 먹고 피시방 갔다 오는 길에 보이길래 샀다. 공주 니 줄라고.

"언제는 니 맛도 내 맛도 아니라 캤으면서."

― 솔직히 무슨 맛으로 먹는지 아직 모르겠는데…… 니는 그래도 좋아하잖아.

"……."

― 니 먹을 거 니한테 맛있으면 됐지.

"근데 참다. 델리 만쥬는 따뜻해서 맛있는 건데."

― 가시나 어이없네……. 느그 집에 전자레인지 없나. 알아

서 데워 먹어라. 감지덕지 먹을 것이지.

"우경아."

— 왜.

"……아무것도 아니다."

— 아무것도 아니면 빨리 들어가라. 바람 소리 다 들린다. 춥다.

"박우경 지나 잘하지……."

— 난 페달 존나 밟아서 더운데. 개힘들다. 하 씨발 만쥬 새
끼 그냥 사시 발걸…….

나는 어이가 없어서 웃었다.

"니네 집까지 어느 세월에 올라갈라고."

— 몰라. 가다가 귀찮으면 걍 할머니 집에 엎어져 잘라고.

"맞나."

— 내 손 시리니까 이제 끊어라. 빨리 들어가고.

제가 전화를 끊지 않는 한 내가 집으로 들어갈 것 같지 않
았는지, 박우경은 다른 때보다 조금 더 야멸차게 전화를 뚝
끊었다.

그래도 여전히 웃음이 나왔다. 나는 비닐 봉투 안쪽으로 손
을 뻗었다. 닫혀 있는 종이봉투를 열자 냄새가 조금 더 진해
졌다.

청라로 넘어오기도 전에 진작 다 식었을 작은 빵을 하나 꺼
내어 깨물었다. 아이스크림처럼 차가운 슈크림이 달콤하게 혀
끝을 적셨다. 종이봉투 옆에는 내가 좋아하는 편의점 커피 하
나가 같이 들어 있었다.

나는 아예 대문 옆 널찍한 바위에 앉아서 커피까지 꺼내 마셨다. 봉투 안의 차가운 빵들도 야금야금 먹었다.

지나가는 매서운 바람에 아빠의 말들이 날아갔다. 엄마의 죄책감과 원망도 사라졌다.

멍하니 음식을 씹고 있다 보니 줄곧 배가 고팠다는 것을 알았다.

너는, 가끔 나보다 나를 더 잘 알았다.

충동처럼 빈 봉지를 들고 일어난 나는 집 안으로 돌아가는 대신 윤태희가 제 자전거를 처박아 놓은 집 뒤로 빠르게 걸어갔다. 걸어가는 길에 패딩 점퍼 아래에서부터 지퍼도 단단히 채웠다.

윤태희가 입대 전에나 타던 건데 바퀴가 멀쩡할까? 모르겠다. 박우경이 정말로 할머니 집에 갔을까? 그것도 모르겠다.

자전거를 탈 줄 모르는 건 아니었지만, 나는 어릴 때 자전거에 보조 바퀴를 달고도 대단한 재주로 넘어지고는 했다. 5학년 때는 박우경이랑 두 발 자전거를 타고 내달리다 둑 아래로 굴러떨어진 적도 있었는데, 자전거만 멀쩡하고 나는 많이 다쳤다.

내 자전거는 그다음 날 사촌 동생 것이 됐다. 그 뒤로 자전거와 관련된 기억이라고는 죄다 그 애와 윤태희의 자전거를 얻어 탄 일뿐이었다. 이런 바람 속에서는 평생 자전거를 타 본 적도 없었다.

그래도 가고 싶었다.

나도 그 애를 놀라게 해 주고 싶었다. 그 애가 두고 간 봉투를 풀어 보던 순간의 기쁨을 알게 해 주고 싶었다. 네가 날 지금 얼마나 행복하게 했는지, 나도 알려 주고 싶었다.

네가 보고 싶었다.

나는 자전거 손잡이의 차가운 감촉에 소스라치면서도 비틀거리는 자전거 위에서 페달을 굴리기 시작했다.

바람이 이따금 아주 크게 불 때마다 얄따란 비퀴 아랫축이 휘청거렸다. 그럴 때마다 페달을 더 세게 밟았다.

집에서 지나온 가로등이 많아지면 많아질수록 웃음이 나왔다. 멀어지는 것이 좋았다.

다들 나보고 자전거를 못 탄다고 했는데, 아무리 봐도 얼추 잘 타는 것 같았다. 오랜만에 자전거를 탄 애치고는.

아마도 그래서 자만했을지도 모른다. 한밤중이라 쌩하니 지나가는 차를 피해 국도 변에서 자전거를 몰던 나는 도로 위에 떨어져 있는 부서진 시멘트 벽돌에 그만 균형을 잃고 남의 밭 창고 뒤로 떨어졌다.

눈을 깜빡거리며 밤하늘을 올려다보는 순간에는 어떤 감상도 들지 않았다. 그러다 그냥 내가 되게 멍청해서 좀 재미있었다. 자전거는 진짜 못 타는구나.

여기가 밭이 아니라 다행이었다. 그나마 한때 퇴비를 뿌렸던 땅에 떨어지지 않아서.

국도로 도로 기어올라 가려니 도무지 자전거를 같이 들고 올라갈 수 없어서, 나는 자전거를 얌전히 창고 벽에 기대어 놓았다. 그러지 않으면 마당을 가로질러 대문을 통해 나가야 했는데 다들 자는 중인지 집이 어둑했다. 아침에 날이 밝으면 찾으러 오지, 뭐.

나는 아무렇지도 않게 짧은 비탈을 기어올라 와 패딩에 묻은 흙을 툭툭 털었다. 그리고 다시 슬리퍼를 끌며 걷기 시작했다. 집에서 많이 멀어졌기에 그 애 할머니 집까지는 금방이었다.

멀리서 불빛이 보였다. 그 애가 있었다. 나는 그제야 핸드폰을 꺼내어 전화를 걸었다.

– 무슨 일인데.

이 시간에 저한테 전화할 일은 웬 심각한 용무밖에 없을 것처럼 심각한 인사였다.

– 뭔데, 윤차희. 니 설마 아직도 밖에 있나? 아까 전화한 게 언젠데…….

"우경아."

– 우경이고 나발이고 무슨 일이냐니까.

"잠깐 나와 봐 봐."

– 뭐?

"내 지금 니네 할머니 집 앞이다."

– 어?

나는 불빛을 본 뒤로 아주 천천히 걸어갔는데, 내 말을 들은 그 애는 금방 대문 밖으로 나왔다. 어두운 길 위에서 날 발견한 박우경의 얼굴이 왈칵 일그러졌다.

"야!"

그대로 전화가 뚝 끊겼다.

"윤차희 니 진짜 미쳤나. 뭐 하는 짓인데? 여까지 니 혼자 걸어왔다고?"

"그럼 니 보고 싶다는데 우리 아빠가 태워 주겠나."

"⋯⋯."

박우경이 순간 할 말을 잃고 멍청하게 날 보다 더듬더듬 입을 열었다.

"아니 씨발⋯⋯. 왜 갑자기 이딴 도라이 같은 짓을 하고 자빠졌노. 지가 언제부터 내를 그렇게 보고 싶어 했다고⋯⋯. 존나 어이없네."

"맞나."

"⋯⋯야. 내가 진짜 보고도 믿기지 않아서 묻는 건데 설마 니 맨발에 슬리퍼 신고 온 거가."

"어쩌다 보니까."

"⋯⋯씨발 이거 피가?"

"아."

떨어질 때 다친 모양이었다. 왜 못 봤지. 내 발이 아닌 양 무덤덤한 시선이 아래를 향했다. 아닌 게 아니라 발은 진작부터 얼어붙어 감각이 없었다. 동상인가 보다.

고개를 들기도 전에 그 애가 내 앞에 쭈그리고 앉아 발을 살피는 것이 보였다. 나는 그 애의 정수리를 물끄러미 내려다보다 물었다.

"우경아."

"부르지 마라. 지금 존나 빡쳤으니까."

"나 여기서 자고 갈래."

"……."

#33. 열아홉, 그 나전칠기 장롱이 있는 방에서

침묵이 우리 사이를 가로질렀다.

생각해 보니 물어본 게 아니라 통보다. 자고 가도 되나? 분명히 그렇게 물어보려고 했는데……. 뭐가 됐든 그 애는 고개 한 번 들지 않은 채로 내 발등만 매만지고 있었다. 대답도 없었다.

나는 바보처럼 살짝 초조해졌다. 안 들렸나? 아니면 듣고도 일부러 모른 척하는 걸까?

박우경이 좋아할 줄 알았다. 밤마다 나랑 헤어지는 걸 아쉬워하는 애니까.

밤늦게까지 함께 있어도 기껏해야 내 손이나 잡고 있으면서, 그 손 놓는 것도 싫어하니까.

그러니까 귀가 새빨개져서는 또 얄궂은 말이나 한다며 날 타박할 거라고. 속으로는 좋으면서 괜히 미친 가시나라고 욕이나 할 거라고.

그러면 얼굴 여기저기에 뽀뽀도 해 주고 놀려 먹으려고 했는데.

밑에서 뭘 하고 있는 거 같긴 한데, 눈으로 보지 않으면 그 애가 뭘 하는지도 알 수 없을 정도로 발에는 아무런 감각이 없었다.

핸드폰 불빛에 내 빨간 발끝과 박우경의 손이 어른거렸다. 그 애가 아래로 내뱉은 한숨이 내 발등에 내려앉지 못하고 바람에 휩쓸려 멀리 날아갔다.

"……짜증 난다, 진짜."

그러다 줄곧 조용하던 그 애의 입에서 말이 툭 떨어졌다. 커다란 손이 천천히 내 발끝을 감싸 쥐었다.

"……윤차희 니 때문에 짜증 나 미치겠다."

"……맞나……."

나는 조금 풀이 죽었다.

"……집에 도로 가까?"

"내가 니 짜증 난댔지, 니보고 끄지랬나."

핸드폰 불빛이 사라졌다. 내 발을 한 번 꽉 쥐었다 놓은 그 애가 몸을 일으켰다.

"……진짜 우경이 니 보고 싶어서 온 건데."

"……."

"거짓말한 거 아닌데……."

박우경이 알 수 없는 눈으로 나를 응시했다.

오해하지 말라고 말하고 싶었다. 단지 당장 도망쳐 나올 곳이 필요해서 여기로 온 게 아니라고. 꼭 집에 무슨 일이 있어야만 이런 밤에 정신이 나가 널 필요로 하는 게 아니라고.

무서워서, 괴로워서 네가 보고 싶은 게 아니었다고.

그냥 네가 두고 간 델리 만쥬 한 봉지가 너무 맛있었고, 네 덕분에 오늘 처음으로 배가 부르고, 행복했다고⋯⋯.

네가 날 위해서 이 어두운 밤에, 반대로 불어오는 바람을 뚫고 자전거를 달려온 게 좋아서. 네가 고생한 만큼 내가 행복해져서. 네 말대로 난 못됐으니까.

그래서 나도 똑같이 해 주고 싶었다. 줄 건 아무것도 없지만.

내 시간만큼 널 조금 행복하게 해 주고 싶었다. 잠깐이라도.

"사실은 니한테 화난 거 아니다. 윤차희 느그 집에 화난 거지."

"⋯⋯."

가만히 날 내려다보던 눈이 떠났다.

"그래도 남의 부모 욕은 하는 거 아니니까."

"⋯⋯."

"일단 들어가자. 니 발 얼음이다. 만져 보니까 약하게 동상 걸린 것 같은데 따뜻한 물에 넣고, 아, 그것도 못 하게 다쳤제. 피 나니까."

"우경아."

"왜."

대꾸만 했을 뿐 내 말은 들을 생각도 없는 것처럼 끌고 가는 힘이 퍽 단호했다. 내 손이 아닌 팔을 잡아끄는 손에서 여전한 화가 느껴졌다.

박우경은 내 앞에서 한 번도 소리 내어 말한 적 없지만, 사실 내 부모를 싫어한다.

매일 술이나 마시는 아빠. 매일 그런 아빠를 붙잡고 울고 사정하고 비난하는 엄마. 매일 밤 싸우는 우리 집. 갑자기 하루아침에 떠안은 가난.

이제는 마치 형편없는 부모처럼 보이는 그들.

현실에 정의를 내리는 건 언제나 쉽다. 틀린 말도 아니었다.

아빠는 매일 술을 마시고 엄마는 매일 울었다. 그토록 짧은 한 줄 속에서는, 아빠가 원래는 어떤 아빠였는지 보이지 않는다. 나조차도 대체로 잊어버렸다.

세 살배기 딸을 품에서 한시도 놓지 않고 다녔던 어떤 시절의 아빠도. 어쩌다 하루 쉬는 날을 초등학생 아들과 나란히 앉아 온종일 비디오 게임이나 져 주며 허비하던 아빠도.

아빠가 없는 우리 가족의 수많은 사진도, 사진 바깥의 아빠도.

엄마가 얼마나 우리를 다정하게 키웠는지. 자기가 받아 본 적도 없는 절대적인 사랑이 도대체 엄마의 인생 어디에서 나서, 우리에게는 그렇게 많이 쏟아 줄 수 있었는지…….

그런 것은 현실 어디에도 없다.

밤늦게까지 창고에서 일하다 돌아와서는, 제가 힘들어 보이면 우리가 어리광을 부리지 못할까 봐 늘 환하게 웃는 낯으로 오빠와 나를 안아 주었던 사람. 그 긴 시절의 엄마도 이제 그저 그런 한 줄에 갇혀 있었다.

창문 너머로 아빠와 엄마가 싸우는 소리를 박우경이 처음 들었을 때 지었던 표정을 기억한다. 내 입으로 우리 집에 어떤 일이 있었음을 전해 듣는 것이 아니라, 실재하는 소리를 들었던 순간.

유달리 크게 싸운 날이었다. 불빛이 없어 서로의 얼굴도 잘 보이지 않는 집 뒤편에서, 나는 그 애의 얼굴에 잠시 떠오른 선명한 경멸을 보았다.

내가 저를 바라보는지도 모르고 우리 집 벽 너머를 파르라니 응시하던 눈이 날 향해 돌아오는 찰나 부드러워졌다.

'자주 저러시나.'

'아니. 저 정도는……'

'……그래. 그건 다행이다.'

날 별로 믿는 것 같지도 않은 어조였다. 여기는 시끄럽네. 딴 데 가자. 대수롭지 않게 돌린 말끝에 가시가 있었다.

나는 그때 부끄러웠던가? 모르겠다. 그냥 얼른 그 애를 데리고 집으로부터 멀어지고 싶었다.

그러면서도 마음 한편에서는 아빠를 아주 오랜만에 변호하고 싶은 기분이 들었다. 사실 엄마의 변명 따위는 생각해 놓지도 못했다. 아빠의 노성 속에서 엄마의 울음은 그저 불쌍하게 들렸으니까.

피해자에게는 변명이 필요 없었다. 그러다 그 애가 진입로를 내려오며 문득 말했다.

　'차희야.'
　'응.'
　'소리 내서 우는 사람이 다 불쌍한 건 아니다.'
　'……'
　'눈물도 어떨 땐 학대거든.'
　'……뭐?'
　'그렇게 울고 싶어도, 울 수도 없는 사람도 있으니까.'
　'……'
　'너무 니네 엄마 슬픈 것만 생각하지 마라. 그러는 니
　는 안 슬픈 것처럼.'

울고 싶다고 다 울면 그게 어른이가? 초등학생 박우경이 지나가듯 했던 말이 같이 떠올랐다. 그러는 저는 어른인 양, 양호실에서 붕대를 감으며 으스대던 어조에 갑자기 웃음이 났다.

그러게. 어른들도 가끔 너무 힘들면, 어린애가 되기도 하나 보다. 나이를 먹다 보면 삼키고 참을 수 없는 눈물도 있으니까.

웃음이 금방 사그라졌다.

"지가 불러 놓고 말이 없노."

"……화 많이 났나?"

"어."

"……내 진짜 괜히 온 거가."

"니가 내한테 안 오면 누구한테 갈 건데."

"……."

"니한테는 화 안 났다."

나한테도 화난 것 같은데. 박우경은 바람이 쾅 닫아 버린 대문을 말없이 열었다.

정원에 듬성듬성 켜진 어스름한 불빛이 그 애의 옆얼굴을 잠시 비추었다. 마치 이를 갈고 있는 것만 같은 표정이었다.

네가 몰라서 그래. 그냥, 아빠가 그럴 만한 일이 있었어. 엄마도 그럴 만한 일이 있었어. 외삼촌이, 이모들이, 외할머니가, 우리는…….

생각할수록 설명하는 게 조금 우스워졌다. 엄마가 옛날에 죽으려고 했대. 윤태희랑 나한테 돈 몇 푼 주자고……. 나는 말의 범람 속에서 입을 다물었다.

내가 하고 싶은 말은 이런 게 아니었다.

좀 더 평범하고 좋은 말들. 그 애가 내게 주었던 그 행복한 기분과 같은 것들.

그 애가 도어 락을 빠르게 눌러 현관문을 열었다. 그러고는 여전히 날 돌아보지 않은 채로 집 안으로 끌고 갔다.

얼음 표면에 손을 갖다 대면 불쾌하게 달라붙듯이, 내 얼어붙은 피부 위에도 실내 온기가 따갑게 달라붙었다.

"근데 왜 이러는데."

"……."

"박우경. 나한테 화도 안 났다면서."

그냥 나 좀 봐 주지. 나 좀 안아 주지. 내가 자고 간다고 했는데, 변태같이 이상한 상상이나 해 주지. 그럼 우리는 지금쯤 뽀뽀나 실컷 하고 있을 텐데.

"……윤차희 니 같은 애가, 오죽했으면."

"……."

"오죽했으면 이 시간에 이 꼴이 되도록 집에서 뛰쳐나오게 만들었나 싶어서. 얼마나 급했으면 이런 한겨울에, 지가 맨발인지도 모르고."

"……."

"니네 집이 너무 싫어서…… 이게 화난 거가?"

박우경이 자조하듯 되뇌었다.

"니네 아빠도, 엄마도 어쩔 수 없겠지. 계속 새로운 사정이 있겠지. 안다."

"……."

"근데 그게 왜 니 사정이 되는데? 왜 나는 니한테 아무것도 아니어서, 아무것도 못 해 주는데? 왜 내가, 니한테 아무것도 아닌데."

"……우경아."

"이렇게 좋아하는데. 니한테 다 해 주고 싶은데. 다 퍼 주고 싶은데. 씨발, 존나 멍청한 가스나가, 지 발에서 피가 나는 줄도 모르고……. 이렇게는 안 왔으면 좋겠는데……."

"……."

"니가, 내 안 보고 싶어 해도 되니까…….."

네가 날 위해 누구를 원망하든, 적어도 지금 흘러내린 눈물은 오로지 너의 탓이었다.

"왜 우리가 아무것도 아닌데. 차희야."

나는 내 팔목을 단단히 잡아끌던 그 애의 손을 반대로 낚아채 내게로 잡아당겼다.

온 인생을 뒤흔드는 충동이었다. 온 인생이라고 해 봐야 나는 고작 촌구석에 틀어박혀 자란 열아홉 살짜리 여자애였고, 네게 무엇도 줄 게 없지만.

그래도.

요령 없이 마주친 입술에 박우경의 숨이 멎었다. 우리가 몇 번이나 키스를 해 봤다는 게 믿기지 않았다.

나는 그 애의 목을 온 힘으로 끌어안았다. 까치발을 하고, 딴에는 억센 힘으로 두 팔을 감았다. 얼른 네 숨을 달라고 입술도 깨물었다.

나 혼자서 숨을 쉬기에는 세상에 산소가 부족한 기분이라서.

이런 유치한 말을 해 봐야 그 애는 일단 자기가 내뱉는 숨이 이산화탄소라 내 호흡기에 별로 도움이 되지 않으리라는 사실을 분명히 할 것이다. 저는 나더러 입만 열면 분위기를 깬다지만, 내가 보기에는 그 애도 그랬다.

하지만 나는 네 숨이 좀 유독한 것이라도 좋았다. 그게 네가 내게 주는 것이면.

정신없이 서로를 찾아 부딪히다 잠시 떨어지는 입술 사이로

266

나직한 욕설이 흘렀다. 그 애가 내 허리를 달랑 들고는 뒤돌아 긴 복도를 성큼성큼 걸어갔다.

눈을 감고 있어도 알 수 있었다. 익숙한 나전칠기의 향, 경대 거울의 모양, 우리가 함께 자라며 놀았던 그 방.

방바닥의 따뜻한 온기를 머금은 두툼한 비단 금침 위로 내 몸이 닿았다. 눈을 가늘게 뜨자 문갑 위 스탠드만 어슴푸레 불을 밝힌 어두운 방 안이 시야에 들어왔다.

목 끝까지 잠겨 있던 지퍼가 휙 내려갔다. 박우경이 소매 안쪽에서 내 팔을 부드럽게 꺼내고, 허리를 한 팔로 받쳐 들며 그 밑에 깔려 있던 패딩 점퍼를 제 발로 멀리 밀어 버렸다. 등이 따뜻하게 달아올랐다.

입가에 자잘한 키스가 내려앉다 젖은 뺨을 타고 올라가 눈가에 닿았다. 다시 미약한 한숨이 흘렀다. 마치 그럴 줄 알았다는 듯이.

나는 문득 아무런 맥락도 없이 엄청난 용기를 얻었다.

박우경의 손을 대뜸 잡아당겨 내 가슴 위에다 올렸던 것이다. 그 애가 맥없이 실소했다. 어이가 없는 모양이었다.

별 쓸모도 없는 눈물 같은 건 까먹으라는 뜻이었는데, 아무런 보람도 없었다. 가슴을 스치고 올라간 손이 그대로 내 목 뒤를 움켜쥐고 받쳤다.

천천히 서로의 이마가 닿았다.

"……윤차희 니는 이렇게 힘들 때만 내가 보고 싶잖아."

"……."

"아프고 외로울 때만 내가 보고 싶잖아."

"왜 그렇게 생각하는데?"

"니는 그 지경 아니면 공부만 하기도 바쁘다이가. 계속 참다가, 아무리 참아도 안 참아질 때만 어쩔 수 없이 내 찾잖아. 죽을 것 같을 때, 숨이나 한 번 쉴라고."

"……."

"내가 제일 싫을 때가 언제인 줄 아나. 내가, 윤차희 니 아프기만 기다리고 있는 것 같을 때. 니가 힘들어서 나한테 오는 거 알면서, 그래도, 나랑 같이 있고 싶어 하는 게 좋아서……."

"……."

"아까 거짓말했다. 니가 내 안 보고 싶어 해도 된다고."

박우경의 괴로운 손끝이 내 눈가를 조심스럽게 문질렀다. 그 애의 숨이 폐부를 돌처럼 굴러다니는 것 같았다.

여태껏 내가 먼저 저를 찾으면, 박우경은 늘 그렇게 생각해 왔을까?

사실은 내가 저를 보고 싶어 하지 않을 거라고.

"니가 아무 일 없어도 내가 보고 싶었으면 좋겠다. 차희야."

"……."

"니한테, 아무 일도 없었으면 좋겠다."

마치 그래서 내가 제게 몸을 던지기라도 하고 있다는 양, 그 애가 내게서 몸을 떨어트렸다. 나는 절박하게 그 애의 팔을 붙잡았다.

"아무 일도 없었다."

"……."

"오늘은, 아무 일도 없었다. 진짜로."

조금 더 정확히 말하면 아무 일도 없었던 것만 같은 기분이었다. 그 애 때문에.

박우경이 멍하니 날 바라보다 물었다.

"근데 왜……."

"그냥 니가 너무 보고 싶어서 온 거라고 했다이가. 아까도 말했잖아……."

"……공주 니 진짜 미쳤나?"

믿지 않는 게 답답했다. 증명처럼 고개를 살짝 들어 턱 끝에 입을 맞추자 그 애가 마치 자기는 원하지 않는 대단한 희롱을 당한 것처럼 갑자기 고개를 홱 틀었다.

박우경의 거부가 너무 결연해서 기분이 상할 뻔했다. 그러다 스르르 풀렸다.

아까 밖에서는 보고 싶다는 말에 별 반응도 없더니, 지금은 귀가 온통 새빨갰다. 나는 그 뜨거운 귀에도 뽀뽀했다.

"박우경 니가 델리 만쥬 사다 줬잖아."

"……꼴랑 그거 한 봉지 사다 줬다고 지금 이런다고? 말 되나?"

"응."

"그럼 내가 여태까지 한 헛짓거리는 다 뭔데? 꼴랑 델리 만쥬나 한 봉지 사다 주면 되는 애한테 내가 대체 뭐 한다고……."

"멍청하게 헛짓거리한 거지, 뭐⋯⋯."

"그럼 뭐가 그렇게 급했는데? 발이 그따위가 되도록 급할 게 뭐가 있어서⋯⋯. 아 씨발!"

"아 깜짝이야!"

"미친 새끼가, 어떻게 그걸 까먹지, 씨발⋯⋯."

내 위에 엎드려 있던 박우경이 미친놈처럼 중얼거리다 갑자기 날 내팽개치는가 싶더니, 그대로 방을 나가 버렸다.

문가를 황당하게 바라보던 눈이 미약하게 열이 돌기 시작한 발을 보았다. 빛이 그리 밝지 않았으므로 시뻘겋게 변한 피부도 여기저기 남은 생채기도 희미했다.

감각은 순차적이었다. 통증이 느껴지는 것보다 발 전체를 울리는 맥박을 인지하는 게 더 빨랐다. 발을 허공에 살짝 치켜들고 시험하듯 까딱거려 보는 사이, 복도에서 발소리가 다시 가까워졌다.

나더러 들으라는 양 아주 신경질적인 소리였다.

"윤차희 진짜 이 개도라이 같은 게!"

"아 소리는 왜 지르는데?"

"니 발바닥 뭔데? 도대체 오면서 무슨 개끄르지 같은 짓을 했길래 복도에 피로 칠갑을 해 놨냐고."

"⋯⋯아까 발바닥도 다쳤나? 미안. 피는 내가 나중에 닦을 게."

"내가 지금 복도 더러워졌다고 이 지랄 하는 거 같나, 니는."

"아니, 나는 진짜 몰랐는데⋯⋯. 알았으면 입구에서 닦고 들어왔지."

"씨발, 발이 얼마나 얼어야 그것도 모르냐고……."

불을 켜고 내 발치에 풀썩 주저앉은 그 애가 내 발을 제 무릎 위에 올리고 상자를 열었다.

밝아지니 다 늘어난 맨투맨 티셔츠에 하늘색 수면 바지나 입고 온 내 우스꽝스러운 꼴이 갑자기 적나라하게 보였다. 헐렁한 수면 바지가 거꾸로 종아리까지 쓸려 내려가 다리가 조금 더 드러난 것도.

정작 교복을 입을 때에 비하면 아무것도 아닌데도……. 괜히 이제 와 부끄러워져서 슬쩍 뒤로 몸을 뺐다.

그러나 커다란 손이 내 발목을 손목 틀어쥐듯 잡아당겼다. 나만 부끄러운가? 나만 이상한 생각을 하는 걸까?

짐짓 찌푸리고 있는 미간이 심각해 보였다. 내 발바닥을 들여다보는 그 애를 견디기가 어려웠다. 혹시 별로 안 좋은 냄새가 나면 어쩌지?

박우경이 이를 악물고 말했다.

"……공주 니 발바닥 다 찢어졌다. 아나?"

"응."

"응, 은 지랄. 내가 말해 줘서 아는 거면서. 아니 씨발, 도대체 무슨 짓을 하면서 걸어와야 발을 이 꼬라지로 만들 수 있노? 니 인간 아니가? 이족 보행 안 하나?"

나는 대답을 고민했다. 그러나 무차별적인 질책이 계속됐다.

"아무리 발이 얼어서 감각이 없다 쳐도, 지가 뭐에 걸려 넘어지는지는 알아야 할 거 아니가. 뭘 밟았으면 밟은 거는 알아야 될 거 아니가? 눈이 두 개나 있다이가. 니 눈 뭐 하는데?"

"……아!"

"누워 있는 주제에 이상한 소리 내지 마라. 기분 이상하니까."

알코올을 발 위로 쏟아붓다시피 하는 순간 거짓말처럼 감각이 죄다 돌아왔다. 반사적으로 눈물이 고였다.

박우경이 고문관처럼 캐물었다.

"야. 공주. 그래서 뭐 한다고 이래 됐냐고."

"그냥, 윤태희 자전거 타고 오다가 좀 넘어져서……."

"……니가? 자전거를 탔다고?"

"그러니까 빨리 왔지……."

"……바람이 이렇게 부는데? 자전거를 유치원생보다 못 타는 게?"

"……유치원생 수준은 아닌데. 아까 보니까 내 좀 잘 타던데."

"그래서 자전거는 우쨌는데. 저기서부터 없던데."

"그거는……."

사실 도로 위에서 넘어졌다고 자전거를 거기에 버리고 오는 건 말이 안 됐다. 어쩔 수 없이 실토하려는데, 그 애가 수면 바지에서 문득 이상한 흔적을 발견한 것처럼 내 오금을 잡아 제 쪽으로 획 당겼다. 온몸이 맥없이 끌려갔다.

"……바지에 무슨 모래랑 풀 같은 게 묻어 있는데? 어디서

굴렀나?"

"갑자기 오는 차 피하다가……. 걍 도로 밑으로 좀 굴러떨어졌다."

"……."

"그때 슬리퍼가 벗겨지는 바람에 글케 됐나 봐. 근데 별로 아프지가 않아서."

악! 말이 채 끝나기도 전에 비명이 터져 나왔다. 그러나 내가 아무리 아프다며 버둥거려도 단단히 잡고 발 여기저기에 포비돈을 바른 그 애가 순식간에 드레싱까지 끝냈다.

"윤차희 니 진짜 자전거 한 번만 더 타면 죽인다."

"……니 내 좋아한다매."

"어. 그래서 지금 니 죽이고 싶은 거다. 벗어라, 바지."

"니가 미친 거 아니가?"

"뭐라카노. 빨리 건조기 돌려서 털게."

"아."

"아줌마가 이상하게 생각하실 수도 있잖아."

"근데 내가 벗으면 우경이 니가 이상한 생각을 할 수도 있잖아."

"하…… 하고 있는 꼬라지도 별 그지 같은 게 자신감은……."

답이 없다는 듯 고개를 젓는 꼴을 보자 문득 오기가 치솟았다. 지는 무슨 자신감으로?

나는 박우경을 빤히 바라보며 구름 캐릭터가 가득한 수면 바지를 끌어 내렸다.

"윤차희 니, 니 지금 뭐 하는데."

"니가 벗으라매."

"아니, 씨발……. 그걸 내가 보겠다고는 안 했다이가."

벗으라고 할 땐 언제고 온 얼굴이 시뻘게진 꼴을 보자 기분
이 좋아졌다. 그래서 태연히 몸을 일으키며 맨투맨도 벗었다.

박우경이 내 눈을 노려보았다.

"니 진짜 죽고 싶나."

"오늘 여기서 자고 간다고 했잖아."

내 양 무릎 위에 있던 손이 갑자기 허리 뒤를 받치는가 싶더
니 내 온몸을 무너뜨렸다.

귓가로 거칠게 쏟아지는 숨과 달리 몸을 어루만지는 손끝이
덜덜 떨고 있었다.

박우경은 이럴 때마다 정말이지 생긴 값을 하나도 못 했다.
처음 내 속옷을 본 것도 아니면서. 똑같은 방에서, 똑같은 이불
위에서 제 손으로 내 티셔츠를 들친 적도 있으면서.

그 애가 마치 그때처럼 손을 떨었다. 제 손이 날 망가뜨릴까
무서운 것처럼.

"……윤차희 니 후회 안 하나."

"안 할게."

다 후회하더라도, 지금 이 순간만은. 네가 너무 보고 싶어
견딜 수 없을 만큼 행복했던 오늘만은.

그 애의 낯이 내 목을 어설프게 파고들었다. 그렇게 우리의

세상이 조금씩 뒤집혔다. 와중에도 갑자기 안 타던 자전거는 뭐 하느라 탔느냐고 잊지 않고 힐난하는 게 우스웠다.

너 때문에 짜증 나 미치겠다고. 죽을 것 같다고. 가끔 윤차희 네가 너무 밉고, 싫다고…….

내가 싫다는 남자애를 안고, 그냥 널 더 빨리 보고 싶어 그랬을 뿐이라고 속삭이는 일은 사실 좀 재미있다. 말 그대로 죽을 것 같은 얼굴이 되니까. 박우경은 마치 내가 모르고 있던 죄를 고백하듯 말했다.

사실은 윤차희 너를 너무 많이 좋아한다고. 하나도 밉지 않다고. 싫지 않다고. 네가 좋아서 죽을 것 같다고…….

잔뜩 안달이 난 입맞춤에 정신이 점점 꺼져 들어갔다. 바람에 잠시 날아갔던 아빠와 엄마의 말들이, 바람 한 점 없는 방에서 더 먼 곳으로 사라졌다.

정해진 이야기처럼 우리의 연애는 막을 내릴 것이다. 우리는 아직도 어리니까, 어쩌면 슬픔이 길지도 않을 것이다. 어리기 때문에 서로의 무엇도 될 수 없다고 네가 말한 것처럼. 우리는 결국 무엇도 아닌 채로 끝날 것이다.

시간이 많이 흐른 뒤에도 너는 이날을 기억할까? 네가 내게 잘해 주었던 날은 수도 없이 많지만, 내가 네게 잘해 주었던 날은 별로 없었다. 너는 수도 없이 나를 찾아왔지만, 나는 몇 번 그러지 못했다.

그래도 이런 날이 있었다고, 내가, 널 빨리 보고 싶어 바보처럼 자전거를 타고 오다 굴러떨어진 이런 겨울밤도 있었다고.

우리의 처음이 그런 날이었다고. 내가, 어떤 순간에는 널 아주 많이 좋아했다고…….

우경아. 나는 널 너무 좋아해. 혹시, 나중에도 내가 너 이렇게 좋아했던 거 기억해 줄래? 그 애의 몸이 겹쳐 드는 완전한 순간 속에서, 내뱉을 수 없는 말이 허공으로 찬찬히 흩어졌다.

속여서 미안해.

사실은 네가 날 좋아하는 것보다, 언제나 내가 널 더 많이 좋아했어. 오늘처럼.

"야. 괜찮나, 진짜."

"이제 괜찮다고 몇 번을 말하노."

"이래 니 발로 걸어 다녀도 되냐고."

"평생 내 발로 걸어 다녔는데?"

"아니, 오늘은 발도 많이 다쳤고 아까 그, 그, 우리 처음……."

우리가 무슨 짓을 했는지 지 입으로 말도 못 할 거면서.

내가 세면대에 엎드려 세수를 한 번 더 하는 동안, 박우경은 내내 욕실 안을 서성거렸다. 나는 아랑곳하지 않고 선반 안쪽에 숨겨져 있던 칫솔을 꺼내어 입에 물었다.

"괜찮으니까 좀 가라."

"괜찮으면 아까 왜 울었노."

"아까는 아까고 지금은."

"가스나 존나 웅얼거려서 뭐라는지 하나도 모르겠다."

"……하."

"울었으면 안 괜찮은 거라니까?"

이제는 아예 옆에 서서 대답을 닦달한다. 거기에 대고 대답을 해 봤자 더 웅얼거리는 소리만 나와서, 그냥 이를 빨리 닦았다.

한 번 잤다고 자기가 내 시중이라도 들어야 하는 줄 아는지, 입을 헹굴 때가 되니 대뜸 컵에 물을 담아 내미는 손이 전에 없이 공손했다. 헛웃음이 나왔다.

어쩔 수 없이 양치 거품을 문 채로 웃고 있으니 슬그머니 저도 씩 웃는 얼굴이 귀여워 보였다.

저게 귀엽다니. 나는 고개를 살짝 털고 입을 헹궜다. 내 손에서 빈 컵을 가져간 박우경이 이제 수건을 내밀었다. 또 헛웃음이 샜다.

하지만 날 살피는 얼굴은 다시 진지해졌다.

"윤차희 니가 얼마나 독한데……. 니는 아파서 죽을 지경 아니면 울지도 않는다이가."

"……박우경 니는 내를 뭘로 보는 거고?"

"존나 지독한 가시나."

"……."

"피도 눈물도 없는 줄 알았드만 발에서 피도 줄줄 나고 눈에서 눈물도 존나 나네. 니도 인간이었다……."

"닥치라. 그냥."

"……하, 공주 니가 꼬신다고 넘어가는 게 아니었는데."

한숨이나 쉬며 욕실을 나오자 졸졸 쫓아오는 게 성가셨다. 하는 짓만 보면 나한테 돌이킬 수 없는 죄라도 지은 것 같다. 말은 내가 꼬여 냈다고 해 놓고.

넘어가 봐야 지가 뭘 얼마나 넘어왔다고. 결국 좀 하다 말았으면서…….

아까 우리는 이불 위에서 비슷한 대화를 도돌이표처럼 했다. 몸을 겹친 채로 어설프게 그러기도 했고, 결국 이도 저도 아니게 나란히 누워서도 그랬고, 한참이나 서로를 껴안고 있을 때도 그랬다.

그렇게 바보처럼 밤을 새웠다.

원래 아픈 거다. 처음이니까. 괜찮다. 그렇게 내가 말하면 박우경은 아픈 게 어떻게 괜찮을 수 있냐고 묻고 늘어졌다.

아픈 건 괜찮은 게 아니라 그냥 아픈 거라고. 너는 항상 말을 이상하게 한다면서.

꼭 그렇게 모든 말을 똑바로 해야 속이 시원한가? 너 때문에 아파 죽겠다고 욕을 하고 지를 때려야 좋은가. 이해할 수 없는 남자애다. 그냥 다른 남자애들처럼 지 좋을 대로나 생각하지.

조금은 함부로 해도 되는데. 그래도 되는데. 박우경이 내게 못된 짓을 해 봐야 박우경이었다. 그러니까 잘됐다고 욕심이나 좀 채우면 어때서.

나는 정말 괜찮았는데. 내가 지를 얼마나 좋아하는데.

"……그냥 잠깐 아파서 울었다니까? 처음이다이가."

"씨발……. 개 같은 새끼. 내가 존나 미친 새끼다."

날 탓할 땐 언제고 또 지 탓이나 하느라 바쁘다. 저럴 걸 알아서 처음에는 입을 꾹 다물고 아프다는 말도 안 했다.

내색하고 싶지 않았다. 그 애가 이렇게 마음을 쓸까 봐, 제 탓이나 할까 봐 그런 것만은 아니었다. 생긴 값도 못 하고 나한테 마음만 약해서, 그냥 그렇게 어영부영 멈추고 말 것이 싫었다.

아프다고 하면 나한테 아무 짓도 하지 않을 것 같아서.

나는 끝까지 하고 싶었으니까.

아까 박우경은 끝까지 하고 싶다는 내 말에 혀를 찼다. 기껏 곱게 키워 놨드만 공주가 발랑 까졌다, 뭐다 하며 웬 노인정 할배가 말세 타령하듯 날 나무랐다. 박우경 지가 날 곱게 키운 것도 아니면서.

그러고는 뻔히 네가 아픈 걸 알면서, 저 하고 싶은 짓이나 하는 개짓거리를 할 수는 없다고 했다.

개짓거리라니. 내가 하고 싶은 게 개짓거리였다니. 아직도 조금 충격이었다.

입맛이 썼다. 대단한 일을 벌이는 양 작정했던 것에 비해, 나한테 남은 실패가 쪽팔렸다. 머릿속에 날 벗겨 먹을 생각밖에 없던 그 열아홉 먹은 남자애랑 입장이 뒤바뀐 것 같아서.

박우경은 이래도 그만, 저래도 그만인데 나 혼자 달려든 기분이었다. 세상 소중한 취급이나 하면서 제 욕심을 힘들게 참은 것은 안다. 그래도.

"난 니가 아픈 게 제일 싫다. 윤차희."

아픈 건 아무것도 아니었다. 아파도 괜찮았다. 괜찮다는 말 어디에도 거짓말은 없었다. 맹세할 수도 있었다.

나는 정말이지 박우경을 갖고 싶었다. 볼썽사나운 개짓거리라도 좋으니까.

그런데도 아까는 몸이 자꾸만 굳었다. 눈물은 거의 생리적으로 밀려 나온 것이다. 나중에는 자제가 안 됐다. 내가 상상했던 처음과 너무 달라서 울었다. 그 울음이 당황스러웠다.

박우경은 덩치가 너무 컸다. 내가 딱히 작지 않아도 우리의 타고난 덩치 차이를 어떻게 할 수는 없었다.

최대한 숨을 죽여 보았지만 몸을 겹치고 있는 박우경에게 들키지 않을 리가 없었다. 그 애가 아무것도 못 하게 된 건 당연히 거기서부터였다. 내가 얼마나 열심히 눈물을 닦고 괜찮다고 하든, 이게 싫지 않다고 다급히 말하든.

우리는 별다른 요령도 잘 몰랐다. 한 짓을 돌아보면 둘 다 바보 같았다. 어디서 주워들은 건 죄다 짧고 얕았고, 와중에도 서로 너무 부끄러운 짓은 못 하게 막기 바빴다. 그러면서 둘 다 열성이었다.

키스도, 키스 이상의 일도 벌써 여러 번 해 봤으니 우리가 제법 어른 같다고 생각했는데 아니었다. 우리는 사실 되바라진 짓도 점진적으로 해 왔다. 그런데도 박우경은 내 가슴을 마치 처음 보는 것처럼 계속 손을 떨었다. 대체 제가 언제 내 몸을 내리누르며 키스하고, 몇 번이나 내 티셔츠 밑으로 손을 밀어넣었는지 도저히 모르겠다는 듯이.

그리고 나는 그 애의 커다란 몸이 정말로 낯설어 어쩔 줄 몰랐다. 그렇게나 어설프게, 아주 열심히, 어떻게든 끝까지 갔다.

다만 그게 진짜 끝이 아니었을 뿐이었다.

얼굴에 열이 올랐다. 쪽팔리게 울지나 말걸…….

"아 자꾸 들지 마라……. 내 알아서 걷는다고."

"내일은, 아니지. 오늘이지. 나중에 꼭 아저씨 차 타고 나온나. 버스 탄다고 걷지 말고. 알겠나."

"몰라."

"나대지 말고. 어?"

욕실 입구에서 달랑 들린 몸을 버둥거리던 나는 결국 열이 잔뜩 오른 얼굴을 그 애의 어깨에 묻었다. 넓고 단단했다. 언제 이렇게 다 커서. 나는 퍽 어른처럼 생각해 봤다.

아직 티셔츠를 걸쳐 입지 않은 맨살에서 나랑 똑같은 바디워시 냄새가 났다. 콧날을 비비며 그 아래 가린 옅은 살냄새를 찾아내자 박우경이 고개를 비스듬히 숙여 내 귓바퀴를 아프지 않게 물어뜯었다.

"아, 좀 들쑤시지 말고. 기껏 참는데."

"근데 아빠 차 탈라면 잠 못 자고 일찍 나가야 되는데……."

"그럼 내가 앞에 데리러 갈게. 집에서 더 자고 있어라."

"……설마 정류장까지 이렇게 안고 갈라고?"

"내가 미친놈이가. 밖에서 이러고 다니게……. 그냥 독서실까지 나가지 말고 도서관이나 가자. 오늘은. 어차피 아무도 없잖아."

"응……."

그 애에게 안긴 채로 괘종시계를 흘끗 보자 박우경이 시간을 읽어 주었다. 세 시 이십 분. 내 발로 걷지도 못할 줄 알더니, 이제 내 눈도 안 보이는 줄 아는 모양이었다.

"발에 드레싱만 다시 하고, 조금 더 자라. 내가 네 시 오십 분에 깨워 줄게."

내가 집에서 나갔던 걸 들키지 않게 해 주겠다는 뜻이었다.

엄마랑 아빠는 농번기를 지난 겨울이면 항상 늦잠을 잤다. 그래 봐야 여섯 시 반 정도였지만. 박우경은 나랑 사귄 후로, 계절을 따라 서서히 변화하는 우리 엄마 아빠의 기상 시간도 외웠다.

사과원 CCTV가 어디 어디 고장 났고, 어떤 사각지대를 통하면 CCTV에 한 번도 잡히지 않고 우리 집 마당까지 올 수 있는지도 알고 있다.

마음만 먹으면 우리 집을 다 털어 버릴 수도 있을 텐데, 가진 게 많은 애라 다행이었다. 털어 갈 것도 별로 남지 않았지만.

"잠이 안 온다."

"나대지 말고 자라. 윤차희."

그 애는 나를 따뜻한 비단 금침 위에 누이고, 무거운 비단 이불을 끌어다 덮어 주었다.

"니 이러니까 해경 오빠 같다."

"……씨발, 뜬금없이 박해경이 왜 튀어나오노?"

"아니……. 우리 어릴 때 여기서 낮잠 자면 오빠야가 이렇게 이불 덮어 줬는데. 기억 나나?"

조금 더 정확히는 내 이불만 덮어 줬다. 제 남동생이 같이 있으면 괴롭힌다고 일부러 잘 자는 애 이불을 걷어차고 나갔으니까. 박우경은 그걸 쫓아가느라 이 방을 뛰쳐나가고, 그러다 밖에 있던 윤태희에게 붙잡혀 또 괴롭힘을 당했다.

지금 생각하면 둘 다 박우경을 귀여워한 거지만, 박우경은 언제나 씩씩대고 이를 갈았다. 자기가 크면 둘 다 가만 안 둘 거라고.

그 애가 그러든 말든 나는 대체로 잠이나 잤다. 셋이서만 노는 게 조금 서운해도, 힘들게 쫓아갈 필요는 없다고 생각했다. 그때는 시간이 언제나 박우경을 돌려준다고 생각했으니까.

혼자서 따뜻한 이불 속에서 잠들어 있다가 눈을 뜨면, 어느새 내 앞으로 돌아온 박우경이 보였다.

그 시절에는 모든 것이 단순했다. 눈앞에 보이는 게 전부였다.

내 작고 단순한 세상. 나보다 아주 잠깐 키가 작았던 대여섯 살의 박우경.

"별 그지 같은 추억 치아라. 아니, 진짜 이해가 안 되네? 지가 내랑 여기서 무슨 짓을 했는데, 어떻게 여기서 딴 놈 이름이 나오지?"

"아니, 그냥 얼굴도 닮았고……. 나보다 몇 살 많은 척하는 게……."

따뜻한 이불 밑에서 내 발을 휙 빼 가는 손이 거칠었다.

"박해경이 아직도 좋나. 니는."

"당연히 좋지. 싫어할 이유가 뭐가 있는데."

"그거 말고. 내가 박해경 대신이냐고."

씻는다고 드레싱을 벗겨 놓았던 발은 살짝 까딱거리기만 해도 따갑고 아렸다. 그걸 알아서 애지중지 대해 놓고는, 발목을 잡아 제 무릎 위에 단단히 고정하는 척 꾹 눌러보는 힘이 얄궂었다.

어릴 때 내가 태경 오빠를 좋아한다고 쫓아다니며 괴롭히던 그 못된 남자애처럼.

"아. 박우경 또 시작이다."

"가스나 니 확실히 해라. 알겠나. 형이랑 내랑 니 때문에 개 싸우고 의절하기 전에."

"진짜 도라이도 아니고……. 뭘 의절을 해, 지가."

나는 말을 다 잇지 못하고 얼굴을 왈칵 찌푸렸다. 발등부터 발가락, 발바닥까지 소독하는 손이 다시 조심스러워진 게 느껴졌다.

그래도 짜증이 나는 건 어쩔 수 없다는 듯이, 박우경도 얼굴을 찌푸렸다.

"좀 있으면 그 새끼 제대하잖아. 하…… 들어간 지 얼마 되지도 않은 거 같은데 뭐 이래 빨리 나오노."

"빨리? 오빠야 생각은 좀 다를 거 같은데."

"박해경 금마는 아무리 봐도 니가 좀 꼬시면 바로 넘어갈 거 같거든? 그 새끼 한 번씩 니 쳐다보는 눈이 존나 수상해……."

"우경아. 진짜 니는 병 있다."

나는 퍽 진지하게 말해 놓고는 이불을 목 끝까지 끌어 올리고 나른하게 이불 속을 파고들었다. 이제 박우경이 뭐라고 떠들든 졸렸다.

"여자 존나 좋아하는데 군대에서 여자도 못 만났다이가. 친구 여동생이고 뭐고 안 가릴걸. 씨발……. 박해경 나와서 보니까 니 너무 이뻐서 충격 먹으면 우짜지."

"제정신 아니네."

"하…… 근데 니도 박해경이 들이대면 좀 있다가 넘어갈 애다이가. 하여간 어릴 때부터 박해경 존나 좋아해, 진짜. 걍 둘 다 못 믿겠다."

"믿지 마라. 나중에 니랑 결혼할 여자가 불쌍하다."

"윤차희 지는 꼭 나랑 결혼 안 할 거처럼 말하네?"

"하겠나. 니랑 내랑."

"못 할 건 뭔데."

발치에서 날 빤히 쳐다보는 눈에 가시가 있었다.

발꿈치에 닿아 있던 젖은 솜이 상처를 꾹 눌렀다. 표정이 좀 못된 걸 보니 일부러 그런 게 분명했다.

"아. 아프다."

"아프기 싫으면 결혼하자."

"지랄하지 말고."

"오늘 서로 정조 뺏은 기념으로."

무슨 정조를 뺏어……. 어이가 없었다. 갑자기 싸우자는 식으로 튀어나온 청혼도.

"약속하면 앞으로 박해경 갖고 지랄 안 할게. 결혼하자. 그래. 어차피 결혼하면 인척끼리 재혼 못 하니까."

"해경 오빠랑 재혼 못 하게 한다는 거 보면 일단 나랑 이혼할 생각끼지는 있나 보네. 박우경."

"……말이 그렇게 되나? 취소다."

"내 아픈 거 싫다매. 우경아."

"……씨발, 그렇게 갑자기 이상한 목소리로 이름 부르지 말라니까."

내가 뭘 했다고 귀가 새빨갰다. 지 혼자 무슨 이상한 생각을 했는지도 모르겠다. 나는 못 본 척 중얼거렸다.

"니랑 결혼 안 하면 오빠야랑도 절대로 결혼 안 할게. 됐제."

"싫다. 박해경이랑은 당연히 안 하는 거고 나랑은 해야지."

"내년이면 둘 다 대학 가는데 인생이 어떻게 될 줄 알고……. 서울에서 사람 많이 만나 보고 생각해라."

"보나 마나 내처럼 잘생긴 새끼는 머리에 든 거 없고 내 정도 성적 되는 새끼는 다 못생겼다."

저런 말을 자아도취 한 점 없이 당당하게 내뱉는 것도 재주였다. 포비돈을 바르는 손이 대놓고 보복하고 있었지만 나는 아픈 기색 없이 그러냐 하고 고개만 끄덕였다.

"서울이라고 내보다 좋은 남자 만날 수 있을 거 같나."

"응."

"어이없네. 윤차희 지가 뭔데."

내가 아까처럼 쉽게 떼어 버릴 것이라 생각했는지, 그 애는 붕대로 내 발 전체를 둘둘 감기 시작했다.

"그래도 박우경 니보다 좋은 남자 안 만날게."

"못 만나는 거겠지."

"안 만날게. 한 마흔 먹고 이때가 제일 좋았다 생각하게."

"……어이없네? 그럴 거면 그냥 내를 만나라."

나는 박우경의 말을 은근슬쩍 무시했다. 붕대를 꽁꽁 감는 손이 점점 신경질적으로 변했다. 그래도 마무리는 결국 꼼꼼했다. 시험하듯 허공에 이리저리 괜히 차 보고 있으니, 박우경이 나대지 말라며 발목을 잡고 이불 속으로 밀어 넣었다.

"박우경 니는 안 자나."

"내가 자면 니를 깨우겠나."

그건 그랬다. 박우경은 원래 나보다 잠이 훨씬 많았다. 아예 잠들지 않아야 언제든 날 깨울 수 있었다.

"그럼 나도 안 잘래."

"공주 니는 자야지."

"왜?"

"발도 다치고, 그 내가, 니한테……."

"……그렇게 자꾸 말 못 할 거면 처음부터 꺼내지를 마라."

"……아프게 해서 미안."

이불 속에서 내 다친 발을 가만히 어루만지던 박우경이, 내가 덮고 있는 이불 위로 느리게 엎드렸다. 원래 이불 바깥에 앉아 있던 몸이라 내 골반 즈음에나 그 애의 머리가 왔다.

기다란 팔이 두터운 이불에 감싸인 나를 통째로 끌어안고 제게로 조금 당겼다. 연녹색 비단 위로 흩어진 그 애의 머리칼을 매만지던 손이 조금 더 내려갔다.

박우경이 어린애처럼 내 손바닥에 제 뺨을 비비적거리다 입술을 길게 눌렀다. 무슨 얘기를 떠들든 결국 또 내가 아플까 봐 눈치나 보고 있었다.

"이제 하나도 안 아프다."

"거짓말."

"진짠데."

"……미안한 김에 결혼 얘긴 잠깐 없었던 걸로 할게."

갑자기 결혼 운운하던 게 얼마나 황당했는데, 막상 없었던 걸로 한다니까 기분이 썩 좋지도 않았다.

"대신 학교는 같이 가자. P대."

"……나는 간다 치고, 니가 갈 수 있겠나?"

"와…… 지 남친 개무시하네."

"아니, 공부를 놀다가 심심하면 하는데……."

물론 요즘 보면 그러지는 않았다. 작년 2학기부터는 이상할 정도로 꽤 열심히 하고 있기도 했다. 하지만 머리가 아무리 좋아도 공부를 쭉 이어서 한 게 아니다 보니 모의고사 성적이 가끔 들쑥날쑥했다.

그래 봐야 남들이 좋은 대학이라고 입 벌리고 볼만한 곳에 쉽게 들어가겠지만⋯⋯.

"니가 올라면 오든가⋯⋯."

"윤차희 존나 웃기네. 지는 간다고 하면 P대가 문 열고 어서 오십쇼 기다려 주나?"

"아니, 나도 당연히 못 갈 수도 있는데⋯⋯ 박우경 니는 가고 싶으면 가라고."

"니가 내 책임져야지."

"⋯⋯내가 왜?"

"차희 니 때문에 여태까지 공부하고."

"그게 왜 내 때문인데."

"차희 니 때문에 오늘 처음도 바치⋯⋯."

"야!"

"공주 니가 우리 오늘 뭔 일 했는지 말하라매."

"아 됐다. 됐으니까⋯⋯."

"결혼까지 안 바랄 테니까, 서울에서 같이 있자. 차희야."

"⋯⋯."

박우경이 내 배 위로 얼굴을 묻었다.

"내보다 잘났든, 못났든, 그냥, 다른 놈 말고 내랑 있으면 안 되나. 내년에도."

나는 말없이 박우경의 머리칼만 흩뜨렸다. 다른 때처럼 대답을 회피한다고 생각하겠지. 내 배 위로 이불에 얼굴을 묻고 있던 그 애가 눈을 살짝 들었다. 고작 이런 것도 대답을 못 해 주냐고, 그렇게 사납게 치켜뜬 눈을 생각했는데 아니었다.

날 가만히 올려다보는 눈매가 불안하고 음울했다. 말이 맴도는 혀끝이 따가웠다.

사실은 변명을 생각하는 중이었는데. 그 애에게 할 변명이 아니라, 나한테 둘러댈 어떤 변명을 생각하는 중이었다. 어떤 학교를 가든 그건 내 자유고, 네 자유니까……

그러니까 어쩌면 괜찮지 않을까? 우리가 같은 대학을 가더라도.

물론 내게는 국립인 P대 외에는 선택지가 아예 없다시피 했고, 만약 P대를 가지 못하게 된다면 최상위권 대학이 아니더라도 장학금을 최대한 받을 수 있는 학교로 하향 지원해야 했다.

그래도 선택지가 있는 것처럼 생각해 봤다. P대는 제일 좋은 학교니까. 엄마랑 아빠가 기뻐하겠지. 박우경네 부모님도 기뻐할 것이다.

사실 생각해 보면 그뿐인 일이었다. 각자 제일 좋은 학교를 갈 뿐이니까.

내가 널 위해 가는 것도 아니고, 네가 날 위해 가는 것도 아니니까. 거기서 우리가 다시 만날 뿐이니까.

청라가 아닌 곳에서.

가슴이 조금 뛰었다. 스무 살 이후의 우리, 서울에서의 우리. 청라가 아니어도, '아직 어릴 때니까 괜찮다'고 어른들이 변명처럼 덧붙여 주지 않아도 같이 있을 수 있는 우리.

"······그래, 그러자. 내년에는."

"······."

"같은 학교도 가고. 그렇게 니 군대 가기 전까지 보면 되겠다."

"······와 이 야마리 없는 가시나. 내년이라 캤다고 진짜 내년만 보겠다?"

"보고 싶어도 니가 군대 가는데 뭐 어카는데······. 그때는 진짜 헤어져야지."

"윤차희 니 진짜 내 군대 갔다 오는 거 안 기다릴 끼가."

불쌍하게도 묻는다. 나는 어이가 없어 웃었다.

"그럼 박우경 니는 니 기다리라고 할라 캤나. 군대 가기 전에 놔주는 게 매너 아니가? 해경이 오빠야도 여자 친구랑 그랬는데."

"어차피 니는 대학 가도 재미없게 살 거다이가. 맨날천날 공부나 할 거면서 남자는 뭐 한다고 만나는데? 어?"

"박우경 지는 남자가 아닌가······."

그 말에 미간을 찌푸린 박우경이 내 몸을 타고 올라왔다. 눈과 눈이 마주쳤다.

"나는 윤차희 니가 존나 방치하는 거에 최적화가 된 새끼잖아. 딴 놈들은 이거 못 참는다니까?"

"참는지 못 참는지는 만나 봐야 알지."

"아니 씨발······. 니는 남자한테 별로 관심도 없으면서 딴 놈 만날 생각은 왜 자꾸 하는데?"

당연히 박우경 약이나 오르라고 그런 것이다. 반쯤은 자기 방어와 암시를 위한 것이고.

그 애가 내 이마 위로 제 이마를 겹쳐 지그시 눌렀다. 정신 좀 차리라는 양.

"원래 남의 집 애는 빨리 크잖아. 남이 군대 갔다 오는 것도 똑같이 빨리 지나간다. 아나."

"⋯⋯뭔 말이고?"

"윤대희링 박해경도 좀만 있으면 나온다이가."

"그래서."

"차희 니가 밖에서 니 인생 열심히 살고 있으면, 내가 군대를 존나 빨리 갔다 올게."

오빠들은⋯⋯ 지나고 보니 금방 나오는 것 같기도 했다. 나중에 박우경이 군대에 가도 그럴까? 시간이 지금처럼 잘 갈 것 같지는 않은데.

"그니까 딴 놈만 만나지 말고."

"⋯⋯."

"알겠제, 차희야."

기껏해야 성 하나 떼어 놓았을 뿐인데. 나는 정말이지 박우경이 날 이렇게 부르는 목소리에 약하다. 차희야 하고 날 부를 때의 그 물러 터진 감정이, 바보처럼 나만 보는 저 얼굴이 내 손발에서 힘을 죄다 빼앗아 가는 것만 같았다.

도망가려 하다가도 주저앉고, 밀어내려 하다가도 끌어안게 됐다.

"……그래도, 니가 군대 갔다올 때까진 너무 긴데."

"그게 뭐. 우리 둘이 벌써 14년이나 지났는데 이제 와서."

고작 다섯 살 때부터 우리가 같이 있었던 걸 연애처럼 은근슬쩍 합산하는 게 뻔뻔했다. 코웃음을 치니 박우경이 발끈했다.

"야. 니 14년이 얼마나 긴지 모르나?"

"아니 걍…… 어이가 없어서."

"남들은 14년이면 결혼하고 중학교 올라갈 애까지 있거든."

"글쿠나."

"뭐가 글쿠나야."

그러네. 우리 머리 위로 벌써 그렇게 긴 시간이 지나갔다.

"윤차희 니는 걍 텄다. 다른 놈 못 만날걸."

"왜."

"내가 14년 동안 니 버릇 다 배려 놔서."

맞다. 다 박우경 때문이다. 지나간 유년이 까마득한 것도, 가까운 미래조차 아득한 것도. 겨우 팔을 들어 그 애의 목을 안자 입술이 내려왔다.

지금보다 더 어렸을 때에는, 사실은 지금도…… 나는 언제나 스무 살 이후가 막연했다. 유년의 종점. 그 이후가 항상 어떤 커다란 산 너머나 벼랑 밑에 있는 것 같았다.

너는 그때쯤 어디에 있고, 나는 어디에 있을지 몰라서. 우리가 당연히 멀어지고 말 것을 아는데 상상하고 싶지는 않아서.

스무 살이 되고 청라를 떠나간 사람들은 대부분 청라로 돌아오지 않았다. 대학 때문에. 일자리 때문에. 청라에 없는 무언가를 찾아서 서울로, 대구로, 경기도로, 부산으로, 울산으로, 구미로, 창원으로······.

이렇게나 작은 소도시. 그리고 그 안에서도 사과밭만 가득한 이런 시골 동네들. 여기에서는 스무 살을 기점으로 모두가 뿔뿔이 흩어졌다. 청라는 아무것도 없으니까.

누구도 남지 않았다. 자라는 내내 흔히 볼 수 있었던 얼굴들은 평생 멀어졌다. 방학, 짧은 휴가, 연휴 중 하루. 일시적인 귀향은 점점 짧아지고, 어쩌다 장례식에서나 잠깐 마주 앉아 수육을 몇 점 먹으면 고향 사람들의 만남은 끝이 난다.

한참이 지나면 이리저리 나이가 들어 돌아오는 이들도 있기는 있다. 대도시에서 실패한 사람들, 늙고 병든 부모를 두고 볼 수 없었던 효자, 혹은 물려받을 만한 가업과 자산이 있는 집 자식들.

내가 언젠가 여기로 돌아오게 될까?

너는?

이제는 할머니도 없는 청라에, 널 돌아오게 만들 일이 있을까? 나는 엄마가 아플 때 돌아올 수 있는 그런 딸일까? 우리도 언젠가, 장례식 때나 내려와 잠깐 서로의 나이 든 얼굴을 마주하는 동창이 될까?

서로가 모르는 삶의 공백에서 다른 누군가를 만나고, 좋거나 나쁜 직업을 갖고, 너는 너에게 어울리는 근사한 인생을 살고,

나는 나대로. 그렇게⋯⋯.

그 애의 성마른 숨이 입 안으로 스며들었다. 뜨거운 입술이 귓가로, 턱 아래로 흩어졌다. 가까운 미래조차 멀고 아득했던 게 거짓말처럼 작은 바람으로 돌아왔다.

희망이었다.

네가 너무 좋아서 바보 같은 생각을 하게 된다. 여전히 아무 것도 장담할 수 없지만 적어도 내년에는 우리가⋯⋯.

"약속했다, 윤차희. 나랑 P대도 같이 가고."

"⋯⋯응."

"내년에 같이 있고. 나중에 군대도 기다려 주고."

"처음에 말한 거는 내년까지 아니었나."

"군대 가면 니는 니대로 살고 있으라고, 그냥. 딴 놈만 만나지 말고. 어?"

"진짜 너무 길다. 이러다 이십 년 되겠네⋯⋯."

"공주 니 어른 되면 그땐 존나 괴롭혀야지."

야한 생각이라도 하는지 발그스름하게 열이 오른 얼굴이 웃겼다. 입술이 또 부딪혔다.

"1월 1일 되면 윤차희 니는 죽었다."

"별로 잘하지도 못 하면서⋯⋯."

"⋯⋯야. 공주 니가 너무 작아서 그런 거지, 내가."

"딱히 아는 것도 별로 없드만. 니 남자 맞나?"

"⋯⋯지 남친 기 존나 죽이네, 진짜?"

"박우경 니는 이때까지 야동도 안 보고 뭐 했는데?"

"아 몰라. 그런 거 보고 있으면 좀⋯⋯."

"좀?"

"다른 여자 몸 보는 게 니한테 죄 짓는 거 같고 좀. 별로."

"우리 사귀기 전에는 애들이랑 봤을 거 아니가."

"사귀기 전에도 그랬다. 윤차희 니 볼 때 찝찝한 거 싫어서."

"⋯⋯"

"나는 니 좋아했으니까."

진짜 이상한 애다.

"⋯⋯글고 어차피 꿈에서 니 보니까 필요 없었는데."

"⋯⋯."

"아. 꿈에서 니가 무슨 짓을 했는지는 알려고 하지 말고."

"알기도 싫다."

"어차피 니 어른 되면 꿈에서 나왔던 짓 다 할 건데?"

지는 벌써 어른인 것처럼 말하네⋯⋯.

"잠 온다. 이제 저리 가라."

"걍 이대로 자라."

"귀찮아, 진짜⋯⋯."

다정하게 뒤통수를 쓰다듬어 주던 손이 내 말은 무시하고 날 더 끌어당겨 안았다.

"⋯⋯윤차희 니가 아무리 그래 봐야 결국 나랑 결혼까지 할 거다. 알겠나."

"모르겠다⋯⋯."

아직 열아홉 살밖에 안 됐는데 지 혼자 성질이 얼마나 급하면……. 졸린 눈을 느릿하게 깜빡거리던 나는 결국 박우경의 가슴팍에 얼굴을 묻고 잠들었다.

#34. 열아홉, 지랄의 서막

"공주 인났나?"

"네."

"얼른 가서 밥 무라. 느그 엄마가 니 요새 못 챙기 줬다고 뭐마이 차리 놨드라."

"네."

"밥 묵고 바로 독서실 갈 거제? 오늘은 좀 늦게 인났네⋯⋯. 그래도 희야 니 읍내 먼저 델따주고 가야 되겠다."

"그냥 오늘은 도서관 갈게요. 아빠 먼저 나가세요. 바쁜데."

"아무도 없는 도서관에서 공부가 되나? 앞에 라이벌들이 보여야 공부할 의욕도 생기고 그카지."

"괜찮아요."

"아빠 오늘은 기성이 삼촌이랑 송전탑 쪽부터 가그든. 오전에는 멀리 안 있을 거니까, 혹시 버스 놓치믄 추운 데서 기다리지 말고 전화하고."

"네."

언제나 그렇듯 내 입에서는 단답만 나오고, 아빠도 그런 나를 대수롭지 않게 지나가지만 가끔은 내 얼굴을 물끄러미 바라봤다. 내가 있는데 하루 온종일 술만 마셨던 며칠 전이 걸려서? 어제도 싸웠으니까? 혹시 박우경이랑 몰래 외박한 것을 들켰을까?

모르겠다. 아빠가 저렇게 날 보는 게 불편했다.

나는 언젠가부터 밤마다 다투는 소리를 아예 모른 척하기 시작했다. 지나가듯 참견하거나 서로 모를 속내를 전달하는 일도 관뒀다.

두 사람이 나한테 가장 기대하는 건 사실 단순한 대답이다. 2층에서 공부하느라 이어폰을 끼고 있었다고. 아무것도 안 들렸다고.

내가 매일 밤 계단에서 112를 찍어 놓은 핸드폰을 들고 싸움이 끝나기만 기다렸다는 것을 알면, 아빠도 엄마도 인생이 더 끔찍하게 느껴질 테니까.

은근슬쩍 떠보는 말에 무슨 일이 있었느냐고 도로 되물으면 둘은 눈에 띄게 안심했다. 나도 그게 편했다.

"……희야, 주말에 아빠가 부산 내리가서 다대포 이모부 좀 만나고 올 그그든."

"네."

"이모부랑 말 잘해 보께. 느그 이모부들이 나쁜 사람은 아니니까……. 외할머니 일은 너무 걱정하지 말고."

"……네."

"병원은 큰 이모가 며칠 봐 주고 있는데, 큰 이모도 몸이 아픈 사람 아이가. 느그 엄마가 다시 드가긴 해야 될 끼다. 당분간…… 지금 바로 근처에 있는 사람이라고는 큰 이모랑 우리뿐인데, 젊은 느그 엄마가 수발 들어야지. 뭘 우짜겠노."

아빠가 어제 엄마에게 하던 말과는 달랐다. 싸움에서 누가 이겼는지 알 것 같았다.

나는 모른 척 고개를 끄덕였다. 아빠는 내가 별로 관심 없어 하는 걸 알면서도 괜히 외갓집 이야기를 몇 마디나 더 늘어놓다가, 만 원짜리 한 장을 건넸다. 나는 인사도 없이 돈을 쥐었다. 그렇게 잠시 정적이었다.

아빠가 조용히 물었다.

"……희야. 혹시 니 어제 엄마 아빠 얘기하는 거 들었나?"

"무슨 얘기요?"

"……."

"싸우는 거 같긴 했는데…… 인강 듣느라 못 들었어요."

"아무것도 아이다."

아빠가 설핏 웃고는 복도 귀퉁이에 세워 놨던 엽총을 어깨에 짊어지고 집을 나갔다. 현관문이 닫히는 소리에 엄마가 부랴부랴 튀어나왔다.

"태희 아빠! 밥 가져가야지!"

"엄마. 내가 갖다 주께."

폭신한 수면 양말을 신고도 걸을 때마다 발이 따가워서 뛰기가 어려웠다. 그래도 여차 저차 시동을 건 트럭까지 가서 창문을 두드리니 아빠가 놀란 얼굴로 창문을 내렸다. 꼭 내가 엄청난 효도라도 한 것처럼.

"아빠. 점심요."

"공주 니는 나오면서 잠바도 안 입고 춥그로⋯⋯."

"잠깐인데요, 뭐."

"얼른 드가라. 어?"

"네."

아빠가 얼른 들어가라는 말을 다 하기도 전에 난 집으로 들어가고 있었다. 차가 출발하지 않고 멈춰 있는 게 느껴졌다.

"희야!"

그렇게 현관문을 열기 전에 아빠가 나를 불렀다. 나는 대꾸 대신 흘끗 차를 돌아보았다.

"니는 아무 걱정 말고 공부만 열심히 하면 된다. 알았제?"

"⋯⋯네."

"아빠 다녀오께."

트럭이 진입로로 내려가며 사라졌다. 을씨년스러운 바람 소리가 떠난 사람의 궤적처럼 남았다.

2월을 하루 앞둔 날이었다. 윤태희가 휴가를 나왔다. 놀러

다니기 불편하다고 차까지 빌렸다더니 기어코 내가 있는 독서실로 곧장 왔다.

"집에나 가지 여기는 왜 오는데? 귀찮게."

"집에 엄마도 없는데 뭐 한다고 가노."

"아 좀…… 옷이나 갈아입고 오든가……."

"제복 빨 끝장났제. 존나 잘생겼제, 진짜. 군바리 중에 제일 잘생겼다. 씨발."

"하……."

"아무리 느그 오빠라도 이렇게까지 잘생긴 게 신기하지 않나?"

"……머리 다 밀고 무슨 자신감인데? 대가리도 밤톨 같은 게……."

"두상이 예뻐서 괜찮다. 글고 진짜 잘생긴 사람은 머릿빨이 필요 없다이가. 알제."

윤태희는 짧게 밀어 놓은 머리 탓에 이목구비가 더 부리부리해 보였다. 그래서 좀 지나치게 눈에 띄었다. 군복은 말할 것도 없었다.

그 꼴로 개방형 좌석에 앉아 있는 누구나 볼 수 있는 스터디카페 입구에 서서는, 지나가는 아무나 붙잡고 '윤차희 좀 불러 달라'고 말했다는 게 쪽팔렸다.

다행히 몇 명 없기는 했지만…….

거의 모르는 애가 내 어깨를 툭툭 쳐 입구를 가리킨 뒤에야 나는 그 꼴을 알게 됐다.

"니 남자 친구는?"

"그런 거 없는데."

"박우갱이. 밥이나 사 줄라 캤드만."

"오전에 성묘 가서 좀 늦게 온대."

"기껏 독서실 왔는데 니 없으면 가슴 아프겠다. 우짜노."

남의 어깨에 제 맘대로 팔을 턱 걸치고는 건물 복도에서 그러고 있으니 지나가는 애 몇몇이 내 얼굴과 윤태희 얼굴을 번갈아 힐끔거렸다.

우리는 뜯어보면 이곳저곳이 닮았지만, 한눈에 오빠랑 여동생이라는 걸 알 수 있을 정도로는 닮지 않았다. 이상한 오해를 받을 것 같았다.

나는 윤태희 옆구리를 주먹으로 때리고 버둥거리며 겨우 팔에서 벗어났다.

"내가 왜 없는데? 얼굴 봤으면 가라. 내 바쁘다."

"지가 뭔데 이래 비싸지? 야, 니는 밖에 널려 있고 오빠야는 안에 갇혀 있잖아. 비싼 건 내다. 내가 윤차희 니부터 보러 와준 걸 영광으로 생각해야지."

"아무도 니 안 만나 주니까 온 거다이가…… . 내 고3이거든."

"그래서. 뭐. 아직 2월도 안 됐구만 존나 유난."

"그럼 걍 밥이나 사 주고 가든가."

"누가 누굴 사 주노? 군인 월급보다 니 용돈이 더 많은데."

"일단 가자. 쪽팔리니까."

나는 서둘러 가방을 챙겨 나왔다. 정신이 하나도 없었다.

"외할매 병원은 가 봤나?"

"아니."

병원은 지척이었지만 한 번 가 보지도 않았다. 아픈 것조차 미워서.

"그럼 잠깐 같이 갈래? 엄마가 오늘은 못 나온다 캐서 함 가 볼라 하는데. 엄마 얼굴도 보고, 외할매한테 인사도 할 겸."

"······."

"외할매가 그래도 우리 어릴 때 키워 줬다이가."

윤태희는 별로 나무라는 것 같지도 않은 목소리로 날 나무랐다. 네가 왜 그러는지 이해는 하지만 그래도 도리라는 게 있는 거라고.

아빠도 며칠 전에 딱 저런 말을 했다. 살짝 웃음이 나올 것 같았다. 얼굴만 닮은 건 아닌가 보다, 하고.

그래도 우리 태희 어릴 때, 차희 갓난애기 때 키워 줬던 사람인데. 내 장몬데. 태희 엄마 낳아 준 사람인데······. 꼴 보기 싫고 미워도 우짜겠노.

따지고 보면 우리 장모도 즈그 아들한테 사기 당한 사람 아이가. 우리가 이렇게 가까이 있는데. 다른 자식들이 아무도 안 들여다볼 거 알면서, 혼자 연고도 없는 노인처럼 죽으라고 둘 수 있겠냐고. 치료를 할 수 있다는데. 치료하면 살 수 있다 카는데.

살아 있는 애들 외할매를 죽으라 할 끼가, 그럼. 그래. 치료는 받아야지······. 안방에서 누군지도 모를 사람과 아빠가 그렇게 통화하는 소리가 귓가를 어른거렸다.

체념한 목소리. 맥없는 자기혐오.

'……우리 딸래미? 어, 고삼이지. 이쁜 기 공부도 기가 막히게 잘한다. 하이고, 니 본 거는 우리 희야 어릴 때고. 지금은 훨씬 더 이쁘다. 맞다. 내년에는 대학에 가야 되지……. 공부를 잘해가 요 근처 있는 국립대 정도는 안 되고, 어. 우리 애 선생님 말로는 P대도 충분히 갈 수 있다는데……. 그래도 거 가면 괜찮지. 바로 밑에는 전신만신 사립 아이가……'

요즘 세상에 가스나 혼자 사는데 방도 좀 깨끗하고 비싼 거 구해 주야 안전하고, 사립으로 가는 것도 생각해 놔야 되고……. 이래저래 아 대학 때문에 돈 좀 빼놓을라 캤드만 그 돈이 할매한테 다 가 삐네……. 맞다. 사람 일이 어데 마음먹은 대로 되나.

내가 집을 이래 안 만들었으면 꼴랑 장모 병원비 갖고 이카고 있지도 않겠지. 그때 같으면 돈 몇천 그게 뭐시라고, 태희 엄마 이래 눈치 보게 안 했을 건데.

다 내가 능력이 없어서 이래 됐는데 처가 원망 안 해야지……. 그제? 공부나 못했으면 몰라, 저래 잘하는 걸 우짜노. 차라리 가시나가 한 일 년 늦게 태어나서 대학도 늦게 갔으면 지금보다는…….

나는 식당에 윤태희와 마주 앉아서, 문득 내가 어릴 때부터 얼마나 하고 싶은 걸 다 하며 컸는지 생각했다. 윤태희와 다르게.

그래도 한때는, 비록 나처럼 학원을 줄줄이 다니지는 않았다 해도 저 하고 싶은 건 했다. 공부에 재주가 없다고, 억지로 재미없는 거 배우기 싫다고, 그렇게 놀러 다닐 줄만 알았어도 운동 하나는 좋아했었다. 잘했었다.

'니 진짜 야구 그만둘 거가.'

'어.'

'윤태희 니 이제 좀 있으면 고삼이다. 존나 중학교 수학도 모르는 새끼가 이제 와서 공부할 것도 아니고…….그만둔다 한다고 아저씨가 그만두라 카나?'

'공부도 못하는 새끼가 운동 그만두면 뭐 하고 살 거냐고 지랄 났지. 근데 뭐 한다고 잘된다는 보장이 있는 것도 아니고. 뭐 미친 듯이 잘했던 것도 아닌데…….몸은 튼튼하니까 뭐든 하고 살겠지.'

'그래도 니가.'

'아 괜찮다고, 박해경. 남이 그만두면 그만두는 거지 존나.'

'니네 집 힘든 거는 나도 아는데…… 걍 일 년만 더 하면 안 되나. 일 년만 더 하면 되잖아.'

'윤차희 공부 잘하잖아. 돈 드는 건 하나로 줄여야지.

난 다 컸어도 걘 아직 어린데.'

아직도 내가 공부를 잘하는 게 엄마 아빠의 자랑일까? 아니면 잘하니까, 잘하는 만큼 해 줘야 한다고 생각해서 힘든 짐일까.

"마, 박우갱이 니 지금 어딘데."

— 형은 어딘데요. 근데 휴가 왤케 자주 나와요?

"왤케 자주 나오냐 이 지랄……. 개새끼가……. 지는 나중에 군대도 안 갈 거처럼 존나 막말하네? 마 니는 뭐 어데 미국 영주권 있나."

— 아 그래서 어딘지는 왜 물어봤는데요. 윤차희 찾을라고? 지금 내랑 같이 안 있는데.

"내가 우리 희야를 왜 니한테서 찾노. 박우갱이 니가 뭔데? 니 뭐 되나?"

"……우리 희야는 지랄…….."

내가 떫게 중얼거리자 윤태희가 조용히 하라는 듯 가늘게 뜬 눈으로 쉿, 하고 주의를 줬다.

— 하…… 느그 희야 찾는 거 아니면 왜요? 바쁜 사람 붙잡고. 저 지금 바쁜데요.

"내 벌써 윤차희랑 초밥 먹으러 왔다."

— ……친구가 글케 없나. 무슨 그 나이에 휴가 나오자마자 지 여동생을 보러 가노.

"아니 씨발, 다 군대 끌려갔으니까 없지. 이 새끼는 생각이 없네."

― 형은 친구가 없네요.

"오늘은 글킨 하지."

오빠는 담담하게 인정했다.

― 그 많던 아는 형 아는 동생들은 다 어쩌고. 군대 갔다고 쌩까였어요? 따라다닌다고 형이 존나 우기던 여자들은?

"마, 내가 우기는 게 아니라 여자들은, 하……. 박우갱이 니가 뭘 알겠노."

― 아. 머리 밀고 못생겨져서 여자는 못 만나는갑다. 쪽팔려서……. 친구도 없고……. 그래서 그 귀한 휴가에 지 여동생부터 보고 있구나.

"여자들이 맨날천날 얼굴만 보고 좋다고 달려드는 걸 겪어 봤어야 알지. 존나 흑심들이 드글드글해가…… 이마이 잘생긴 것도 가끔 괴롭다. 아나."

둘 다 자기 할 말만 하고 있다. 나는 고개를 절레절레 저으며 중얼거렸다.

"박우경도 겪어 봤으니까 알걸."

― 방금 윤차희가 뭐랬어요?

"뭘? 난 못 들었는데."

― 걔가 내 이름 말한 거 같은데.

"윤차희 니 뭐랬는데."

"걍 별말 안 했는데. 걔도 여자 많다고."

가만있어도 여자들이 따라다니고, 뭐만 하면 쳐다보고…….

그걸 박우경이 모를 리가. 우리 사이가 별로 좋지 않았던 중학교 땐 그 애를 둘러싼 사방 어디에나 여자애들이 가득 있었다.

보란 듯 여자애들에게 친절하게 굴고, 어떤 특정한 여자애와 가벼운 장난을 치기도 했다. 나랑 사귄 뒤에는 흥미가 떨어진 모양인지 데면데면 무서운 얼굴이나 하고 있어 얼추 떨어져 나간 것 같지만, 그것도 그저 거리의 문제다.

사실 문다혜 같은 애들에겐 별 의미도 없고.

"와. 니 귀 존나 밝네. 개다, 개다 했더니 진짜 개 같노."

ㅡ 아 뭐라 캤는데요. 윤차희가 내 욕 했어요? 여자 많대요? 내가 여자 좋아한대요?

"별말 안 했다. 걍 니 여자 존나 많대. 박우갱이 니 그렇게 안 봤드만…… 형님 군대 간 사이에 다 컸노."

ㅡ 아 씨발 아니라고…….

"근데 니한테 여자가 많든 없든 그게 윤차희랑 뭔 상관인데?"

ㅡ …….

전화 너머에서도, 내 입에서도 잠시 침묵이 흘렀다. 나는 윤태희가 빙글거리는 얼굴을 빤히 바라보며 대꾸했다.

"아무 상관 없지."

"맞나."

ㅡ ……아무 사이도 아닌데요, 뭐. 아무 상관 없지…….

"존나 둘이 돌림노래 하네. 재밌다."

ㅡ 하……. 씨발 근데 걔한테 여자 없다고 말 좀 해 주면 안

돼요? 인기 존나 없다고. 저는 형 같은 쓰레기가 아니잖아요.

"개새끼가 틈만 나면 맥이네……?"

"윤태희, 쓸데없는 전화 끊고 빨리 초밥이나 골라라. 먹고 헤어지게. 박우경한테 전화는 왜 해서……."

"야. 윤차희가 끊으래. 근처에 있으면 초밥이나 같이 사 줄라 캤드마 새끼 태도가 영……."

– 근천데요. 사 주세요. 갈게요.

"누가 오면 사 준다 카드나."

– 뭘 사 줄 거면 사 준다고 첨부터 말을 했어야지. 존나 공손하지, 그럼.

"우리 다 먹기 전에 온나, 그럼."

윤태희가 느물거리며 전화를 끊었다. 나는 벌써 지나가는 접시를 아무거나 내려 먹고 있었다.

"오빠야는 아직 젓가락도 안 들었는데 가시나 니는 그게 입에 들어가나."

"어."

"오랜만에 세상 나온 오빠야가 불쌍하지도 않나, 니는."

"뭐…… 윤태희 니만 하는 것도 아닌데……."

"와."

"해경이 오빠야는 언제 휴가 나와?"

"박해경 금마가 그렇게 좋나."

그 애와 똑같은 물음이다. 맥락은 좀 다르지만.

"즈그 오빠야한텐 생전 관심도 없는 게 남의 집 오빠는 드럽

310

게 챙기네."

"오빠야 니가 관심을 갖기 전에 나타난다이가. 자꾸. 사람이 궁금할 새를 안 준다."

윤태희가 어이없다는 듯 코웃음을 쳤다.

"뭐. 한 5년 있으면 니 스스로 생각나겠나?"

"그만큼 지나면 걍 잊어버리겠지. 내한테 오빠야 같은 게 있었나……."

"진짜 개새끼다, 윤차희 니도."

"형, 저 왔어요."

근처에 있다는 게 빈말이 아니었나 보다. 박우경이 회전 초밥집 안으로 들어왔다.

서둘러 걸어왔는지 지나간 바람이 거세었는지, 그 애가 걸친 모직 코트에서 서늘한 한기가 느껴졌다. 성묘를 갔다가 바로 읍내로 넘어온 모양이었다.

전에는 본 적 없는 검은 넥타이가 단정했다. 꼭 어른같이.

"오, 우리 우갱이 꼴에 양복 입었노. 넥타이도 하고."

"형은 꼬라지가 탈영병 같네요."

내 옆을 지나간 박우경이 윤태희 옆의 의자를 빼고 풀썩 앉았다. 덕담인 양 한 마디씩 주고받고는.

"성묘가 아니라 존나 상갓집에서 갓 나온 것 같다. 걍 벌초나 하면 되는데 뭘 그렇게 빼입었는데?"

"박태경도 없고 박해경도 없어서. 장남이랑 차남 대신 이렇
게 입으래요."

낯설고 신기하다고 그 모습을 보고 있다가는 윤태희가 또 이
상한 말이나 할 것 같아서, 나는 가만히 초밥만 먹었다. 물수
건으로 손을 닦은 박우경이 윤태희 너머로 자연스레 팔을 뻗어
접시를 가져왔다.

졸지에 그 사이에 낀 윤태희가 불평했다.

"아, 비좁아 죽겠노. 남자 둘이서 굳이 이래 끼겨 있어야겠
나……. 좀 절로 가라."

"지 여동생 옆에 앉으면 또 개지랄할 거면서."

"지? 이게 형들 군대 갔다고 존나 기가 살았네."

"……언제는 개가 예의 바르게 말했다고."

내가 툭 내뱉은 말에 박우경이 빤히 날 바라보는 게 느껴졌
다. 저 들어오고 처음 하는 말이 고작 그거냐는 양 못마땅한 시
선이었다. 어쨌거나 둘이 덩치가 크기는 하니 내 쪽에 오는 게
맞았다.

나는 옆에 뒀던 가방을 품에 안았다. 박우경이 접시며 젓가
락을 맞은편으로 휙 밀어 놓고는 일어나 내 가방을 제가 앉았
던 자리에 두고 옆에 풀썩 앉았다.

겨울철 마른 잔디를 벌초한 냄새. 제 큰아버지가 술이라도
몰래 따라 줬는지 소주 냄새도 조금 싸하게 났다. 윤태희가 바
로 앞에 있는데도 물색도 없이 그게 신경 쓰였다. 얼굴은 멀쩡

312

해 보였는데…….

속이 이러니 앞에 보이는 것보다는 옆에 있는 게 나았다. 적어도 고개 한 번 들었다고 그 얼굴이 보이지는 않으니까. 나는 윤태희가 우리 둘을 묘하게 번갈아 보는 것을 모르는 척 새 접시를 내렸다.

금세 제 접시를 비운 박우경이 일부러 날 끌어안다시피 내 앞으로 손을 뻗어 새 접시를 가져가는 것도 아무렇지 않은 양 흘리면서.

"뭐든 처음에 너무 열심히 하면 나중에 지치는 거 알제."

느긋하게 초밥을 우물거리던 윤태희가 뜬금없이 그런 말을 했다. 설마 공부하는 자세라도 가르치려고? 우리가 저를 기막힌 듯 쳐다보는 얼굴이 똑같았는지 윤태희가 얄궂게 입매를 비틀었다.

"너무 일찍 좋다고 유난 떨면 오래 못 만난다. 힘들어서."

"……."

"……."

"그냥 글타고."

"뭔 말인데."

무슨 말인지 진짜 궁금해서 그런 게 아니라 닥치란 뜻이었지만, 윤태희는 초밥을 씹어 넘길 때 빼고는 닥치는 법을 몰랐다.

"페이스 조절을 잘해야지. 공부도 그렇고. 헤어진다고 집안끼리 하루아침에 쌩깔 수 있는 사이도 아니니까……."

"……."

"……."

"뭐 근데 니네가 사귀는 사이도 아니고. 그제."

"네. 아니죠."

박우경이 딱딱하게 대답했다. 마치 나더러 들으라는 듯이.

윤태희가 그 와중에도 스프라이트 한 병을 더 주문하고는 무심히 말을 이었다.

"그래서 느그 진짜 안 사귀는 거 맞나? 형이 이건 진지하게 묻는 건데."

"……."

"차희한테도, 우경이 니한테도 제일 중요한 시기니까."

"네."

"……오빠야."

"나는 박우경한테 물었는데?"

"윤차희랑 저랑 진짜 안 사귀는데."

"맞나."

"솔직히 얘가 저 만나 주지도 않고요."

박우경은 대수롭지 않게 말하고 초밥을 한 점 집었다. 윤태희가 스프라이트 병을 따서는 우리에게 한 잔 먹겠냐 묻지도 않고 병째로 한 모금 마시더니 되물었다.

"이제는 사귀고 있을 줄 알았는데, 진짜 아니라고?"

"네."

"하긴. 옆에 붙어 있다고 딱히 다 좋은 건 아니니까……."

그 애가 뭘 잘못 씹은 양 초밥을 우물거리고 있을 표정이 상상됐다.

"강한 부정은 보통 강한 긍정인데."

"존나 강한 부정일 수도 있죠. 제가 존나 남자로 안 보여서."

"니는 윤차희가 여자로 보이고?"

박우경은 대꾸하지 않았다.

"안 사귄다면 진짜 안 사귀는 거겠지. 근데 니네 사귀는 것보다 안 사귀는 게 더 유난스러워 보이는 건 아냐? 사귈 수 있는데 굳이 안 사귀고 꾸역꾸역 버티는 게, 나는 이게……."

"……."

"……."

"존나 강한 긍정 같거든? 적당히 좋아하면 걍 사귈 텐데 오히려 너무 좋아해서 못 사귀는 것처럼 보인다이가. 개유난 같고."

강한 부정이 저런 맥락으로 쓰일 줄은 몰랐다. 나는 물을 마시다 헛웃음을 흘렸다.

"그러니까 페이스 조절 잘하라고. 대가 세면 뿌라지니까."

"……."

"괜히 유난 떨다 질질 짤 일 생기면 공부 될 것도 안 되니까."

좋아하는 거 아님 말고. 그렇게 말한 것치고는 본인 딴에는 전에 없이 진지한 표정으로 날 보고 있어서 도무지 말이 안 나왔다.

그렇게 박우경과 내가 빈 접시 앞에서 빈 젓가락만 들고 물끄러미 윤태희를 보는 사이, 윤태희는 혼자 두 접시를 더 비웠다. 그리고 세상 태연하게 물었다.

"우갱이 니 대학은? 어디 갈 건데."

"P대요."

"오, 윤차희 따라가는갑네."

"⋯⋯따라가긴 뭘 따라가노. 내가 거기 있는 것도 아닌데."

"아 가스나 니가 맨날 P대 갈 거라고 노래를 불렀다이가."

"그냥, 세일 좋은 데니까 얘도 가고 싶겠지."

"윤차희 따라가는 거 맞긴 한데."

"⋯⋯."

"맞긴 한데, 윤차희가 P대 전세 낸 거는 아니잖아요. 그죠."

"뭐 그건 그렇지⋯⋯. 공부 존나 열심히 해야 되겠다, 박우갱이."

"네. 저만 열심히 하면 돼요. 형 동생은 잘하니까."

결국 입맛이 뚝 떨어졌다.

"왜. 더 안 묵나."

그걸 말이라고.

"⋯⋯개유난이라도 괜찮으니까, 서울에서 얘랑 같이 있고 싶어요. 같은 학교 다니고. 평소 때 별일 없어도 얼굴 좀 보면서."

"⋯⋯."

"사귀는 거 아니어도 그 정도는 바랄 수 있지 않아요? 다섯 살 때부터 같이 있었는데."

유난 떠는 것이라도 괜찮다고 말한 순간부터, 박우경은 날 너무 좋아한다고 시인한 셈이었다. 숨이 조금 갑갑해졌다.

"대학 가서 윤차희 남친 생기면 어쩌게."

"안 생길걸요."

"마, 박우갱 니 지금 내 동생 무시했나."

"제가 옆에 있어서 안 생긴다고요. 그냥."

"……."

"그땐 만나 주겠죠. 시간 남으면. 여기 아니면."

청라가 아니면.

그러냐고, 윤태희는 별 대수롭지도 않은 이야기를 들은 것처럼 고개를 얕게 주억거리며 말을 돌렸다.

"니 요새 할매 집에서 산다매. 박해경이 진이 이모한테 듣고 그러던데. 아예 집 나간 거가?"

"아뇨. 아예 나간 건 아닌데요."

"니가 그렇게 나가 있는데 집에서 그러라고 두나. 혼자 두면 공부 안 할 거 뻔히 알면서."

"저 저번에 피아노 다 뿌순 적 있잖아요."

"아."

"그때 아빠랑 엄마 둘 다 존나 충격 받았는지 그 뒤로는 이상하게 무슨 말을 잘 못 하던데. 그래서 피곤하면 걍 거기서 자요. 그래도 암말도 안 해서."

"하긴. 아들 새끼가 니 같은 도라이면 아무리 부모라도 가끔 무섭겠지……."

"그럼 형은 뭔데요."

"효자 그 자체."

내가 한숨을 쉬자 윤태희가 날 흘끗 노려보더니 다시 짐짓 진지한 얼굴이 되어 박우경을 쳐다보았다.

"여튼 작년부터 모의고사 성적도 좀 올라서. 괜찮아요."

"니 괜찮은 거야 괜찮은 건데, 거기에 윤차희 데리고 가는 건 아니제? 니 혼자 있는 집에."

"네. 얘가 거기를 왜 와요?"

박우경이 여태까지 대답한 것 중 가장 뻔뻔한 대꾸였다. 윤태희가 비식 웃었다.

"아니면 됐다. 니 요새 거기서 혼자 살다시피 한다니까 딱 내 동생 데리고 가서 개짓거리 하기 좋아 보여서."

박우경이 삼 초 정도 숨을 멈춘 것 같았다. 거기까지는 미처 뻔뻔할 새가 없었다는 듯이.

"그게 좀 걱정되더라고. 근데 사귀는 것도 아니니까 걱정할 건 없겠네."

책임 소재야 사실 야밤에 잘 타지도 못하는 자전거까지 타고 굴러떨어져 가며 그 애 이불속으로 파고든 나한테 있다.

온통 피투성이가 된 발로 불쌍한 척하고, 중요한 순간마다 몸을 빼는 그 애를 붙잡고 날 거절하지 못하게 만들었다.

후회하지 않느냐는 물음에 후회하지 않겠다고 했다. 따지고 보면 대부분 내가 먼저 들이댄 것 같기도 하고……. 나는 떨떠름하게 윤태희를 응시했다. 자기가 그런 말을 할 때마다 낯부끄러워지는 건 제 동생인 것도 모르면서.

"이제 쓸데없는 소리 좀 그만하면 안 되나. 이거 먹고 외할머니 병원 같이 가자매."

"아. 맞다."

"……."

"근데 박우경은 대답을 안 하네. 개짓거리를 할 것도 아니면서."

"……쟤가, 안 만나, 준다고요. 씨발."

박우경이 애써 힘주어 말했다. 네 동생 몸에 손 한 번 못 대본 내가 왜 이딴 소리나 듣고 있어야 되냐는 듯이.

그렇게 힘주어 말하는 것이 얼마나 어설프고 억울하며 화가 나 보였는지, 도리어 아주 진실해 보였다. 윤태희는 이제 의심을 거둔 것처럼 고개를 끄덕였다.

그래. 너네가 이렇게 속 터지게 살고 있을 줄 알았다, 하고 드디어 우리를 믿는 얼굴로.

"알겠다, 알겠다. 나중에 서울 가면 윤차희랑 잘해 보든가."

그렇게 좋아하는 초밥인데 무슨 맛인지 알 수도 없었다. 이럴 거면 계란 초밥이나 먹을걸. 군인 월급 얼마나 된다고. 내가 그렇게 후회하는 걸 아는지 모르는지, 윤태희가 선선히 웃으며 지나가던 참치 초밥 접시를 집어 내 앞으로 밀어 주었다.

흘끗 본 박우경은 여전히 조금 화가 난 표정이었다. 하지만 저게 부끄러워 어쩔 줄 모르는 표정이라는 건 나만 알았다.

내가 처음으로 쟤 셔츠를 벗길 때도 저런 표정을 지었다.

왜 저런 게 귀여울까. 알 수가 없었다.

윤태희는 휴가를 나오기 며칠 전 미리 엄마랑 통화해 알아
놓았던 병실로 날 곧장 데려갔다. 제가 여기로 올 것은 아는데,
언제 올 것은 모르니까 깜짝 놀라게 해 주고 싶다며 연락은 따
로 하지 않았다.

외할머니는 간신히 중환자실에서 내려왔다. 얼마간 예후가
좋지 않다고 했지만 원래 수술 자체는 그럭저럭 잘됐던 터라
여러 가지 수치가 안정되니 재활 얘기가 나왔다. 이제 재활만
하면 된다드라. 재활만 하면.

그러나 나는 외할머니가 의식도 없이 늘어져 있던 때보다
희망적인 지금이 엄마에게 더 쉽고 편하리라고는 생각할 수
없었다.

외할머니는 머리를 수술한 사람이었다. 뇌손상이 컸으므로
몸을 못 가눌 뿐만 아니라 사고하는 것도 당연히 예전 같지 않
았다. 외할머니는 이제 아기가 된 것처럼 온갖 일에 떼를 쓰게
되었으며, 하루라도 간병인을 쓰면 간병인을 못살게 굴고 악을
지르고 어떻게든 엄마에게 전화를 하게 했다.

그러고는 이제 희야 너까지 애미를 버리냐고 엉엉 울었다.
엄마는 속수무책이었다.

불과 두 달 전에는 외할아버지가 없는 집에서 구부러진 허리

로도 홀로 살림을 꾸렸고, 딸들이 가끔 와서 농사나 가사를 도와주려 해도 필요 없다며 꼿꼿하게 내쳤던 사람이었다.

먹고 입고 사는 생활 정도는 스스로 할 수 있다고. 이런 것까지 너희 손을 빌리겠냐고.

단지 큰 외삼촌 일 때문에 딸들에게 면목이 없어서는 아니었다. 이를테면 시골 노인네들의 자존심 같은 것이었다. 하나둘 그렇게 자식들의 손을 타다 보면, 결국 혼자서는 아무것도 못 하는 노인네로 취급받게 된다고.

그러고 나면 인생에서 남는 순서라고는 양로원으로 끌려가는 일뿐이라고 믿는 것처럼.

"아이고, 태희랑 차희 왔나."

외할머니에게서 한 번도 들어 본 적 없는 어눌한 말씨였다. 외갓집에는 손자 손녀들이 집집마다 썩어 났고 우리는 그다지 특별할 것 없는 말희의 아들과 딸이었지만, 할머니가 사랑을 아예 모르는 사람은 아니었다.

할머니는 퍽 애틋하게 오빠의 손을 잡으려 애썼다. 그 애틋함에 도리어 기분이 가라앉았다.

"할머니, 몸은 좀 어떤데?"

외할머니가 그저 감기 몸살에라도 걸려 누워 있는 것처럼 대수롭지 않은 물음이었다.

그게 도리어 기분이 좋았나 보다. 대단한 환자 취급하지 않는 게. 외할머니가 윤태희를 보며 아이처럼 웃었다.

우리를 보고 있으면서도 보이지 않는 것처럼 헤매는 손이 가냘팠다. 외할머니의 의지를 따라 주지 않는 것은 움직이지 않는 손이었다. 반대로 그 손을 따라가지 못하는 것이 할머니의 의식이기도 했다.

"……."

이제 외할머니의 의지는 머릿속 안에서 제자리만 빙빙 돌았다. 많은 것을 잊어버린 대신 작은 것에 집착하면서.

엄마가 억지로 시켰던 아침나절의 양치질이나 먹으면 안 된다고 한 과자 따위를 계속 돌아보고 또 돌아보면서. 원망하고 미워하고 남에게 그런 딸을 헐뜯으면서.

할머니는 윤태희가 어떻게 취급하든 대단한 환자였다. 나는 가만히 윤태희 옆에서 할머니를 내려다보았다.

누가 봐도 안쓰럽고 불쌍하겠지. 언젠가 먼 옛날, 막내딸 앞에 다 굽은 등으로 엎드려 빌고 애원하던 모습처럼…….

너희 큰오빠 좀 한 번만 살려 달라던 애달픈 울음. 가엾게 주름진 손. 형편없이 갈라진 까칠한 손끝. 흙만 만진 평생이 남긴 무수한 갈색 선들.

그 가련한 손의 폭력.

그때도 지금도, 이기심은 당장 누군가를 짓누를 수 있을 것 같은 사람에게만 찾아오지 않는다. 어떤 사람의 무력함은 때때로 권력이 됐다. 외할머니는 사실 원래도 그것을 잘 아는 사람이었다. 적어도 딸들을 볼 때는.

가끔 엄마가 무력하면, 엄마보다 더 무력해져 버리는 딸들이 있다는 것을 알아서. 그렇게 마음 아파하는 것이 딸들의 둘도 없는 약점이라서.

어떤 '앎'은 간혹 세상의 상식, 삶이 축적한 정보 바깥에 있다. 뇌가 아닌 다른 어딘가로 기억하는 것.

할머니는 '병들어 죽어 가는 나를 버리려고 하느냐'는 비난 한마디 없어도 노예처럼 붙잡혀 있을 막내딸을 누구보다 잘 알 사람이었다.

그럼에도 '그 말'을 기어코 아침저녁으로 내뱉고 딸이 병원을 잠시도 벗어나지 못하게 하는 건, 그 말이 목줄이나 다름없다는 것 또한 알아서다.

마당에서 기르는 개가 도망칠까 봐 줄을 다시 묶고, 또 묶어 보는 불안한 사람. 혹시 밤새 이음새가 헐거워지지는 않았나 아침저녁으로 들여다봐야만 속이 시원한 그런 사람이 되었으니까.

"여기 있네, 손자 손."

할머니의 손을 조금 늦게 본 윤태희가 침상 위에서 맥없이 돌아다니는 손을 붙잡았다.

그러고는 너도 같이 잡으라는 양 나를 흘끗 보았다. 나는 멀뚱멀뚱 그 손을 쳐다보기만 했다. 윤태희가 그런 내 표정을 보고는 말없이 고개를 돌렸다.

이후로도 외할머니는 윤태희에게 한참이나 말을 골랐다. 말을 꺼내다 말고, 또 꺼내다 말았다.

아주 어려운 질문을 만난 사람 같았다. 마치 거기에 대답할 지식이나 정보가 없어 그렇다는 듯이.

고작 몸은 좀 괜찮냐는 물음에.

나는 윤태희의 눈에 물기가 조금 어리는 것을 보았다. 그것을 어렵지 않게 참아 내는 것도, 하지만 결국에는 좀 참담해하는 것도.

침상 옆에 배낭을 놓고 비스듬히 걸터앉아, 조곤조곤 말을 건네는 모양이 어색하지만 다정했다. 할머니가 제 말을 받아들이기 힘들까 봐 천천히, 아주 단순한 말 한 마디씩.

생각해 보면 윤태희는 교복 차림에 담배나 물고 다녔던 시절조차 나이 든 여자들에게는 약했다. 제 혈육에게는 더 약했다. 그러니 혈육에다 아픈 노인이라면 말할 것도 없었다.

게다가 갓난아기였던 나와는 다르게 어릴 때 외할머니가 우리를 돌봐 주었던 기억도 얼추 남아 있다. 외할머니를 내려다보는 오빠의 눈에서 어쩔 수 없는 애틋함과 허무감이 비쳤다.

박우경이 제 할머니와 있으면 저런 모습일까?

나는 다 자란 박우경과 그 애의 할머니가 함께 있는 것을 한 번도 본 적이 없어서, 가끔은 그 애가 할머니 옆에서 어떻게 시간을 보내는지 상상해 보고는 했다.

어쩌면 저렇게 옆에 걸터앉아서, 느릿느릿 새로운 이야기를 해 줬을지도 모르지. 가끔은 훨씬 더 비참해하고, 병실에서 쫓겨난 뒤에도 한참이나 문 앞을 서성거리다 떠나온 날도 있었을 것이다.

슬프지 않아서 슬픈 날에는. 제 할머니가 마음을 찢어 놓는 날에는.

그 애는 아예 할머니가 제 엄마 같다고 했으니까……. 그렇게나 각별했다. 그러고는 그렇게 사랑했던 손자를 눈앞에 두고도 알아보지도 못했다.

엄마가 나를 알아보지 못하는 것은 어떤 기분일까.

내가 잡은 손을 질색하며 뿌리치고, 아무런 이유도 없이 나를 미워하다 그마저도 잊어 먹고, 내가 있어도 내가 아닌 누군가에게 헛소리만 하고 있는 것을 바라보고 있다면.

우습게도 그렇게 일어나지도 않은 일을 상상하는 게 훨씬 더 슬펐다. 윤태희가 우리의 나이 든 여자 혈육에게 무르게 구는 것을 보면서, 내 남자 친구나 빗대어 잠시 생각해 보는 게 더 가슴 아팠다.

외할머니보다 피 한 방울 섞이지 않은 박우경의 할머니를 생각하는 게 훨씬 더 속을 아리게 했다.

저런 할머니 옆에서 24시간을 보내고 있는 엄마가 훨씬 더 불쌍했다.

문 앞에서 쫓겨나는 잡상인처럼 이모부들에게 전화를 돌리고, 마치 자기가 아쉬운 일인 양 전화만이라도 받아 달라 사정하고 있는 아빠가 차라리 아픈 사람보다 가여웠다.

청라는 여름에도 밤이 되면 쌀쌀한 곳이었다. 아빠는 그런 청라에서 이 한겨울에 엽총을 짊어지고 밤늦게까지 야산을 쏘다니고 있었다. 다른 어떤 해보다도 더.

눈앞에서 허덕이는 딸도 모르는 외할머니가 그런 사위를 알리 없었다. 방금 전 눈앞에서 일어난 일도 받아들이는 게 어려운 사람이었다.

아무리 기다려도 큰 외삼촌이 오지 않는다고, 마치 외삼촌을 병원에 못 오게 한 웬수라도 되는 양 아빠는 외할머니의 힐문을 받았다.

그러다 제 막내 여동생이 이혼이라도 당할까 봐 지레 걱정한 큰 이모가 그것을 감싸니 그때부터는 큰 이모가 대대적으로 힐난을 당했다. 네 동생 창석이가 얼마나 엄마를 보고 싶어 하겠느냐고. 네가 사람을 그렇게 보니 못 오는 것이라고.

물론 아픈 사람을 붙잡고 당신이 아무리 아파도 당신 아들이 여기에 찾아오고 싶어 할 리 없다고 말해 줄 수 있는 사람은 아무도 없었다.

큰 이모는 결국 큰 외삼촌이 청라에 내려오지 못하는 이유를 지어내고 변명이나 해 주었다. 하루아침에 어린애가 된 외할머니에게 온갖 분풀이를 당하면서.

큰 이모는 외할머니가 어린 나이에 시집을 오자마자 낳은 장녀였고, 막내딸인 엄마에게는 말 그대로 엄마뻘이 되는 사람이었다. 당연히 나이가 많았다. 몇 해 전에는 위암에 걸렸던 적도 있었다. 허리며 무릎 관절이며 멀쩡한 곳이 없었다.

그래도 저는 남편이 없으니 괜찮다고 하루라도 엄마를 대신해 주고 싶어 했다. 집에 가서 윤 서방 좀 챙기고, 차희도 좀 챙기라고.

그 나이에 장남에게 눈치나 주었다고 걸러 내지 못한 욕을 다 들으면서도. 간병인은 절대 안 된다고 하니까…….

큰 이모의 허리가 항상 앞으로 비스듬히 기울어져 있었던 것은 어쩔 수 없는 통증 때문일 것이다. 허리를 펼 수 없어서. 그 몸으로 몸을 못 가누는 환자를 돌본다는 게 어떤 것인지, 몸을 뒤집어 등 한 번 닦아 주기가 얼마나 어려운 일인지 외할머니는 모를 것이다.

큰 이모가 일찍이 큰 외삼촌 때문에 얼마나 돈고생 마음고생을 했는지도.

이모는 형제들 중에 가장 많은 피해를 입었던 사람이었다. 그런 형편에, 우리 엄마가 이혼당하면 어쩌나 싶어 조금이라도 빚을 내 병원비에 보태고 있었다. 마치 엄마의 엄마처럼. 병원에서 어쩌다 한참 어린 아빠를 맞닥뜨리면 내내 눈치를 본다는 듯했다.

외할머니는 정말이지 이번 일로 죄다 잊어버렸다. 치매에 걸린 것도 아니면서.

떠나간 자식들이 자기 때문에 무얼 잃었는지, 남은 자식들이 지금 자기를 위해 어떤 일까지 하고 있어야 하는지 아픈 사람은 하나도 몰랐다.

정상이 아닌 사람에게 이치를 따지는 사람은 아무도 없다.

듣기 싫은 말을 한다고 치료를 받지 말라고 할 사람도, 혼자 죽어도 된다고 말을 할 사람도 없었다.

그러면 됐지. 그것도 어쩌면 과분한 노후인 것 같았다.

박우경의 할머니는 망각으로 인생의 모든 것을 잃었지만, 우리 외할머니는 잊어버리고 오히려 편해졌으니까.

윤태희의 애틋한 말 몇 마디조차도 아까웠다. 고장 난 것처럼 아무런 감흥도 생기지 않았다.

할머니는 불쌍하지 않았다. 엄마가 24시간 내내 돌보는 할머니가 실제로 어떤 지경이 되었는지를 알게 되었을 뿐이다.

박우경 같은 애는 절대로 패륜아가 될 수 없었다. 바르작거리는 외할머니의 손을 보면서 이런 생각이나 하는 내가 패륜아였다.

"할매 괜안타……. 니는? 군대에 있는 머스마가…… 우째 이래 나왔노. 응? 외할매 보러 나왔나."

"당연하지. 내가 갑자기 만다 나왔겠노. 원래 더 빨리 나올라 캤는데."

"니가 군대 간 게…… 그르니까…… 이제…… 하이고, 2년 정도 남았긋네. 그래도 반은 했나?"

"할머니. 그건 저주다. 요즘 세상에 무슨 군대를 삼 년 사 년 보낼라 카노……. 6.25 때도 그 정도 있으면 니 이제 집에 가라 카겠다."

"……갑자기 6.25가 와 나오노? 김정일이가 또 미사일 쐈다 카나?"

"아니."

"왜? 그 빨갱이 놈들이 쳐들어온다드나? 니 군대에 있을 때 그카믄 안 되는데……."

윤태희는 문득 날 흘끗 보더니 귀가 어두운 할머니에게는 들리지 않을 만큼 작은 소리로 중얼거렸다. 김일성이라고 안 하는 게 어디냐고.

단순한 말을 겨우 이해하고, 이해한 뒤에는 겨우 대답할 말을 골라야 하는 지난한 과정이었다. 그나마 예뻐하는 손자라 대화를 제대로 하려 용을 쓰는 것이었고, 엄마와 이모에게는 그나마의 거름망도 없어 매일 난리인 것 같았다.

할머니의 뇌는 당장의 원초적이고 단순한 감정은 극단적으로 느끼게 된 대신, 이전의 상식과 오래된 기억은 무차별적으로 잊어버렸다.

어떤 연속성이 있는 일도 마찬가지였다. 중요한 것이든 중요하지 않은 것이든.

아마도 윤태희가 군복을 입고 있지 않았더라면 어디서 무얼 하다 왔는지조차 몰랐겠지.

윤태희도 자라면서 큰 외삼촌의 일로, 정확히는 외할머니가 엄마와 이모들에게 한 일로 크게 실망해 정을 뗐다. 즈그 잘난 큰아들이나 끼고 살라는 이야기도 되바라진 초등학생이었던 윤태희가 가장 먼저 했다. 아빠가 아니라.

그래도 그런 옛날 일이 다 무슨 소용이냐고 했지. 저렇게 아픈데. 이제 곧 돌아가실 수도 있는데.

그깟 돈이야 죽으면 다 없어지는 건데.

할머니나, 아빠나 엄마나, 우리나. 언젠가는 죽고 아무런 의미도 없어질 거라고. 그렇게 힘들었던 일도, 우리 집으로 끝없이 쏟아졌던 물들도 언젠가는 아무것도 아닌 일이 될 거라고.

결국 죽으면 아무것도 못 들고 간다는 별 스님 같은 말이나 갑자기 지껄이면서……. 군대에서 무슨 짓을 당해서 저렇게 됐는지 모르겠다.

그때부터 지금까지 혓바닥 끝에 내뱉지 못한 말들이 맺혀 있었다. 그 말들이 가쁘게 차오른 숨처럼 목구멍을 오갔다. 가까스로 삼키고 있는 말들이 따가웠다.

그래. 언젠가는 그러겠지.

하지만 우리는 아직도 살아 있잖아.

왜 또 이래야 해. 이건 정말로 우리 잘못이 아닌데……. 아빠가 몇 년 전부터 지독하게도 운이 없었던 것을 안다. 가끔씩 좋지 않은 선택을 했던 것도 알았다.

빨리 해결하고 싶어 일을 벌이고, 버거운 빚을 늘린 것도. 그게 결국에는 좋은 결과로 돌아오지 못한 것도. 엄마도 친정 일로 실수한 것이 있다.

거기까지는 우리가 운이 없었고, 우리가 실수한 것이다. 하지만.

"……니는 우째, 느그 큰 외삼촌을 이래 꼭 닮았노. 머리 빡빡 깎아 놓으이 영판 우리 창석이 군대 갔을 때랑 똑같네."

"에이. 아닐 거 같은데. 내가 외삼촌 얼굴을 모르나? 내가 훨씬 더 잘생겼을걸."

장례식장에서 돈 걷을 일이나 생기면 나타날 아들 하나만 기다리는 사람을, 왜 우리 부모가 돌봐야 해.

윤태희는 누가 봐도 친탁이었다. 아빠랑 엄마가 자기 병 때문에 지금 어쩌고 있는데, 제 잘난 아들이 둘에게 무슨 짓을 했는데, 그런 것은 죄다 잊고 사위만 닮은 손자에게서 그리운 큰 아들의 흔적부터 찾아내는 사람이었다.

딸들이 돌아가며 뭘 해 줘도 당연한 줄만 알다가 보이지 않으니 기껏해야 자기가 당연히 받을 대접을 다 못 받는다 느껴서, 겨우 자기 옆에 남아 있는 사람들에게 화풀이만 했다. 어차피 이모들에게 무슨 일이 있는 건 아닌지 걱정하지도 않았을 거면서.

세상 편리한 병이지. 불리한 것만 죄다 잊어버렸다. 박우경의 할머니와는 다르게. 땅 아래로 꼭 꼴 보기 싫은 것만 선별해 묻어 버린 것처럼.

"아이다. 느그 큰 외삼촌이…… 젊을 때 얼마나 잘생겼었는데. 니 모르제. 니랑 비교도 안 된다……. 우리 창석이가 공부를 그래 잘하지만 않았으믄……. 그 뭐시고, 탤런트. 그래…… 테레비에도 나오고 그캤을 건데."

느그 큰 외삼촌. 우리 창석이.

그 말에 잠시 무표정하게 외할머니를 내려다보던 윤태희가 내 눈치를 살피듯 흘끗 보았다.

"……글고 보니까 할머니, 엄마는 어디 갔는데? 잠깐 화장실이라도 간 줄 알았는데 안 오네."

할머니에게는 어려운 질문이었는지 잠깐 정적이 찾아왔다. 아니면 큰 외삼촌을 생각하느라 바쁠 수도 있고.

그 말에 옆 침대에서 잠자코 누워 티브이만 보고 있던 다른 할머니가 대답했다.

"느그 엄마가 저 할매 막내딸 맞제?"

"네."

"아까 잠깐 전화한다 카믄서 나갔는데, 좀 됐다."

"아. 감사합니다."

윤태희가 고개를 까딱 숙였다. 시선이 내 쪽으로 다시 돌아왔다.

"윤차희, 나가서 엄마 좀 찾아온나. 오빠야 왔다고."

아픈 사람 앞에서 그런 표정으로 있을 바에야⋯⋯. 윤태희가 생략한 말을 알 듯 말 듯 했다. 전화나 해 보면 그만일 일이었지만 나는 고개도 끄덕이지 않고 병실을 나섰다.

"⋯⋯차희가, 그래 공부 잘하는 것도⋯⋯ 다 우리 창석이 덕 아이가⋯⋯. 느그 외가도 그렇고, 친가도 돈만 좀 있었지, 무식하이⋯⋯. 두 집안 다 통틀어서⋯⋯ 창석이 말고 그래 똑똑하고 공부에 재주 있던 애가 누가 있노? 가시나가 즈그 엄마 아빠 안 닮고 그걸 다 닮은 기지."

차희가 난주 잘 되면, 지 큰 외삼촌한테 꼭 보답하게 해야 된다, 알겠제⋯⋯. 어눌한 말이었지만 이창석이라는 이름 하나에 박힌 인식만은 확고했다. 나는 문을 닫으며 웃었다.

그렇게 아프다고 다 잊어도, 이창석은 잊지 않는 게 어쩌면 헌신적인 모정 같은 걸까?

아들 하나 못 낳는다고 그렇게나 시집살이를 당했다던 할머니는, 이창석이 태어났던 날 인생이 완전히 뒤바뀌었다고 했다. 그 잘난 아들이 P대에 갔던 날도 마찬가지였겠지.

생각해 보면 외할머니는 그저 평생을 그날의 그림자 속에서 살고 있는 것뿐이었다. 이창석이 태어났던 날로부터 평생을.

그렇게 치면 외할머니가 이창석에게 무한한 사랑을 퍼붓는 것은, 자기 스스로에게 무한한 사랑을 퍼붓는 것과 같다고 봐도 좋았다.

그러고는 자기 스스로를 너무 사랑해서 끝내 아들을 망친 거겠지.

결국에는 이창석 한 명의 좋은 어머니조차 아닌 사람이다. 오로지 자기밖에 모르는 사람이니까.

나는 외할아버지가 같은 병원에 입원했을 적 엄마가 종종 가 있던 한 층 아래 보호자 휴게실로 향했다. 그러나 거기에도 보이지 않았다.

보는 사람도 없이 TV가 시끄럽게 켜져 있었다. 구석에는 마치 TV 소리를 피해 말하듯 소리를 죽여 대화하는 아줌마가 둘 있었다. 전화할 용건이라는 게 혹시 이모들 중 하나라면, 엄마 성격에 이런 곳에서 통화를 하는 건 어려웠다.

그제야 전화 걸 생각이 들어 전화를 걸었더니 여전히 통화 중이었다. 찬 바람을 그렇게 싫어하는데 설마 테라스에 있을까 했는데 역시나 없었다.

나는 병원을 빙 돌아보다 윤태희에게 메시지를 남겼다. 아

래층 휴게실에도, 테라스에도 없다고 하니 금세 편의점 앞쪽
에 가 보라는 메시지가 돌아왔다. 엄마는 어차피 돌아올 텐
데······.

　어떻게 두어도 엄마랑 윤태희는 곧 만나게 될 테니 나까지
꼭 필요가 있을까 싶었지만, 윤태희는 그냥 내가 할머니 병실
에 있는 꼴을 엄마에게 보여 주고 싶은 것 같았다.

　　'엄마가 신경 쓰지 말라고 했는데.'
　　'걍 말이 그런 거지.'
　　'병원 싫다. 냄새도 싫고.'
　　'외할머니가 싫은 거겠지.'
　　'······.'
　　'냄새고 나발이고 엄마가 입원하면 맨날천날 들락거
리 거 아니가.'
　　'······오빠야 니는 외할머니가 밉지도 않나.'
　　'미운 구석 하나도 없다 카면 구라고······. 존나 개밉상
일 때가 있긴 했지. 그래도 신경은 써야 안 되나. 엄마 체
면이 있는데······.'
　　'······.'
　　'외할매 신경 쓰라는 게 아니라, 그냥, 엄마 봐서 한두
시간만 있다 가라. 그 정도 시간 빼도 니 공부 잘하니까.'

　안 그래도 자기 형제들 사이 개판 났다고 엄마 슬퍼하니까.

우리라도.

군대에 틀어박혀서 그런 생각은 어떻게 했냐고 물으니 군대에 틀어박혀 있기 때문에 그런 생각을 할 수 있다고 했다.

결국에는 윤태희의 말들이 병원을 떠나려던 발걸음을 붙잡았다. 윤태희의 말대로, 편의점 앞에서 캔 커피 하나를 들고 몸을 움츠린 엄마를 발견할 수도 있었다.

그러나 부를 수는 없었다. 멀리서 엄마를 발견하자마자 윤태희에게 찾았다고 메시지를 보냈던 나는 조금 뒤늦게 그 메시지를 취소하고 싶어졌다.

"……언니야, 니 진짜 해도 해도 너무한다. 우리 집은 지금 형편이 되니까 이카는 거 같나. 내 울고불고하는 소리가 어데 돈 몰래 꼼쳐 놓고 죽는다 엄살 부리는 거 같냐고. 어?"

딸 중 막내라 바로 위 이모와 막내 외삼촌을 빼고는 죄다 나이 차가 많아서, 엄마는 외가에서 감히 큰소리를 내는 법이 없었다.

그렇게 외갓집 식구들이 시키는 대로 얌전히 하기만 하던 엄마가 저렇게 우악스레 소리를 지르는 것은 생전 처음 보았다.

실은 평생 누구에게도 저렇게 소리 지르는 꼴은 본 적이 없었다. 아빠 하나를 빼고는.

"언니야, 언니야! 말 끊지 말고 똑디 들어라. 어? 내 니한테 말했제."

"……."

"내 진짜 어제부터 니한테 빌었다. 많이도 아니고, 딱 이틀

만 와 달라 캤다이가. 와서 돈을 달라는 것도 아니고. 암만 처가 일이라면 학을 뗐다 그캐도 꼴랑 이거 갖고 형부가 이혼하자 하면 금마가 미친갱이 아이가?"

"……."

"아, 병원 함 왔다 카면 윤 서방이랑 내가 언니야 병실에 묶어 놓고 다시는 안 보내 준다 카드나? 돈 내줄 때까지? 내 진짜 별 빙시 같은 말을 다 듣는다. 아 소리 지르지 마라! 니가 엄마 쓰러시고 나서 뭐 잘했는데? 느그 집만 큰오빠한테 사기 당했나? 큰언니는? 우리는?"

아빠의 설득은 결국 실패한 모양이었다. 그래도 차라리 속이 시원하기는 했다. 처음부터 공평하지가 않았으니까.

"전지를 못 해가 나무들이 벌써부터 썩을라 칸다. 우리가 농사 짓는다고 겨울 되믄 어데 할 일 없이 팡팡 노는 줄 아나? 겨울에 저래 계속 놔두면 우리는 내년 농사도 싹 다 망한다. 태희 아빠 혼자 할 일도 아인데 혼자 하라고 맡겨 놓고……."

"……."

"막상 일이 또 그래 되긋나. 태희 아빠는 태희 아빠대로 당장 엄마 병원비가 급하이 총 들고 하루 종일 야산이나 쏘다니고 나는 병원에 이래 24시간 묶여가……. 언니야, 언니야. 진정해라. 내가 형부 탓하는 거 아니라 캤제. 그래. 형부 할 만큼 했는데……."

"……."

"돈 얘기가 아이고……. 언니야 니는 왜 말을 꼭 그래 꼬아

듣노? 윤 서방이 잘못한 거라고? 태희 아빠가 대체 형부한테 뭐 잘못했는데? 돈 안 주면 장모가 죽는다고 협박했다고? 아니 그라믄 장모 수술비 병원비 좀 보태 달라 칸 게 그래 죄가? 윤 서방이 이 집 아들인가? 이 집 아들래미들도 안 듣는 욕을 왜 우리 신랑이 듣는데? 어?"

"……."

"윤준영이가 형부한테 술 처먹을 돈이라도 뜯어물라 칸 것처럼 그래 말하면 안 되지. 언니야 니는 태희 아빠한테 그래 말하면 안 되지! 아니, 수술이 잘된 게 끝이 아니라고 했다이가! 내가 뭔 말을 바꿨는데?"

"……."

"요즘 같은 세상에 무슨 병원이 상술을 부린다 카노! 엄마가 아예 운신을 몬 하이까 퇴원을 몬 시킨다고! 야! 혼자서 똥오줌은 무슨! 손가락질도 못 해서 재활을……. 이 미친갱이가 진짜 콱 도라 삤나!"

"……."

"태희 아빠가 엄마 억지로 입원시켜 놓고 매달 비는 돈 좀 메꿀라고 이칸다고? 니 와서 우리 엄마 꼬라지나 함 보고 말해라. 꼬라지 보면 니는 미안하고 기가 막혀서 평생 우리 태희 아빠 눈도 못 마주친다. 아나?"

"……."

"하긴 즈그가 엄마 근처에 살았으면 그래 도둑질이나 하고 살았을 거라서 생각도 그래 하는갑지. 맨날천날 형제들 돈 때

먹을 생각만 속으로 해가…… 하이고, 미친년이라 그만캐라. 언니야 니가 더 미친년 같으이까는."

저런 상스러운 욕을 하는 것도 처음 보았다. 엄마가 대단한 욕을 한 것도 아닌데 마치 다른 사람처럼 보였다.

"곧 죽을 사람 병원에 붙잡아 놓고 억지로 고문하지 말고 집에서 편하게 지내시다 가게 델따 놓으라고? 뭐가 편하노. 언제 죽을지 모르는 사람을 집에서는 누가 붙어 돌보는데. 어? 자식들이 몇 명인데. 느그는 멀리 산다고 이래라저래라 카고 모른 척하면 그만일지 몰라도 지척에 있는 우리는……."

"……."

"아, 그래. 태희 아빠랑 내가 길바닥에 느그 엄마 내삐리고 가면 형부랑 둘이서 잘했다 카겠네. 내 꼭 니가 시켰다고 엄마 내삐리면서 말해 주께. 니가 갖다 버리자 캤다고."

"……."

"치료할 수 있고 재활할 수 있다 카는데 집에서 알아서 돌아가시라고 두는 게 살인이지 그럼 뭐꼬? 밥 한 끼 혼자 못 묵고 똥오줌 누러 화장실도 못 갈 양반을……. 니가 그래 산다고 내까지 그래 살게 하지 마라."

"……."

"미친년……."

"……."

"그래, 내가 언니야 니보고 미친년이라 캤다. 우짤래. 지 남편 말만 듣고 남의 남편한테 그래 개지랄을 떨었으면서 개끄르

338

지 같은 기⋯⋯."

"⋯⋯."

"하이고, 빚쟁이도 아이고 윤 서방한테 전화가 열 통도 넘게 와가 마이 고생했네. 우짜노. 입원시키야 되는 거 아이가?"

엄마가 아빠가 아닌 다른 사람에게 저렇게 소리를 지르고, 저렇게 들으라고 욕을 하다니. 나는 엄마가 꽤 유치하고도 얄미운 어조로 이모에게 비아냥거리는 것을 보며 조금 웃었다.

그러다 전화가 끊겼는지 멍하니 핸드폰을 내리는 엄마의 얼굴이 다시 멍했다. 전화가 다시 울렸다. 엄마가 조금 반색하며 핸드폰을 들었다.

진이 언니야, 하고 순식간에 원래대로 돌아오는 목소리를 보니 박우경의 엄마였다.

엄마는 조금 울고, 신미진을 붙잡고 몇 번째 이모인지도 모를 이모를 욕할 것처럼 서두를 꺼냈다가 결국 제대로 욕을 하지도 못한 채 이야기에서 도망쳤다.

"괜찮다. 내 괜찮다니까, 진짜. 그냥 엄마가⋯⋯. 그래, 다른 게 힘든 게 아니라 이런 게 힘들지. 돈이야 뭐 노상⋯⋯."

"⋯⋯."

"하이고, 이번 달 수납할 정도는 있다 안 카나. 언니야, 아 됐다. 됐디, 진짜. 뭘 또 도와주겠다고. 저번에도 태경이 아버지 몰래 빌리 줬다 아이가. 안 갚기는 뭘 또 안 갚아?"

"⋯⋯."

"작은 돈은 어데 뭐 돈이 아인가⋯⋯. 글고 지금 우리 형편에는 작은 돈도 아니지. 태경이 아버지가 몰라도 언니야가 알고 내가 아는데."

"……."

"그때도 너무 급해서, 당장 그날 안에 필요한 것만 아니었으면 내가 절대로……. 그래, 알지. 언니야처럼 내 생각 해 주는 사람이 세상천지 어데 있겠노. 언니가 따로 모은 돈인 건 아는데 그래도 더는 못 빌린다. 진짜로 돈은 마 됐고, 그 마음만 해도 고맙지……."

엄마가 괜찮다는데 문득 속이 거북해졌다. 아까 전까지는 나도 괜찮았는데.

귓가로 스며드는 말이 모래 같았다.

저번에도.

태경이 아버지 몰래.

아닌 척할 것도 없이 박우경네 엄마가 우리 엄마에게 따로 돈을 빌려줬다는 뜻이었다.

박우경네 아버지도 모르는 돈을 아빠가 알 리는 없었다. 알았다면 엄마가 그 집에서 융통하게 두지도 않았겠지.

멀미가 났다.

"아이고 언니야, 내 진짜 괜찮다. 사무실 일도 바쁜데 여까지 괜히 또 오지 마리. 어. 어……."

"……."

"그냥, 울 엄마는 이제 재활만 잘 시키면 되는데……. 고비도 얼추 넘겼는데 돈 그게 뭣이라꼬 형제끼리 다시는 얼굴도 안 볼 거처럼 이러고 있는데 기가 안 막히긋나⋯⋯. 없는 집이라고 다 이카고 사는 것도 아닐 낀데."

"⋯⋯."

"⋯⋯그래, 언니야 말이 맞기는 맞다. 형부들이 평생 많이 참기는 참았지. 다 이창석이가 원흉이지⋯⋯."

"⋯⋯."

"⋯⋯장모가 쓰러졌다는데 오죽했으면, 니 내랑 이혼하고 가서 맨날천날 느그 잘난 오빠 노래나 부르는 할매 똥 치우면서 살래, 요 있을래, 그란다 안 카나. 옛날에는 처갓집에 이것저것 다 해 주던 양반들이. 근처 갔다가는 남은 것까지 다 뜯어 묵힐 것 같다는데 내가⋯⋯."

언제나 그렇듯 다정한 통화였다. 세상에 털어놓을 곳이라고는 신미진밖에 없는 것처럼.

이모랑 서로 정신이 나간 게 분명하다고 싸운 것도 신미진 앞에서는 가벼운 한탄으로 지나갔다. 이만 들어갈까. 엄마가 저 통화 이상의 위로를 내게서 찾을 리가 없었다.

"⋯⋯니 뭐 하노?"

"아 깜짝이야⋯⋯."

그때 갑자기 윤태희 목소리가 머리 바로 위에서 들렸다.

"⋯⋯윤태희 니는 뭐 하는데?"

"니도 안 오고 엄마도 안 와서."

"⋯⋯."

"여서 뭐 하는데? 엄마 저깄는데."

윤태희가 통화를 어디서부터 들었는지는 알 수 없었다. 나한 테 그래 놓고는 저도 엄마에게 들키기는 싫은지 내 귀에 대고 조용히 속삭이는 소리가 간지럽고 징그러웠다.

팔꿈치로 뒤에 붙어 서 있는 윤태희의 배를 때리자 그 와중 에도 내가 묶은 머리를 휙 잡아당겼다. 딱히 공격성이 있는 힘 은 아니었지만 짜증이 확 치밀어 오르는 건 마찬가지였다.

왜 그러고 있었냐는 말에는 딱히 할 말도 없고.

엄마가 생전 처음 다른 사람이랑 저렇게 싸우는 꼴을 재밌게 보느라 그랬다고는 할 수 없었다. 그럼 뭐 때문에 싸웠는지도 말해야 할 테고, 윤태희는 나처럼 그걸 재밌다고 생각할 불효 자가 아니었다.

나는 온갖 생각으로 골몰한 엄마가 우리를 보지 못한 채 그 늘막 아래에서 캔 커피를 만지작거리는 것을 잠깐 보았다. 그 리고 그냥 돌아섰다.

"……어디 가는데? 엄마는?"

"엄마 지금 진이 이모랑 통화하잖아. 냅두고 위에 올라가 있 자. 엄마 병실 오래 비우면 할머니가 까탈지긴대."

"맞나."

윤태희가 대수롭지 않게 대꾸하고는 따라왔다. 아까는 엄마 랑 상봉하는 게 한시가 급한 것처럼 말하더니 별 미련도 보이 지 않았다. 무언가 듣기는 들었다는 뜻이었다. 어디서부터 들 었는지는 몰라도.

우리는 그렇게 대화 없이 엘리베이터를 탔다. 나는 아까와 다른 적막이 어색해서 괜히 주머니에서 핸드폰을 꺼내 들었다. 내가 없는 사이에 외할머니가 네게 뭐라고 하셨냐고 묻기에는, 마지막으로 들은 게 큰 외삼촌에게 감사한 줄 알라는 거였다.

이후로도 대충 그런 소리나 들었겠지. 기억이 온전치 않은 외할머니는 온 가족이 큰 외삼촌에게 갚을 빚이 있다고 우겨도 이상할 게 없는 사람이었다.

나는 핸드폰 화면을 이리저리 돌아다니다 화면을 툭 껐다.

여느 때처럼 박우경이 보내 놓은 메시지가 여러 통 있기를 바랐는데 메시지도 없었다. 왜 없지? 좋아하는 애가 메시지를 뜸하게 보내면 세상이 끝난 줄 아는 유치한 애처럼 나는 잠시 초조하게 생각해 보았다.

사실 네가 보고 싶은 것도 아니었다. 그냥 네 이름이라도 보고 싶었는데. 숨이 조금 텁텁했다. 엄마를 원망할 수는 없었다.

도무지 어쩔 수 없는 상황이라 그랬겠지. 매달 돈 나갈 데만 가득 있고, 들어오는 건 고작해야 늦가을 한 철이었다. 쫓기듯 면피해야 할 곳도 많았다. 그 여자로부터 돈을 가장 융통하고 싶지 않았던 사람은 아빠도 아니고 나도 아닐 것이다. 차라리 엄마가 그렇겠지.

신미진은 우리 집이 어려워진 이후로 윤태희나 날 붙잡고 한탄하고는 했다. 너희 엄마가 어찌나 자존심이 센지, 별것도 아닌 도움조차 받으려 들지 않는다고.

어쩌면 오래전부터 박우경과 날 두고 헛된 꿈이나 꿨던 게 한몫했을지도 모르지만, 엄마는 그냥 신미진을 좋아했다. 남

주느니 아까워서 네게 준다던 물건들은 견물생심 받아도 직접적으로 신세를 지는 건 꺼렸다. 채권자. 채무자. 자매 같은 사이에 그렇게 차용증이나 주고받고 싶지는 않다면서.

하지만 지금은 진짜 자매끼리도 저 꼴이 됐다.

자칫 잘못하면 왜 하필 그 애 엄마에게서 돈을 빌렸느냐고 원망하는 말이 나올 것만 같았다. 그걸 엄마라고 바랐을 리가 없는데.

입 안이 꺼끌거렸다. 와 있길 바랄 때는 오지 않더니, 도망치고 싶을 즈음에야 박우경에게서 메시지가 왔다. 그 애가 뭘 알 리 없는데, 나는 괜히 제 발 저린 기분으로 메시지를 읽지도 않고서 화면을 다시 껐다.

왜 하필.

왜.

"엄마 전화 너무 신경 쓰지 마라."

내 옆에서 한참이나 말없이 서 있던 윤태희가 문득 말했다. 어느새 우리가 무심코 잘못 들어선 복도의 끝이었다. 외할머니의 병실은 반대쪽 끝에서 평행하는 다른 복도 쪽으로 돌아가야 나왔다.

그러나 누구 하나도 움직이지는 않았다.

"……뭘 신경 쓰지 마?"

"내 조금만 더 있으면 제대한다이가."

"지 제대가 내랑 뭔 상관이지……."

"나오자마자 나도 돈 벌 거니까."

일부러 싹퉁머리 없게 중얼댔는데 거기에는 일절 반응도 하지 않고 한다는 말이 저거였다. 윤태희가 담담하게 말을 이었다.

"그니까 엄마가 해경이 집에서 돈 빌린 건 신경 쓰지 마라. 별로 큰돈도 아닌 거 같던데. 그리고 다른 것도."

"……."

"내 하나 더 벌면 좀 낫겠지."

"오빠야 학교는."

"됐다. 나오나 마나 한 학곤데."

"……."

"내가 그렇게 벌어서라도 니 등록금은 내줄 테니까……."

"학자금 대출 놔두고 윤태희 니가 왜."

점점 말이 곤두섰다. 지금이 무슨 제 몸 갈아 형제 키웠다던 70년대인 줄 아냐고.

"남들처럼 제대하면 좀 놀 생각이나 하든지, 정신 차렸으면 자기나 챙기고 살든지."

"지금도 존나 놀고 있는데. 나와서까지 놀면 안 되지."

"……."

"학자금도 쌓이면 빚이고, 생활비는 생활비대로 따로 들 건데."

"내가 알바 하면 된다."

"치우고 공부나 해라. 좋은 학교 가 봐야 애매하게 하면 외삼촌 꼴만 나니까."

"……."

"조심해야지. 할매가 이창석이랑 니랑 닮았다잖아."

"재수 없는 말을 되게 진지하게 하네……."

"니는 뭐…… 어떤지 모르겠는데 박우경 금마는 니 존나 좋아한다이가."

윤차희 네가 하도 아니라고 하니까, 아니라고 믿어는 준다는 양 선심을 쓰는 투다.

"그니까 별것도 아닌 일로 박우경한테 티 내지 말고."

"……."

"오빠야가 금방 벌어서 갚아 줄게."

"장학금 나오는 학교 가면 된다."

"지랄하네."

대번에 나온 반응이 싸늘했다.

"니 P대 간다매. 박우갱이랑."

"걔랑 가는 게 아니고 나는 나대로 가고 싶고 걔는 걔대로……."

"진짜 느그는 지랄의 서막이 너무 길다. 빨리 힘 빼지 말라니까?"

"지가 여자를 만나면 뭐 얼마나 만나 봤다고……. P대 붙으면, 가면 가는 건데 아니면 그냥 어쩔 수 없잖아. 사립 갈 수도 없고."

"못 가면 바로 밑에 갈 생각을 해야지, 장학금을 받고 자빠지면 뭐 어쩌겠다는 건데? 니는 부모 생각 안 하나?"

"갑자기 부모 생각이 왜 나오노."

"내 생각은 안 하냐고."

"……내가 윤태희 니 생각을 왜 하고 살아야 돼?"

"니 이름에 내 지분 있다. 내 다음에 태어나서 차희니까, 니는."

"아 진짜."

"박우갱이 생각 안 하나."

"……엄마랑 아빠랑 윤태희 니 다음에 개가 왜 나오는데?"

"설마 니 인생에서 네 번째가 아니라 벌써 첫 번쨴가? 그건 아니겠지."

진짜 뭔 헛소리야. 그만하라는 듯 걸음을 옮기니 윤태희가 곧바로 내 팔목을 잡아챘다. 낯짝이 진지했다.

"오빠야 농담 아니다."

"윤태희 니가 내를 낳은 것도 아니고 왜."

해경이 오빠 집에서 돈을 빌렸다는데, 윤태희라고 달가울 리 없었다.

자존심은 이를테면 우리 핏줄의 문제였고 그중에서도 윤태희는 사사건건 남과 부딪혀도 꺾이지 않을 만큼 강했다. 아빠랑 엄마 속을 말라비틀어지게 했던 사건 사고도 태반은 그렇게 나왔다.

그랬으면서 오늘은 기껏 한다는 생각이, 내 대학이나 보내겠다는 것이다. 엄마가 해경이 오빠 집에 손을 벌렸든 말든.

엄마랑 아빠가 정 너 대학 보내 주는 게 힘들면 제가 해 주겠다고.

"군대 가서 철이 드는 것도 정도가 있지."

"실망스러운 자식은 하나만 있어도 되니까."

"……."

"윤차희 니라도 계획대로 잘돼야 좀 웃고 살겠지."

저는 누구 좋으라고 야구를 그만뒀는데.

별 미련도 없는 얼굴이었다. 그때 일은 벌써 까맣게 잊은 것처럼, 운동을 그만둔 것을 '실망스러운 자식'쯤으로 표현하고는.

"……외삼촌 봐 봐. 남의 피 다 빨아먹고 고마운 줄이나 알드나."

"희야 니가 이창석 그 개새끼랑 같나."

"언제는 니 여동생보고 닮았다매."

윤태희가 나지막하게 웃었다.

"장난이지. 니가 어케 같노, 금마랑."

"내 같은 애는 나중에 고마운 줄도 모른다. 그니까 그냥 윤태희 니는 니 인생 살고, 나는 내 인생 좀 살자. 오빠야."

"……."

"제대하고 복학을 하든, 안 하든. 돈 벌면 윤태희 니 다 쓰고. 쓸데없이 남 줘 봐야 아무 보람도 없으니까."

"니랑 내가 남이가. 윤차희."

"부모 자식도 남인데, 니는 내한테 뭐 되나."

"이거 완전 패륜아네?"

"박우경 할머니가 그랬다. 결혼도 부모 자식도 대단할 거 하나 없대. 남이랑 남이 만나서 남을 낳는 거라고."

"……."

"서로 남이 아니라고 생각하면 하나하나 다 힘들대. 근데 애초에 남이라 그렇다고 생각하면 편해진대."

"……."

"우리는 남 맞다. 오빠야."

"……."

"그니까 그렇게 살지 마라. 다 쓸데없다."

윤태희가 세상 못 들을 말을 들은 것처럼 가만히 나를 보았다. 내 팔목을 잡았던 손에서 힘이 빠져나갔다. 나는 어깨를 가볍게 들먹이고 병실로 돌아왔다.

마침 반대편 복도에서 부산스럽게 걸어오던 엄마가 날 발견하고 반색하는가 싶더니, 내 뒤의 윤태희를 보고는 소리 없는 비명을 질렀다.

살이 왜 이리 빠졌느냐, 얼굴은 왜 이리 상했느냐, 얼마나 지내는 게 힘들었으면…… 동생인 나는 저 얼굴을 진작 보고도 느끼지 못했던 감상이, 엄마 입에서는 줄줄이 나왔다.

군대에서 별 고생도 안 하는지 얼굴이 참 좋다고 생각했는데……. 아들의 고생은 엄마 눈에만 보이는 모양이다. 거수경례를 한 번 받아 보더니 눈물이 잔뜩 고였다.

대체 어디가 실망스러운 자식이라고.

엄마는 오늘도 집에 오지 못할 테니 저렇게 잠깐 보는 게 전부겠지. 나는 오랜만에 휴가 나온 아들과 둘이 있을 틈을 주는 양 병원을 빠져나왔다.

아까는 내리지 않았던 눈이 갑자기 부옇게 휘날리고 있었다. 택시가 몇 대 서 있지 않은 택시 승강장을 지나 길을 건너 걸었다. 가시거리가 점점 좁아질수록 도리어 답답하지 않아졌다.

가끔은 이렇게 멀리 보이는 것보다 가까운 곳만 보이는 게 나을 때가 있었다. 별생각도 없이 그저 눈 오는 걸 좋아하는 박우경이 생각났다. 어쩌면 그 애가 보고 싶은 핑계일지도 모르고.

그래서 거짓말 같다고 생각했다. 마치 내가 이즈음 나타날 걸 알고 있었다는 듯이 박우경이 거기에 있어서.

정류장 지붕 아래 앉아 있던 몸이 느긋하게 일어났다. 나는 영문도 모르고 그 애에게로 남은 몇 걸음을 내달렸다.

내가 그럴 줄은 몰랐는지 박우경이 어울리지 않게도 조금 놀란 표정이 됐다.

"뭔데?"

"박우경 니는 뭔데."

누가 들으면 싸움의 시작인 것처럼 들릴 테지만 우리는 잠시 서로를 안고 있었다.

뭔데, 이게.

우리가 서로에게 시비라도 걸듯 툭 내뱉는 말에는 대체로 좋은 것을 애써 숨기는 기색이 묻어나고는 했다. 이렇게 좋은 것은 생각지도 못한 것처럼 퍽 얼떨떨하게.

"이제 떨어지라."

"존나 건방진 가시나……. 지가 안겼으면서."

"박우경 니가 안 놓잖아."

"아무도 안 본다. 그니까 좀만 더 안고 있자."

나오려던 사람들도 갑자기 치는 눈보라에 로비 안에서 발이 묶이고, 어쩌다 나온 사람들은 택시 승강장으로 달려가기 바빴다. 나는 박우경의 품 안에 갇힌 채로 고개만 슬쩍 돌려 뒤를 보았다.

이제는 저쪽이 잘 보이지도 않았다. 그래서 다시 박우경 품에 고개를 파묻었더니 그 애가 내 정수리 위로 턱을 괴었다.

"하여튼 맨날 지가 꼬시고 모른 척."

"……여기는 왜 왔는데?"

"외할머니는 좀 어떻던데."

"그냥."

"좀 괜찮아지셨나."

"외할머니 얘기하기 싫다."

"알았다."

박우경이 담백하게 대꾸했다. 그러더니 놓으라고 할 새도 없이 날 놓아주었다.

"사람 온다."

속삭이는 말에 그 애의 장난기가 묻어 있었다. 따라 웃자 이마에 입술이 닿았다.

"사람 온다매."

"이쪽 안 본다, 저 사람."

어쩔 수 없는 일이다. 모른 척하고 싶었다. 그러다 아예 몰랐으면 좋았을 거라는 비겁한 생각이 스쳤다. 왜 엄마랑 아빠는 나를 그렇게까지 사랑해 준 걸까. 왜 하고 싶은 모든 걸 하게 해 줬을까.

왜 내가 그럴 만한 사람이라고 생각하게 했을까.

나는 우리 집이 망하기 전에도, 망하고 난 뒤에도 너무 귀하게 자란 게 틀림없었다.

박우경과 내 사이의 정해진 불균형을 이전이라고 모르지 않았다. 우리 집이 괜찮게 살았을 적에도. 그때는 지레 자기방어나 하느라 피곤한 생각을 했다.

우리 집도 나쁘지 않은데, 날 아주 귀하게 키웠는데 괜히 네 옆에 빗대어 부족하다고 폄하나 당할 것이 싫다고. 그렇게 한참이나 앞서 나가서는 생각했다.

꼭 결혼이라도 할 것처럼.

박우경더러 웃기는 생각이나 한다고 했지만, 어쩌면 우스운 생각은 내가 먼저 했을지도 몰랐다. 얼추 거만하기까지 했지.

그리고 이제는 폄하가 아니게 됐다.

그런데도 나는 나날이 그 애가 더 좋아졌다. 지난 몇 년간 웃을 일이 박우경 하나뿐이었다는 실감을 종종 하게 될 때면 무서웠다. 모른 척하고 싶은 것이 많아질수록, 없는 일처럼 잊어버리고 싶은 순간이 셀 수도 없이 쌓이고 나서야.

그리고 나면 내 못난 밑바닥이 보였다.

내가 아주 귀하고 잘난 사람인 줄 알았는데, 사실은 그게 아니었다는 실감을 진짜로 하게 된다는 게 어떤 건지.

내가 유일하게 좋아하는 남자애를 볼 때마다, 부모가 평생 땀 흘리며 쌓아 준 자존감이 뿌리까지 흔들렸다. 생각만으로도 돼먹지 못한 짓이었다. 어쩌면 그 애와 자는 것보다도 더.

더 우스꽝스러운 건, 아직도 까마득한 곳에 있는 내 자존심이 한참 전에 떠내려간 자존감을 내려다보고 있는 거였다.

박우경을 좋아하는 마음은 언제나 그 괴리감 속에 갇혀 있었다. 엄마랑 아빠가 만든 귀한 내 자신과, 박우경을 좋아해서 보잘것없어지는 나 사이에.

이제는 그 애 하나만 나를 웃게 하듯이, 그 애 하나만이 자격지심을 알게 했다.

그러니까 외면했다. 잊어버렸다. 왜 하필, 왜 너희 엄마에게……. 엄마를 고작 내 자존심 때문에 원망하지는 않을 것이다.

어쩔 수 없었으니까. 우리 엄마는 불쌍한 사람이니까.

우리는 그저 목적지가 같은 애들처럼 반걸음 떨어져 섰다. 멀리서라도 다른 사람이 보이면 늘 그랬듯이. 찬 공기 속에서 손이 잠깐 잡혔다가 떨어졌다.

"윤차희 손 다 얼었네. 이거 껴라."

"싫어."

"또 싫다 지랄."

"장갑 색이 마음에 안 든다. 니나 끼라."

사실은 제 장갑을 끼라는 다정한 말이 좋다. 그래서 가끔은, 우산이 있어도 없다고 했던 날처럼 장갑이 없는 척했다. 지금은 정말로 없지만. 스터디 카페에 깜빡 두고 온 모양이었다.

그러나 정말로 장갑이 없을 때면, 그 애가 내게 제 장갑을 건네주는 것이 싫어진다.

장갑이 없는 사람은 장갑을 끼지 못하는 게 당연했다. 장갑이 있는 사람이 없는 사람보다 좀 더 따뜻해야 했다. 그러라고 장갑이 있는 거니까.

돈이 있는 사람은 아무 생각 없이 맛있는 걸 사 먹고, 편하게 다녀야 하듯이. 원래 그러라고 돈이 있었다.

그래도 박우경은 고집스레 내 손에 장갑을 하나씩 끼웠다. 제 성격처럼 깔끔한 회색 장갑이다. 역시 장갑이 못생겨서 싫다고 하니 지랄하고 있다고 욕이나 들었다. 앞에서 눈보라가 치는데 예쁜 장갑이나 찾을 때냐고.

어쩐지 가는 데마다 지랄한다는 소리를 듣는 기분이었다. 나는 손가락 하나하나 억지로 집어넣는 그 애의 다정한 손을 내려다보면서, 엄마의 일을 얼마나 오래 모른 척할 수 있을까 생각했다.

너무 유난스럽게 좋아하면 오래 못 간다고 그랬지.

그러니까 애를 별로 좋아하지 않는 것처럼 생각해 보고도 싶다. 다른 건 다 됐고 고작 얼굴이나 더 보고 싶어서.

"따뜻한 커피 하나씩 사서 들어가자."

"그래."

"공주 니는 손이 진짜 너무 찹다. 인성 때문인가?"

"⋯⋯야."

354

"농담이고. 병원 가 봐야 되는 거 아니가."

"겨울인데 차가운 게 당연하지."

내가 무슨 말을 하든 들리지도 않는지, 박우경은 주머니에서 불쑥 핸드폰을 꺼내더니 수족 냉증을 검색하기 시작했다. 또 꽂힌 모양이었다.

그렇게 검색이나 하고 있는 제 손도 빨간데. 나는 그 옆에서 지나가는 택시를 멍하니 보다가 희뿌연 하늘을 올려다보았다.

눈이 오는 걸 뒤늦게 봤는지 엄마랑 윤태희에게서 번갈아 전화가 왔다. 나는 일부러 전화를 받지 않고 문자로 핑계를 댔다. 버스에 사람이 많아서 받기가 좀 그렇다고. 잘 가고 있다고.

버스 도착 예정 시간을 알리는 전광판 위로 휘날리는 눈발이 쉴 새 없이 떨어졌다.

"야. 니 그…… 생리 잘 하나."

"……뭐라 캤노?"

"보니까 주기가 좀 불규칙하면……."

추워서 새빨개진 게 아닌 것 같은 얼굴이 어이없었다. 묻는 목소리는 그렇게 담백하고 태연하면서.

꼭 내 특기라도 물어보듯이.

"내 약 먹잖아. 공부 때문에."

주기가 워낙 불규칙하다 보니 공부에 지장이 생기는 게 싫어서 약을 먹고 있었다. 생리 주기가 정확해지면 안배라도 미리 하니까. 박우경이 약간 바보처럼 끄덕거렸다.

"아. 맞다. 약 먹지……."

"……지 때문에 먹는 것도 아닌데. 니 또 이상한 생각하제."

"아니. 그냥 생각해 보니까 규칙적으로 하는 거 같긴 했……."

박우경은 끝내 한 대 걷어차이고 나서야 조용해졌다.

"내가 생리를 규칙적으로 하든 말든 니가 뭔데 그걸."

"……아 존나, 공주 니는 티가 나서 어쩔 수가 없다고."

패딩 위로 드러난 얼굴 표면은 터질 것처럼 얼어붙어 있는데, 속에서는 확 열이 올랐다.

"……아니 다른 게 아니라 그…… 기분상, 니를 보면 알 수 있다는 건데."

"저리 가라, 변태야. 징그러우니까."

"아니. 기분상이라니까…… 아. 글고 보니까 좀 있으면 니 약 먹을 시간 아니가. 다섯 시 다 됐는데."

"아 저리 가라고. 남의 사생활 꿰지 말고."

"야. 어케 니 사생활을 모르는데, 내가."

"하."

"우리가 남이가. 어?"

오늘따라 지랄한다는 소리도 두 번째, 우리가 남이냐는 질문도 두 번째다. 윤태희랑 피도 안 통한 사이에 저럴 수가 있을까.

"니랑 내가 남이지, 그럼."

박우경은 당연한 대꾸에 충격이라도 받은 모양인지 입을 벌렸다.

"와. 이러니까 손이 차갑지. 윤차희 인성……."

또 웬 영감처럼 혀를 찬다. 버스가 왔다. 우리는 내가 너보
다 먼저 타겠다고 어린애들처럼 별로 중요하지도 않은 일로 잠
깐 투닥거렸다.

그래도 결국에는 내 등을 먼저 미는 손이 다른 답을 말했다.

#35. 열아홉, 5월의 계단

또 피가 비쳤다. 뻔한 스트레스 때문이겠지. 4월 모의고사 이후로 나는 신경이 곤두서 있었다. 다른 과목은 죄다 2학년 때 그대로인데, 영어가 3월에 이어 4월에 조금 더 내려간 것이 문제였다.

나는 1학기가 시작된 후 거의 병적으로 완벽주의에 시달렸다. 박우경과도 아무런 이유 없이 몇 번이나 싸웠다.

그리고 박우경은 계속 성적이 올랐다. 원래도 머리 하나는 타고난 애였다. 여태껏 그렇게까지 열심히 해 본 적이 없다가 이제는 열심히 하고 있으니 앞으로 올라갈 일만 남은 건 당연했다.

거기에 초조하지는 않았다. 아직도 옆에서 게임이나 하고 있는 꼴을 보면 약간 짜증은 났지만……. 열심히 해서 성적이 오르는 건 당연히 좋았다. 어릴 때 괜히 박우경 성적에 화가 났던 것도 대체로는 놀면서 나보다 성적이 좋았기 때문이다. 나머지는 그러고 날 놀려 먹기 때문이었고.

그 애가 P대를 목표 대학으로 두고 있다는 말에 대놓고 놀라는 기색이었다는 담임선생님은, 이제 6월 모의고사를 보고 나면 꽤 현실적인 목표가 되겠다고 했다.

그리고 날 보고는, 이제 너무 안심하지 않는 게 좋겠다는 말 한마디만 했다. 최상위권에서는 아주 작은 것 하나에도 대학이 갈릴 수 있으니까.

그때 이후로 심심하면 이런 일이 생겼다.

내게 '대학이 갈린다'는 말은, 그저 비슷한 언저리의 대학을 갈 수 있다는 말이 못 됐다. 그 언저리라는 게 죄다 등록금이 비싼 사립이었으니까.

가끔은 하루 종일 그런 생각이 났다. 박우경이 저렇게 열심히 하는데, 정작 내가 못 가서 쟤 혼자 덜렁 입학하게 되면 어떡하지. 그렇게 생각해 보면 재미있기도 했는데 내 몸은 재미가 없었던 모양이었다.

"여기 문진표 미리 작성하고."

"네."

새벽부터 그 애와 스터디 카페에 있다가 잠시 빠져나온 토요일 오전이었다. 감기 기운이 있다는 핑계로.

근처의 내과 몇 군데를 검색해 보던 박우경은 같이 가 주겠다고 했지만, 이제 고3이 되어 그런지 주말에도 같은 학교 애들이 온종일 우글거렸다. 읍내에 우후죽순 생겨난 스터디 카페마다 눈에 익은 얼굴들로 만석이었다.

또 불륜 어쩌고 투덜거리는 소리를 듣기는 했지만, 산부인과를 간다고 했다가는 저 혼자 어디까지 상상해 볼지 모르는 애였다.

경험이 있느냐는 문항에서 볼펜을 든 채로 괜히 망설이고 있자, 접수를 받던 간호사가 진료 때문에 그런 것이니 편하게 작성하라고 말해 주었다. 어디 일러바치려고 묻는 게 아니라는 우스갯소리노 하면서.

나는 가까스로 따라 웃으며 체크했다.

"생리 불순 때문에 왔다고?"

"네."

"다른 병원에서 최근에 진료 받은 적 있어요?"

"네. 반년 전이긴 한데, 피임약은 처방 받는 게 안전하다고 해서요. 공부 때문에……."

변명이 아니었는데 꼭 변명처럼 들려 부끄러웠다. 의사 선생님이 작게 웃었다.

"꼭 시험 칠 때마다 생리 터지는 애들이 있지. 나도 그래서 고2 때부터 먹었어요. 여자는 살기 참 불편하다니까."

"그렇죠……."

"남자 친구를 많이 좋아하나 봐요. 둘 다 조심은 했죠?"

"……."

"걱정하는 큰일 같은 건 없으니까, 걱정 말고."

"네……. 조심했어요."

"여태까지 한 것처럼 앞으로도 조심하면 되겠다. 약 먹어도 혹시 모르니까 남자 친구한테도 항상 조심해야 된다고 하고. 접수하는 쌤한테 다낭성 난소 증후군 아닌가 의심도 했다면서?"

"혹시나 싶어서요."

"그냥 스트레스 때문이야. 공부 때문에 너무 신경 써서 그래요. 그래도 약을 지속적으로 먹고 있는데 부정 출혈이 계속 생기는 건 괜찮은 증상이 아니에요. 그죠? 시간 놓치고 먹은 게 좀 될 것 같은데."

"아⋯⋯. 맞아요."

"원래 먹던 약 처방해 줄 테니까, 잘 챙겨 먹고."

내가 지나치게 부끄러워하는 것 같았는지, 젊은 여자 의사는 나가는 내 등 뒤에도 당부했다. 연애는 조심조심 잘하고 있는 거라고. 부끄러워하지 않아도 된다고.

그 말에 도리어 도망치듯 처방전을 챙겨 병원을 나왔다. 담임선생님의 실망스러운 표정이 떠올랐다. 자식 중 하나라도 계획대로 되어야 하지 않겠냐는 윤태희의 말도.

사실은 이러고 있을 때가 아니었는데.

나는 멍하니 약국으로 걸어갔다. 읍내에서도 유달리 후미진 곳에 있는 병원은 저렇게 젊은 의사가 왜 있는지도 모를 정도로 몰락한 상권 안에 있었다. 인적이 드문 곳이니 먼 곳까지 나온 것이기는 했다.

근방에 있던 약국은 이미 망했다. 가까운 약국까지는 1킬로도 넘게 걸어야 했다.

곳곳에 이팝나무가 만개해 있었다. 날씨가 좋아서 군데군데 문 닫은 점포들이 더 도드라졌다. 그래서 대신 꽃이나 보며 걸었다. 아마도 그래서 몰랐을 것이다.

뒤에서 갑자기 누가 내 어깨를 잡아채는 순간까지도.

"차희야."

신미진이었다.

잠시 숨이 갇혔다. 읍내에서 고작 익숙한 얼굴을 마주친 것에 놀랄 이유는 없었다. 청라는 원래 아주 작은 도시였다. 그러나 신미진은……

"안녕하세요."

"설마 차희 너일까 하고 봤는데, 정말로 너였네. 어떻게 여기서 다 만나니? 이런 곳에서……."

억지로 참고 견디는 것처럼 신미진의 목 밑으로 몰아쉬는 숨소리가 낯설었다. 종이처럼 뻣뻣한 미소. 하지만 여느 때처럼 다정한 말투였다.

사실 내 어깨를 잡아 비트는 손아귀의 힘이 아니었다면 어딘가 이상하다는 생각 같은 건 하지 않았을 것이다. 이 사람과 둘만 남으면 언제나 조금씩 이상한 기분이 들었으니까. 혹시 어딘가 불편하시냐고 어리숙한 질문이나 던졌겠지.

"새벽같이 아빠 차 타고 읍내까지 나와서, 스터디 카페에서 공부하기도 바빴을 애가 이런 곳은 왜."

순간 신미진의 뒤로 버려진 구도심의 모든 배경이 기괴하게 보였다. 거리에는 애당초 우리 둘뿐이었다.

어젯밤이 아니라 오래전에 불이 꺼졌을 아기 옷 가게, 낡은 흰색 시트지가 붙은 소주방, 아직 문을 열지 않은 촌스러운 옷 가게, 명함을 싸게 파 준다는 광고 사무실, 자리를 옮긴 공업사, 건물 쪽으로 치워 놓은 다방 입간판, 그리고 겨우 사람이 들어 있는 작은 식당들……

신미진이 이 길에 있을 이유가 어디 있을까? 그러나 신미진의 눈에 비친 나는 더욱더 이유가 없는 사람이었다.

나는 내가 지나온 거리 속에서 자그맣게 달려 있는 산부인과 간판을 발견하기 무섭게 시선을 돌렸다.

실은 간단한 일이다. 난 그저 병원을 다녀왔을 뿐이었다. 그리고 내 눈앞에 있는 사람은 같은 여자였고, 어릴 때부터 이모라 불렀던 사람이다.

"응? 왜 대답을 못 해."

어른이 묻는데. 그 순간 신미진의 어조가 이상하게 비틀렸다. 완전히 처음 보는 사람처럼.

"그냥 지나가는 길이었어요."

"너랑 우경이가 다니는 그 스터디 카페, 여기서 몇 정류장은 더 가야 나오지?"

"……."

"갑자기 다른 독서실로 옮긴 거야? 요 근처에 독서실 같은 건 하나도 없던데."

"아뇨. 안 옮겼어요."

"그럼 왜 여기 있니?"

"잠깐 병원 가느라요."

"병원? 무슨 병원."

"진이 이모."

"여기에 병원이 어디 있다구."

나는 그제야 신미진이 정해진 답을 묻고 있다는 것을 알았다. 꼭 무언가 '봤다는 듯이' 굴고 있다는 것도.

미소가 싸늘했다. 본능적으로 한 걸음 물러섰다. 그러나 내 어깨를 쥔 신미진이 한 걸음보다 더 가까이 왔다.

"하나 있기는 있지. 너 어디서 나오는지 다 봤어. 이모가."

"……."

"위층에 정형외과랑 한의원 하나씩 있는 건 망했더라. 왜, 뭐가 찔려서 말을 못 해?"

망했더라.

그 말이 꼭 병원이 있는 저 작은 건물을 직접 돌아다녀 본 것처럼 들렸다. 내가 진료를 받는 사이에. 전에는 몰랐던 것을 이제 막 알게 되었다는 양.

소름이 끼쳤다. 어디서부터 날 봤을까. 언제부터 날 쫓아왔을까.

"찔려서 말을 못 한 게 아니라."

"대체 무슨 못 할 짓을 해서?"

"이모가 너무 이상해서 말이 안 나온 거예요."

"하……."

"이모가 보신 대로 저 산부인과 갔다 온 거 맞아요. 제가 여잔데 못 갈 곳 간 것도 아니었고요. 부정 출혈 때문에……. 제가 이걸 왜 이렇게 말해야 하는지도 사실 잘 모르겠어요. 갈게요."

"차희 너, 우경이랑 몰래 사귀고 있는 거 알아."

"……."

"설마 아무도 모를 거라고 생각했니? 밖에서 좀 아닌 척한다구."

"이모."

"얼마나 몰래 붙어 다녔으면 우리 사무실 사람도 다 알던데."

언젠가 도서관에서 마주쳤던 그 아줌마가 생각났다. 날 석연찮게 훑어보던 눈길. 그때부터 내가 모르고 서 있었던 바닥의 까마득한 균열이 느껴졌다.

"……그래서요?"

"그래서요? 그래서요, 라고 했니?"

"사귀는 게 마음에 안 드시면 우경이한테 얘기하세요. 저한테 이럴 게 아니라……."

"혹시 말희가 너 이렇게 가르치디?"

"……."

"남자보다 집이 처질 땐 일단 몸부터 던져 보라구."

"……."

"하긴, 네가 우리 우경이 잡는 게 우리 순진한 말희 소원이었지. 옛날부터 가당찮게 욕심 부리는 게 딱 하나뿐이었잖아. 가진 거라고는 딸 많은 거밖에 없던 너희 외갓집에서, 너희 아버지 같은 남자 용케 만나서 그래도 사모님 소리라도 얼마 전까지는 듣고 살았으니까 너는 더 잘되라구…….”

문득 정신이 들었다. 나는 신미진의 손을 뿌리치고 걷기 시작했다.

“윤차희!”

“엄마랑 친하지 않으셨어요? 지금 저한테 하셨던 말씀 엄마한테 다 말해도 괜찮죠?”

“친해. 말희가 어떻게 널 그렇게 가르쳤겠어! 말희가 어떤 앤데. 네가 느이 엄마 배신한 거지! 그렇게 죽네 사네 힘들어도 너 하나 잘되라고 악착같이 버티고 있는데, 그렇게 너 귀하게 키웠는데!”

“놔주세요.”

“니가 어떻게 느이 엄마한테 그래?”

“놓으시라고요.”

“우경이랑 진짜 잤니? 그래?”

까만 눈동자가 빛 없이 번들거렸다. 이 맑은 날의 햇살을 마치 저 혼자 받아들이지 못하는 사람처럼.

나는 가만히 그 눈을 바라보다 어이가 없어 실소했다. 그 작은 웃는 소리에도 신미진의 신경이 튀어 오르는 것이 보였다.

겨우 이런 사람이었는데.

“죄송한데 이모 지금 미친 것 같아요.”

"네가 우경이 할머니 집에 드나든 걸 모를 줄 알아? 여태까지 애써 모른 척해 준 거야."

"……."

"벌써 두 번은 가서 잤지, 너. 어린게 부끄러운 줄도 모르고 아예 그렇게 남자애 혼자 사는 집에서 자고 오기까지 하면서……."

그나마도 확실한 게 아니라 날 떠보는 것에 가까운 섣부른 어조였다. 할머니 집 대문에 CCTV라도 달아 놓고 감시하는 건 아닌 모양이었다.

내가 그 애의 집에 간 일은 훨씬 더 많았다. 비교도 안 되게. 나는 계속 웃었다.

"나머지는 우경이랑 얘기하세요. 저는 갈게요."

"차희야. 이모가 너 망신 주려고 이러는 게 아니야……. 너희 아직 학생이잖아. 응?"

"이런 취급이 망신이 아니면, 망신 좀 주려고 하실 땐 아예 인생도 망하게 하시겠네요."

"너랑 우리 우경이 잘못되지 않게 하려고 이러는 거야. 둘 다 아직 어리니까."

"그러니까 우경이랑 얘기하세요. 저는 이모 자식 아니니까. 우경이가 알아서 결정하면 돼요. 제가 걔 안 붙잡을게요."

"병원에서, 병원에서 부정 출혈은 왜 있대니?"

나더러 설마 임신이라도 했느냐고 대뜸 묻는 얼굴이 그렇게 멍청해 보일 수가 없었다. 대꾸할 가치도 느끼지 못하고 뿌리

치며 걸어가자 다급히 뛰어온 신미진이 내가 메고 있던 백팩을 홱 잡아당겼다.

"이모 진짜 미친 거 아니에요?"

"병원까지 갔으면, 멀쩡한 처방전이 있을 거 아니야. 응? 나쁜 일 생긴 게 아니면. 증거가 있어야 하는 거 아니냐구."

"이모!"

"가방 이리 내. 이리 내!"

신미진이 일으킨 소란에 낮은 연립주택 2층에서 잠깐 문을 열고 이쪽을 바라보는 사람이 보였다. 얼굴은 보이지 않을 거리였다.

나는 기겁하며 가방을 앞에 안고 빠르게 반대편으로 도망치듯 걸었다. 그러나 신미진이 악착같이 쫓아와 나를 붙잡았다.

"이거 봐! 네가 당당하면 숨길 게 뭐가 있어!"

내 손목을 잡아 비틀며 끝내 가방을 앗아 간 신미진이 지퍼를 열더니 길바닥에 내용물을 전부 쏟았다.

내가 미처 스터디 카페에 두고 나오지 못한 문제집 두어 권과 필통, 지갑, 생리대가 든 파우치 따위가 보도블록 위로 어지럽게 흩어졌다.

마치 짐승의 배 옆으로 쏟아져 나온 내장처럼 꼴이 산란했다. 눈물이 나올 것 같았다. 나는 멍하니 서서 문제집 밑에서 나오는 처방전을 응시했다.

"……피임약?"

"원래 먹는 거예요."

"아예 작정을 했구나, 너."

"주기가 불규칙해서 공부에 너무 방해가 되니까, 그래서 예전부터 먹은 거예요. 박우경 때문이 아니라."

"남자랑 뒹굴려고 작정을 했어. 걸레같이. 지 고모처럼."

여자의 말은 갈수록 제대로 들리지 않았다. 그저 제멋대로 더럽게 지껄이는가 싶더니 필통과 파우치가 차례로 쏟아지고 있다고 생각했다.

필기구 몇 자루와 생리대 위로 거의 다 먹어 가는 약이 나왔다.

신미진이 경멸하는 얼굴로 그 약을 내 다리에 던졌다. 약이 발치로 툭 떨어지는 것이 아주 느리게 보였다.

툭. 그 작은 소리가 날 발가벗겼다. 평생 소중하게 여길 수 있을 것만 같았던 우리의 첫 기억은 퍽 무안한 것으로 변했다. 내가 절대로 소중히 여겨서는 안 되는 무언가처럼.

헤어질 것이다. 독서실로 돌아가는 대로. 박우경의 얼굴을 보자마자. 그 애가 내게 얼마나 잘해 주었든지. 내가 그 애를 얼마나 좋아하든지.

다시는 얼굴도 보지 않을 것이다.

"……너 그거 아니? 이래서 피는 못 속이는 거야."

그렇게 아주 잠깐은 네 마음을 당장 찢어 버리고 싶었다. 무언가가 아예 잘못되었으면 했다. 상처가 아주 깊기를 바랐다. 네 엄마가 너 때문에 슬퍼할 수 있게.

하지만 네 슬픔 같은 게 저 사람에게는 얼마나 의미가 있을까? 네가 아프면 저 여자가 아파하기는 할까?

적어도 나는 아플 텐데. 네가 아프면…….

정신이 아주 나가 버린 것 같은 얼굴이 보였다. 귀신에 씐 사람을 보는 기분이었다.

나는 찢겨 나가는 처방전을 보면서, 이제는 정말로 우스운 기분이 들어서 웃었다.

"이딴 더러운 약을 또 타 먹게 둘 줄 알아, 내가?"

"이모 머릿속에는 여자 인생이 남자랑 그 짓 하는 것밖에 없나 봐요."

"……뭐?"

"진짜 '안 좋은 일'이 생기기를 바라기라도 하세요? 약이 없으면 그렇게 될 수도 있는데."

"너 지금 뭐랬니."

"농담이에요. 이모. 저는 이거, 생리 주기 때문에 먹어요. 공부에 목숨 건 애라서요."

나는 앵무새처럼 아까 한 말을 덤덤하게 반복했다.

"박우경 때문에 먹은 거 아니에요."

"내가 너희 엄마한테 이 약 보여 줘도 똑같이 그 말 할 수 있어?"

"엄마도 알아요. 맨 처음에 저랑 병원에 같이 가 줬던 게 엄만데."

"……뭐?"

"그리고 제 몸에 무슨 일 생기는 건 제가 제일 끔찍해요. 이모 아들한테 발목 잡히기 싫거든요."

"윤차희."

"헤어질게요. 걔 공부 지장 안 가게 천천히."

나는 그렇게 말하고 쭈그려 앉아 가방 안으로 쏟아진 물건을 챙겼다. 내 앞에 멍하니 쭈그려 앉아 있던 신미진이 문득 볼펜 몇 자루를 주워 건넸다.

그것을 받지 않고 필통을 잠갔다. 가방을 마저 다 챙기고 고개를 들자 다른 사람처럼 돌변해 있는 얼굴이 보였다. 마치 후회라도 하는 것처럼.

"너 볼펜들은……."

"버리세요."

"차희야……. 이모가, 이모가 잠깐 말이 심했어."

"박우경한테도 이모가 어떤 생각인지 꼭 말씀하셨으면 좋겠어요."

"걔는……. 너도 알 거야. 지 부모가 반대하는 건 다 좋아해."

"제가 걸레인 거 걔는 꿈에도 몰라서 그런 거 같은데요. 저도 이모가 알려 주실 때까지 몰랐거든요. 저 걸레인 거."

"……."

"꼭 말씀하세요. 귀한 아들인데 알 건 알아야 하지 않나. 알면 더러워서 기겁하고 도망가겠죠, 알아서."

"차희야. 차희야!"

가방을 멘 어깨가 붙잡히자 이제는 가방을 통째로 버리고 싶어졌다. 마치 여태껏 모욕을 들은 게 내가 아니라 자신인 것처럼 예쁜 얼굴이 불쌍하게 일그러져 있었다.

파란 매니큐어를 정갈하게 바른 손이 창백하게 떨렸다. 가증스러웠다.

"그 나쁜 말은, 실수야. 이모가 너무 실수했어. 너희 아직 학생이니까. 그래서 그랬어……. 제일 중요한 시기 연애하다 크게 망칠까 봐서. 조금 홧김에. 응? 차희 네가 공부를 얼마나 잘해? 말희가 널 얼마나 자랑스러워하는데. 우경이도 너 때문에 어릴 때부터 공부한 거고, 내가 다 알아. 내가, 그 덕을 많이 봤어."

"이런 짓이나 당하고 다니는 딸을 어떻게 자랑스러워해요, 엄마가."

"이모가 잠깐 실수한 거야. 응? 그러니까 느이 엄마나 다른 사람한테는……."

"다 말할 거예요. 외할머니만 나으면."

"차희야."

"박우경한테는 알아서 말하세요. 말씀 안 하시면 제가 헤어질 때 다 말해요."

"뭘 해 줄까? 이모가 뭘 해 주면 좋겠어? 등록금? 이모는 원래 우경이 일 아니어도, 너 석박사 할 때까지 등록금 전부 다 대 줄 수도 있었어. 장학금처럼. 아 그래, 서울 올라가면 월세 한 푼 안 들게, 아무도 모르게 오피스텔 한 채 전세 얻어 줄까? 응?"

"싫어요."

"너희 아버지가 원래 해 주려던 것들 이모가 다 해 줄게. 차

372

희야."

신미진이 종종걸음으로 뒤를 쫓아왔다. 세상에서 가장 선량해 보이는 얼굴로. 진절머리가 났다.

"너한테, 보상은 할 수 있게 해 줘야지……."

"어린애들 사귀다 헤어지는 게 무슨 큰일이라서 보상까지 해 주세요."

"느이 엄마 가뜩이나 심약한 사람이 저렇게 힘든데, 네가 이모까지 못 믿을 사람으로 만들어 놓으면 정말 안 되는 거야……. 차희 네 입장에서 쓴소리한 건 사실이지만 내가 네 미래까지 생각하지 않았으면 우리 사이에 불편한 말을 굳이 했겠니?"

"……."

"어차피 대학 갈라지면 자연히 너희 사이도 멀어질 텐데 굳이."

좋은 충고는 듣기에 쓰다는 양.

비웃음만 나왔다. 나는 택시가 그나마 다니는 길로 나가 말없이 지나가는 택시를 잡았다.

그렇게 문을 여는 찰나 신미진이 내 소매를 붙잡았다.

"……우경이랑 천천히 헤어진다는 거 말인데, 얼마나 천천히?"

"수능 끝날 때까지만 기다렸다가요. 걘 내신 안 좋아서 수시 못 넣잖아요."

"……수능 끝날 때까지?"

"지장 생기는 쪽이 더 좋으세요? 어차피 박우경 걔는 좋은 대학에 미련도 없는 애고 저는 지금 이모 얼굴 보고 있으니까 걔한테 지장이 크게 생겼으면 좋겠는데."

"차희야."

"근데 박우경이 저 공부하는 거 방해할 것도 싫어요. 지금은 저한테 지장 생겨요. 그래서요."

"차희야, 일단 이모랑 잠시 이야기 좀 더 하고 가."

나는 신미진을 무시하고 택시에 올라탔다. 차 문 안쪽으로 일부러 손을 집어넣는 것도 보이지 않는 양 세게 문을 닫았다.

거기에 손을 낄 뻔한 신미진이 가냘픈 비명을 질렀다.

"빨리 출발해 주세요."

실랑이를 하는 동안 안 탈 거냐고 역정을 냈던 택시 기사가 문득 룸미러로 날 흘끗 보고는 뒤늦게 괜찮냐고 물었다. 아까 와 태도가 너무 달라 혹시 내가 울고 있나 했지만, 얼굴을 만져 보니 울고 있지 않았다.

울지 않으면 괜찮은 것이다.

나는 괜찮았다. 박우경에게는 몸이 안 좋아 집에 간다고 메시지를 보냈다. 이상할 정도로 아무렇지도 않았다. 읍내 끄트머리에서 내려 집에 가는 버스를 기다리는 동안에도.

윤차희 니 계속 전화 안 받나 오전 10:22

윤차희 오전 10:25

대답 좀 해라 오전 10:26

뭐가 얼마나 아픈 건데 차희야 오전 10:27

전화 좀 받아라 진짜 오전 10:29

내 죽겠다 오전 10:29

어디까지 갔노 지금 나도 나갈게 오전 10:30

가다가 길바닥에서 쓰러진 거 아니제 오전 10:32

차희야 오전 10:33

박우경이 부르는 내 이름의 모양이 문득 화면 위를 기어 다
니는 벌레처럼 보였다.

그 애로부터 계속 전화가 왔다. 전화하기가 싫어서 아예 꺼
버렸다. 아빠가 온종일 집에 있으니 집 근처도 오지 말라고 거
짓말을 하고는. 나중에 약국에서 막무가내로 약을 사 올까 봐
아무것도 필요 없다고 말도 잘라 놓았다.

나는 가방 속에서 약을 감싸고 있는 작고 얇은 알루미늄판을
어루만졌다. 남은 약보다 빈껍데기가 훨씬 많았다. 아무렇게나
구겨 버리고 나자 당장 어디라도 버리고 싶어졌다.

신미진이 약을 던졌던 다리를 피가 나도록 긁고 싶은 충동이
들었다.

오후에 기어코 박우경이 왔다. 아빠가 내내 있을 거라는 내
말과 달리 트럭이 없는 주차장을 확인한 모양이다. 현관 앞까

지 온 그 애는 몇 번이나 초인종을 눌러 댔다. 내 전화가 계속 꺼져 있었기 때문이다.

그래도 안에서 응답이 없으니 혹시 자는 나를 깨울 것 같았는지 그저 기다리는 것이 보였다. 어쩔 수 없다는 양 이따금 초인종을 눌러보고는 후회하듯 얼굴을 쓸어내리는 것도.

그러다 결국에는 산만했던 제 어린 시절처럼 초조하게 앞을 돌아다니는 것이 보였다.

니는 커튼을 친 어둑한 거실에 멍하니 누워 있다가, CCTV 모니터 속에서 번잡하게 돌아다니고 있는 그 애를 별수 없이 보고 있었다.

카메라 몇 개는 여전히 고장이 난 채로 꺼져 있고, 아빠는 아직도 저걸 손대지 못했다. 먹통이 된 화면은 어둡고 낮이 보이는 화면은 밝은 것이 잘못 만든 체스판처럼 보였다.

그 속의 작은 박우경이 다른 어떤 날에는 애틋했을 것이다. 어쩌면 훨씬 더 어렸을 때부터. 나는 고개를 돌렸다.

박우경은 그렇게 꼬박 한 시간이 지난 후에야 사과원을 완전히 떠났다.

나는 바깥에 잠깐 나가 보았다. 약국에서 온갖 약을 종류별로 사 온 모양인지 약국 비닐 봉투가 네 개나 현관문에 주렁주렁 매달려 있었는데, 내가 문을 여는 바람에 문고리가 내려가며 대리석 바닥 위로 전부 쏟아졌다.

계단 아래까지 떨어진 약을 보자 길바닥에서 와르르 쏟아졌던 내 가방이 생각났다. 생리대 아래의 약이 생각났다.

더러운 약. 어린게 부끄러운 줄도 모르고.

내 몸 어느 곳이든 아픈 게 싫어서 그 애가 사다 준 모든 약들이 발치에서 흩어졌다.

쏟아지고 떨어져 발밑이나 굴러다니는 물건은 흔히 가치가 없어 보이곤 한다. 원래는 아무리 가치가 있던 것이라도.

그래서 지금은 내 발밑에 보잘것없이 쏟아진 것이 박우경의 애정처럼 보였다. 읍내에서 쏟아졌던 가방은 내 존엄이었다.

네 엄마가 오늘 나한테 무슨 말을 지껄였는지 알기나 하느냐고. 나는 박우경이 사다 준 약을 죄다 버릴 것처럼 조금 경멸스럽게 바라보다가, 그런 내 눈이 스스로 경멸스러워졌다. 약을 종류별로 주워 담는 손이 조금씩 떨리기 시작했다.

너는 아무것도 모르는데. 그제야 눈물이 아주 조금 나왔다. 박우경 너는, 겨우 내가 배탈이나 나지 않았으면 하는데. 고작 내 머리나 목이 아프지 않기나 바라는데.

그런데도 나는 네가 아주 많이 아프기를 바랐어.

"야, 김혜지. 가서 윤차희 좀 잠깐 불러줘."

이어폰을 빼자마자 왁자지껄한 소란 속에서도 익숙한 목소리가 들렸다. 시계를 보니 어느덧 점심시간의 끝이었다.

나는 혜지가 박우경을 잡고 이상한 말을 떠들기 전에 자리에서 일어나 교실 뒤쪽으로 갔다.

"왜? 박우경 니가 걍 들어와서 부르지."

내가 가고 있는 걸 모르는 혜지가 새침하게 재잘거렸다. 혜지는 원래 박우경을 별로 안 좋아했다. '남자 새끼가 지 좀 생겼다고 하는 짓이 거만하다'는 게 주된 이유였다.

박우경이 뒤에서 내가 오는 걸 흘끗 보고도 혜지를 무표정하게 내려다보며 이어 말했다.

"왜. 사람 좀 불러주는 게 어렵나."

"왜? 니가 언제부터 남의 반이라고 못 들어왔다고. 글고 우리 차희는 지금 공부한다고 바쁘거든?"

한숨이 나왔다. 박우경이 날 다시 흘끗 보고는 피식 웃었다.

"존나 바쁜 니 친구 저기 오네. 이제 김혜지 니 도움 필요 없으니까 가도 된다."

"어? 윤차! 이제 점심시간 거의 다 끝났는데 어디 가노."

"아직 10분 넘게 남았는데."

박우경이 시큰둥하게 덧붙였다. 나는 혜지더러 괜찮다고 웃고는 박우경 쪽을 보지 않은 채로 교실을 나왔다. 내가 가는 대로 거리를 좀 두고 뒤따라오던 박우경이 문득 말했다.

"그냥 여기서 말해도 괜찮은데. 길게 얘기할 것도 아니고."

"난 안 괜찮다."

"아 맞나."

그렇게 대꾸하는 목소리에서 살짝 짜증이 묻어났다. 나는 그런 기색을 전혀 알아채지 못한 사람처럼 층계를 올랐다.

꼭대기 층에서도 끝에 있는 우리 반 근처에는 유일하게 옥상까지 통하는 층계가 있었다. 항상 옥상으로 나가지 못하게 문이 잠겨 있으니 이 한 층짜리 계단도 당연히 쓰지 않았다.

복도를 지나다니는 애들에게 잘 보이지 않게 반 층을 올라 반대편 층계를 한 칸 오르고 멈추니, 박우경이 그 한 칸 아래에서 멈추어 섰다.

그렇게 마주 보고 서니 얼추 눈높이가 맞았다. 꼭 우리가 어릴 때처럼.

창밖의 빛을 등지고 선 박우경의 얼굴이 아까보다 조금 어둡게 보였다. 그 애는 말이 없었다. 정면에서 내 얼굴을 빤히 바라보는 눈동자가 부담스러웠다.

나는 어쩔 수 없이 시선을 조금 피했다. 아무렇지 않은 척해야 한다는 건 알았다. 그래도 아직은 불편했다.

"⋯⋯너무 가깝다. 저리 가라."

거기에는 별 대꾸도 없이 뻗어 온 손이 내 양 뺨을 가볍게 쥐고 정면으로 돌려놓았다.

나는 조금 놀란 것처럼 그 애의 손을 탁 쳐 냈다.

"⋯⋯."

허공에서 그대로 멎어 버린 내 손이 보였다. 그 애의 손이 내게서 천천히 떨어졌다.

나는 간신히 숨을 몰아쉬었다. 평소라면 별일도 아니었다. 저 손이 내 뺨을 잡고 아무렇게나 누르고 만지작거리며 놀리는 것 따위는.

내가 왜 이랬는지 모르겠다. 우리의 눈높이가 더 불편해졌다. 거부감이 갑자기 목울대 가득 일렁거렸다.

그 애가 내게 닿는 게. 내 몸에 그 애의 손이 닿는 게…….

차마 떠올리기도 싫은 신미진의 목소리가 신경을 긁고 지나갔다. 사실은 그 목소리를 기억하는 한, 네 손길을 여전히 달가워하는 것만큼 정신 나간 짓이 없을 것이다.

빈 거리에 쏟아졌던 가방이, 흰 생리대가, 작은 알약이 담겨 있던 알루미늄판이 내 정강이에 툭 부딪혀 보도블록 위로 떨어지던 직고 요란한 소음 따위가 내 모든 신경을 긁었다.

문득 그 애의 이목구비에서 신미진을 닮은 구석이 보였다.

꼴도 보기 싫다는 생각이 악의처럼 불쑥 치솟았다가, 제자리로 완전히 돌아가지 못한 채 불안하게 허공만 움켜쥔 손을 보자 순전한 자괴감으로 변했다.

"야."

"……갑자기 만져서 놀랐다이가."

나는 가까스로 핑계를 내놓았다. 네 손이 갑자기 닿아 놀라 그런 거라고.

그러나 박우경은 조금도 믿는 눈치가 아니었다. 줄곧 태연해 보이던 얼굴이 조금 음울해졌다. 가라앉은 눈동자로 날 살피던 박우경이 이윽고 한숨을 내쉬며 반걸음 물러섰다.

"떨어졌다. 됐제."

"……할 얘기는 뭔데."

"니 아까 점심 안 먹길래. 이거 사 왔다."

아무렇지 않게 제 교복 주머니를 뒤져 에너지 바 하나를 꺼낸 그 애가 내 쪽으로 내밀었다.

나는 차마 손을 뻗지도 못하고 입 안을 깨물었다.

"윤차희."

"……그냥 교실 앞에서 주지."

"공주 니가 여기로 끌고 왔다이가."

박우경이 입꼬리를 끌어 올리며 웃었다. 내가 가까스로 따라 웃자 조금 안도한 것처럼 에너지 바를 내 교복 주머니에 직접 쏙 넣어 준 박우경이 제 용건은 다 끝났다는 듯 몸을 휙 돌려 계단을 내려갔다.

그러다 문득 층계 중간에 멈춰 서서 반대편 층계에 있는 날 올려다보는가 싶더니 계단을 두 칸씩 성큼성큼 올라와 물었다.

"몸은 괜찮나."

"……어?"

"니 몸은 괜찮냐고. 어제도 스카 안 나왔다이가. 주말 내내."

"아. 어. 나았다."

"윤차희 니는 죽을병 정도는 걸려야 쉴 줄 알았는데."

"……집에서 그래도 조금 해서. 괜찮다."

"니 요새 보는 거 다 스카 두고 갔드만."

"없어도 인강은 볼 수 있으니까."

"윤차희."

내 이름을 부르는 소리가 한숨 같았다.

"내가 니 얼마나 걱정했는지는 아나."

그걸 모른다고 할 단계는 옛날에 지났다. 우리는 서로를 알았다. 나는 말없이 고개를 끄덕였다.

"알면 됐다."

박우경은 손목에 차고 있던 검은 시계를 초조하게 흘끗 내려다보고는 그대로 돌아설 것처럼 굴었다. 그렇게 반쯤 내게서 몸을 돌린 채 그 애가 연거푸 마른세수를 하고는 초조하게 중얼거렸다.

"나는 그냥, 니가 얼마나 아팠으면 이러나 싶어서. 공주 니는 존나 이파시 다 죽어 가도 나와서 앉아 있는다이가."

"……."

"토요일에는 니가 그러지도 못할 정돈가 싶어서. 내가 있는데 지 혼자 걍 집으로 바로 갈 정도면, 주말 내내 내 전화도 잠깐 못 받을 정도면……. 별생각이 다 들더라."

"……그냥 자느라 그런 건데."

"니가 집에서 혼자 있다가 쓰러졌는데 아무도 몰라서 윤차희 니 뒤지는 거 아닌가. 문 안 열어 준다고 돌아갈 게 아니라 119랑 경찰 동시에 불러서 문 부수고 들어가야 되는 거 아닌가."

"니 그랬으면 우리 아빠한테 죽었을 건데."

"윤차희 니가 죽는 거보단 낫다이가."

"조금 아프다고 안 죽는다……."

"그렇게 니 걱정 하기도 바쁜데, 등신같이 니가 지금 내 전화 일부러 피하는 거 아닌가 생각하는 게 웃기잖아. 맞제."

"……."

"아저씨 없는데 있으니까 오지 말라고 니가 거짓말한 것도,

그냥, 내가 귀찮아서 그랬겠지. 공주 니는 원래 내 좀 귀찮아하
니까. 아프면 더 그러고."

"……."

"니가 아픈데 그딴 생각이나 하고, 아픈 사람 붙잡고 내 혼
자 한가하게 연애질이나 처하는 게 개등신 같아서 계속 참았
거든. 어제아래도, 어제도. 오늘 아침도. 애가 왜 전화를 꺼 놨
지. 왜 답이 없지. 왜 거짓말을 하지……."

"우경아."

"왜, 날 밀어내는 거 같지. 또."

"……."

"존나 한심하잖아. 그딴 생각이나 하는 게. 보나 마나 아파
도 공부는 할 거니까. 약 먹고 정신없이 그럴 거 아는데. 근
데……."

박우경이 입술을 깨물었다.

"내가 니한테 잘못한 거 있나."

"아니."

"내가 존나 잘못해 놓고, 모르는 거 있나."

"……그런 거 없다."

"윤차희 니 내랑 싸울 시간도 없는 건 아는데."

"싸울 시간도 없어서 그러는 게 아니라……."

그 애가 손을 뻗어 내 손끝을 잡았다. 접촉에 멈칫 굳은 내
손을 알아차린 것처럼 날 빤히 보는 시선이 문득 떨어졌다.

그 애의 손도 내게서 서둘러 멀어졌다. 마치 조금 겁을 먹은

것 같았다.

때마침 시끄럽게 종이 울렸다. 사람의 말은 사라졌다. 박우
경은 내 손을 바라보다 말했다.

"……지금 안 아프면 됐다. 윤차희. 차라리 나한테 화가 났
던 거면."

"……"

"내가 싫은 것만 아니면."

그 말이 꼭 저를 싫어하지 말라는 말처럼 들렸다.

아침에도 연락이 안 되고, 점심때도 급식소에서 보이지 않아
서 아직도 많이 아픈지 걱정했다는 말이 변명처럼 붙었다. 거
기에 변명이 무슨 필요가 있다고.

"빨리 들어가야지. 윤차희."

박우경이 그렇게 말하고는 계단을 빠르게 내려갔다.

나는 먼저 내려가는 애를 멍하니 보다 구역질처럼 치밀어 오
르는 울음을 삼켰다. 발이 떨어지지 않았다. 나는 결국 계단에
주저앉아 조금 울었다.

"……윤차희?"

웬 수업에 들어가지 않은 다른 남자애가 올라올 때까지도.

올라오는 발소리에 황급히 눈물을 닦아 내자 김하진이 조심
스레 내 쪽으로 다가왔다.

"괜찮나?"

"……"

"뭔데? 어디 아프나?"

384

"……."

"누구한테 맞았나?"

생긴 것과는 달리 수선스러운 물음이 머리 위로 쏟아졌다. 나는 고개를 저으며 몸을 일으켰다.

내가 일어나지도 못할 거라고 생각했는지 김하진이 날 급히 부축했다.

"……괜찮으니까 손 좀 떼 줄래……."

"아. 니가 너무 히마리 없어 보여서 걍……."

조용히 팔을 밀어내자 어정쩡하게 떠밀린 김하진이 날 따라 왔다.

"저기서 쭈그려 앉아가 울던 거 계속 울어도 된다……. 내가 나중에 온 건데, 윤차희, 내가 갈게."

"……."

"……박우경이랑 무슨 일 있었나? 아, 이래 물으면 너무 속 보이고 실렌가……."

"아니. 응."

"아니, 응, 이 뭔데?"

"박우경이랑은 아무 일도 없었고, 니가 묻는 건 실례라고."

"아, 글쿠나."

"……."

"근데 수업 시간 좀 지났는데……. 들어가서 애들 앞에서 닦이는 거 보다는 걍 다음 시간부터 들어가는 게 낫지 않나. 어차피 담임 시간이잖아. 담임이 니 존나 좋아하니까 나중에 보건실 다녀왔다고 하면."

"김하진 이 개새야. 니 어딨었는데? 아까부터 계속 니 찾는다고 존나……. 어?"

괜찮으니까 신경 쓸 것 없다고 말하려는 찰나 김하진의 친구가 날 봤다. 여태껏 애랑 같이 있느라 그랬냐고 묻듯이 김하진을 바라보는 시선이 뻔했다.

"와…… 드디어 꼬셨나."

"이 도라이 새끼가."

"존나 입만 열면 윤차희 윤차희 카드만."

"윤차희, 저 새끼 말은 그런 게 아니라……."

나는 그 모든 말을 무시하고 상관없는 사람처럼 교실로 들어갔다. 우는 얼굴은 최소한 보지 못한 것 같아 다행이었다.

김하진 친구가 박우경과 같은 반인 게 떠올랐지만 그것도 지금은 한가한 걱정이었다.

나는 교실 뒤에서 책을 들고 의례적인 벌을 서며 수업을 들었다. 김하진이 곧 교실로 돌아와 내 옆에 섰다. 날 계속 흘끗거리며 눈치를 보는 게 느껴졌지만 신경 쓰고 싶지 않았다.

그러나 수업은 한 마디도 들리지 않았다.

내 손이 박우경의 손을 징그럽다는 듯 떨쳐 내던 순간이, 그 순간 박우경이 날 바라보던 눈이 도무지 잊히지 않아서.

"야, 윤차. 니 김하진이랑 뭔데?"

6교시가 끝났을 무렵이었다. 종이 치고 얼마 지나지도 않았다. 대뜸 우리 반에 나타난 이소은이 내 책상 끄트머리에 걸터 앉으며 심각한 표정으로 그렇게 물었다. 자기 반은 아예 다른 층이면서 대체 언제 나왔기에.

나는 잡담을 막기 위해 이어폰을 집어 들던 손을 어쩔 수 없이 내렸다. 그러나 사실은 누구와도 이야기할 기분이 아니었다.

바로 옆줄에 앉아 있던 혜지가 눈을 가늘게 떴다.

"김하진 왜? 걔가 뭔 짓 했는데?"

"이 반응 뭐지? 혜지 니는 윤차랑 김하진이랑 같은 반이면서 그것도 모르나…… . 둘이 5교시에 수업 안 들어오고 뭐 같이 있었다던데? 진짜가?"

"뭔 개소리고. 차희 아까 박우경이 불러서 나갔는데? 점심시간 다 끝나갈 때."

"와…… 오버 부킹? 이중 약속? 금마들 줄 세워 놓고 면접 봤나. 뭔데?"

"얘가 비행기가? 오버 부킹 이 지랄…… ."

소은이가 소란스러운 손짓으로 제 입을 틀어막으며 중얼거리자 혜지가 한숨을 쉬었다.

그제야 잠깐 사이에 무슨 말이 돌았는지 교실 곳곳에서 흘끔거리는 시선이 느껴졌다. 우리 학교는 아침마다 핸드폰을 걷었고, 저녁을 먹기 전 종례 시간에나 돌려주었다. 그러나 몰래 내지 않는 애들이 가끔은 있었다.

"근데 이용준이 봤대. 윤차랑 김하진 아무도 없는 옥상 계단 쪽에서 내려오는 거. 분위기도 좀 많이 이상했다던데? 그래서 김하진이 윤차 드디어 꼬신 거 아니냐고."

"윤차 양아치 같은 애 싫어한다이가."

"어쨌든 얼굴은 잘났다이가. 윤차, 그래서 아까 김하진이랑 왜 같이 있었는데?"

입이 말랐다. 일상적인 대화 한 마디조차 하기도 힘든 이런 기분으로는, 너무 끔찍할 정도로 시시한 이야기라서.

나는 친구들에게 괜한 화풀이 같은 짓을 하지 않기 위해 음성을 애써 가다듬었다.

"걔랑 같이 있었던 적 없는데."

"엥. 이용준이 구라 친 거가, 그럼?"

"아까 나 혼자 잠깐 계단에 앉아 있었는데 걔가 와서, 비킨다고 교실로 가다가 걔 친구랑 마주친 게 다다."

"개도라이네. 김하진이 니 좋아하니까 괜히 니 붙여 줄라고 저카는 거 같은데? 김하진한테 잘 보일라고. 김하진 옆에 붙어 다니는 애들 중에 몇 명은 보면 각 나온다이가. 따까리들처럼 김하진한테 알랑방구 쩌는 거."

혜지가 김하진이 나가고 없는 책상 쪽을 노려보며 싸늘하게 평했다. 소은이가 그제야 조금 당황했다.

"야, 이용준 아까 쉬는 시간 끝나기 전에 우리 반에 와서도 그카던데……. 금마 박우경이랑 같은 반 아이가? 즈그 반에서 바로 얘기했을 거 같은데."

다른 애들에게 들리지 않게 갑자기 몸을 숙여 속닥거리는 꼴이 꼭 큰일이라도 있는 사람처럼 보였다.

나는 남의 일인 양 조금 웃었다. 소은이의 얼굴이 더 심각해졌다.

"윤차 니 남편이 오해하는 거 아니가? 박우경 분조장 없나? 인상 쓸 때 보면 겁나 분조장 있을 거 같던데……. 니 두고 둘이서 지랄 나면 니는 어케?"

어느새 옆줄에 있던 제 자리에서 내 뒷자리에 앉은 혜지가 괜한 수선 떨지 말라는 듯 소은이의 실내화를 툭 챘다.

"박우경이야 지가 애 불러냈으니까 오해 안 하겠지. 지랑 같이 있었으니까."

"근데 이용준이 봤을 때는 박우경이 없었으니까……. 울 윤차 전교 1등인데 김하진이랑 같이 있을라고 땡땡이까지 친 거 되면 그림이 쫌 글치 않나?"

"아닌데 뭐가."

나는 아무런 감흥 없이 대꾸했다.

차라리 토요일처럼 혼자 집에 가 버릴 수 있다면 좋겠다. 하루가 징그럽게도 길었다. 수업 내내 아까 그 박우경을 생각하지 않는 것만으로도 어려웠다.

거기에 잘 알지도 못하는 남자애와 별 영양가 없이 애들 입에 잠깐 오르내리는 건 비할 바도 아니었다.

"야, 차희야. 소은이 말 듣고 보니까 쫌 그렇긴 한데……. 아까 5교시 때 김하진이랑 늦게 들어오긴 했다이가. 우리 반 애

들이 저거 듣고 맞다, 둘이 나란히 늦게 들어와서 뒤에 서 있었
다, 그러면 우짜는데?"

"그럼 둘 다 그냥 지각한 거지."

"그게 아니라……. 차희 니가 박우경은 변명으로 못 써먹는
다이가."

혜지가 문득 다 안다는 듯 조심스럽게 말했다.

"뭐 니가 김하진이 아니라 걔랑 같이 있었다고 이상할 선 없
는데……. 윤차 니가 그런 쪽으로는 박우경이랑, 되게 조심하
고 있잖아. 우리 학교도 걔네 집안 거고……."

"누가 나한테 와서 김하진이랑 사귀냐고 물어볼 것도 아닌데
내가 굳이 변명하고 다닐 필요는 없다이가. 누구랑 있었든."

나는 이야기를 잘랐다. 둘 다 날 걱정해서 그런 것은 알지만
더 듣고 있다가는 미친 애처럼 악 소리라도 지르고 뛰쳐나갈
것만 같아서.

그딴 쓸모없는 얘기는 1초도 더 듣기 싫다고. 김하진이든 뭐
든. 나는 너희랑 그렇게 한가하게 남자 얘기나 하고 있을 만큼
팔자가 좋지 못하다고…….

자괴감이 날 조롱하듯 근처를 떠돌아다니는 것 같았다. 혜지
도, 소은이도 아무런 잘못이 없었다. 내게는 항상 좋은 애들이
었다. 입 안을 깨물었다.

때마침 교실 앞문으로 들어서던 김하진이 나랑 눈을 마주치
고는 어색하게 굳었다. 여태까지 신경 써 본 적도 없는 애였는
데, 우리 옆을 지나가며 내 눈치를 보는 것이 문득 처음으로 거

슬렸다.

재가 날 좋아한다니. 여태껏 말 몇 마디 섞어 본 적 없는 애였다. 날 알지도 못하는 애였다.

그저 제 상상으로 내가 어떤 애라고 대충 정해 놓고는 제 유치한 감정을 잠깐 갖다 붙이는 그런 애. 아주 시시한 남자애. 다른 남자애들과 다를 것도 없었다.

차라리 박우경이 재를 신경 썼으면 썼지.

종이 울렸다. 대화는 사라지고 선생님의 일방적인 말소리가 무료하게 귓가를 울리기 시작했다. 날 걱정하던 말들도 제자리로 돌아갔다.

나는 멍하니 그다음 수업도 죄다 흘려들으며 날짜나 헤아렸다. 수능이 끝나면……. 우리에게 며칠이나 남았지? 그러다 좀 우스워졌다.

아까는 한가하게 남자 얘기나 할 때가 아니라고 생각했으면서, 마치 박우경을 생각하는 건 남자 생각이 아닌 것처럼 제자리만 뱅뱅 도는 게.

결국에는 박우경 생각이나 할 거면서.

석식은 혜지 손에 끌려가 애들과 억지로 먹었다. 교복 치마 주머니에는 아직도 박우경이 넣어 준 에너지바가 들어 있었다. 나는 수업 시간에도, 종례 시간에도, 그리고 친구들이 밥을 다 먹기를 기다리는 동안에도 그걸 종종 매만졌다.

점심 대신 먹으라고 준 건데, 여태까지 먹지 않은 게 꼭 박우경에게 갚지 못한 빚 같아서.

나는 운동장 스탠드에 앉아 다른 애들이 식후 산책 삼아 트랙을 도는 걸 구경하는 척하면서, 실은 손안의 휴대폰만 전전긍긍 보고 있었다. 박우경도 아까 휴대폰을 돌려받았을 텐데, 아침에 줄지어 와 있던 메시지 이후로는 아무 말도 없었다.

더는 말이 없는 상대의 대화창을 바라만 보고 있는 건 기다림과 다르지 않다. 먼저 말 한 마디 건넬 엄두가 나지 않아서. 어떻게 이럴 수 있는지 스스로 어이가 없기까지 했다.

고작 그 애와 사귄다고 그딴 소리까지 들어 놓고서.

내가 너희 엄마한테 어떤 소리까지 들었는데, 너는 겨우 나랑 하는 시시한 연애 놀음에 한가롭게 상처나 받고 있느냐고. 넌 참 팔자도 좋다고. 네 인생에 골치 아픈 일이란 겨우 그런 것밖에 없느냐고. 그렇게 애써 되뇌어 보지 않은 것은 아니었다.

어쩌면 다시 박우경의 얼굴을 보자마자 저절로 그렇게 못된 생각을 줄줄이 꺼낼 수도 있을 것이다. 그런데도 결국에는 내가 무너뜨린 그 순간의 얼굴만 떠올랐다.

그 얼굴이 떠오르고 나면, 아무것도 생각할 수가 없었다. 마치 내 인생에도 골치 아픈 일이 너뿐인 것처럼.

아까 그러지 말걸. 어차피 바로 헤어질 수도 없는데……. 일부러 한 짓은 어디에도 없는데, 마치 일부러 저지른 잘못처럼 후회가 됐다.

손을 쳐 내지 말았어야 했다고. 눈을 피하지 않았어야 했다고. 조금은 다정하게 말해 주었어야 했다고.

내가 널 얼마나 좋아하는지 아직도 모르냐고, 아무것도 불안해하지 않아도 된다고 그렇게 말해 줬더라면.

그랬더라면 괜찮았을까? 알 수 없었다. 널 좋아한다는 말처럼 지금 내 인생에서 바보 같은 말이 또 있을까. 시간을 되돌려도 내가 그토록 바보 같은 말을 네게 할 수 있었을까…… 전부 알 수 없었다.

나는 토요일에 네 엄마를 봤다. 그리고 지금은 고작 월요일이었다. 얼굴을 마주하면 분명 끔찍한 기분이겠지. 그것만은 알았다.

그럴 거면서 지금은 눈앞에 그 애가 없는 게 괴로웠다. 얼마나 멍청해야 이럴 수 있는지 모르겠다.

계속 이럴 거가 윤차희 오전 7:05

니 내 말라 죽는 꼴 보고 싶어서 이카나 오전 7:10

버스도 안 탔던데 오전 7:11

오늘 학교 오는 거 맞나 오전 7:11

아침에 폰 내기 전에 답장 하나만 해 주라 오전 7:12

답장 안 해도 되니까 점심 먹고 스탠드로 잠깐만 나온나 거기서 기다릴게 오전 7:52

그 애는 여기에서 날 얼마나 기다리다 교실로 온 걸까.

이용준이 떠드는 얘기는 들었을까? 김하진이랑 내가 같이 있었다고. 아니면 그딴 건 신경도 쓰이지 않을 만큼 제가 밀려난 순간만 생각하고 있을까.

손끝이 무기력하게 화면을 꺼트렸다.

나도 그 애처럼 핑계가 필요했다. 주머니 속의 에너지 바 같은 것. 매점에서 어쩌다 보니 너 줄 걸 샀다고. 네가 좋아하는 음료수를 보니 네 생각이 났다고. 야자 하면서 목이 마르면 마시라고……. 그리고 아까는 고마웠다고 말하면 됐다.

나는 심부름을 앞둔 어린애처럼 그 간단한 몇 마디를 입 안으로 반복해 외웠다. 걸음이 급해졌다. 학교 뒤편의 매점까지 건물을 빙 돌아가는 길이 너무 멀었다.

꽃은 진작 지고 잎만 무성하게 웃자란 늙은 벚나무 아래를 지났다. 이윽고 전나무만 길게 이어지는 길목이 나타났다.

나는 잠시 숨을 몰아쉬었다. 그 애를 만나기도 전에 종이 칠까 봐 초조했다.

"……윤차희."

그래서 처음에는, 무심코 박우경이 날 불러 세운 게 아닐까 생각했다. 아주 잠깐은.

평생 들은 목소리 하나 알아듣지 못해서는 아니었다. 아마도 그 애이기를 바랐기 때문이겠지. 기대는 가끔 뻔한 사실을 지웠다. 목소리의 주인이 박우경이 아니라는 건 바로 알 수 있었다.

나는 겨우 몇 초 뒤에 다시 걷게 될 사람처럼 몸을 반만 돌렸다. 김하진의 멀끔한 낯이 아주 곤란하게 일그러져 있었다.

"윤차희, 내랑 잠깐 얘기 좀 해 줄 수 있나."

"우리가 따로 얘기할 사이는 아니었던 거 같은데."

"잠깐이면 된다. 아까 그……."

"어."

"내가, 아까 교실 들어가기 전에 이용준한테 분명히 입조심하라고 몇 번은 말했거든. 진짜로……. 다 남 탓이라고 떠넘기는 건 아니고, 그 새끼 내 친구고 나 때문에 그런 거니까 나도 진짜 미안한데, 혹시 내가 일부러 그랬다고 생각할까 봐……. 윤차희 니한테 그런 오해는 받기 싫어서."

"맞나."

나는 대꾸도 되지 않는 추임새나 무미건조하게 되돌렸다. 김하진은 내 싸늘한 태도에 당혹감을 숨기지 못했다. 제 뒷목을 괜히 몇 번 쓰다듬는 손이 머쓱해 보였다.

"미안하다. 괜히 가서 아까 니 있던 자리도 뺏고……."

"계단이 내 것도 아닌데. 떠들고 다닌 것도 김하진 니가 아니고. 내한테 굳이 사과할 필요 있나."

"그래도. 니 불편하고 곤란하게 만들어서 미안하다."

김하진의 말은 나랑 아무런 상관도 없이 붕 뜬 이야기처럼 들렸다. 곤란할 새도 없었으니까.

"……니 아까 울고 있었잖아."

겨우 그 꼴 한 번 봤다고 내 무언가를 알게 된 것처럼 넘겨짚는 눈이 싫었다. 그 눈에 호의가 가득한 것조차도. 나는 입매를 조금 끌어 올렸다.

"근데 나 니 오해 안 했는데."

"······진짜?"

"일부러 그랬든 의도적으로 그랬든 김하진 니 때문에 귀찮은
건 똑같으니까."

"······."

"내 앞에 와서 좋아한다고 말 한 마디 못했으면서 니 주변
애들이 내 갖고 그러는 건 재밌나? 난 그런 거 진짜 이해 안 되
거든."

김하진은 불시에 정곡을 찔린 사람처럼 가만히 입을 다물었
다. 날 응시하는 눈이 살짝 매서워지나 싶더니, 갑자기 흐드러
지듯 웃었다. 내가 너 안 좋아하면 어쩌려고? 꼭 그렇게 묻듯이.

지 혼자 웃든 말든. 나는 그러라고 두고 몸을 돌렸다. 김하
진이 성큼성큼 빠른 걸음으로 날 앞질러 막아섰다.

"······뭔데?"

"좋아한다고 말하면 되나. 지금은."

"아니."

"그래, 지금 말할게. 사실 계속 무서워서 말 못 했는데."

"박우경?"

"내가 박우경 금마를 왜 무서워하는데? 금마가 니 부모도 뭣
도 아닌데. 느그 둘 걍 남 아이가?"

김하진이 매끄럽게 웃었다. 거리가 한 걸음 더 가까워졌다.
누구라도 보면 오해할 수 있을 만큼 가까이. 나는 당연히 두 걸
음 더 멀어졌다.

그러는 찰나 김하진이 내 교복 소매를 잡아챘다.

"니네 그냥 사귀는 거잖아. 사귀면 당연히 헤어질 수도 있고. 헤어지면 끝이고. 집안끼리 알고 지내봤자 대학 가면 끝나는 거 아이가."

"……."

"박우경이 아니라 니가 무서워서 말 못 한 거다. 이렇게 사람 개무시하는 눈으로 볼까 봐."

"……뭐?"

"그래서 윤차희 니 좋아하게 된 거긴 한데. 존나 도도해 보여서."

"……어이가 없네. 진짜. 내가 혹시 김하진 니한테 여지 준 적 있나."

"기억나는지 모르겠는데 1학년 때……. 니가 교탁에서 내 수행 평가 존나 한심하게 보면서 한숨 쉰 적 있거든. 누구 건지도 모르고."

"……."

"그런 것도 여지라고 쳐주나."

"아니. 전혀."

"그럼 니는 여지 준 적 없네. 그래도 나는 그때부터 내가 박우경보다 먼저 윤차희 니 만났으면 좋았겠다고 계속 생각했는데."

"……."

"니 말이 맞다. 내 니 좋아하거든. 니는 내한테 여지 준 적도 없는데."

"어쩌라고 갑자기 그런 말을 하는지는 모르겠는데, 김하진, 나는……."

"꺼지든가, 그럼. 여지 준 적도 없는 애한테 혼자 등신같이 들떠서 집적대지 말고."

아까는 바랐지만 지금은 당연히 바라지 않았던 목소리였다. 나는 박우경이 흉흉한 낯으로 걸어오는 것을 가만히 바라보았다. 날 금방이라도 낚아챌 것처럼 사납게 손을 뻗는 것도.

그러나 그 애의 손이 향한 곳은 내가 아니었다.

갑자기 퍽 소리가 나도록 팔로 세게 쳐 밀어내는 힘에, 아무런 대비도 없이 서 있던 김하진이 목 아래를 잡으며 뒤로 물러났다. 그대로 바닥에 기침이 쏟아졌다.

아무런 예고도 없이 목 바로 밑을 세게 얻어맞은 셈이었으니 그렇게 요란한 기침이 따라온 것도 당연했다. 나는 그런 김하진을 내려다보며 곧바로 아연해졌다.

"이, 씨발…… 야 박우경!"

"사귀는 거 안다면서 껄떡대는 거 보니까 나중에 불륜 존나 잘하겠다, 개새끼야."

박우경이 싸늘하게 빙글거렸다. 방금 전 걸어올 때와 조금은 딴판으로.

나는 얘네가 인사하는 꼴도 본 적이 없는데 어째 저런 대화를 하는 게 자연스러워 보였다. 박우경을 데리고 어디로든 가려던 손이 갈 곳을 잠시 잃었다.

"그럼 박우경 니는 사람 패서 감옥 가겠네? 신고해도 되나."

기침 때문인지 살짝 벌겋게 변한 눈을 든 김하진이 입매를 비틀며 빈정거렸다.

박우경이 가볍게 웃었다.

"사람을 패야 신고가 되지. 아. 혹시 니 내한테 개무시 당했다고 꼴리는 거 아니가. 변태 새끼 버튼 눌러서……. 우짜노, 씨발. 생각만 해도 무서운데?"

"니 여자 친구는 이쁜데 박우경 니는 아니라서. 근데 나 차희랑 얘기하고 있었는데? 보니까 니네 곧 헤어질 거 같아서 미리 줄 설라고."

"……."

"혹시 정곡이가? 표정 존나……."

박우경의 낯에서 웃음기가 사라졌다. 김하진이 문득 날 돌아보며 부드럽게 웃었다.

"물론 줄 좀 선다고 차희 니가 나 만나 준다는 건 아닌데."

"김하진."

"그래도 가망은 있는 거 아닌가 싶어서. 저 새끼 때문에 그렇게 울 정도면."

"……."

"아까 차희 니 울린 거 박우경 저 새끼잖아. 아니가."

내가 대체 언제 울었느냐고 모른 척 항변할 새도 없었다.

김하진의 깊은 오해를 바로잡을 틈은 더 없었다. 박우경이 그대로 내 허리를 낚아채듯 달랑 들고 걷기 시작했다.

김하진의 아연한 얼굴이 순식간에 멀어졌다.

#36. 열아홉, 불 꺼진 음악실

니 미쳤나! 야! 박우경! 나는 세상에서 가장 작게 비명을 지르는 사람처럼 누가 우리를 볼까 허공에서 발을 구르고 박우경의 어깨를 때리며 그 애에게 소리쳤다.

당장 놓으라고, 제정신이냐고. 누가 이거 보면 너 진짜 가만 안 둔다고……. 그러나 박우경은 내 손에 얻어맞는 게 간지럽지도 않은 양 묵묵했다. 내가 저를 겁박하는 소리도 들리지 않는 것처럼 아무런 표정이 없었다.

박우경을 내가 당장 어떻게 할 수 없다는 실감은 사실 부차적이었다. 나는 박우경을 떨쳐 내는 것보다 주변을 더 급하게 살피기 시작했다.

정규 수업 시간이 지나면 아무도 다니지 않는 별관 끝에 들어설 때까지도 아무도 우리를 보지 못한 게 다행이라면 다행이었다. 단지 김하진이 걸리적거렸다.

박우경의 발걸음이 화학실, 물리실, 생물실, 지학실 따위를 순차적으로 지났다. 현관에서 반대편 끝에 달린 음악실 앞에 도착한 그 애가 노후된 나무 문에 달린 자물쇠로 손을 뻗었다. 내가 벗어나지 못하게 나머지 한 손으로 날 제 몸에 짓누르듯 잡아 놓고는.

예체능 애들은 대부분 학원을 가거나 개인 레슨을 받느라 석식을 먹기 전에 하교했다. 덕분에 저녁만 되어도 음악실을 쓸 만한 애들은 아무도 학교에 남지 않았다. 박우경을 빼면.

그 애가 내 등 뒤로 뻗은 손을 움직여 느릿하게 자물쇠의 번호를 맞추었다. 이윽고 달칵 자물쇠가 풀리고, 기름칠을 한 지 오래된 미닫이문이 삐걱거리며 열렸다.

나는 그 즈음 박우경의 팔 하나조차 내가 이겨 먹지 못하는 것에 얄팍한 환멸감을 느끼고 있었다.

우리가 어릴 때는 전부 비슷했는데. 키도, 힘도, 손의 크기도, 보이는 시야도, 아는 세상도.

그러고는 고작 14년이 지났을 뿐인데 모든 것이 이렇게 달라졌다.

그 애의 어깨 위로 팔을 늘어뜨리고 체념하듯 몸을 기대자 커다란 손이 내 등을 부드럽게 쓸어내렸다. 등 뒤에서 다시 문을 잠그는 소리가 났다. 이번에는 안에서.

그 애는 불 꺼진 음악실을 금세 가로질러, 뚜껑이 닫혀 있는 그랜드 피아노 위에 날 올렸다. 날 사이에 두고 박우경의 두 손이 못처럼 자리를 잡았다. 그렇게 날 완전히 가둬 놓은 다음에야 내 눈을 응시했다.

부드럽지만 완고한 시선이었다. 날 살피느라 아까의 제 불안
도 잊은 것처럼.

"윤차희."

"……."

"울었나. 아까."

"아니. 안 울었다."

기다렸다는 듯이 튀어 나간 부정은 내가 들어도 신빙성이 떨
어졌다. 애당초 증인까지 있는 말이었다.

박우경은 전혀 믿지 않는 표정으로 고개를 얕게 끄덕였다.

"아까 김하진이랑 같이 있었던 게 아니라, 내 가고 나서 김
하진이 온 거제."

나도 고개를 한 번 얕게 끄덕였다.

"내 때문에 울었나. 차희야."

"……아니."

"그럼 니 때문에 울었나."

목울대 아래로 파도가 쳤다. 나는 숨인지 울음인지 모를 것
을 천천히 삼켰다. 박우경이 두 손으로 내 양 뺨을 조심스럽게
움켜쥐었다. 내가 저를 다시 떨쳐 내리라고 생각하는 것처럼.

그럼에도 끝내 날 감싸 주고 싶은 것 같았다. 나는 도망치듯
눈을 감았다.

그 애의 손이 차가웠다. 아니면 내 얼굴이 뜨거운 것이겠지.
그 애와 닿은 것으로부터 오는 행복은 조금 수치스러웠다.

해가 있어 그림자가 생기듯 박우경을 좋아하는 마음이 현실을 비출 때면 그 뒤로 모멸감이 그림자처럼 지는 것 같았다. 저녁나절 저물어 가는 해가 그림자를 가장 길어지게 하듯이, 이 조잡한 연애의 끄트머리에 매달린 애정도 날이 갈수록 더 수치스러워질까.

나는 언제까지 버틸 수 있을까. 언제까지 널 미워하지 않을 수 있을까. 우리는 언제까지…….

"왜 우는데. 차라리 내한테 욕을 하지."

"……."

"혼자 그렇게 울 거면, 차라리 나한테 가지 말라고 하지…….."

그래도 잠시 눈을 감으면 예전처럼 네 손이 좋았다. 내게 쏟아지는 그 애의 애정이 세상에서 가장 온전한 것처럼 여겨졌다. 내가 가질 수 있는 것 중에 여전히 제일 좋은 것처럼. 배알도 없이 그랬다.

"니가 울었다는 게 너무 싫은데, 나 때문에 울었다는 게 미치겠는데, 그걸 김하진이 보고 나한테 말 안 해 줬으면 내가 끝까지 몰랐을 거라는 게 너무 싫은데……. 근데 왜 좋지."

"……니는 내가 운 게 좋다고? 미친 거 아이가."

"내가 싫은 게 아닌 거 같아서."

"…….."

"속상해서 운 거잖아."

"……그니까. 안 좋은 거잖아."

"내가 아직도 좋아서, 속상한 거잖아. 윤차희."

"……."

"눈 떠 봐, 차희야."

달래는 말이 달았다. 부드럽게 눈 밑을 문지르는 손끝에 눈꺼풀이 천천히 올라갔다.

어두운 시야에 온통 그 애뿐이었다. 아까의 거부감은 거짓말처럼 잠시 잊혔다.

"우리 계속 안 좋았던 거 아는데. 요새 자주 싸웠던 것도 다 아는데……. 잘못한 거 니가 알려주면 내가 다 고친다이가. 한 번 배우면 두 번 실수 안 하잖아."

"……나는 하잖아. 한 번 배워도 두 번 세 번."

"니는 그래도 괜찮다. 존나 이쁘니까."

"미쳤나."

"계속 실수했으면 좋겠다. 니 약점 잡아서 평생 묶어 놓게."

장난처럼 무마하는 말이 도리어 깨진 유리를 맨손으로 집어 드는 것처럼 조심스럽게 들렸다. 박우경이 방금 한 짓으로 잔뜩 욕을 하고 화를 내고 싶었는데 분이 다 삭은 끈처럼 형편없었다.

"……박우경 니도 못 고치는데? 밖에서 티 내지 말라고 했잖아."

나무라는 목소리도 안 나왔다. 그래도 박우경은 억울한 모양인지 왈칵 인상을 일그러뜨렸다.

"아니 씨발……. 그럼 딴 놈이 내 눈 앞에서 니한테 껄떡대

404

는데 그걸 보고만 있으라고?"

"응. 그랬어야지."

"아 저 새끼 우리 깨지면 니 만날라고 줄 서는갑다, 하고 구경이나 쳐하고 있으면 되는 거가."

"누가 만나 준다 캤나. 진짜 어이없네. 둘 다…….."

"공주야. 나는 대가리에 든 게 질투밖에 없다니까."

"니는 겨우 이딴 게 문제가. 사람 하나도 못 믿고."

"니를 못 믿는 게 아니라 다른 새끼들 눈을 못 믿는 건데."

박우경이 퍽 당당하게 말하고는 내 등허리를 조심스럽게 껴안았다. 서로의 몸이 겹치지도 않을 정도로.

그리고 아주 낮은 소리로, 이렇게 제가 안는 것은 아직 괜찮냐고 물었다.

나는 대답하지 않았다. 그렇게 오는 침묵이 조금 힘겨웠다. 그래서 아무렇게나 입을 열었다.

"……그래서 박우경 니는 김하진이랑 무슨 사인데?"

"내가 물을 말 아니가? 니 아까 울면서 김하진이랑 얼마나 붙어 있었노."

"안 붙어 있었거든."

박우경이 내 머리에 제 턱을 괴고 잠시 한숨을 내쉬는가 싶더니 대꾸했다.

"어린이 축구단…….."

"…….."

"그때부터 존나 별로였다, 그 새끼. 공도 못 차는 게 존나 지 혼자 공 처먹고 죽을 것처럼 안 내놓는 게⋯⋯."

"⋯⋯."

"공주 니 지금 내 비웃고 있제."

"⋯⋯아니?"

"아니면 아니지, 아니? 이건 뭔데."

나는 가까스로 웃음을 삼켰지만 어쩔 수 없이 몸이 먼저 웃고 있었다. 박우경이 날 제 품에서 떼어 내고 고개를 비스듬히 내렸다.

내 머리 아래에서 기어코 내 표정을 확인한 그 애가 미간을 찌푸렸다. 그리고 제 이마를 내 이마에다 툭 박았다.

"생전 안 웃던 게 김하진 얘기 좀 했다고 웃나. 짜증 나게."

"뭘 또 생전 안 웃는다고⋯⋯. 박우경 니 얘기라 웃은 거거든."

"아 맞나."

그게 뭐라고 박우경이 슬쩍 웃었다. 나는 아주 새삼스러운 용기를 내서 그 애의 갸름한 뺨을 감싸 쥐었다.

내가 쥐는 대로 뺨이 살짝 뭉그러지고, 언뜻 냉담해 보이기 쉬운 박우경의 얼굴도 내가 잘 아는 그 애의 한없이 허술한 애정으로 변했다.

여기에도 아직 해가 있으면 좋았을 텐데. 저녁나절의 어둑한 그늘에 숨어서야 그 애를 볼 용기가 생겼으면서도 나는 그 애가 더 잘 보이지 않아 아쉬웠다.

이런 얼굴을 더 잘 봐 놓고, 아주 오래 기억하고 싶은데.

바보처럼 웃음이 스멀스멀 나왔다.

"어린이 축구단 박우경."

"지금은 아니거든."

"김하진이랑 거기서 만났네. 그때가 니 초등학교 2학년 땐가?"

"어. 그 새끼 때문에 존나 축구가 싫어졌다."

"뭐가 싫어져. 작년에도 지 친구들이랑 심심하면 해 놓고…….''

"공주 니는 왜 자꾸 그 새끼랑 같은 반 되는데?"

"작년엔 아니었는데?"

"1학년 때도 그 새끼랑 같은 반이었잖아. 윤차희 행보 존나 마음에 안 드네."

"행보는 무슨. 그게 내가 되고 싶어서 되는 거가."

어이가 없어 픽 웃자 내 아래에서 불쑥 얼굴이 올라왔다.

그대로 키스를 하게 될 것이라 생각했지만 코끝끼리 부딪힌 것이 고작이었다. 그 애 집에서 어릴 때 키웠던 흰 진돗개처럼 박우경이 제 콧날을 비비고는 멀어졌다.

그 위로 어릴 적 얼굴이 문득 선명하게 보였다.

유소년 축구 클럽 유니폼을 입고, 검고 흰 축구화를 신은 그 애. 동네 슈퍼마켓 앞에서 내가 김하진인지도 몰랐을 어떤 남자애 욕을 실컷 하던 박우경.

그때 그 애를 생각하면 언제나 나도 모르게 웃게 되었다. 부루퉁한 입. 지금보다 훨씬 자그마했던 키. 날 괴롭히고 놀리다

가도 언제나 따라다니던 눈.

"김하진 그 새끼 니한테 하는 꼬라지 봤제. 어? 내가 그 새끼 니 존나 좋아한다고 했제."

봤제, 했제, 그렇게 제가 옳았다고 내게 으스대면서도 못내 그 사실이 불쾌한지 찌푸린 미간이 우스꽝스러웠다.

"걘 아무것도 모르니까 그러는 거지."

"그 정도면 다 아는 거 아니가. 존나 공부도 못하는 게 맨날천날 할 짓 없이 니만 존나 스토커 새끼처럼 보고 있으니까……."

"김하진이 딱히 그렇게까지 한 적은 없는 거 같은데……."

"공주 니는 이래서 안 된다. 그 개새끼가 니만 보고 있으니까 니가 나랑 사귄다고 혼자서 존나 확신한 거잖아. 내가 니 울렸다고 기다렸다는 듯이 들이댄 거 봐라. 진짜 개새끼가……."

"박우경 니는 내 울린 적 없다니까."

"나 때문에 울었으면 내가 울린 거지, 아니가."

이상한 논리다. 굳이 따지자면 나 혼자 갑자기 희한하게 굴다 지 뒤에서 몰래 울었던 건데. 이거 또라이 아니냐고 좀 떨어트려 놓고 보지는 못할망정, 저렇게 단순하게 생각하다니.

그럼에도 어쨌거나 뿌듯하다는 듯이 말하는 건 괘씸했다. 날 울린 게 뭐가 좋다고. 나는 이마로 그 애의 이마를 박았다. 아. 작은 고통에 대한 호소가 별반 성의도 없이 따라왔다.

괘씸했다. 나는 그대로 그 애의 목을 끌어안았다.

"……내 말은, 내가 어떤 앤지 모르잖아. 걔는 아무것도."

퍽 가증스럽게도 날 올려다보고 있었던 박우경은 제 목이 안 기자 일시에 표정을 바꾸었다.

제게로 무너지듯이 기대어 버린 내 몸을 받치며 반듯하게 일으킨 몸이 컸다. 그대로 위와 아래가 다시 바뀌었다.

그 애의 그림자가 내 머리 위로 드리웠다. 박우경은 위에서 아래로 날 깊이 감싸 안았다. 허리를 옭아맨 팔에 아까는 없던 힘이 가득했다. 나는 그 안에서 중얼거렸다.

"걔는 날 모르니까 좋아하는 거야. 우경아."

"……."

"내가 어떤 앤지 몰라서."

"윤차희 니가 뭐 어때서."

내 관자놀이에 흘리는 대꾸가 느슨한 듯 매서웠다. 나는 조금 웃었다.

"박우경 니처럼 정신 나간 애 아니면 아무도 안 좋아할 애."

"박우경 정신 멀쩡한데?"

"내가 좀 이쁘긴 한데."

"좀? 존나 이쁘다."

"근데 속은 좀. 우경이 니도 내 성격 그지 같다매. 못됐다고."

"아 그냥 한 말 갖고……. 존나 착하다. 됐제."

"김하진은 내가 좋은 게 아니라 그냥 자기 눈에 보이는 대로 보겠지. 그건 나를 좋아하는 게 아니잖아. 말 몇 마디 못 해 본 사이에. 겨우 내 얼굴이나 알면서."

"……"

"박우경 니는 다 알면서 나 좋아해 주잖아. 내 성격 그지 같은 거. 못돼 처먹은 거. 지만 아는 거. 다 알면서 굳이."

다 알면서 굳이 그랬다고 하니 제가 괜히 바보 같지 않느냐고 박우경이 떨떠름하게 불평했다.

사실이 그랬다. 너 같은 호구가 아니고서야 이 지경으로 구는 날 진짜로 좋아할 리가 없었다. 나는 천천히 그 애의 턱끝에 입술을 맞추었다. 박우경이 한숨을 내쉬었다.

"……윤차희 진짜 사람을 죽였다 살렸다 하네."

"안 죽었잖아."

"할 거면 조금만 더 위로 오지."

"니가 하든가."

내 말이 끝나기 무섭게 박우경이 내 입술에 제 입을 쪽 소리 나게 맞추었다. 음악실이 조금 더 어두워졌다. 자괴감도 죄책감도 죄다 음악실 구석의 어둠 속으로 숨어 버렸다.

그럼에도 그 애가 내 목을 어루만지는 손길에 몸이 조금 움츠러 들었다.

박우경을 더 가까이 끌어당기고 싶은 충동을 느끼면서도 세게 밀어내고 싶었다. 차라리 도망치고 싶었다. 아무것도 설명할 필요 없이 숨고 싶었다.

어떤 결론도 내지 않고서. 이대로. 그냥 우리가 좋았던 순간에만 영영 멈춰서…….

나는 숨을 몰아쉬었다. 박우경이 그 순간 기민하게도 숨을 헐떡이는 내게서 손을 떨어트렸다. 그 애의 얼굴에 떠올라 있던 안도감은 이미 흔적도 없이 사라졌다.

그대로 정적이 흘렀다. 침묵이 점차 우리를 떨어트렸다.

날 도무지 이해하지 못하는 얼굴이었다. 날 무서워하는 것만 같은 눈이었다. 마치 어른의 마음이 불안한 어린애처럼. 그 눈동자에 나사가 빠진 것처럼 속이 덜컹거렸다. 목구멍을 드나드는 숨이 시렸다.

가슴으로 숨이 떨어지는 자리마다 괴이쩍은 통증이 느껴졌다. 나는 네가, 미워서 이런 게 아니라…….

"……차희야."

마치 가까스로 소리를 낸 것처럼 그 애의 입술이 느릿하게 달싹거렸다.

이대로는 안 되겠다고.

"이따 할머니 집에서 얘기 좀 하자. 오늘은."

"……오늘은 못 갈 거 같다."

"내일."

"내일도."

박우경은 크게 한 번 숨을 들이마셨다. 그리고 조용히 물었다.

"모레는."

"생각해 봤는데 6월 모평까지는 그냥 안 가는 게 좋을 거 같더라. 서로 방해 안 되려면."

나는 일요일 밤에 겨우 생각했던 핑계를 이제야 끄집어냈다. 6월이 되면 9월을 말하고, 9월이 되면 11월을 말하면 됐다.

서로를 위해 시간을 끌어야 하는 건 알았다. 그러나 도저히 예전처럼 내내 붙어 그 애의 얼굴을 바라볼 수는 없었다.

자주 부딪히고 부대끼면 얕게 덮어 놓은 흙도 금방 날아가고 전부 드러날 것만 같아서. 내가 견디지 못할 것 같아서. 무슨 말이라도 지껄이게 될까 봐.

결국에는 아무 잘못도 없는 널 원망하게 될까 봐.

그러니까 거리가 필요했다.

박우경은 말없이 날 내려다보았다. 그러다 문득 웃었다. 아까와 같은 웃음은 아니었다.

약간은 질 나쁜 비웃음. 혹은 단조로운 자조.

"……윤차희 니가 할머니 집에서 여태 공부나 했던 건 다 뭔데?"

"다른 데서 하는 것보다 안 되는 거 아는데 그래도 니랑 같이 있고 싶었으니까……. 그래서 계속 핑계를 대 봤는데 이젠."

"그럼 지금은 같이 있기 싫은 거가."

"……."

"내랑 같이 있는 게 싫나. 윤차희."

"서로 도움이 안 되잖아. 계속 방해만 되고."

"방해만 된다……."

어느새 내 팔목을 붙잡고 있던 손에 힘이 바짝 들어갔다. 나는 아픈 내색 없이 그 손을 내려다보기만 했다. 박우경에게서 시작된 미약한 떨림이 내 피부를 타고 올라왔다.

"……그래, 방해. 알겠는데."

"……."

"나랑 같이 있는 게 싫은 게 아니라는 말은?"

내가 빠트린 물건을 묻듯이 박우경이 그렇게 물었다. 어조는 사나워서 도리어 약해 보였다.

나는 상대를 위해 말을 고르는 노력조차 하지 않는 사람처럼 서둘러 입을 열었다.

"방해가 되는 게 싫다. 나는."

"아."

"방해가 되면, 니랑 같이 있는 게 당연히 싫어질 거고. 그래서 3월부터……."

"그래. 씨발, 방해가 되면."

"……."

"내가 윤차희 니한테 방해가 되면 절대 안 되겠네."

나직하게 되새기는 소리가 싸늘했다.

"윤차희. 이게 다제."

"……."

"니가 나한테 이러는 거. 이유."

"……."

"니가 나 아직도 좋아하는 거 아까 다 들켰으니까."

"……."

"니가 나랑 같이 있는 게 싫어진다고 쳐도, 내가 싫은 건 아니잖아. 내가 싫어지려면 아직 한참 멀었잖아……."

그 애의 손이 내 팔목을 억센 힘으로 움켜쥐었다. 아픈 내색은 조금도 하지 않았는데 저 스스로 눈을 떨어트리더니 뒤늦게 놀란 것처럼 내 팔을 놓고 물러나는 꼴이 위태로웠다.

미안. 박우경이 이를 악문 채로 사과했다. 입 안의 살을, 혀를 몇 번이나 초조하게 깨물어도 계속 목소리가 잘 나오지 않았다.

그래서 결국 비명을 질러야 하는데 소리가 나오지 않는 사람처럼 목을 억지로 틔웠다.

"박우경 니가, 공부 열심히 하고 있으면……."

"……."

"금요일에 할머니 집 갈게. 그때 얘기하자."

계산과는 상관없이, 불시에 아주 바보 같은 말이 튀어나왔다. 그 말을 내뱉으며 내가 한 유일한 생각도 고작 이런 한심한 거였다. 금요일 즈음이면 신미진을 조금 더 까먹고, 그 애에게 오늘보다 훨씬 더 괜찮게 굴 수도 있을 거라고…….

아주 나빠지지도, 그리 좋지도 않은 선에 가만히 서서 그 애를 바라보는 게 벌써 너무 어려웠다. 내가 자꾸만 가만 있지를 못했다. 아프게 하고 싶지가 않았다. 그 애가 슬프고 실망스러운 것을 보기가 힘들었다.

박우경이 가느다랗게 뜬 눈을 찌푸렸다.

"……내가 무슨 초등학생이가. 공부 열심히 하고 있으면 온다고 하게."

지가 무슨 선물인 줄 아는갑지. 윤차희 니가 뭔데. 박우경이 원망스럽게 쏘아붙였다. 얇게 언 강을 걸어서 건너듯 발밑은 여전히 불안한 것을 알면서도 아무렇지 않은 척 그렇게.

"그럼 하지 말든가……."

"누가 안 한댔나. 니 안 오기만 해 봐라."

그러나 우리 사이의 균열은 이미 명백해졌다. 박우경과 나는 그날 이후로 그날의 일에 대해 말하지 않았다.

때로는 누구도 말하지 않는 것이 가장 시끄러웠다. 고요 속에서도 귀가 멀 만큼.

― 전화 끊지 말고 이모랑 얘기 좀 다시 해. 응? 오래도 안 걸려.

"저는 이모랑 할 말 없어요."

― 너 진짜 이럴 거니?

전화 너머로 애타는 신미진의 음성이 초조하게 흘러나왔다. 누가 보면 내게 약점이라도 잡힌 줄 알겠지. 그러나 지껄이는 말을 뜯어보면 죄다 날 위한 것이라는 명분이 가증스레 붙어 있었다. 널 조금이라도 더 빨리 돕지 못해 초조하다는 듯이.

웃기지도 않았다. 나는 지난 며칠간 그랬듯 신미진이 무슨 말을 떠들고 있든 전화를 뚝 끊어 버렸다.

그럼에도 내 귀를 어지럽히는 소란은 여전했다. 계단을 타고 올라오는 것이다. 엄마가 꼬박 2주일 만에 돌아온 밤이었다. 아래층에서는 어김없이 싸움이 났다.

그럴 시간이 되어서겠지.

감정은 아주 무디게 그들의 소리를 지나쳤다. 휴대폰의 진동도, 신미진의 정신 나간 말도. 대체로는. 다시 핸드폰 화면이 진동 소리와 함께 밝아졌다.

진이 이모, 그렇게 저장된 이름이 우스꽝스러워 보였다. 나를 놀리는 건지 그 여자를 놀리는 건지 모르게.

그러나 화면이 밝아지고 그 여자의 이름이 떠오를 때면 아무리 무뎌진 기분이라도 심장에서 돌이 굴러떨어지는 것처럼 불안한 잡음이 일었다. 아주 잠깐은 겁에 질린 어린애처럼.

나는 손안의 핸드폰을 바라보며 천천히 호흡했다. 전화가 끊어지자 다시 울리고, 또다시 끊어졌다.

이제는 모르는 번호였다. 정신병이 분명했다.

— 느이 엄마 집에 왔다면서.

"네."

— 이모가 집에 들어가서 말하는 게 차라리 편하겠어? 네가 부모 힘들고 바쁜 새 어쩌고 살았는지.

"둘 다 안 편해요. 이모 목소리 더 듣기도 싫거든요. 더 들을 내용도 없고요. 제가 알아서 정리한다고 말씀드렸잖아요."

— 그럼 빨리 정리해. 얼른. 수능 끝나고 헤어지니 마니, 말도 안 되는 소리도 이젠 됐어. 무엇보다도 널 위해서, 응? 이렇게 질질 끄는 게 더 이상하다는 생각은 안 하니?

신미진은 몇 달 뒤에 박우경과 정리하겠다는 내 말을 도무지 믿지 못했다. 어쩌면 믿었다 해도 소용이 없었겠지.

— 네가 하는 말들, 듣는 사람한테는 일부러 남의 시간 잡아먹는 핑계처럼 들려. 네가 너 스스로를 소중하게 여기질 않는

데, 그러다 대학 가자마자 우경이랑 살림부터 차릴 작정이었으면 우리가 무슨 수로 널 지켜 주겠어? 네 엄마가 널 얼마나 공주처럼 귀하게 키웠는데, 그게 얼마나 기가 막힌 일이야. 응?

"저는 박우경이랑 죽어도 그럴 생각 없으니 염려하실 필요 없어요."

— 그럼 그렇게 시간을 질질 끌지를 말든지! 사귀다 무슨 사고가 더 생길 줄 알고 너희를 그대로 내버려 두라는 거야? 나고 나 혼자 골머리 썩는 게 좋겠니? 차희야. 이모는, 우경이만 걱정이 아니라 너도 걱정한다고 누누이 말했지. 이 소식을 너희 엄마까지 알아봐. 얼마나…….

"네. 그니까 엄마한테 직접 말씀하시라고요. 제가 무슨 짓이나 하고 다니는지. 저한테 하셨던 말씀 그대로."

— 네 엄마 가슴에 대못을 박아도 괜찮다 이 말이야?

"대못은 제가 아니라 이모가 박으시는 거죠. 저는 외할머니 괜찮아지실 때까지는 엄마한테 말 안 해요. 박우경 수능 칠 때까지 말 안 할 거고요. 그 전에 끝내고 싶으시면 본인 입으로 알아서 하세요."

— 이모가 너한테 부탁을 몇 번이나 했어! 제발 정신 좀 차리고 일 크게 만들지 말라고. 네 엄마 괴롭히지 말고, 빨리 정리하고 너 잘 하는 공부나 열심히 해서 좋은 대학 가라고. 우경이도 차라리 네가 빨리 놔주면, 조금 힘들다 말고 열심히 하던 대로 할 거야.

"이모 눈에는 걔가 저한테 잡혀 있는 걸로 보이세요?"

– 걘 너 싫다는데 억지로 못 붙잡아. 그런 애야.

"……."

– 네가 좋다니까 붙어 있는 거지.

나는 조금 웃었다. 어느 정도는 맞는 말 같기도 해서.

그게 저를 비웃는 소리처럼 들렸는지 신미진이 '얘', 하고 신경질적으로 날 부르더니 나직하게 말을 흘려 넣었다.

– 우경이 걱정하는 마음이 진짜면, 너는 네 걱정이나 하면 그만이야. 걔는 그래 봐야 너 그렇게 안 좋아하니까.

"……."

– 한창때 남자애가 이런 촌에서 볼만한 여자애라고는 너밖에 없으니까, 별 저질스러운 짓도 너하고나 하고 싶겠지. 차희 너밖에 없어서. 그게 어떻게 진짜겠어?

"이모도 이모 걱정이나 하시면 좋을 텐데."

– 너 정말 제정신이니?

짐짓 달래듯 말하던 어조가 순식간에 돌변해 가시를 세웠다. 가슴이 불쾌하게 쿵쿵 울리기 시작했다.

그러나 신미진의 다급한 기색만은 비웃을 만한 것처럼 보였다.

신미진은 말 그대로 제 발이 저린 사람처럼 굴고 있었다. 마치 내가 박우경과 아주 큰 사고를 치거나, 혹은 자기가 내 앞에서 맨 처음 떠들었던 그 더러운 말들이 다른 누군가의 귀에 들어갈까 봐 초조한 것처럼.

'사람이 초조하면 원래 잘하던 것도 못한다. 알겠제.
빨리빨리 해 삔다고 다 좋은 게 아인 기라.'

아마도 우리가 초등학교에 갓 입학했을 때의 일이다. 박우경
의 할머니 집에서 엄마를 기다리며 같이 숙제나 하고 있던 어
떤 평범한 오후.

별 시답잖은 경쟁이 붙어 싸움이 됐고, 그때만 해도 안간힘
으로 싸웠던 우리는 할머니에게 붙잡혀 나란히 꿇어앉고는 한
참이나 혼이 났다.

뭐든 급해서 싸움이 난다. 뭐든 급해서 잘하는 일도 괜히 말
아먹는다. 뭐든 급해서 탈이 난다.

할머니는 요람 속 아기에게 글자를 가르치는 사람처럼 천천
히 그 말들을 가르쳤다. 지금 가르친다고 너희가 기억할 리 없
겠지만, 그래도. 혹시나. 그렇게 별반 기대도 없이 당장 쓸모도
없는 내용을 정성껏 알려 주듯이.

'느그 나가서도 이카면 남들이 뭐라 카겠노? 저거는
갱상도에서 왔다드만, 그니까 저라는갑다. 누가 지 갱상
도 사람 아니랄까 봐, 하여간 성질도 드릅게 급해가…….
그래 괜히 욕이나 묵지. 둘 다 이다음에 커서 서울 가가
큰일 안 할 끼가?'

여덟 살짜리들을 붙잡고 너희 출세 안 할 거냐고 진지하게 다그치는 말은, 지금 생각하면 할머니의 다정한 장난에 가깝다.

나는 일찍이 욕심이 많았다. 이해가 잘 되지 않아도 나한테 좋은 말 같으면 일단 고개부터 끄덕이고 봤다. 반면 박우경은 듣는 내내 심드렁했다. 큰일 같은 건 귀찮게 왜 하냐고.

'할매. 난 윤차희 잘되면 옆에 붙어서 얘 뽈가 먹으면서 살래.'

생각해 보면 나랑 생판 남 주제에 그런 말을 하는 것부터 이상했는데.

'느그가 무슨 사이라고 우갱이 니가 다 커서 차희 덕 보고 살 건데?'

할머니가 그렇게 묻자 조그만 박우경이 어깨를 으쓱했다. 당연히 비밀이지.

'미리 알면 윤차희가 도망갈 거 아니가. 할매는 그것도 모르나?'

비밀은 무슨.

나는 피아노 건반 위에 엎드려 잠이 든 박우경의 커다란 등을 바라보며 똑같은 장소에서 아주 오래전에나 있었던 일을 생각했다. 평생 놀고먹을 돈을 미리 다 물려받았으면서 제가 대체 내 덕은 어느 틈에 보겠다고.

내가 잠든 사이 박우경이 덮어 주었을 담요를 걷고 도로 몸을 일으키자 쇼파 아래 아무렇게나 떨어진 내 책이 보였다. 나는 소리가 나지 않게 조심스레 그것을 덮어 거실 테이블에 올려 두었다. 잠귀가 예민한 박우경은 꽤 피곤했던 모양인지 좀처럼 깨지 않았다.

바로 일어나 집에 돌아갈 준비를 하려고 했는데 엄두가 나지 않았다. 박우경이 깨어 있지 않으니 마음이 잠깐 게으르게 주저앉았다. 기껏 다 녹은 길 위의 눈이 다시 얼기를 일부러 기다리는 이상한 사람처럼.

그 애는 내가 잠들기 전까지 피아노를 쳐 주었다. 대뜸 피아노를 쳐 달라는 말에 황당하게 날 쳐다보다가 몇 번 조르니 아주 쉽게도.

박우경은 제 손과 피아노를 동시에 망가뜨렸던 날 이후로 피아노를 제대로 쳐 본 적이 한 번도 없다고 했다. 제가 예전에 치던 것처럼. 하지만 할머니 집의 오래된 피아노는 몇 번 손대어 본 것을 알고 있었다.

자기 것이 아니니 제 피아노처럼 망가뜨릴 수도 없어서. 오다가다 눈에 걸려서. 가끔은 손이 그렇게 망가졌던 것도 잊어서.

그럴 때마다 예전과 지금이 너무 달라서 결국 금세 뚜껑을 덮어 버렸다는 것도.

달라져도 괜찮다고 생각했는데, 달라진 꼴을 보고 있자니 자존심이 상하더라는 뻔한 이야기. 그 이후로 피아노를 치는 어떤 사람도 볼 수가 없게 되었다는 박우경 마음속의 구덩이.

그걸 알고도 박우경을 졸랐다. 그냥 예전보다 훨씬 못 치는 것이라도 듣고 싶다고. 옛날에 네가 피아노를 잘 못 쳤을 적에 친 것처럼 듣겠다고.

본연의 주황색이 다 바랜 악보집을 몇 권 꺼내 박우경이 멘델스존의 「무언가(song without words, 無言歌)」를 앞에 펼쳐 두고 몇 마디를 치다 멈추기를 반복했다.

서너 마디마다 신경질적인 한숨이 새었다. 낮은음에서 오른손을 간신히 따라가다 멈추고 마는 왼손을 미워하듯이.

너는 곧 그 왼손처럼 날 보게 될까. 따라가지 못하고 몇 번이나 주저앉으면, 결국에는 그 꼴을 보고 싶어 하지 않게 될까.

굳이 들여다보지만 않으면 괜찮을 테니까.

그랬으면 좋겠다. 나는 내가 내뱉을 수 없는 말 대신 가사가 없는 노래를 들었다. 오른손이 왼손이 칠 음을 대신 쳐 줄 때마다 뚝뚝 끊기던 것이 조금씩 자연스러워졌다.

언젠가 문 너머에서 피아노 레슨이 끝나기를 기다릴 때면, 그 애의 연주를 따라 가슴이 빠르게 뛰었던 것이 생각났다. 그래서 아까는 공부를 하는 척 한참이나 그 애의 등만 쳐다보았다. 그대로 기억하고 싶어서. 신미진과 상관없는 모습으로.

내가 없어져도 네게 피아노가 다시 있으면 하고.

가사가 없는 노래조차 사라진 적막 속에 커다란 괘종시계 초침 소리만 공간을 울렸다. 커다란 공터에 덩그러니 놓인 짐처럼 이 집 한가운데 박우경의 외로운 등이 보였다.

그 애 할머니의 가구들은 그대로 남아 있는데, 어느덧 할머니만 사라지고 없는 집.

옛날에 그 애 아버지와 형제들이 쳤다는 낡은 일제 업라이트 피아노. 박우경이 피아노를 그만둔 뒤로 한참이나 조율하지 않은 피아노는 조금씩 유려하게 연결되는 음 속에서도 한 번씩 이질적인 소리가 튀었다.

주말에는 피아노 조율을 하라고 해야겠다. 조율이 되지 않았다는 핑계로 영영 덮개만 덮어 놓지 않게.

나는 하나씩 일을 정리하듯 머릿속에 메모를 남겼다. 어떤 것은 이미 끝나서 줄이 그였고, 어떤 것은 새롭게 쓰인다. 그래도 종이는 얼마 남지 않았다. 이렇게 마지막이다.

무음으로 돌려놓은 핸드폰 화면이 어둑한 스탠드 불빛 아래에서 반짝거렸다. 저장되지 않은 번호였지만 익숙한 숫자의 배열이다.

전화를 받지 않으면 박우경을 어디로든 보내고 찾아왔기 때문에 나는 가끔 저 번호로 오는 전화를 받아 줬다. 전화를 사흘쯤 받지 않았던 지난주에는 소은이에게 들킬 뻔했다.

꺼진 화면 위로 무심한 생각이 스쳤다. 또 대구에 가 있다고 했나? 아까 지나친 박우경의 말을 떠올렸다. 박우경과 내가 같이 있을지도 모른다고 생각할 만한 때면 절대로 연락하지 않는데도, 정신이 없기는 한 모양이었다.

실은 이 집에 온 것을 알았으면 했는데. 몇 번이나 박우경을 실망시키다 겨우 한 번 용기를 낸 김에.

내가 이 집에 오기만 하면 박우경과 굴러먹고 그 애 인생을 망칠 것이라고 단단히 믿는 여자였다. 내 약속은 조금도 믿지 않는 대신에.

그렇다면 어차피 헤어질 것이라도 전전긍긍하는 꼴을 보고 싶었다. 내가 여기에 또 온 것을 알면 견디지 못하고 목이라도 조르려 들지 않을까. 그러면 차라리 아무 계산도 없이 악 하고 비명이라도 지를 수 있을 텐데.

나는 남의 일처럼 그 애의 엄마를 두고 생각했다. 사람이 초조하면 원래 잘하던 것도 못하고, 급하면 탈이 난다더니 저 사람이 그 꼴이라고.

초조하게 아무 말이나 내뱉다 보면 그 말에 구멍이 생겼다. 덕분에 나는 '옛날 일'을 조금 알게 되었다.

애초에 박우경과 내가 안 되는 사이였다는 것을 알자 실은 모든 것이 편해졌다. 내가 편해진 만큼 그 여자는 안달이 났다.

그렇게나 잘하던 좋은 사람 행세를 어떻게 하는지도 잊은 인간처럼 굴었다. 덕분에 그간 날 대하는 신미진의 태도는 열 번도 더 바뀌었다. 사정하고, 애원하고, 겁박하고, 원망했다. 퍽 절절하게 들리는 사과도 했다.

어느 날은 내가 저를 협박한다고 말하기도 했다. 당신이 한 일 그대로 말하겠다는 것이 협박이라고. 무서운 애라고. 너 때문에 겁이 난다고.

처음에 딱 한 번 정신을 놓았을 뿐이라고, 고작 실수 한 번을 이렇게 약점 잡힌 것이 못내 억울하다고.

진심인 것 같았다. 다만 되돌릴 수 없는 것을 되돌리려 하니 발등에 불이 떨어진 것처럼 난리겠지.

신미진은 이미 저질러 놓은 일 때문에 이러지도 저러지도 못하고 그 자리와 시간에 그대로 멈춰 있는 것처럼 보였다. 멍청한 사람이 지나치게 열심히 일하듯이. 너무 성실한 나머지 자기가 아무것도 하지 않고 기다리는 시간은 도무지 견딜 수 없어서.

우리를 얼른 떼어 놓기나 해야 그나마 안심할 수 있겠다고 생각하고 있을 것이다.

그것도 착각이겠지. 우리를 떼어 놓고 나면 그 다음에는 내가 청라에 있는 걸 견딜 수 없을 텐데. 부재중 전화를 알리는 문자를 삭제하며 나는 건조하게 생각했다. 머리 어딘가가 고장난 것처럼.

그 여자가 아무리 어리석어 보여도 내게는 힘이 없었다. 미친 사람처럼 달려들 때면 이제 받아칠 말도 떠오르지 않을 만큼 질렸다.

아무에게나 전화가 와도 심장은 터질 듯 겁을 먹었다. 그 여자가 아닌 아빠나 엄마가 뜬 화면을 봐도 그랬다. 그러다가도 돌연 현실감이 없었다.

뺨을 후려 맞아도 아픈 것 같지 않았다. 사실은 모든 일이 그랬다.

집에서 나는 소리도, 학교에서 애들이 떠드는 말도, 수업도, 눈에 보이고 귀에 들리는 대부분이 내 감각을 통하는 것 같지 않았다. 바로 앞에 있는 박우경의 얼굴과 목소리조차도.

그렇게 하루하루가 달라졌다. 나는 박우경을 실망시키거나, 슬프게 할 만한 말과 행동에 점차 무던해졌다.

상처를 주고도 금세 아무렇지 않을 수 있게 됐다. 막상 그런 박우경을 쳐다봐도 반쪽짜리 감흥밖에는 느껴지지 않았기 때문에.

박우경도 그것을 내색하지는 않았다. 내가 제 불만을 빌미삼아 돌아설 것이라고 생각해서인지, 그 애도 내게 무던해졌기 때문인지는 알 수 없었다.

다만 내가 과민할 만한 시기라는 한 줄의 핑계로 내 대신 대부분의 합리화를 해 주고 있는 건 분명했다.

그러면서도 정작 다시 손을 잡고 입을 맞출 수 있게 됐다는 게 제일 우습지. 까치발을 하고 그 애의 목에 팔을 건조하게 두르면, 내 팔 아래에서 그 커다란 몸이 눈에 띄게 편안해지는 것을 알 수 있었다.

내가 무슨 말을 지껄여도 그렇게 팔을 뻗어 한 번 안아 주면, 고작 입을 잠깐 맞추어 주면 박우경은 안심했다. 그게 아무리 무성의해도.

얼마 전부터 공부는 거의 놓았다. 책을 펴 놓고 인터넷 강의를 켜 놓는 행위는 위장처럼 했다. 내가 원래 하던 일이니까. 그리고 멍하니 시간을 흘려보냈다.

정신을 차려야 한다는 생각마저 남의 것처럼 되새기면 하루가 갔다. 내가 왜 대학을 잘 가려고 했더라. 내가 왜 이 모든 걸 열심히 했더라…….

기억이 잘 나지 않는다. 내가 방금 전까지 뭘 하고 있었지? 내가 지금 뭘 숨기고 있는 거지? 왜?

내가 왜.

왜, 박우경 때문에, 내 무능한 부모 때문에…….

"……뭔데, 윤차희. 언제 일어났노."

"방금."

단출한 대꾸에도 박우경이 달게 웃으며 피아노 의자에서 뒤돌아 앉았다. 나는 꿈처럼 멍하니 그 애를 보았다.

"깨우지. 시간 아깝게."

"니가 너무 잘 자더라."

"거기서 내 보고 있었나."

"응."

말 그대로 자는 애를 보고 있었기 때문에 그렇다고 대답했다.

박우경이 사랑한다는 고백이라도 들은 것처럼 귀를 살짝 붉히더니 말을 돌렸다.

"아저씨 연락은?"

"안 왔다. 아직."

"그럼 좀만 더 있다가 나가자. 배 안 고프나? 라면이라도 먹을까."

"그래. 먹자."

내가 아주 다정하게 대답한 것처럼 그 애가 또 웃는다. 속이 약간 시렸다. 아무리 가슴이 굳어도 이따금 이렇게 통증에 가까운 한기가 돌았다.

그 애가 나 때문에 아파할 때가 아니라 저렇게 날 보며 웃을 때면 이상하게도.

"끓이는 동안 책 마저 보고 있든가."

"응."

불을 올리고 물을 붓는 소리. 물이 끓고 봉지를 찢는 소리. 그 애가 그렇게 바랐다는 내가 있는 일상의 소리. 우리 둘만이 아는 익숙함.

이렇게 평온하고 끔찍한 순간.

나는 충동처럼 박우경의 등에 모든 것을 말하고 이 집을 나가고 싶어졌다. 그렇게 돌이킬 수 없게 만들면 어떻게든 될 것 같았다.

그 길로 집으로 돌아가 아빠에게 전부 말하고, 날 구해 달라고 말하고 싶었다. 엄마에게 날 안아 달라고 하고 싶었다.

엄마를 별로 사랑하지도 않는 아픈 외할머니가 아니라, 자매 같다는 그 여자가 아니라 나를. 엄마 딸인 나를 제일 소중하게 여겨 달라고. 다 떨쳐 내고 내 옆에만 있어 달라고⋯⋯.

내가 그렇게 해도 우리 집이 괜찮을 거라고 말해 달라고.

누구라도 좋을 것 같았다.

제발 나를⋯⋯.

"⋯⋯우경아."

"어."

혀끝까지 말이 밀려 나왔다. 나는 도저히 삼키지 못할 역겨운 음식을 입에 담고 있는 것처럼 그 애를 가만히 보았다.

이대로 나만 망가질 수는 없다고 생각했다. 네가 아는 게 맞다. 전부 아는 게 옳았다.

적어도 네가 나보다 더 아파야 하는 게 맞았다. 너는 그 정신 나간 여자 자식이니까. 네가 소중하다는 이유로 내게 그런 짓을 했으니까. 우리 엄마를 기만하면서. 우리 아빠를 모욕하면서.

널 좋아한다고 걸레 소리를 들었어. 너랑 잔 건 몸을 판 거나 다름없대. 너는 가진 게 많고 나는 아니니까. 그러면 박우경 네가 날 좋아하는 마음도, 값싸고 더러운 취급이나 당하는 게 맞잖아. 세상에서 제일 쓸모없는 쓰레기처럼. 그렇게……

그러다 현관 앞에 그 애가 사다 놓았던 온갖 약이 내 발 앞으로 쏟아지던 광경이 떠올랐다. 도망치려는 순간 파도처럼 밀려들던 애정을.

그딴 말을 듣고도 박우경을 지켜야 한다고 생각하게 했던 아주 같잖은 순간을. 내가 뭐라고.

웃음이 나왔다.

"왜? 내 얼굴만 봐도 기분이 좋나."

"아니."

끔찍해, 내가. 꼭 칼을 쥐고 널 보고 있는 것 같아서.

기회만 되면 널 찌르려고 기다리는 사람 같아서.

"안 좋다."

나는 겨우 성의 있는 말을 내놓게 된 사람처럼 덧붙였다. 박우경이 가만히 미간을 찌푸리고 날 보다 한숨을 쉬었다.

"하…… 윤차희 진짜 개못됐다. 말이라도 그렇다고 하면 어때서?"

"아닌데 맞다고 하면 거짓말이잖아."

"니 거짓말한다고 경찰이 잡아가냐고. 어, 우경아. 니 얼굴만 봐도 나는 존나 행복하다……. 이런다고 돈 드는 것도 아니고."

"니 내 못된 거 하루 이틀 보나."

"존나 여러 날 봤는데 니 인성 내한테만 문제 있다이가. 다른 데선 드럽게 착한 게……."

"내가?"

"어. 니는 진짜 착하다. 일단 즈그 엄마 아빠 생각하고……."

"더 생각 안 나면 치아라, 그냥."

나는 그 애가 건네주는 젓가락을 들고 자리에 앉았다. 생각과 달리 아무렇지 않게 대꾸가 흘러나왔다.

"아, 효녀였다."

"똑같은 말 아니가."

"아. 공부. 윤차희가 공부를 또 개열심히 하지. 맞지."

"그게 착한 거랑 뭔 상관인데."

"니처럼 인생 재미없게 사는 애가 어딨는데. 그 정도면 착한거지."

"……."

"남 탓도 안 하고. 원망도 안 하고."

"……."

"공주 니처럼 부모 생각하는 애가 요새 어딨는데."

"부모나 좀 생각하지 니 생각은 안 하잖아."

"……."

"사실은 부모 생각도 별로 안 하고."

나는 표정을 지우고 라면을 몇 입 먹었다. 박우경이 턱을 괴고 그런 날 가만히 보고 있다가 천천히 젓가락을 들며 중얼거렸다.

"니가 부모 생각 안 하는 거면 지 부모 생각하는 애 몇 명 없을 거 같은데. 내 봐라. 아빠랑 엄마한테 하는 꼬라지 보면 완전 패륜아 새끼잖아."

"속으로 니 탓도 엄청 한다. 박우경. 안심해라."

"아. 그래서 내 얼굴 보면 기분도 더럽고?"

"응."

박우경이 잠시 고개를 숙여 라면을 몇 입 집어 먹고는 날 다시 보며 퍽 성의 없이 음식을 씹어 넘겼다.

"근데 요새 기회만 된다 싶으면 바득바득 기를 쓰고 싸가지 없는 말 하네, 공주야."

"……."

"왜. 그럼 내가 니 놔줄 거 같나."

비아냥거리는 어조 끝에 입매가 삐뚜름하게 올라갔다.

드물게도 싸늘한 표정이었다. 지 잘난 입술에 국물이 묻은 것도 모르고.

"공주 지가 싸가지 좀 없다고 내가 떨어져 나가 줄 것 같아서?"

힘이 탁 풀렸다. 무슨 저렇게 어이가 없는 애가 다 있지…… 아이러니하게도 그 허무감에 정신이 조금 들었다. 널 위한다고 무슨 이런 짓을 하고 있나 싶어서. 이렇게 붙어 있는 게 뭐가 널 위한 거라고.

천천히 널 갉아먹기나 하는 게. 고작 그러려고 나 혼자 미치는 게.

"들은 척도 안 하고 폰만 보네. 언 놈인데."

"박우경 니 모르는 애. 남자."

"와. 막 나가노, 이제."

저 이모 말대로 하려고요. 박우경이랑 시간 더 안 끌게요 오후 11:58
앞으로 연락하지 마세요. 또 협박하시면 아빠한테 바로 말해요 저
오후 11:58

그리고 다음 날, 박동주가 나를 찾아왔다.

처음 보는 아내의 핸드폰에서 도저히 이해할 수 없는, 이상한 문자를 보았다고 말하면서.

《봄그늘》 4권에서 계속